Thomas Neumeier hatte schon als Kind eine Affinität zum Schreiben und Erzählen. Ein Abendstudium hat ihn auf den Literaturbetrieb losgelassen. Sein bevorzugtes Metier sind gefühlsbetonte Spannungsromane.

Thomas Neumeier

Das Geheimnis von Falkenstein

VORWORT

Dies ist eine überarbeitete Neuauflage des bereits erschienenen Titels *Das Erbe der Falkensteins* von Thomas Neumeier. Da wir uns stets bemühen, unseren Leser:innen ansprechende Produkte zu liefern, werden Cover sowie Inhalt stets optimiert und zeitgemäß angepasst. Es freut uns, dass du dieses Buch gekauft hast. Es gibt nichts Schöneres für die Autor:innen und uns, zu sehen, dass ein beständiges Interesse an ästhetisch wertvollen Produkten besteht.
Wir hoffen, du hast genau so viel Spaß an dieser Neuauflage wie wir.

Dein dp-Team

KAPITEL 1

FALKEN FLINK ZU ROSS

Ein Schlagloch rumpelte den Wagen ordentlich durch. Juliana stieß mit ihrer Stirn gegen die Seitenscheibe.

„Au! Himmel, war das nötig?"

Sie war zunehmend zermürbt; von der unbeständigen Straße, den vielen Kurven und der schon viel zu lang andauernden Fahrt.

„Habe ich nicht gesehen", raunte Alexander kaum besser gelaunt auf dem Fahrersitz.

Juliana rollte die Augen. „Nicht gesehen? Das Loch muss so groß wie unser Konferenztisch gewesen sein."

Alexander brummelte in sich hinein, so wie er es auch in der Redaktion immer tat, wenn er sich weitere Kritik verbat. „Kannst ja gern selbst das Steuer übernehmen."

Juliana seufzte. „Danke, ich verzichte und verzeihe."

Sie lehnte sich wieder zurück und schaute hinaus. Riesenhafte Bäume und meterhohes Gestrüpp zogen vorbei, unaufhörlich, immerfort. Seit bestimmt dreißig Minuten hatte sie nichts anderes mehr gesehen. Eine eigenartige Erfahrung für jemanden, den Job und Leben bislang nie allzu weit aus Städten hinausgeführt hatten. Doch Juliana wusste den Anblick auch zu schätzen. Die Farben von Gras, Blumen, Blättern und Nadeln wirkten hier viel satter als in Bukarest. Wahrscheinlich sorgte das allgegenwärtige Wechselspiel von Licht und Schatten für diese zauberhafte Illusion. Die hohen Baumkronen filterten den Sonnenschein vielfach und ließen ihn nur fein dosiert das Gespinst durchleuchten. Einige Bäume formten Zweige und Auswüchse wie Klauen, ihre Wurzeln von hohem Riedgras umgarnt und vom Sonnenschein sträflich vernachlässigt. Manchmal bewegten sie ihre Glieder, so als wollten sie wie Wachtposten nach jedem greifen, der ohne ihre Erlaubnis diese Straße entlangfuhr. Doch das war nur der Wind, der so weit oben zuweilen sehr heftig wehte.

„Da vorne", knurrte Alexander. „Na endlich. Das muss das Dorf sein. Es sei denn, wir sind bei diesem Steilhang vorhin falsch abgebogen."

Juliana folgte seinem Blick. Voraus tat sich der Wald auf und gab eine überschaubare Ansammlung von Häusern und Scheunen preis, umrahmt von einer märchenhaft wirkenden Landschaft aus steilen, von Moos überwucherten Felsen, gekrönt von spitzen Nadelhölzern. Darüber wölbte sich der wolkenlose Himmel. Die Straße hatte sie weit hinauf gelotst.

„Also gut, gehen wir alles noch mal durch", sagte Alexander geschäftig und fischte in der Hosentasche nach seinem Smartphone. „Kein Netz, wie ich mir schon gedacht habe", raunzte er nach einem prüfenden Blick. „Verflucht noch eins. Das macht die Sache komplizierter."

Juliana kam zu derselben Schlussfolgerung, geriet deswegen aber nicht in Panik.

Alexander ging vom Gas, ließ den Wagen ausrollen und warf argwöhnische Blicke nach draußen. „Siehst du irgendwo ein Ortsschild? Egal. Das muss das Dorf sein. Der Karte nach ist es von hier nicht mehr weit bis zum Landsitz. Vierzig Minuten zu Fuß, schätze ich. Ich werde in der Nähe sein, aber glaub bloß nicht, dass ich für dich im Wald übernachte. Ruf in meinem Wirtshaus an, wenn du Probleme hast. Und zwar ohne zu zögern, verstanden? Die Nummer hast du dir notiert, hoffe ich."

„Die wird mir wenig nützen, wenn die mich in ein dunkles Verlies stecken", rieb ihm Juliana unter die Nase.

Alexander stoppte den Wagen und taxierte sie finster. Mit seinen buschigen Augenbrauen über den kleinen dunklen Äuglein und dem krausen Bartflaum, der weite Teile seines Gesichts vereinnahmte, sah er aus wie ein zu groß geratener Teddybär –ein äußerst griesgrämiger Teddybär im Moment. Er war von Anfang an gegen dieses Vorhaben gewesen, hielt es für eine Schnapsidee. Aber noch weniger hätte er es über sich gebracht, Juliana allein fahren zu lassen. Dazu war sein kollegialer Beschützerinstinkt zu ausgeprägt. In ihren Anfangsjahren als Journalistin war sie dafür sehr dankbar gewesen. Bei dieser Angelegenheit wäre sie hingegen lieber allein. Immerhin ging es um ihre eigene Familiengeschichte; noch dazu um ein sehr düsteres Kapitel davon.

„Ich deichsle das schon, keine Angst", versuchte sie ihn mit einem Schmunzeln zu beschwichtigen und tätschelte ihm zutraulich den hervorstehenden Wanst unter seinem Hemd. „Ich meine, hey, was soll schon passieren? Ich kann auf mich aufpassen. Das weißt du."

Alexander schien alles andere als überzeugt, was Juliana nun beinahe ärgerte. Er tat so, als wäre sie ein hilfloses Püppchen. Ohne einen weiteren Kommentar löste er den Sicherheitsgurt, stieg aus und brummte wieder miesepetrig in sich hinein. Erst jetzt sah Juliana das imposante Haus aus groben Bruchsteinen auf der anderen Straßenseite. Ein wettergegerbtes Mansarddach mit drei identischen Gauben hockte darauf. Die holzumrahmten Fenster reflektierten die Nachmittagssonne. Über der Eingangstür prangte kaum noch lesbar der Name des Wirtshauses. Hier also würde Alexander übernachten. Laut ihm war es die einzige Herberge weit und breit.

Juliana stieg ebenfalls aus und sog die würzige Luft ein. Die Duftnoten waren vertraut. Die kannte sie auch aus der Walachei. Doch wie die Farben der Natur hier intensiver wirkten, taten es auch die Gerüche. Da waren Moos, Torf und feuchte Erde. Und unverkennbar eine Menge Pferdemist.

„Du hast doch Pfefferspray dabei, oder?", ließ sich Alexander von der anderen Wagenseite vernehmen.

Juliana atmete mit geschlossenen Augen und stellte sich dem warmen Wind, der ihr ins Haar blies und es davontragen wollte. „Hab ich", antwortete sie geduldig. „Und ich bin mir sicher, dass ich es nicht brauchen werde."

„Ich will's hoffen." Alexander schnaubte, und Juliana hörte wie aus weiter Ferne, dass er den Kofferraum aufmachte.

Das Dorf schien ausgestorben. Juliana schaute sich um und entdeckte bis auf ein paar herumtollende Kinder keine Menschenseele. Wahrscheinlich waren die Leute arbeiten. Grob überschlagen zählte sie etwa dreißig verstreute Wohnhäuser aus Stein und noch mal so viele Scheunen und Ställe. Die bestanden überwiegend aus Holz, aber es gab auch Mischbauten, die wahrscheinlich beides in einem waren. Dazwischen spannten sich in angeratener Höhe Stromleitungen, vielfach von schlanken Holzmasten gestützt. Autos entdeckte Juliana nicht. Aber ein paar alte Lkw, die ihrem Aussehen nach für Viehtransporte benutzt wurden. Hinter dem Wirtshaus stieg ein bewaldetes Felsmassiv an, doch in die andere Richtung fiel das Land sacht ab. Ein steiniger Weg führte von der Straße fort und zu den bewirtschafteten Feldern weiter unten. Juliana erspähte vereinzelte Gestalten und Nutztiere.

„Einen Massagesalon gibt's hier wahrscheinlich nicht", meinte Alexander und stemmte verkrampft eine Hand in den Rücken. „Einen Starbucks wohl auch nicht. Elende Fahrerei, verflucht. Ich hätte zu Hause bleiben sollen."

„Niemand hat dich gebeten, mitzukommen", erinnerte ihn Juliana. „Aber wenn du nett fragst, verpasst dir vielleicht deine Hauswirtin eine Massage. Und einen Kaffee macht sie dir bestimmt auch. Schau mal."

Juliana hatte bemerkt, dass sie nicht mehr allein waren. Am Eintritt des Wirtshauses stand eine junge Frau mit vollen schwarzen Haaren, lehnte am Türrahmen und beobachtete sie unverhohlen, geradezu provozierend.

„Heiliger Wodka und Wirsing, was sagt man dazu", murmelte Alexander und glotzte zurück.

„Kommst du zurecht?", horchte Juliana nach.

Alexander wirbelte zu ihr herum, Unverständnis im Blick.

Juliana verwies auf den offenen Kofferraum. „Falls ja, dann könntest du jetzt nämlich deine Tasche rausnehmen, damit ich weiterfahren kann."

Alexanders Brummeln setzte wieder ein, aber jetzt klang es geradezu melodiös. Er hievte seine Reisetasche heraus, winkte der Wirtin und hielt auf die Gasthauspforte zu. Bevor er sie erreichte, fuhr er noch einmal herum. „Du rufst sofort hier an, sobald es geht, klar? Und du rufst noch schneller an, wenn da irgendetwas faul ist. Nein, dann rufst du nicht an, sondern kommst augenblicklich zurück. Verstanden?"

Juliana grinste amüsiert, stieg dann der Fahrerseite des Wagens zu und machte sich auf die finale Etappe dieser Reise. Der Landsitz der Falkensteins konnte nun nicht mehr weit sein.

Die mangelhaft beschaffene Straße entfernte sich von den Felsen und grub sich in engen Windungen in ein bewaldetes Tal hinein. Juliana wagte kaum schneller als Schritttempo zu fahren, auch um die beeindruckende Gegend auf sich wirken zu lassen. An manchen Stellen war der Ausblick Ehrfurcht gebietend. Wipfel nie gesehener majestätischer Nadelhölzer durchbohrten das Walddach. Wie Türme eines gewaltigen grünen Schlosses schossen sie empor, und Juliana kam sich plötzlich ziemlich klein vor.

Auf eine Art Schloss machte sie sich auch an ihrem Zielort gefasst. Es war nur ein Herrenhaus, aber die bauliche Beschreibung dieser Immobilie in der registratura conace sprach von mindestens einem Turm. Die Falkensteins waren eine wohlhabende Dynastie. Alter deutscher Adel, der vor zweihundertfünfzig Jahren aus dem Königreich Württemberg nach Transilvania ausgewandert war. Donauschwaben.

Als ein dick von Efeu umrankter Holzzaun am Straßenrand auftauchte, ahnte Juliana, dass sie angekommen war. Die brüchige Straße zwängte sich zwischen mannsgroße Rundpfeiler hindurch, wo sie in ein steingraues Pflaster überging. Das Tor stand offen. Vermutlich extra für Juliana. Es war kurz nach drei. Sie war pünktlich.

Beidseitig flankierten mächtige Bäume den Pflasterpfad, deren lange Arme und Fänge fast am Autodach kratzten. Sie versperrten auch die Sicht, sodass sich der stattliche Sitz der Falkensteins zunächst nur in Fragmenten abzeichnete. Erst als die Bäume sich lichteten und der grasbewachsene Hügel anstieg, auf dem er thronte, kam er in ganzer Pracht zur Geltung. Juliana fuhr langsamer und staunte. Sie hatte nicht zu viel erwartet. Wie eine Verlängerung der Auffahrt führten Stufen zu einer Empfangsterrasse hinauf, auf der sechs mächtige Säulen das nach vorn gesetzte Obergeschoss des Mittelhauses stützten. Die gesamte obere Etage bestand aus Fachwerk, inklusive dem spitzen Rundturm, der das Mittelhaus linksseitig begrenzte. Der untere Teil war aus weißer Mauer, anscheinend verziert mit blassgrauem Stuck. Die Turmrundung floss weich in einen sich zurücknehmenden Hausflügel über, den Juliana als Wirtschaftshaus kategorisierte. Dafür sprach die Pferdekoppel, die sich dem anschloss und bis zum fernen Begrenzungszaun am Waldrand reichte. Die Ställe befanden sich vermutlich an der Rückseite.

Der rechte Hausflügel wurde von einem prächtigen Giebel im Satteldach gekrönt. Dies war vermutlich das

Wohnhaus. Dem folgte eine Terrasse auf blankem Gestein, das grau und grob den Hügel durchstieß. Ein Souterrain gab es anscheinend auch. Zu beiden Seiten des Aufgangs und vom Fuß des Hügels aus nicht überall zu sehen, reihten sich Fenster knapp über dem Grund.

Juliana stellte ihr Fahrzeug an der Auffahrt neben einem dunklen Geländewagen ab und stieg aus. Die schon vertrauten Gerüche aus dem Dorf nahm sie auch hier wahr, wenngleich in unterschiedlicher Intensität. Weniger Torf und Pferdemist, dafür mehr Wald.

Wald. Ja, Wald war hier überall. Noch höher als der Turm stachen rundherum einige Nadelhölzer himmelwärts. Hinter sich sah Juliana wild verwucherte Hänge aufsteigen, zuoberst glänzte blanker Fels im nachmittäglichen Sonnenlicht. Irgendwo dort ließ sich Alexander wahrscheinlich gerade in seinem Wirtshaus von der attraktiven Gastwirtin den Rücken massieren. Juliana verscheuchte den Gedanken und schaute sich um. Im einsehbaren Teil der Koppel zählte sie drei Pferde. Zwei stattliche Dunkelhäuter und ein putziges pechschwarzes Pony, das den anderen treulich hinterherlief. Schließlich rückte auch eine Gestalt ins Blickfeld, die die Pferde zuvor verdeckt hatten. Eine Frau in waldgrüner Weste, grauer Hose und hohen Stiefeln. Juliana meinte, langes nussbraunes Haar zu erkennen, einen Tick dunkler als ihr eigenes. Sie winkte der Fremden. Die aber reagierte nicht, obwohl sie unzweifelhaft in ihre Richtung sah. Juliana wollte es nicht dabei bewenden lassen und machte sich schon zur Koppel auf, als oben auf der Empfangsterrasse die Eingangstür aufging und ein Mann in grauem Anzug beschwingt die Stufen herabtänzelte. Er winkte. Juliana hielt inne.

„Hallo! Wie schön, dass Sie da sind", rief er auf halber Strecke. „Ich hatte schon Zweifel, ob Sie überhaupt kommen würden. Ihr Agent ist heute den ganzen Tag nicht zu erreichen gewesen."

Dieser vermeintliche Agent war Alexander, und der Grund, warum er nicht an seinen Festnetzanschluss in Bukarest ging, war, dass er sich gerade nicht weit von hier von einer Wirtin massieren ließ.

„Oh, der ist übers Wochenende in Österreich, soweit ich weiß", erwiderte Juliana. „Sind Sie Herr Falkenstein? Valentin Falkenstein?"

„Der bin ich", wurde ihr bestätigt. „Und Sie sind demnach Frau Gaspar. Juliana Gaspar, richtig?"

Juliana bejahte, wenngleich nur der Vorname stimmte. Alexander hatte als Mittelsmann alles vorbildlich arrangiert, inklusive ihrem falschen Nachnamen. Valentin Falkenstein hielt sie für eine Schauspielerin, für die er an diesem Wochenende Verwendung hatte. Ihren wahren Familiennamen wollte sie erst mal für sich behalten. Das schien ihr dringlich angeraten.

Der Falkensteiner reichte ihr in einer weichen Bewegung die Hand, die sie gern entgegennahm. Einen so jungen und gutaussehenden Hausherrn hatte sie nicht erwartet. Ihrer Vorstellung nach war dieser Valentin Falkenstein ein spießiger Schnösel, bestimmt längst ergraut und faltig und womöglich auch noch furchtbar eingebildet. Valentin Falkenstein aber war höchstens ein paar Jahre älter als sie und konnte die dreißig noch nicht weit überschritten haben. Leicht gelocktes schwarzes Haar fiel ihm bis auf die Schultern, die grauen Augen wirkten sanft und wach, und inmitten seines getrimmten Dreitagebarts brachte er sogar ein sympathisches Lächeln zuwege.

„War die Reise sehr beschwerlich?", fragte er.

„Ich hatte schon angenehmere", entgegnete Juliana. „Aber sie hat sich schon jetzt gelohnt. Die Gegend ist wundervoll."

Valentin Falkenstein zog kurz die Augenbrauen hoch und gab sich erstaunt. „Tatsächlich? Die meisten Städter empfinden das anders. Nicht, dass wir hier oft welche hätten."

„Dann bin ich wohl nicht wie die meisten", gab Juliana zurück und entfloh seinem forschenden Blick zu den gewaltigen Nadelhölzern. „Sind das alles Ihre Ländereien, Herr Falkenstein?"

Valentin Falkenstein schüttelte sacht den Kopf. „Früher einmal. Aber weiter nördlich von hier gehört meiner Familie noch ein schönes Stück Wald. Sie werden es sehen. Wir reiten morgen hin."

Juliana fand zu seinen Augen zurück. „Mit Familie meinen Sie sich und Ihre Frau?"

Nun war es der Falkensteiner, der ihrem Blick auswich. Sein Lächeln gefror für einen Augenblick, dann verflüchtigte es sich in Gänze. „Nein", antwortete er, bevor er wieder aufsah und zu einer adretten Haltung zurückfand. „Ich bin nicht verheiratet."

„Oh, entschuldigen Sie. Ich habe vorhin eine Frau dort bei den Pferden gesehen. Da dachte ich, nun ja ..." Juliana lenkte den Blick zur Koppel, aber sowohl die Frau als auch die Pferde waren verschwunden.

„Das war meine Schwester Valea", erklärte Valentin kurz angebunden und klatschte in die Hände. „Nun denn, Frau Gaspar, lassen Sie uns Ihr Gepäck ausladen und es ins Haus schaffen."

Mit den zwei Reisetaschen marschierten sie hinauf. Juliana wog ab, inwieweit sie ein paar Worte über das prächtige Anwesen verlieren sollte und entschied sich dagegen. Sie hatte schon die Gegend beweihräuchert. Zu viele Komplimente würden gezwungen und gekünstelt wirken. Auch die Fragen, die sie beschäftigten, wollte sie erst mal zurückstellen. Etwa wie viele Falkensteins es gab, wie viele hier wohnten und ob in der näheren Umgebung noch andere lebten. Der Falkenstein, für den sie sich insbesondere interessierte, hieß Constantin und müsste inzwischen ein alter Mann sein. Falls er überhaupt noch am Leben war.

Auf den Fersen ihres Auftraggebers betrat Juliana die Empfangsterrasse. Sie wandte sich um und ließ noch einmal die Eindrücke auf sich wirken. Dieses Grundstück hier war die einzige Oase in nicht zu überschauenden Wogen von Wald und Felsen. Die Sonne war bereits hinter einem Bergkamm verschwunden und tauchte das Tal in tiefe Schatten. Das Dorf da oben hingegen sollte noch im Sonnenschein baden. Juliana verspürte einen drängenden Impuls dorthin zurückzukehren.

Valentin Falkenstein gestikulierte sie durch die offene Haustür. „Unsere Gäste haben sich für acht Uhr angekündigt. Wir haben also noch ausreichend Zeit, alles zu besprechen und uns vorzubereiten. Und Sie können sich von der langen Fahrt noch etwas erholen."

Juliana betrat eine Empfangshalle, die weitaus moderner wirkte, als das altehrwürdige Gebäude von außen erwarten ließ. Die Wände ringsherum waren bis zur Decke hoch holzvertäfelt. Ein helles Holz, das den Raum warm und freundlich gestaltete. Der Boden bestand aus blassgelbem Marmor mit unaufdringlichen Verzierungen, die keinem klaren Muster folgten. Voraus schmiegte sich eine gleichbeschaffene Treppe an die Wand und führte in die obere Etage. Rechts und links zweigten großzügige Korridore ab. Unter der Decke leuchtete ein bescheidener Lüster.

„Beeindruckend“, ließ sich Juliana nun doch vernehmen und hielt inne. Mit weiterem Schweigen hätte sie den Falkensteiner womöglich brüskiert.

Valentin Falkenstein fand zu dem dezenten Lächeln zurück, das er vorhin verloren hatte. „Beeindruckend ist vor allem der Aufwand, den alten Kasten instand zu halten. Kaum ist man mit der einen Sache fertig, fällt die nächste an. Und es hört nicht auf. Es gibt immer etwas zu reparieren oder zu renovieren. Zum Glück weiß ich ein paar gute Handwerker oben im Dorf.“

„Wie alt ist das Gebäude denn?“

„Dieser Trakt hier etwa zweihundertfünfzig Jahre“, antwortete Valentin Falkenstein. „Meine Vorfahren haben ihn gebaut, nachdem sie den Grund erworben hatten. Der heutige Westflügel hat damals schon gestanden und ist integriert worden.“

Damit war das linksseitige Wirtschaftshaus gemeint. Juliana spähte in den Korridor, der sich aber schon nach wenigen Schritten in Schatten verlor. Es schien ihr ein günstiger Moment, eine ihrer drängenden Fragen zu servieren, die sich an dieser Stelle geradezu aufdrängte: „Wie viele Menschen leben denn auf diesem Anwesen?“

„Drei", antwortete Valentin Falkenstein nach kurzem Zögern. „Neben meiner Schwester und mir noch unsere Haushälterin Rosa."

Juliana versuchte sich nicht anmerken zu lassen, wie seltsam sie das fand. Ein so riesiges Gutshaus, das lediglich von einem Geschwisterpaar und einer Haushälterin bewohnt wurde? Mit einem schaurigen Frösteln fühlte sie sich an Edgar Allan Poes Gruselmär Der Fall des Hauses Usher erinnert.

„Hier können Sie Ihre Jacke aufhängen", meinte Valentin Falkenstein und verwies zu einer Garderobe, die neben einem prächtigen ockerfarbenen Steinofen an der rechten Wandseite beinahe unterging. Davor lag ein dunkelbrauner Rollteppich.

Juliana stellte ihr Gepäck ab und tat wie ihr empfohlen. „Was ist mit den Schuhen?", fragte sie.

„Behalten Sie sie erst mal an", sagte Falkenstein. „Nachher besorgen wir Ihnen bequeme Hausschuhe."

Alte Gemäuer verströmten oft eigenwillige Duftnoten. Morsches Holz, Moder und vor Jahrzehnten eingetrocknetes Petroleum. Hier bemerkte Juliana nichts davon. Zweifellos war die Eingangshalle irgendwann gründlich entkernt und saniert worden. Nur das Kreuzgratgewölbe über dem Kronleuchter dürfte noch aus der Gründerzeit des Anwesens stammen.

Auf eine Geste hin folgte Juliana dem Hausherrn die Treppe hoch ins Obergeschoss. Sie gelangten in einen schummrigen Flur, der anscheinend das gesamte Mittelhaus durchmaß. Falkenstein machte Licht. Hier offenbarte sich schon deutlicher, dass das Haus viele Jahre auf dem Buckel hatte. Zwar war der Flur geräumig, doch hing die Decke so tief, dass man die Rundleuchten lieber in die Wände eingearbeitet hatte. Der Boden bestand aus antiken Holzdielen. Türen waren an zwei Händen abzuzählen.

„Im Dorf oben sind mir Stromleitungen aufgefallen“, sagte Juliana. „Wie ist es hier? Erzeugen Sie Ihren Strom selbst?“

„Wir haben einen Generator, aber nur für Notfälle“, antwortete Falkenstein und lotste sie in Richtung Wohnhaus. „Von Norden her führt eine Leitung vom Tal herauf. Mein Großvater hat sich dafür eingesetzt, dass wir sie bekommen.“

„Ihr Großvater“, wiederholte Juliana, scheute sich aber nachzuhaken, ob der vielleicht Constantin hieß. Es brauchte eine subtilere Herangehensweise, um an ihre gewünschten Informationen zu kommen. „Das muss demnach schon eine Weile her sein“, sagte sie.

„Es war vor meiner Zeit“, bestätigte Falkenstein knapp.

Juliana juckte es, weiterzubohren, doch sie mahnte sich zur Geduld. Zu viel Neugier war verdächtig, und dann würde der junge Falkensteiner womöglich schnell durchschauen, dass sie nicht die war, die sie vorgab zu sein.

Der Flur mündete an einer breiten Flügeltür aus dunklem Holz. Der Übertritt ins Wohnhaus, folgerte Juliana. Valentin Falkenstein trat hindurch und hielt ihr zuvorkommend einen Flügel auf.

„Danke“, sagte sie und schenkte ihm ein, wie sie hoffte, gewinnendes Lächeln, als sie ihn passierte.

„Ist mir ein Vergnügen“, entgegnete er mit einem gewogenen Nicken. „Ich halte es für angebracht, jetzt zum Du überzugehen. Unsere Gäste müssen wir schließlich davon überzeugen, dass wir uns schon lange kennen. Also nenn mich Valentin."

„Ach ja, ich soll ein Familienmitglied spielen, nicht wahr?"

„So ungefähr", sagte Valentin und nahm wieder Schritt auf. „Wir besprechen die Einzelheiten nachher, wenn meine Schwester dabei ist."

Das Wohnhaus machte seiner Bezeichnung durchaus Ehre, wie Juliana befand. Kein niedriger Flur wie im Mittelhaus, sondern ein großzügiges Vestibül nahm sie in Empfang. Sie befanden sich hier direkt unter dem Giebel, wo ein raumhohes Fenster eine Menge Tageslicht hereinließ.

„Das ist die Nordseite", erläuterte Valentin zum Fenster gestikulierend. „Die Sonne verirrt sich hier nicht herein. Aber die Aussicht ist was wert."

Dem konnte Juliana nicht widersprechen. Zwar stachen auch an der Rückseite des Anwesens turmhohe Nadelhölzer empor, doch hier gewährte eine breite Schneise eine weite Sicht ins dahinter liegende Tal. Juliana entdeckte die erwähnte Stromleitung, die nahe des Felslaufs zur Rechten heraufführte. Ganz an die Glasscheibe herangerückt, sah sie auch den Pferdestall, den sie bislang nur vermutet hatte, einen flachen Anbau an der Rückseite des Wirtschaftshauses. Auch unmittelbar unter ihr fand sich ein Anbau. Vielleicht Garagen.

„Die Garage", bestätigte Valentin, der neben sie getreten war. „Dort sollten wir nachher deinen Wagen unterbringen. Und wir müssen die Kennzeichen austauschen. Ich erledige das, wenn du nichts dagegen hast. Unsere Gäste würden sich sonst fragen, wieso ein Wagen aus Bukarest bei uns untersteht."

Juliana widersprach nicht, wenngleich ihr die Angelegenheit zunehmend mysteriöser vorkam.

„Gibt es noch einen zweiten Weg hierher?", fragte sie, während sich ihr Blick in der Ferne verlor.

„Nicht mit einem Wagen", antwortete Valentin. „Aber zu Fuß oder auf einem Pferd hättest du eine Chance."

„Wie viele Pferde habt ihr?"

Valentin entbehrte ihr ein Lächeln. „Fragst du, um deine Fluchtmöglichkeiten auszuloten? Elf sind es dieser Tage. Meine Schwester kümmert sich um sie. Es fällt ihr schwer, welche zu verkaufen, aber es kommt hin und wieder vor. Kannst du denn reiten?"

„Leider nein. Was machen Sie eigentlich von Beruf, Herr Falkenstein?"

Valentin schaute sie amüsiert von der Seite an. „Ich bin Forstwirt, könnte man sagen. Aber auch Verwalter. Sowie Leiter aller noch übrigen Familiengeschäfte. Und wollten wir uns nicht Duzen?"

„Natürlich", entgegnete Juliana und entfernte sich vom Fenster. „Wohin jetzt?"

Valentin geleitete sie durch einen Bogen in einen freundlich gestalteten Flur. Der Boden war wie im Vestibül aus weichem Parkett. Auf einer Kommode stand ein Telefon, was Alexanders Bedenken ein wenig zerstreuen sollte. Juliana schmunzelte beim Gedanken an ihn. Vielleicht sollte sie ihn später spaßeshalber mal anrufen.

„Wo lernt man das alles?", fragte sie. „Forstwirt zu sein, meine ich. Und dazu noch Verwalter und Leiter aller noch übrigen Familiengeschäfte."

„Nur im Leben", antwortete Valentin schmunzelnd. „Buchhaltung habe ich in Hermannstadt, Sibiu, erlernt. Mein Vater hat mich als Kind außerdem zu sämtlichen Handwerkern im Dorf oben zum Arbeiten geschickt."

Ein paar Türen entlang des Flurs standen offen, und Juliana entdeckte ein gemütliches Wohnzimmer und ein weniger geräumiges Arbeitszimmer mit einem Bücherregal und gewaltigen Aktenschränken. In einem deutlich kleineren Zimmer stand neben einem Schemel eine einsame Harfe vor dem einzigen Fenster.

„Spielst du?", fragte Juliana, was Valentin lakonisch verneinte und weiterging.

Sie folgte ihm bis zur letzten Tür des Flurs. Er wirkte etwas gehetzt, als er sie öffnete. „Hier sind wir."

Juliana trat ein und fand sich in einem wohnlichen Schlafzimmer wieder. Eins mit Doppelbett, Nachttischen zu beiden Seiten, einer Kommode mit Spiegel und einem umfangreichen Kleiderschrank. So weit, so schön, doch dieses Zimmer war offensichtlich belegt. Auf der Kommode lag eine gefaltete Bluse bereit, daneben stand ein offenes Schmuckkästchen mit einer überschaubaren Auswahl an Kettchen und Ohrringen. Am Schrank hing eine waldfarbene Ansitzhose und unter dem Bett standen Pantoffeln.

„Das ist das Schlafzimmer meiner Schwester", erklärte Valentin an der Tür.

Juliana drehte sich rätselnd zu ihm herum. „Nett. Und warum zeigst du mir das?"

„Nun, du wirst hier übernachten", gab ihr Valentin mit einer amüsanten Schnute zu verstehen. „Wenn es sein muss, stellen wir ein zusätzliches Bett rein, aber du musst hier drin schlafen."

Juliana musterte ihn eindringlich. „Nichts für ungut, Valentin, aber irgendwie hätte ich schon erwartet, dass in diesem riesigen Gebäude irgendwo ein freies Zimmer zu finden ist."

„Freie Zimmer sind nicht Punkt", sagte Valentin verhalten. „Stell deine Sachen erst mal ab und mach dich frisch. Danach reden wir über alles."

Nicht weit vom Schlafzimmer gab es ein Badezimmer, doch das blieb Juliana verwehrt.

„Das wird gerade renoviert", erläuterte Valentin. „Das nächste ist nicht weit. Komm, ich zeige es dir."

„Wie viele Bäder gibt es hier denn?"

„Drei. Das des Gesindes im Souterrain nicht mitgezählt. Und außerdem zwei Gästetoiletten im Parterre."

Das nächste Bad befand sich im Mittelhaus. Es war rudimentär eingerichtet, Dusche, Badewanne, Waschbecken und WC, eingefasst in weichgelbe Fliesen. Juliana machte sich frisch, während Valentin ihren Wagen in die Garage fahren und die Nummernschilder abschrauben wollte. Ein durchaus sympathischer aber auch seltsamer Vogel, dieser Valentin Falkenstein. Es fiel Juliana schwer, ihn einzuordnen. Der überhebliche Snob, den sie erwartet hatte, war er definitiv nicht. Nein, vielmehr wirkte er recht bodenständig. Ein Forstwirt mit einer Pferdezucht am Hof. Attraktiv war er obendrein. Noch dazu eine Art Aristokrat. In Bukarest läge ihm die Damenwelt zu Füßen. Doch er lebte hier draußen allein mit seiner Schwester und einer Haushälterin.

Juliana war schon gespannt, was es mit dieser Schwester auf sich hatte und warum in aller Welt sie in deren Zimmer übernachten sollte. Es war schon kurios genug, dass jemand eine Schauspielerin engagierte, die so tun sollte, als wäre sie ein weiteres Familienmitglied. Zwischenzeitlich war die Angelegenheit noch eine ganze Ecke kurioser geworden. Nun, eine Schauspielerin war sie zwar nicht, aber auch als Journalistin hatte sie schon einige Male schauspielern müssen. Juliana war sich sicher, ihrer Rolle gerecht zu werden. Und während sie das tat, würde sie in der Vergangenheit dieser Dynastie wühlen. Vielleicht könnte sie damit wenigstens eines der vielen Verbrechen entkräften, die ihrem exekutierten Großvater zur Last gelegt wurden.

Es war der Raum, den Juliana vorhin beim Vorbeigehen als Wohnzimmer klassifiziert hatte. Wie das Vestibül lag es unter dem großen Giebel, nur eben an der Vorderseite des Anwesens.

„Bitte nimm doch Platz", lud Valentin ein und verwies auf eine Ansammlung von karmesinroten Polstern und Couchfragmenten um einen rustikalen Holztisch. Juliana aber zog es zunächst an die Fensterfront. Anders als im Vestibül gab es hier auch einen Balkon. Sie schaute zum Pflaster hinunter, wo der dunkle Geländewagen nun wieder einsam parkte. Ihr Auto hatte Valentin in die rückwärtige Garage gestellt, wie er sagte. Hinter den eindrucksvollen Bäumen entlang der Zufahrt stiegen die bewaldeten Hänge an. Von der kurvigen Straße war nichts zu sehen. Der zackige Bergkamm hoch zur Rechten badete noch in einem Rest von Sonnenschein.

„Ah, Rosa", sprach Valentin hinter ihr. „Tee für drei, bitte. Valea wird gleich da sein."

Juliana drehte sich herum und sah eine zierliche Frau, die gerade erst ins Zimmer geschlichen sein musste. Ihr Haar war so kohlenschwarz wie ihr bis zum Kragen hoch zugeknöpfter Kittel und zu einem strengen Dutt gesteckt. Möglicherweise gefärbt. Juliana wähnte sie weit jenseits der sechzig. Darin lag eine Chance. Falls sie schon länger in diesem Haus Dienst tat, könnte sie sich als eine wichtige Informationsquelle erweisen.

„Möchtest du uns nicht bekannt machen, Valentin?", brachte sich Juliana ein und trat näher.

„Selbstverständlich, wo bleiben nur meine Manieren", meinte Valentin schalkhaft. „Rosa, das ist Juliana. Sie wird übers Wochenende unser Gast sein und uns zur Seite stehen."

So? Werde ich das?, fragte sich Juliana im Stillen, sagte aber nichts.

„Und das ist Rosa, die treue Seele, die dieses Haus seit langer Zeit zusammenhält."

Seit langer Zeit also schon. Bestens, dachte Juliana.

„Freut mich sehr, Rosa."

Die Haushälterin musterte sie mit einem durchdringenden Blick und nickte distinguiert. Dann wandte sie sich ab und schwebte grazil davon, um den gewünschten Tee aufzutragen.

„Sie redet wohl nicht so viel, wie?"

Valentin schmunzelte. „Du hast recht, sie spricht nicht mehr, als unbedingt nötig ist."

Erst jetzt nahm Juliana den Raum ganzheitlich in Augenschein. Neben der Fensterfront war vor allem der offene Kamin aus dunkelgrünen Kacheln ein Hingucker. Im Moment brannte kein Feuer, unnötig im Sommer, doch in einem Tragekorb lagen Scheite und Anschürholz bereit. Ein massivhölzerner Wohnzimmerschrank mit Glastüren präsentierte Zierschmuck und Bücher. An der anderen Wandseite stand ein Sideboard mit einem Flachbildfernseher, flankiert von einem antiken Sekretär und einer leise tickenden Standuhr. An den freien Wänden hingen Landschaftsbilder. Der Boden bestand wie der Flur und das Vestibül aus Parkett. Vermutlich tat das die gesamte Etage des Wohnhauses. Äußerst wohnlich, wie Juliana befand, und mindestens dreimal so groß wie das Wohnzimmer, das ihr in ihrer Wohnung in Bukarest zur Verfügung stand.

„Hier kann man es aushalten", merkte sie an, um die Stille zu durchbrechen. Dann sah sie etwas, das nicht ganz passen wollte: einen leeren Aschenbecher auf dem Tisch. Sie hatte bislang nirgendwo im Haus Zigarettenrauch gerochen, weder frischen noch abgestandenen. „Rauchen Sie oder Ihre Schwester?"

„Weder noch", antwortete Valentin, wobei er den Blick abwandte, als wäre ihm das Thema unangenehm. „Der steht hier nur zur Dekoration."

„Ach so."

Juliana war bereit, das hinzunehmen, wenngleich sie sich auf einem Wohnzimmertisch eine schönere Zierde als einen ungenutzten Aschenbecher vorstellen konnte. Er war aus schwarzer Keramik, wie es schien, und hatte durchaus eine gewisse Ästhetik. Doch wenn er nicht gebraucht wurde, empfand ihn Juliana hier ziemlich deplatziert. Der Kaminsims über der Feuerstelle würde es für ihn auch tun.

Valentin lud sie noch einmal ein, Platz zu nehmen, und dieses Mal leistete sie Folge. Der weich gepolsterte Sessel schien sich regelrecht an sie zu schmiegen und schürte Lust, hier mal einen gemütlichen Lese- oder Fernsehabend zu verbringen.

„Ich soll dir und deiner Schwester also übers Wochenende zur Seite stehen", sagte Juliana und rezitierte damit Valentins Worte zu seiner Haushälterin. „Darf ich jetzt endlich erfahren, worum es genau geht? Wen soll ich verkörpern? Und warum willst du mich bei deiner Schwester einquartieren? Muss das denn sein?"

Valentin musterte sie ein paar Augenblicke lang, dann nahm er ihr gegenüber Platz und faltete betulich die Hände auf seinem Schoß. „Hast du den Grund noch nicht erraten?", fragte er, dieses Mal ohne jedwedes Lächeln auf den Lippen. „Du sollst Valeas Geliebte verkörpern. Deshalb schläfst du bei ihr im Zimmer. Das Angebot steht, ich kann euch eine zusätzliche Liege reinstellen, aber ich würde es lieber lassen. Unsere Gäste sind sehr neugierig. Nicht ausgeschlossen, dass sie auch in unseren Schlafzimmern herumschnüffeln. Wenn sie dann die Liege sehen, wäre das ... nun ja, äußerst kontraproduktiv."

Juliana verstand immer weniger. „Ihr ladet Gäste ein, die in euren Schlafzimmern herumschnüffeln?"

Nun fand Valentin zu einem Schmunzeln zurück. „Die liebe Verwandtschaft. Wir haben sie eine Weile nicht mehr gesehen, und es gibt eine Menge zu bereden."

„Und weshalb braucht deine Schwester eine Geliebte?“

Wie aufs Stichwort betrat die Angesprochene in diesem Augenblick das Zimmer. Anstelle von Weste, Arbeitshose und Stiefeln trug sie nun Bluse, Jeans und Hausschuhe. Das lange Haar war zu einem Pferdeschwanz gebunden. Gemessen stolzierte sie näher und hatte Juliana bereits ins Auge gefasst. Ein geradezu bohrender Blick aus dunkelgrauen Augen. „Das ist sie also“, waren ihre einleitenden Worte. Eine Stimme so grabeskalt, dass Juliana beinahe fröstelte.

Dazu fügte sich auch der Gesichtsausdruck. Sie war eine hübsche Frau, wahrscheinlich jünger als Valentin, aber die abweisende Mimik verpasste ihr die Aura einer bedrohlichen Gewitterwolke.

„Valea, das ist Juliana“, sagte Valentin. Er erhob sich nicht, deshalb blieb auch Juliana sitzen. Des Weiteren bezweifelte sie, dass Valea Wert darauf legte, ihre Hand zu schütteln. „Juliana, das ist meine Schwester Valea. Deine Geliebte. Ihr seid schon seit Jahren zusammen. Und ihr seid sehr glücklich.“

„Wie könnte es auch anders sein“, rang sich Juliana mit einem gezwungenen Lächeln ab.

Valea sagte nichts und nahm auf der Couch Platz. Ihre Blicke waren nicht giftig, aber auch alles andere als herzlich. Es hätte kaum offensichtlicher sein können, dass sie mit dem Arrangement nicht zufrieden war. Juliana bezweifelte, dass das allein an ihr lag. Aber schon möglich, dass sie der hochwohlgeborenen Dame einfach nicht Sexbombe genug war.

„Wie viel hast du ihr gesagt?“

Die Frage galt ihrem Bruder, aber ihre Augen blieben bei Juliana.

Juliana ließ Valentin nicht zu Wort kommen. „So gut wie gar nichts hat er mir gesagt", stellte sie klar. „Und wenn ihr zwei wollt, dass ich eine überzeugende Performance für eure Gäste abliefere, wird es nun allmählich Zeit, mir zu erklären, was hier vorgeht und was in aller Welt an diesem Wochenende passieren soll."

„Dein Job ist simpel erklärt", sagte Valentin. „Du musst unsere Gäste davon überzeugen, dass du meine Schwester liebst und sehr glücklich mit ihr bist."

„Na, das fällt mir bestimmt leicht", erwiderte Juliana spitz und warf der Gewitterwolke einen kurzen Seitenblick zu. Die musterte sie unverwandt kühl. „Aber es genügt mir nicht. Was soll das Theater? Erklärt es mir. Ich verstehe es nicht."

„Das musst du auch gar nicht", entgegnete Valentin im sachlich geschäftigen Tonfall eines Dozenten. „Du brauchst dich mit unseren Gästen nicht über Gebühr abzugeben. Es genügt vollauf, wenn du deiner Rolle als Valeas Geliebte gerecht wirst. Denkt euch eine lustige Kennenlerngeschichte aus, die ihr erzählen könnt, wenn ihr gefragt werdet."

„Eine lustige Kennenlerngeschichte", wiederholte Juliana und fragte sich allmählich, ob sie hier auf den Arm genommen wurde. Sie blickte zu Valea. Kurioserweise vermittelte sie einen ähnlichen Eindruck.

Rosa kam herein und servierte auf einem Tablett das Teegeschirr mit einer dampfenden Kanne.

„Die Zimmer sind alle hergerichtet", verkündete sie mit stoischer Miene und gleichtöniger Stimme. „Ich mache mich jetzt ans Abendessen."

„Danke, Rosa", sagte Valentin und schwieg, bis die Haushälterin schattengleich wieder aus dem Raum geschwebt war.

„Du bist Schauspielerin", fuhr er eindringlich an Juliana gewandt fort. „Also improvisiere, wenn nötig. Du hast darin freie Hand. Sprecht euch ab, ihr beiden. Du musst mir nur gewährleisten, dass dir unsere Gäste deine Rolle abnehmen. Es dürfen keine Zweifel aufkommen."

„Und warum nicht?", hielt Juliana dagegen.

„Weil du sonst kein Honorar bekommst."

„So habe ich das nicht gemeint."

„Ich weiß." Valentin wirkte nun ungewohnt streng und unnahbar. „Aber ich meine es so. Das ist deine Rolle. Es hängt eine Menge von ihr ab. Bist du dieser Aufgabe gewachsen?"

Juliana versuchte, in ihn hineinzusehen. Hinter die Fassade dieser sanften Augen zu blicken. Doch es gelang ihr nicht. Da war etwas, das sie zurückstieß.

„Ich denke, ich kann das", antwortete sie.

„Gut." Valentin nahm seine Teetasse samt Untersetzer auf und erhob sich. „Dann lasse ich euch jetzt allein, damit ihr euch kennenlernen könnt."

Mit einem vornehmen aber durchaus spöttisch zu verstehenden Nicken zog er sich zurück und ließ Juliana frustriert zurück. Wenigstens war sie nicht die einzige Frustrierte im Raum. Valea knetete sich mit geschlossenen Augen die Stirn.

„Deine Begeisterung ist wirklich kaum auszuhalten", versuchte Juliana das Eis zu brechen.

Valea sah sie wieder an, mit Augen, die sofort neues Eis gefrieren ließen. „Das hier war nicht meine Idee", stellte sie klar.

Juliana nickte gewogen. „Das ist nicht zu übersehen. Aber anscheinend müssen wir uns damit abfinden."

„Mein Bruder ist ein Idiot, wenn er glaubt, dass die anderen dieses Schmierenstück nicht durchschauen würden."

„Dann müssen wir uns eben anstrengen", sagte Juliana, sprang aus ihrem Sessel auf und rückte zu Valea auf die Couch. Damit schien sie sie ein Stück weit überrumpelt zu haben. Juliana nutzte die Gelegenheit für einen weiteren Einfall auf unbekanntes Terrain: „Nun denn, möchtest du mir vielleicht erklären, was das alles soll und was dein Bruder damit bezwecken will? Wen müssen wir täuschen? Und weshalb?"

„Unsere Verwandten", antwortete Valea nach kurzem Zögern. „Die Gründe gehen dich nichts an."

„Mag sein, aber wenn ich sie nicht kenne, schätze ich vielleicht die Situation falsch ein. Das könnte alles zunichtemachen. Und, verdammt noch mal, ich muss doch verstehen, was hier vorgeht, um reagieren zu können. Ohne Hintergrundwissen wer –"

„Du brauchst nicht zu reagieren", schnitt Valea sie ab. „Du sollst dich als meine Geliebte verkaufen, sonst nichts."

„Na gut", sagte Juliana, hob die Hand an Valeas Hals und küsste sie.

Valea stieß sie wuchtig zurück. „Bist du verrückt?", zischte sie. Ihr Ausbruch hatte Juliana beinahe von der Couch befördert.

„Geliebte machen das so", wies sie sie hin. „Willst du etwa, dass wir nur treuherzig Händchenhalten, sobald eure Verwandten da sind?"

Vorher war es Eis, nun schoss Valea feurige Blicke auf sie ab. „Du wirst das nie wieder tun."

Juliana fand zu ihrer Haltung zurück. „Findest du mich denn so unattraktiv?"

„Ich küsse keine Frauen."

„Also nicht gerade der zärtliche Typ, wie?", entgegnete Juliana provokant. Erst dann ging ihr allmählich ein Licht auf. „Moment mal. Willst du damit andeuten, dass du gar nicht auf Frauen stehst?"

„Exakt das", erwiderte Valea.

Nun verstand Juliana gar nichts mehr. „Und warum sollen das eure Verwandten glauben?"

Valeas Blicke schienen sie regelrecht aufzuspießen. „Weil –" Doch sie unterbrach sich und verstummte.

„Ich bin ganz Ohr", sagte Juliana.

Endlich wandte Valea ihren malträtierenden Blick ab. Sie presste die Lippen zusammen und atmete zügig durch. „Mein Bruder glaubt, mich damit zu beschützen", gab sie zur Antwort.

Juliana runzelte die Stirn. Diese Angelegenheit wurde immer verfahrener. Aber auch interessanter. „Ich wage nicht zu hoffen, dass du mir das näher erklärst."

Valea sah sie wieder an. „Hat er dir ein paar Antworten vorgegeben, falls gewisse Fragen fallen?"

Juliana schüttelte den Kopf. „Nein. Du hast ihn doch gehört. Ich soll improvisieren. Und wir beide sollen uns eine Geschichte ausdenken."

Valeas Ausdruck blieb finster. „Unsere Geschichte interessiert niemanden. Das Haus interessiert sie. Was weißt du darüber?"

„Nun ja, es ist hübsch und wohnlich, und es hat einen Turm", erwiderte Juliana ungehalten. Im Stillen aber war sie äußerst dankbar, wie sich die Lage entwickelte, denn hier wurde ihr ein wunderbarer Vorwand serviert, Fragen über die Vergangenheit der Falkensteins zu stellen.

KAPITEL 2

DIE ENKLAVE AM SCHWARZMEER

Das Erste, was Gabriela sah, als sie aus dem miefigen Bus stieg, war ein übergroßes Konterfei ihres Staatschefs. Nicolae Ceaușescu prangte an einer windigen Holzbaracke und schaute weltmännisch in die Ferne, erhaben und majestätisch. Doch jemand hatte ihm ein Oberlippenbärtchen verpasst, wie es einst der deutsche Nationalsozialistenführer trug. Damit sah sich Gabriela bestätigt, dass sie hier richtig war. Die Faschisten waren noch nicht lange vertrieben, schon waren die Nächsten an der Macht – mit dem einzigen Unterschied, dass sie sich jetzt Kommunisten nannten. Rumänien hatte etwas Besseres verdient. Die ganze Welt hatte etwas Besseres verdient.

„Ha ha ha haaaa!", prustete der Vollbärtige mit den verfilzten Haaren aus voller Brust. Er hatte im Bus hinter Gabriela gesessen und zuletzt ziemlichen Schweißgeruch verbreitet. „Das wird der Securitate aber gar nicht gefallen."

„Dann lasst uns hoffen, dass die so schnell hier nicht auftauchen", bemerkte Gabriela, schulterte ihren schweren Rucksack und nahm ihren Gitarrenkoffer auf. Die Sonne stach auf sie herab. Sie wagte kaum, den Kopf zum wolkenlosen Himmel zu recken. Ihre Kleider waren durchgeschwitzt. Wahrscheinlich roch sie ähnlich wie der Vollbärtige. Es war höchste Zeit für ein Bad.

„Die ist sicher längst hier", meinte der langhaarige Mundharmonikaspieler. Im Bus hatte er sich als Marius vorgestellt. Er war erst in der vorletzten Etappe zugestiegen. „Die lassen sich doch das hier nicht entgehen", fügte er hinzu, grinste düster in Gabrielas Richtung und spielte, wie um die Worte zu unterstreichen, eine kurze Melodie auf seinem Instrument.

Die beiden Mädchen aus Craiova hatten Mühe, ihre Trommeln auszuladen, worauf ihnen der Vollbärtige und der junge Philosophen-Rezitierer zur Hand gingen. Constantin hieß er. Gabriela hatte ein Auge auf ihn geworfen. Nicht nur wegen der gefühlt tausend Zitate von Immanuel Kant bis Emil Cioran, die er auswendig kannte und während der Fahrt in die mitunter sehr turbulent ausgearteten Diskussionen geschleudert hatte. In erster Linie wegen seiner hübschen tiefgrauen Augen.

„In unser Zelt kriegen wir jedenfalls keinen mehr rein", stellte das dauerquasselnde Pärchen aus Brasov gemeinschaftlich klar.

Constantin, dem dieser Hinweis vornehmlich gegolten hatte, nickte verständnisvoll. Auch Gabriela wusste noch nicht, wo sie unterkommen wollte. In ihrem Gepäck befanden sich zwei Decken und eine große Plane. Für einen ersten Unterschlupf würde das reichen. Wahrscheinlich gäbe es im Dorf Übernachtungsmöglichkeiten, doch mit ihrem Geld musste sie gut haushalten.

Mindestens die Hälfte der Neuankömmlinge stürmte bereits die andere Straßenseite und eilte drüben den Sandhügel hinauf, um endlich das Meer zu sehen. Gabriela wartete auf Constantin, die beiden Trommlerinnen und den Vollbärtigen, dann schloss auch sie sich der Meute an. Der Schotter unter ihren Schuhen schien vor Hitze zu verdampfen. Der Bus hatte schon wieder seinen stinkenden Motor angeworfen und schickte sich an, zu wenden. Recht viel weiter führte diese Straße nicht. Vama Veche war das letzte Dorf vor Bulgarien. Gabriela überlegte sich, dass sie es auf dem Wasserweg wahrscheinlich mühelos über die Grenze schaffen könnte. Dort aber wäre es nicht besser. Die Vasallenregierungen der Roten Armee wüteten überall. Die Menschen wurden enteignet, beraubt und unterdrückt, hier wie dort, und viele verschwanden auf Nimmerwiedersehen in den Lagern. Gabriela würde auf der anderen Seite nichts gewinnen und müsste womöglich ihre Gitarre zurücklassen. Flucht war keine Option. Aber Auflehnung war eine.

„Habt ihr das Meer schon mal gesehen?", fragte Constantin in ihre kleine Runde.

Alle bis auf den Vollbärtigen verneinten. „Ich war letzten Sommer schon hier", verkündete er erhaben. „Da war noch nicht so viel los, sag ich euch, Freunde. Aber das ist gut so. Wir müssen wachsen. Nur dann kommen wir gegen sie an. Nur dann können sie uns nicht mehr zerstören."

Er deutete an dem Sandhügel vorbei in Richtung Dorf, wo sich hinter Baracken und einer langen Sanddüne eine bunte Zeltstadt auftat.

„Wow, toll! Das ist ja unglaublich", schwärmte eine der Trommlerinnen und ließ glatt eine ihrer zahlreichen Umhängetaschen fallen.

Auch Gabriela staunte. Noch mehr aber rührte sie der Anblick des endlosen Wassers hinter den Zelten und Bretterbuden. Sachte Wellen rollten heran und leckten weit den dunkel gefärbten Sandteppich hinauf. Hier und da wuchsen lange Gräser, doch über weite Teile war hier alles auf Sand gebaut. Sogar einige Häuser und Schuppen des Dorfes.

„Zum Wald hin wäre es ruhiger, aber wir müssen am Brennpunkt sein", proklamierte der Vollbärtige. Er fühlte sich anscheinend zu ihrem Anführer berufen. Gabriela wusste nicht einmal, wie er hieß.

„Ich glaube, ich sehe mich erst mal im Dorf um", sagte Constantin. „Kommt jemand mit?"

Gabriela schloss sich an. Das Pärchen aus Brasov und zwei weitere junge Männer, die Gabriela noch nicht kannte, wollten ebenfalls mitkommen.

Auf dem Weg entlang der Zeltstadt flogen ihnen fortwährend Musikfetzen zu. Vor allem weiche Gitarrenklänge, Flöten, Trommeln und Gesang. Gabriela entdeckte eine ausgelassen tanzende Gruppe, die in ihrer Mitte eine alte Flagge mit dem Wappen des Königreiches Rumänien gehisst hatte. Monarchisten. Oder eher welche, die es gern sein wollten. Die echten, ernstzunehmenden Monarchisten wurden seit Jahren gejagt und getötet. Dies hier waren nur verspätete Anhänger einer längst verlorenen Sache. Nichtsdestotrotz erforderte es großen Mut, eine solche Flagge zu hissen. Hier formte sich Widerstand gegen die brutale Unterdrückung vonseiten der Kommunisten.

Der Duft von gebratenem Fleisch und scharfen Gewürzen wehte Gabriela in die Nase. In einer schattigen

Bude unter Bäumen am Ortsanfang von Vama Veche wurden Fleischspieße gegrillt.

„Die machen Shaworma“, sagte Constantin. „So etwas brauche ich jetzt. Kommt alle mit, ich lade euch ein.“

Das Pärchen und die beiden anderen lehnten dankend ab und zogen weiter. Gabriela nahm die Offerte mit Vergnügen an und staunte nicht schlecht, als sie einen Blick auf die vielen Scheine in Constantins Geldbeutel erhaschte.

Constantin hatte es bemerkt und grinste. „Meine Eltern haben eine Menge Geld“, sagte er. „Zumindest jetzt noch. Die Schergen der Partidul Comunist Român haben längst an unsere Tür geklopft. Die erste große Enteignungswelle nach dem Krieg hat meine Familie glimpflich überstanden. Obwohl wir Deutschstämmige sind. Aber jetzt gibt es wohl kein Entkommen mehr. Wir werden alles verlieren. Wie ist es bei dir?“

„Wir hatten nie Geld oder Vermögen“, antwortete Gabriela aufrichtig. „Die Gitarre war ein Geschenk von einem alten Mann aus unserem Dorf. Der konnte nicht mehr spielen, nachdem sie ihm die Finger gebrochen haben.“

„War sehr klug von ihm, sie dir zu schenken“, sagte Constantin. „Du spielst wunderbar. Waren das eigene Songs, die du mit den Trommlerinnen im Bus gespielt hast? Ich bin übrigens Constantin. Constantin Falkenstein.“

„Ich weiß schon“, entgegnete Gabriela. „Ich heiße Gabriela. Gabriela Petrescu.“

Constantin lächelte. „Freut mich sehr, Gabriela.“

Sie versuchte, es zu erwidern. „Mich auch.“

KAPITEL 3

EIN SPEKTAKEL ZUM WO-CHENENDE

Als er endlich Zeit dazu fand, übernahm es Valentin, Juliana das Anwesen zu zeigen. Es war erst kurz nach fünf, doch aufgrund des hohen Bergkamms im Westen, der das Tal schon früh von der Sonne abschirmte, fühlte es sich an, als wäre die Abenddämmerung bereits weit fortgeschritten.

„Verzeih mir, dass ich dich habe warten lassen." Mit ausladenden Schritten durchquerte Valentin das Vestibül und hielt auf die Flügeltür ins Mittelhaus zu. „Ich hatte noch ein paar Dinge vorzubereiten."

„Gemeine Schnappfallen in den Betten eurer ungeliebten Gäste?", horchte Juliana nach.

Sie sah ihren Auftraggeber bei einem flüchtigen Seitenblick grinsen. „Hältst du das für angebracht?"

„Sag du mir das", forderte Juliana. „Deine Schwester war nicht viel gesprächiger als du. Wenigstens habe ich begriffen, dass ihr euch auf diesen Besuch nicht besonders freut."

Als er die Türen öffnete, sah Juliana ihn erneut von der Seite. Von seinem Grinsen war nichts mehr übrig. „Nein, tun wir nicht", räumte er ein. „Aber er ist notwendig."

Juliana wurde ärgerlich. „Meinetwegen behaltet eure blöden Familiengeheimnisse für euch. Aber erwartet dann bloß keine überzeugende Vorstellung von mir.

Wenn ihr mir keine Informationen gebt, kann ich nicht mehr als ein stummes Püppchen an eurem Tisch sein."

Valentin gestikulierte sie hindurch. „Nun, mir wäre es recht, wenn du genau das wärst. Das und nicht mehr."

Juliana seufzte. „Das wird so nicht funktionieren, Valentin. Ich kann keine Rolle spielen, die ich nicht kenne. Ich brauche einen Background."

„Hast du dich nicht mit Valea abgesprochen?"

„Doch, aber unsere Geschichte ist noch dünner als dein Bart."

Das rang ihm wieder ein Schmunzeln ab, doch Juliana ließ deswegen nicht lockerer und konfrontierte ihn im düsteren Flur des Mittelhauses von Angesicht zu Angesicht. „Wenn von meiner Darstellung so viel abhängt, solltest du mir ein wenig mehr geben. Viel mehr sogar! Wie soll ich denn agieren, wenn ich nicht verstehe, was hier vorgeht? Warum sollen eure Gäste glauben, Valea wäre lesbisch?"

„Das tut nichts zur Sache", sagte Valentin mit erstarrten Augen.

Julianas Ärger kochte über. „Weißt du was, ich habe diese Luftnummer hier wirklich nicht nötig. In dem Dorf da oben habe ich ein Wirtshaus gesehen. Da fahre ich jetzt hin und übernachte dort. Ich kündige unser Arrangement."

Valentin trat augenblicklich beiseite und gab ihr den Weg zur Treppe frei. „Also bitte, fahr los."

Juliana rätselte ein paar Sekunden lang, wie diese Aufforderung einzuordnen war, dann verstand sie. „Gib mir meinen Autoschlüssel", verlangte sie und hielt die Hand auf.

Valentin setzte eine bedauernde Miene auf. „Tja, ich habe ihn vorhin schon gesucht. Ich fürchte, ich habe ihn verloren, als ich deinen Wagen in der Garage geparkt habe. Tut mir leid. Aber keine Sorge, ich bin sicher, spätestens Sonntagmorgen finde ich ihn wieder.“

Juliana schalt sich, weil sie es hätte wissen müssen. Nun saß sie hier fest und war dieser komischen Sippe ausgeliefert. Womöglich würde sie das Pfefferspray doch noch brauchen.

Valentin schien zu durchschauen, was in ihr vorging. Er senkte bedauernd den Blick und schüttelte unmerklich den Kopf, bevor er sie wieder ansah. „Hör zu, es tut mir wirklich leid, dass die Dinge so liegen.“ Die Worte klangen aufrichtig und Juliana wollte ihnen glauben. Es war ihm peinlich, dass er zu diesem Mittel gegriffen hatte. „Bitte glaub mir, dass es zu deinem und zu unserem Besten ist, wenn du dich aus allem heraushältst. Du musst mit keinem unserer Gäste sprechen. Weise sie ab, wenn sie auf dich zukommen und reden möchten. Du kannst gern unhöflich sein. Das macht überhaupt nichts. Im Gegenteil. Sei unhöflich. Schieße ihnen ordentlich vor den Bug. Sei Valeas unnahbare Geliebte. Mehr ist nicht nötig.“

Erneut versuchte Juliana, in ihm zu lesen, was abermals misslang. Valea hatte fallenlassen, dieses Theater wäre zu ihrem Schutz. Aber vor wem musste sie geschützt werden? Und warum konnte Valentin das nicht einfach offenlegen? Wenn hier irgendwie Gefahr drohte, wäre es doch umso wichtiger, die Fakten auf den Tisch zu legen. Valentin aber wollte ein Spiel mit Masken – und Juliana sah ihm an, dass er sich von seinem Vorhaben nicht abbringen lassen würde. Da war eine sture Entschlossenheit in seinen Augen, vielleicht sogar etwas Fanatisches, das ihr beinahe unheimlich war.

„Ich weiß noch immer nicht, wer überhaupt zu Besuch kommt", warf sie ihm dessen ungeachtet vor.

„Da lässt sich Abhilfe schaffen", entgegnete Valentin nun wieder entspannter und nahm Schritt auf. „Unser Onkel Fredrik kommt zu Besuch. Und mit ihm unsere beiden Cousins mit ihren Ehepartnern. Komm, gehen wir weiter. Das Haus ist groß und du solltest einen groben Überblick haben."

Zumindest darin stimmte Juliana mit ihm überein. Der Raum hinter der ersten Tür, die er im Mittelhaus aufstieß, erwies sich als Bibliothek. Juliana war beeindruckt. Rundherum befanden sich vollgestopfte Bücherregale an den Wänden. Nur die beiden Fenster waren frei geblieben. Die Raumesmitte füllte ein schwarzrot gemusterter Teppich aus, auf dem ein einsamer Lesesessel mit Beistelltisch aufwartete. Unauffällig in einer Ecke lehnte eine Holzstaffelei.

„Zuverlässigeres Wissen als man im Internet findet", merkte Valentin an.

„Habt ihr Netzanschluss?", fragte Juliana.

„Ein leistungsstarkes Modem", bestätigte Valentin.

Sie gingen weiter.

„Du wolltest mir von deinen Gästen erzählen", bohrte Juliana nachdrücklich weiter.

Valentin nickte einsichtig. „Onkel Fredrik wird höchstwahrscheinlich allein kommen. Tante Orfa mag keine langen Reisen. Und Valea und mich mag sie noch weniger, nebenbei bemerkt."

Er öffnete die nächste Tür auf der anderen Seite des Flurs. Eine Abstellkammer mit Staubsauger, Schrubber und weiterem Putzzeug. Gleich im Anschluss befand sich das Badezimmer, das Juliana bereits kannte.

„Auf Cousin Valeriu freue ich mich", fuhr Valentin fort. „Auf seine angetraute Gattin weniger. Narcisa ist eine recht dominante Persönlichkeit. Muss sie wohl auch sein. Sie ist Politikerin."

„Sollte ich sie kennen?"

„Wohl kaum."

Der nächste Raum maß etwa die doppelte Größe wie die Bibliothek und war eine Art Wohnzimmer mit scheinbar wahllos verteilten Sesseln und Couchfragmenten. Karmesinrote Vorhänge umrahmten die Fenster, doch anstelle eines Fernsehboards gab es eine bestückte Bar mit Holztresen und hohen Hockern. Juliana glaubte, eine Spur abgestandenen Rauchs zu schnuppern. Von der Decke hingen uralte Lampenschirme.

„Ein Gesellschaftsraum", erläuterte Valentin. „Ich benutze ihn so gut wie nie."

Sie gingen weiter und passierten den Treppenabgang in die Eingangshalle.

„Cousine Sorana habe ich seit ihrer Hochzeit nicht mehr gesehen. Sie lebt mit ihrem Mann auf einem Weingut in Bulgarien. Ich habe sie eigentlich immer gemocht. Vor ein paar Jahren hat sie Zwillinge zur Welt gebracht. Mädchen und Junge. Ich glaube nicht, dass sie sie mitbringen wird."

Juliana wagte eine Schlussfolgerung: „Wenn du deinen Cousin und deine Cousine magst, ist es also dein Onkel, den du fürchtest."

Valentin warf ihr einen flüchtigen Seitenblick zu. „Ich fürchte keinen von denen. Und ich mag auch meinen Onkel. Es gibt aber noch einen weiteren Gast, auf den wir uns einstellen müssen."

„Na schön", seufzte Juliana. „Und wer ist der noch ausstehende Gast?"

„Eugen", antwortete Valentin, während er den Blick in den nächsten Raum freimachte. „Unser Schwager."

Juliana betrat einen Raum ohne jegliches Mobiliar, jedoch mit reihum Gemälden an den Wänden. Es war ausschließlich Landschaftsmalerei, keine Portraits, und augenscheinlich von ganz unterschiedlichen Künstlern.

„Ein Bilderkabinett", erklärte Valentin und blieb unter dem Türrahmen stehen. „Keins davon ist außerordentlich wertvoll. Unser Großvater hat sie gesammelt. Nach seinen Tagen ist kein neues mehr dazugekommen."

Den Bildern schenkte Juliana keine weitere Beachtung, aber dem zuvor Gesagten. Sie fuhr zu Valentin herum. „Ein Schwager? Du und Valea, ihr habt also noch Geschwister?"

„Wir hatten", berichtigte er sie. „Eine ältere Schwester. Victoria. Sie hatte einen Reitunfall und ist dann auf dem Weg ins Krankenhaus gestorben. Das ist jetzt sieben Jahre her."

„Tut mir leid."

Valentin nickte und wandte sich ab. „Komm, gehen wir weiter. Wir haben noch einiges vor uns."

„Was ist mit euren Eltern?", schoss Juliana auf ihn ab.

„Unser Vater ist im darauf folgenden Jahr gestorben", antwortete Valentin. „Er war noch keine siebzig. Victorias Tod hat ihn zerstört. Und unsere Mutter … nun, sie starb schon vor langer Zeit. Valea und ich waren noch klein."

Für diese Mutter interessierte sich Juliana nicht weiter, wohl aber für den Vater. „Wie hieß euer Vater?"

Valentin, der jetzt die zwei noch übrigen Türen außer Acht ließ und geradewegs auf die mächtige Holztür am Flurende zuhielt, schaute sich verwundert zu ihr um. „Wie er hieß?"

Juliana zuckte mit den Schultern. „Na ja, eure Namen sind Victoria, Valentin und Valea. Da würde es mich nicht wundern, wenn euer Vater Victor oder so hieß."

„Nein", sagte Valentin. Er hatte die Tür unter dem bogenförmigen Holzrahmen erreicht und drückte die Klinke. „Unser Vater hieß Constantin."

Bingo, feierte Juliana im Stillen bei sich. Da nun endlich war er. Constantin Falkenstein. Sie war hier auf der richtigen Fährte.

Der Westflügel erwies sich deutlich unattraktiver als das behagliche Wohnhaus an der Ostseite. Wie Valentin schon erklärt hatte, war dies der älteste Trakt des Anwesens, und das merkte man ihm auch an. Mit Renovierungsarbeiten könnte man sicher auch hier Wärme und Gemütlichkeit reinbringen, doch dazu sahen die Hausherren offensichtlich keine Notwendigkeit. Oder sie konnten es sich nicht leisten. Der Hauptflur war noch drückender und düsterer als der im Mittelhaus, weil es hier weit weniger Lampen an den Wänden gab. Bilder an den Wänden wären vergebens, weil man sie ohnehin kaum sehen würde. Die ersten Zimmer, die Juliana einsah, wurden als Stauräume genutzt. In einer fensterlosen Kammer reihten sich staubige Glasballons für Hobbywinzer auf dem Boden. Auf einem Regal staubten Eimer, Schöpfkellen und allerlei Kleingerätschaften vor sich hin. Vermutlich ebenfalls Winzerbedarf. Im Raum gegenüber wurde ungenutztes Mobiliar gelagert, von Kommoden und Betten bis hin zu Hutständern und Beistelltischen.

„Wie gelangt man in den Turm?", fragte Juliana.

„Die letzte Tür links im Mittelhaus", antwortete Valentin. „Wir sind daran vorbei gegangen. Das ist Valeas Reich. Wenn du da rein willst, musst du sie fragen."

„Ich darf also in ihr Schlafzimmer und sogar in ihr Bett, aber nicht in ihren Turm?"

Valentin schmunzelte. „Der Turm ist ihre Künstlerwerkstatt. Sie töpfert und modelliert. Ein paar ihrer Arbeiten stehen unten im Salon."

Nun folgten die Schlafzimmer, die Haushälterin Rosa für die Wochenendgäste vorbereitet hatte. Mit weißer Bettwäsche, nur rudimentär möbliert und ohne jegliche persönliche Note waren sie völlig austauschbar.

„Bei ihrem letzten Besuch haben wir Valeriu und Narcisa unten gleich neben dem Speisesaal untergebracht", sagte Valentin mit einem verschmitzten Lächeln. „Mag sein, dass sie das auch dieses Mal erwarten. Eine Erwartung, die sich nicht erfüllen wird."

„Narcisa ist die Politikerin", erinnerte sich Juliana. „Und was macht dein Cousin?"

„Tja, eigentlich sollte er der Politiker sein", antwortete Valentin verhalten. „Zumindest wenn es nach Onkel

Fredrik gegangen wäre. Es ist enorm wichtig, dass unser Stand Leute in der Politik hat. Davon kann unser Überleben abhängen, wie uns die Vergangenheit schon mehrfach aufgezeigt hat. Onkel Fredrik hatte seinen Erstgeborenen für eine Politkarriere ausersehen. Valeriu aber wollte nicht einmal der Partei beitreten, geschweige denn für irgendein Amt kandidieren. Stattdessen hat er sein Hobby zum Beruf gemacht. Er führt jetzt einen Laden für Modelleisenbahnerzubehör in Bukarest."

Juliana lächelte. „Na, wenigstens hat er noch eine Politikerin geheiratet."

„Nur ein schwacher Trost für Onkel Fredrik, fürchte ich", sagte Valentin weiterhin vergnügt. „Sie ist nämlich in der falschen Partei."

Sie gelangten in ein schmales Treppenhaus. Durch ein Kreuzstockfenster sah Juliana einen Teil der Pferdekoppel. Eine Holzstiege führte abwärts, eine andere nach oben.

„Unterm Dach gibt es nichts zu sehen", bemerkte Valentin und geleitete Juliana nach unten. „Allenfalls ein paar Mäuse und Spinnen."

Unten gelangten sie in ein großzügiges Eckzimmer, dessen vier Fenster einen umfassenden Blick auf die Pferdekoppel gestatteten. Möbliert war es nur spärlich. Es gab einen Esstisch, einen freistehenden Holzofen und eine offensichtlich selten benutzte Küchenzeile.

„Die Hauptküche befindet sich im Souterrain", erklärte Valentin. „Rosa ist sicher bereits schwer beschäftigt."

„Arbeitet sie schon lange für eure Familie?"
„Seit mehr als vierzig Jahren."

Bestens, dachte Juliana. Damit war die Haushälterin ein atmender Schlüssel in die Vergangenheit dieses Hauses. Juliana musste ihn nur noch drehen.

„Dort geht es zu den Ställen hinaus.“

Ein kurzer Korridor mündete an einer Tür an der Rückseite des Gebäudes. Ein anderer strebte in Richtung Mittelhaus. Juliana bekam eine Waschküche zu Gesicht, in der dem Geruch nach vor allem Pferdedecken gereinigt wurden. Gleich daneben befand sich ein richtiges Badezimmer. Es war weitaus weniger einladend gestaltet als das im Mittelhaus. Ein paar der blassgrünen Wandfliesen bröckelten bereits, und sowohl die Badewanne als auch die Duschkabine fielen merklich kleiner aus. Es war zweifelsohne seit Jahrzehnten nicht mehr erneuert worden.

Juliana wollte wieder an die Familienverhältnisse der Falkensteins anknüpfen. „Deine Cousine lebt auf einem Weingut in Bulgarien, hast du gesagt?“

„Soweit mir bekannt ist, tut sie das noch, ja“, antwortete Valentin. „Nachdem es mit Valerius Politkarriere nicht geklappt hat, hat Onkel Fredrik seine Hoffnungen in sie gesetzt. Mit Erfolg, wie es lange Zeit schien. Studium in Politikwissenschaften, ein weiteres Studium in Jura, Sorana war sehr ehrgeizig. Der Partei ist sie auch beigetreten. Sie hatte alle Voraussetzungen, aufzusteigen. Aber dann kam alles anders. Sie hat sich verliebt und einen bulgarischen Winzer geheiratet. Onkel Fredrik war maßlos enttäuscht. Gab wohl eine Menge Streit. Ich weiß nicht, wie die beiden heute zueinander stehen und ob sie Kontakt haben.“

„Dieses Wochenende ist also vor allem eine Familienzusammenführung“, folgerte Juliana.

„Kann man so sagen“, meinte Valentin lakonisch und ging weiter.

Auch im Wirtschaftshaus gab es einen geräumigen Aufenthaltsraum, der sogar einigermaßen gemütlich eingerichtet war.

„Früher war hier drin die Goldschmiede“, erklärte Valentin. „Das war lange vor meiner Zeit. Unsere Mine wirft schon seit über hundert Jahren nichts mehr ab.“

„Ihr habt eine Goldmine?“, staunte Juliana.

Valentin kräuselte die Lippen. „Ich weiß nicht. Ist es denn noch eine Goldmine, wenn es kein Gold mehr zu holen gibt?“

Die meisten Räume im Westflügel dienten als Lager. In einem stapelten sich Holzlatten und Balken für den Außenzaun, im Nachbarraum Pflöcke und Rundhölzer für die Koppel. Eine Schreiner- und Tischlerwerkstatt mit Kreissäge und zwei Werkbänken gab es auch. Überall duftete es satt nach Spänen und Nadeln. Im größten Raum fand sich fein säuberlich Schürholz entlang der Wände aufgeschichtet.

„Ist das die Arbeit eines Forstwirts?“, fragte Juliana.

„Unter anderem“, antwortete Valentin. „Früher war hier drin die Ziegelei. Siehst du den Brennofen an der Rückwand? Heute heizen wir damit nur noch.“

Durch eine vergleichbar schlichte Holztür gelangten sie wieder ins Mittelhaus. Am anderen Ende des vor ihnen liegenden Korridors erspähte Juliana die Eingangshalle.

„Das hier ist der Ahnensaal“, sagte Valentin und öffnete Juliana einen Raum kaum größer als die Schlafzimmer, der einem Saal nicht wirklich gerecht werden wollte. Rundherum war es mit Portraits ausgekleidet.

„Alles Falkensteins", erklärte Valentin. „Die meisten Gemälde haben meine Vorfahren aus Württemberg mitgebracht. Sie zeigen die Stammhalter der Familie bis ins vierzehnte Jahrhundert zurück. Hier sind dann nur noch ein paar entstanden. Mein Großvater war der Erste, der sich geweigert hat, sich portraitieren zu lassen. Vielleicht stand auch einfach kein Maler zur Verfügung."

„Und du?"

„Ich werde mich auch nicht malen lassen", beteuerte Valentin. „Aber vielleicht modelliert Valea mal eine Büste von mir."

Nebenan gab es einen Trophäensaal. Tierkopfpräparate, vor allem Wölfe und Hirsche, prangten an den Wänden. Der Blickfang war ein besonders großer und pechschwarzer Wolf, der grimmig seine Fänge bleckte.

„Hast du was davon geschossen?", fragte Juliana.

Valentin schüttelte den Kopf. „Ich habe immer ein Gewehr dabei, wenn ich draußen bin, aber ich habe es noch nie benutzen müssen. Um den Wildbestand kümmert sich der Förster."

Ein Seitenlauf des Korridors führte zum rückwärtigen Trakt des Mittelhauses. Dort fanden sich weitere Wirtschaftsräume: ein Schlacht- und Ausweideraum, eine Gerberei und ein Nähzimmer mit einer uralten Spindel und einem Weberschiffchen. Nichts davon wurde dieser Tage noch benutzt.

„Meistens haben in diesem Haus drei oder gar vier Generationen Falkensteins zusammengelebt", erklärte Valentin. „Dazu Mägde und Knechte. Und jeder hat etwas zum Überleben beigetragen."

Überleben. Dieses Wort hatte er nicht zum ersten Mal benutzt. Juliana beschied ihm eine fatalistische Ader. Auch weil sie bislang nicht erkennen konnte, woher Valea denn Gefahr drohen solle – geschweige denn, wie sich diese Gefahr mit Lesbischsein neutralisieren ließe. Wahrscheinlich überdramatisierte Valentin. Valea schien das ja ähnlich zu empfinden. Nun, Juliana war dankbar darum. Wäre die Lage anders, hätte sich ihr hier keine Tür aufgetan.

„Was gibt es über euren Schwager zu sagen?", fragte sie.

Valentin wirkte von einem Moment zum nächsten hochkonzentriert und presste verbissen die Lippen aufeinander. Das war Juliana Hinweis genug, dass er diesen Mann nicht mochte.

„Eugen heißt er, nicht?"

Valentin nickte. „Eugen Spilka. Ein Glücksspieler und Herumtreiber. Pferderennen, Hunderennen, Autorennen, Poker – das ist seine Welt. Victoria hat ihn beim Segeln kennengelernt. Sein Boot damals hatte er angeblich bei einer Wette gewonnen. Er ist auch ein leidenschaftlicher Jäger. Etwa die Hälfte der Präparate im Trophäensaal sind von ihm. Hat sich eingebildet, damit würde er bei unserem Vater Eindruck schinden."

„Das hat nicht geklappt?"

„Nein. Unser Vater hat nichts davon gehalten, Tiere nur der Trophäen wegen zu jagen. Aber aus Rücksicht auf Victoria hat er Eugen gewähren lassen."

„Hat er denn auch einen Beruf, dieser Eugen?", fragte Juliana.

„Modedesigner", raunte Valentin. „Ich wüsste aber nicht, dass er je etwas designt hätte."

„Wie kann man Modedesigner sein, ohne Mode zu designen?"

„Er ist nach dem Fall des Eisernen Vorhangs mit seinen Eltern nach England gegangen, wo er sich ein Stipendium ergaunert hat. Eine Weile hat er wohl auch für ein Modehaus gearbeitet." Valentin deutete auf einen Treppenabgang. „Da geht es ins Souterrain hinunter. Das sehen wir uns zum Schluss an."

Sie hatten die Eingangshalle umgangen und gelangten in den weiten Korridor, der ins Parterre des Wohnhauses überging.

„Hier ist das Krankenzimmer." Valentin wies auf eine Tür, machte sie aber nicht auf. „Da drin sind eine Menge Falkensteins auf die Welt gekommen. Auch Valea und ich."

Es gab keine Tür oder Stufe, die den Wechsel in den Wohnflügel markierte. Der Marmorboden aus der Eingangshalle zog sich durch den gesamten Flur bis in den Speisesaal, wo ein gewaltiger massivhölzerner Tisch in der Raummitte aufwartete. Valea deckte ihn gerade, wie Juliana mit gelindem Erstaunen feststellte. Neun Gedecke fanden ihren Platz, so großzügig verteilt, dass die Tafel in ganzer Länge beansprucht wurde.

Valentin aber war damit nicht zufrieden. „Nein, nein, nicht so", wandte er ein. „Wir sind eine Familie. Entsprechend intim wollen wir beieinander sitzen."

Er fing an, die Teller näher zusammenzurücken. Valea sah ihm stoischen Blickes dabei zu, erhob aber keine Einwände. Nach Valentins Aufteilung brauchten sie nun nur noch die halbe Tafel. In feierlicher Haltung nahm er den Stuhl an der Stirnseite ein. „Als Stammhalter der Familie ist dies mein Platz", erklärte er mit einer vornehm ausladenden Geste in Julianas Richtung. „Zu meiner Rechten sitzt Valea. Nach den geläufigen Regeln einer Tischordnung könnten wir dich, als ihre Geliebte, ihr gegenüber setzen. Dort aber möchte ich unseren Onkel haben. Du wirst also neben Valea Platz nehmen. Na los, kommt schon her, ihr zwei."

Die Wände waren wie in der Eingangshalle bis unter die Decke holzvertäfelt. Durch hohe Fenster schaute der Abend herein. Juliana kam der Aufforderung nach und besetzte den ihr zugewiesenen Stuhl. Valea folgte erst mit Verzögerung. Kaum an ihrer Seite, nahm Juliana zärtlich ihre Hand in ihre, die ihr Valea sogleich wieder entriss. Valentin schmunzelte.

„Nun gut, hier wird Onkel Fredrik sitzen." Er meinte den leeren Stuhl zu seiner Linken. „An seine Seite pflanzen wir Narcisa. Die beiden werden eine Menge politischer Streitthemen auszufechten haben. Wenn sie nebeneinander hocken, lassen sie wenigstens den Rest des Tisches damit in Ruhe. Neben Valeriu setzen wir Eugen. Die beiden sind immer gut miteinander klargekommen."

„Weil Valeriu ein Idiot ist", merkte Valea an. „Er hat nie gemerkt, dass Eugen nur mit ihm spielt und ihn für seine Zwecke einspannt."

„Valeriu ist kein Idiot", widersprach Valentin. „Er ist genügsam, das ist alles. Opportunismus ist ihm fremd. Deshalb hat er Eugen nie durchschaut. Und deshalb hat er auch nicht das Zeug zum Politiker."

„Ihr mögt diesen Eugen also beide nicht", stellte Juliana fest.

Valea wandte ihr den Kopf zu. „Eine nichtsnutzige, schnorrende Made, die sich ins gemachte Nest setzen wollte“, raunte sie. „Nein, so jemanden mag und respektiere ich nicht.“

Valentin starrte die Tischplatte an und zog eine grimmige Schnute wie vorhin am Treppenabgang ins Souterrain. Schließlich fasste er sich wieder und blickte zu Juliana. „An deiner anderen Seite möchte ich Traiko haben. Traiko Beron, Soranas Gatten. Das ist ein kleines Risiko, weil ich ihn nicht recht einschätzen kann. Ich kenne ihn kaum. Doch wie gesagt, du brauchst dich mit niemandem zu unterhalten. Blocke ihn ab, falls er zu viele Fragen stellt.“

„Wenn er ein Risiko ist, warum setzt ihr nicht eure Cousine neben mich?“, schlug Juliana vor.

„Nun, das würde das Risiko eher hinaufschrauben, fürchte ich“, sagte Valentin mit einem süffisanten Schmunzeln. „Sorana ist klug und durchtrieben. Wir dürfen sie nicht unterschätzen.“

„Du meinst, sie könnte unser Theater durchschauen.“ Valentin nickte gemessen.

„Das könnte sie nicht, wenn ihr mich ausreichend vorbereiten würdet“, stellte Juliana noch einmal mit vorgerecktem Kinn klar. „Sagt mir einfach, was das alles soll. Warum müssen wir euren Verwandten eine lesbische Affäre vorgaukeln?“

„Nicht nur eine Affäre“, sagte Valentin streng. „Ihr zwei seid seit Jahren zusammen und füreinander bestimmt. Und ihr seid glücklich, also verhaltet euch entsprechend.“ Diese Worte waren vornehmlich an Valea gerichtet.

„Jetzt erklärt mir doch schon, wofür diese ganze Farce gut sein soll“, verlangte Juliana.

Valentin fasste sie mit einem harten aber geduldigen Blick. „Ich fände es schade, wenn wir das jetzt noch einmal diskutieren müssten“, sagte er. „Spiele deine Rolle, wie ich es dir aufgetragen habe. Das ist zu deinem und zu unserem Besten. Was dazu nötig ist, hast du.“

„Ach ja? Werden die uns so einfach abnehmen, dass Valea neuerdings lesbisch ist? Wann habt ihr die Bagage denn zuletzt gesehen?“

„Bei der Beerdigung unseres Vaters vor sechs Jahren“, antwortete Valentin. „Wenn ihr überzeugend spielt, werden sie es euch abnehmen.“

Valea klang verdächtig ähnlich wie Alexander, als sie grummelnd den Tisch und dann den Raum verließ.

„Sie scheint nach wie vor nicht allzu begeistert von deiner Idee“, merkte Juliana an.

Valentin seufzte malade. „Damit kann ich leben.“ Er stand auf. „Na komm, ich zeige dir noch das restliche Haus.“

Dem Speisesaal schloss sich der Salon an, ein gemütlicher Aufenthaltsraum mit Minibar, Zierschrank und einer breiten Glasfront, durch die man auf die Terrasse hinausgelangte. Gartenmöblierung entdeckte Juliana keine, aber einen gemauerten Backofen, in dem man sicher herrliche Pizzas zubereiten konnte. Abgelegen, geräumig und mit allem Wichtigen ausgestattet. Das Anwesen böte den perfekten Austragungsort für eine gute Party. In ausschweifenden Bildern malte sie sich aus, wie sie hier ihren Dreißigsten feiern könnte.

„Hier drin ist unser Vater gestorben“, holte sie Valentin abrupt aus ihren Gedanken. „In einem Sessel mit einem Glas Wodka in der Hand. Nach Victorias Tod hat man ihn selten mehr ohne gesehen.“

Juliana wog ab, inwieweit es angebracht war, noch einmal ihr Bedauern kundzutun, und entschied sich dagegen. Constantin Falkenstein war der Mann und der Name, der sie an diesen entlegenen Ort gelockt hatte. Hier drin war er also gestorben. Und mit ihm seine Geheimnisse.

Ihr Blick fiel auf ein eingerahmtes Foto an der Wand, kaum größer als ein geläufiges Taschenbuch. Sie ging näher und betrachtete die fünfköpfige Familie, die darauf abgelichtet war. Der Vater, groß, dunkelhaarig und erhaben, wie die Familieneiche vornehm im Hintergrund. An der einen Seite eine Frau mit tiefschwarzen Haaren. Ihr Ausdruck war bemerkenswert streng, doch sie war durchaus hübsch. An seiner anderen Seite und etwas nach vorn gerückt eine fast erwachsene Tochter. Stolz und stark wirkten ihre Züge, ihr vages Lächeln frisch und überaus einnehmend. Sie war fast so groß wie ihr Vater, das glatte, schwarze Haar beinahe hüftlang. Vor den dreien in der Bildmitte standen zwei Kinder. Der stockgerade stehende Junge war vielleicht gerade schulpflichtig, das verschmitzt grinsende Mädchen neben ihm sicher noch nicht. An ihre Brust drückte sie eine Stoffpuppe. Juliana identifizierte Valentin und Valea. Die anderen drei waren demnach ihre Eltern und ihre große Schwester Victoria.

„Ein beträchtlicher Altersunterschied zwischen Victoria und euch beiden, wie mir scheint“, sagte Juliana.

Valentin trat an ihre Seite. „Zehn Jahre", bestätigte er. „In dieser Zeit erlitt unsere Mutter zwei Fehlgeburten."

Juliana war verlegen, darauf etwas zu sagen, deshalb schwieg sie und schaute sich weiter im Raum um. Auf einem langen Buffet standen einige Tonskulpturen. Allesamt Pferde, manchmal mit Reiter, doch fast immer in wilden, sich aufbäumenden Posen. „Wow, die sind sehr schön. Valeas Arbeiten?"

Valentin nickte. „Sie hätte genug, um eine Galerie zu füllen. Ich habe ihr vorgeschlagen, einen unserer vielen ungenutzten Räume umzufunktionieren, aber das will sie nicht."

Juliana hatte nicht hinter jede Tür des Anwesens schauen dürfen, aber doch hinter die meisten. Nachdem sie durch waren, begaben sie sich zum Abgang ins Souterrain bei den Wirtschaftsräumen im Mittelhaus.

„Du hast bei deiner Ankunft vielleicht den massiven Fels unter der Terrasse bemerkt", sagte Valentin und ging voran. „Seinetwegen konnte nur ein kleiner Teil des Ostflügels unterkellert werden. Der letzte Raum ist eine Anrichte, aus der ein Speiseaufzug in die Anrichte neben dem Speisesaal führt. Erst letztes Jahr haben wir ihn modernisiert. Ebenso die Küche. Sie befindet sich unter dem Mittelhaus."

Die Abenddämmerung schritt voran, aber auch bei hellstem Tageslicht musste das Souterrain eine ziemlich düstere Angelegenheit sein, schloss Juliana. Sie bewegten sich durch ein niedriges Backsteingewölbe. An mächtigen Querbalken konnte sich jemand von Valentins Statur leicht den Kopf stoßen. Vom Hauptkorridor führten hier und dort Seitenflure fort und mündeten an den Fenstern, die Juliana bei ihrer Anfahrt beidseitig des Aufgangs gesehen hatte. Der Lichteinfall von draußen fiel spärlich aus. Ohne die eingeschalteten Wandlampen wäre es wahrscheinlich nächtlich finster.

„Einen eurer Gäste haben wir noch nicht näher beleuchtet“, sagte Juliana. „Euren Onkel. Erzähl mir von ihm.“

Valentin trug dem bereitwillig Rechnung. „Er ist der jüngere Bruder unseres Vaters und hier aufgewachsen. Bis zu seiner Heirat mit Tante Orfa.“

Bestens, dachte Juliana. Noch ein nutzbarer Leitfaden in die Vergangenheit dieses Hauses.

„Seitdem lebt er in Bukarest“, fuhr Valentin fort. „Er ist Rechtsanwalt und hat schon immer die Nähe zur Politik gesucht. Aus guten Gründen, wie ich dir schon erläutert habe. Er selbst hat sich nie aktiv um ein Amt beworben. Das hatte er für seine Kinder ausersehen. Mit wenig Erfolg, wie gesagt.“

„Was für ein Typ ist er?“, fragte Juliana. Jede Information war kostbar. Je mehr sie über ihn erfuhr, desto leichter würde es ihr fallen, ihm auf den Zahn zu fühlen.

„Nichts ist ihm wichtiger als die Familie und ihr Fortbestehen“, antwortete Valentin. „Als in den letzten Ceaușescu-Jahren so viele Unternehmen zugrunde gingen und eine neue Enteignungswelle drohte, nutzte er seinen Einfluss auf die Familie von Tante Orfa, um uns zu schützen. Ich glaube, nur deshalb konnte unsere Dynastie hier draußen überleben. Sogar mit der Securitate hat er sich angelegt und mehrere Wochen in einem Foltergefängnis verbracht. Tante Orfa hat ihn dann irgendwie freibekommen. Unser Vater hat ihm nicht helfen können. Er musste sich zurückhalten. Das Regime hatte uns ohnehin schon auf dem Radar."

Juliana empfand wachsenden Respekt für diesen Onkel Fredrik. Sie war zu spät geboren, um diese schrecklichen Zeiten selbst miterlebt zu haben. Die Zeiten von Kinder-Gulags, gewaltsamen Dorfeinebnungen und Massenerschießungen.

„Heute verkehrt er in den höchsten Gesellschaftskreisen", fuhr Valentin fort. „Politiker, Medien, Wirtschaft, er kennt sie alle. Aber er drängt sich nicht in den Vordergrund. Im Gegenteil. Lieber lenkt und wirkt er aus der zweiten Reihe. Aus dem Hintergrund. Vielleicht eine Nachwirkung seiner Erfahrungen mit der Securitate. – Hier ist der Weinkeller." Valentin stieß eine quietschende Holztür auf. „Da ich nicht viel von Wein und ihren Jahrgängen verstehe, überlasse ich immer Rosa die Auswahl, wenn wir Gäste haben."

Der Raum hatte keine Fenster. Dutzende, vielleicht Hunderte von Flaschen staubten bäuchlings in Wandnischen vor sich hin. Auch ein paar Fässer standen herum, dick von Staub und Spinnenweben überzogen.

„Weiter brauchen wir nicht zu gehen. Unter dem Westflügel liegen vor allem Schüttkeller. Früher wurden dort Rüben, Kartoffeln und Getreide gelagert. Mit einem handbetriebenen Mühlstein konnten es unsere Vorfahren eigenständig zu Backmehl zermahlen. Ich habe das als Kind mal ausprobiert. Eine äußerst mühsame Aufgabe. Heute sind die Keller weitgehend leer. Die Vorräte lagern rund um den Küchentrakt. Dorthin sollten wir uns jetzt orientieren."

Der Duft von gebratenem Fleisch und Gemüse wehte Juliana in die Nase, als sie dem Hauptlauf des Souterrains nun in die andere Richtung folgten.

„Hier sind Rosas Räume." Valentin zeigte in einen Seitenflur. „Es gäbe genug Platz für weiteres Gesinde, aber wir brauchen niemanden. „Vor Jahren haben wir noch zwei Stallknechte beschäftigt. Damals hatten wir auch noch Ziegen, Schafe und etwa doppelt so viele Pferde im Stall. Nach Victorias Unfall hat Vater alles abgestoßen und die Knechte entlassen. Wahrscheinlich hätte er sämtliche Tiere verkauft, hätte sich Valea nicht so dagegen gestemmt."

Die Küche war beeindruckend. Sie hatte bestimmt die Größe des oberen Wohnzimmers und war so umfassend und modern ausgestattet, dass sie auch in einem Luxushotel in Bukarest hätte stehen können. Rosa bereitete hinter einer Wand aus Rauch und Dampfschwaden die Speisen zu. Sie trug nicht länger schwarze, sondern weiße Küchenkleidung mit brauner Schürze, sogar mit einem Häubchen auf der dunklen Steckfrisur. Inwieweit sie die Besucher wahrnahm, ließ sie sich nicht anmerken. Valentin und Juliana hielten sich nur kurz bei ihr auf.

„Das hier sind die Kühl- und Vorratsräume." Valentin verwies auf die Türen im nächsten Seitenflur. „Möchtest du sie sehen?"

Juliana nickte beiläufig. Ihre Gedanken aber kreisten um die Familienverhältnisse der Falkensteins. „Eure Schwester Victoria und Eugen haben demnach hier gelebt?", folgerte sie.

Valentin nickte. „Nun ja, meistens. Die zwei sind oft auf Reisen gewesen. Zuweilen war Eugen auch allein fort, manchmal für Wochen. Er rannte seinen Geschäften und Glücksspielen hinterher. Würde mich nicht wundern, wenn er auch andere Frauen gehabt hätte."

„Wieso magst du ihn nicht?", fragte Juliana. „Weil er sich in euer gemachtes Nest gesetzt hat, wie Valea es ausgedrückt hat?"

Ein Feuer schien hinter Valentins Augen aufzulodern. Er wandte sich ab und ging weiter. „Reicht das etwa nicht?"

Juliana folgte und spürte, dass es unklug wäre, noch einmal mit dem ungeliebten Schwager anzufangen.

Als sie nicht weit vom Souterrain-Aufgang durch eine Hintertür ins Freie traten, tat sich vor ihnen die schon aus dem Vestibül bestaunte Waldschneise auf, die weiten Einblick in das dahinterliegende Tal gewährte. Der intensive Duft von Nadelhölzern überlagerte den Stallgeruch und schmeichelte Julianas Nase. Alles ringsum, erst recht die tieferen Regionen, ruhten nun in Abendschatten. Entlang der Felswand verlief kaum noch sichtbar die Stromleitung und mündete über dem Garagenanbau in der Hauswand. Die drei Garagentore ließen sich elektronisch per Knopfdruck öffnen. Valentin gewährte Juliana Zutritt. Ganz rechts stand ihr Wagen. Mit fremden Nummernschildern.

„Hast du meinen Autoschlüssel schon wiedergefunden?", fragte sie spitz.

„Ich suche noch", gab Valentin zur Antwort.

Die zwei anderen Fahrzeuge waren ein kastenförmiger Tiertransporter und ein schwerer Unimog mit Ladefläche und Stahlseilwinde. Für einen Forstwirt wahrscheinlich ein unentbehrliches Werkzeug.

„Gut, jetzt noch zu den Ställen, dann sind wir fertig“, sagte Valentin und visierte die Pferdekoppel an.

Juliana hielt Schritt. Der ans Haus angebaute Stall nahm bei der Koppel seinen Anfang.

„Wäre es denn gefährlich, die Tiere nachts draußen zu lassen?“, fragte Juliana.

„Allenfalls für die Fohlen“, antwortete Valentin. „Anders bei den Ziegen, die wir früher hatten. Die sind uns schon manchmal gerissen worden. Auch tagsüber. Hör mal, da ist noch etwas, das du unbedingt beherzigen musst, wenn du mit unserer Verwandtschaft Umgang hast.“

Juliana wurde hellhörig, denn obwohl Valentin diese Sache eher beiläufig vorbereitete, spürte sie, dass sie wichtig war. „Ach ja? Und das wäre?“

„Meine Verwandten glauben, dass ich verlobt bin“, sagte Valentin. „Und wir müssen sie darin bestätigen, dass dem so ist.“

Juliana unterbrach ihre Schritte, weil sie die Welt jetzt gar nicht mehr verstand. „Moment mal“, gebot sie. „Wenn du eine Verlobte brauchst, warum tue ich dann so, als wäre ich Valeas Geliebte?“

Nach ihrem ausführlichen Rundgang stand Juliana in dem einladenden Badezimmer im Mittelhaus unter der Dusche und zermarterte sich den Kopf. Valentin wollte seinen Verwandten weismachen, verlobt zu sein. Doch sie, Juliana, die vermeintliche Schauspielerin, engagierte er, um die lesbische Geliebte seiner Schwester zu spielen. Worin lag da der Sinn? Selbstverständlich war Valentin der Frage wie gewohnt ausgewichen.

Juliana wusste inzwischen eine ganze Menge über die Familienverhältnisse der Falkensteins, doch die entscheidenden Momente hielt man ihr vor. Das war enorm frustrierend und gleichzeitig verdächtig. Juliana war hierhergekommen, um ein Geheimnis zu lüften, das weit in der Vergangenheit lag. Doch vielleicht sollte sie sich erst mal auf die Gegenwart fokussieren, denn deren Geheimnisse schienen ihr mindestens genauso interessant.

Wasserschlieren liefen die gläsernen Duschwände herab. Den Raum dahinter nahm Juliana nur fragmentarisch und verzerrt wahr. Ähnlich fragmentarisch offenbarte sich ihr die vertrackte Situation hier. Sie sollte für die Geschwister Theater spielen. Das Publikum war ihr zwischenzeitlich zumindest namentlich bekannt. Nicht aber der Preis, den diese obskure Vorstellung versprach.

Verschlossen und unnahbar sollte sie sich den Gästen gegenüber geben, hatte ihr Valentin nachdrücklich eingeschärft. Sogar unhöflich und abweisend durfte sie sein. Sollte sie sogar. Juliana grinste diebisch in sich hinein. Genau das würde sie nicht sein. Vielmehr wollte sie alles tun, um die Zuneigung dieser Gäste zu gewinnen. Und dann würde sie sie aushorchen. Sie war hier am richtigen Ort. Valentin wollte sie raushalten. Sie möglichst außen vor lassen. Wohl weil er ein unkontrollierbares Spektakel befürchtete. Exakt das sollte er bekommen. Chaos. Je mehr davon, desto einfacher würde sie es haben, hier ein paar Steine umzudrehen.

Kapitel 4

Die Wölfe am Rande der Lichtung

Es war die erste Bewährungsprobe für ihr behelfsgerechtes Planenzelt. Eilig stopfte Gabriela ihre Habseligkeiten in den Rucksack und platzierte ihn weitest möglich an die schräge Rückwand ihres Lagers, wo er zusammen mit ihrer Gitarre vom Regen hoffentlich verschont bliebe. Dann kuschelte sie sich an Constantins Seite, der die Decken in Sicherheit gebracht hatte. Viele andere genossen den warmen Schauer, tanzten nackt um ihre Zelte, lachten und musizierten. Gabriela erspähte Ilena mit ihrer Umhängetrommel, an ihrer Seite Marius, anscheinend ausnahmsweise ohne seine Mundharmonika. Hinter ihnen jagte eine ganze Meute johlend ins Meer. Der Wind wehte kaum schärfer als sonst, doch er schickte heute deutlich höhere Wellen als üblich die Dünen hinauf.

„Wenn das anhält, fällt das Konzert wahrscheinlich aus", konstatierte Gabriela verdrossen.

Heute Mittag war ein Bus mit vier Bands aus ganz unterschiedlichen Teilen des Landes angereist, die am Dorfplatz einen gemeinschaftlichen Auftritt geben wollten.

„Wird es nicht", meinte Constantin und legte behutsam einen Arm um sie. „Schau aufs Wasser hinaus, dort draußen klart es schon wieder auf. Und sollte das Konzert heute ausfallen, wird es morgen stattfinden."

Er hatte recht, wie so oft, und Gabriela schmiegte sich glücklich an ihn. So musste es sich anfühlen, wenn ein Schiff nach schwerem Sturm endlich in einen sicheren Hafen einlief.

„Ich möchte dich küssen", eröffnete er ihr, während seine Finger zärtlich ihre Schläfe entlangstrichen.

Na endlich, dachte sie und ließ es geschehen.

Der Regen hielt tatsächlich nicht lange an, und Gabriela und Constantin machten sich in der Schar einiger anderer zum Dorf auf, um bei den Konzertvorbereitungen dabei zu sein. Raluca schwang ihre Fahne mit dem verunstalteten Konterfei ihres verhassten Staatslenkers. Tonyos Plakat verkündete die Worte Freiheit und Unabhängigkeit. Zwei andere, deren Namen Gabriela nicht kannte, schmückten sich mit den zwei Hälften einer demonstrativ zerrissenen Sowjetflagge.

„Seht mal da", rief Martin, der strohblonde Franzose. Er war nicht wirklich Franzose, sondern Rumäne wie sie alle, doch seine Vorfahren stammten von dort. „Securitate, da gehe ich jede Wette ein."

Sein Blick galt zwei Männern, die einsam vor einem Wirtshaus hockten. Sie trugen dunkle Anzüge und Hüte, womit sie weder den bäuerlichen Dorfbewohnern noch den jungen Musikpilgern angehören wollten.

„Knöpfen wir sie uns vor", schlug ein bärtiger Kerl grimmig vor und setzte sich schon in Bewegung.

Constantin hielt ihn zurück. „Warte. Damit gewinnen wir nichts", warnte er den Ungestümen eindringlich. „Verprügeln wir die beiden, kommen sie morgen zu viert. Und übermorgen begleitet sie ein Erschießungskommando."

Das schienen alle einzusehen. Sie setzten ihren Weg zur Dorfmitte fort, den vermuteten Securitate-Spitzeln flogen lediglich ein paar Beleidigungen zu. Gabriela war dankbar, dass nicht mehr passierte. Sie wusste nur allzu gut, wozu die Securitate fähig war. Ihr eigener Bruder gehörte denen an.

KAPITEL 5

ZÄRTLICHES ABENDGE-FLÜSTER

Frisch geduscht und eingekleidet betrat Juliana durch die Flügeltür das obere Wohnhaus. Ihre getragenen Sachen hatte sie in ihren mitgeführten Wäschesack gepfercht. Das Vestibül wurde von den vier Ecklampen dezent ausgeleuchtet. Von irgendwo her trug der Flur Streichermusik herein. Juliana tippte auf das Wohnzimmer.

Draußen vor der großen Fensterfront herrschte noch immer Abendstimmung. Der hohe Bergkamm im Westen hatte die Täler zu seinen Füßen früh von der Sonne abgeschnitten und bescherte ihnen eine lange Dämmerung. Juliana war schon gespannt, wie sich das morgen früh verhielt. Ostwärts stieg die Talseite oberhalb der klippenartigen Felswand weitaus flacher an und fiel bald wieder ab. Höher gelegene Bergzüge lagen in weiter Entfernung. Die Morgensonne sollte ihnen hier also durchaus gewogen sein.

Als sie es passierte, spähte Juliana ins Wohnzimmer, aus dem die Streichermusik wehte. Valentin stand vom Eintritt abgewandt an der Glasfront und schaute in den aufziehenden Abend hinaus. Womöglich wartete er auf die ersten Autoscheinwerfer, die sich dem Straßenverlauf folgend den bewaldeten Hang herunterarbeiten würden. So vollkommen reglos wirkte er tief in Gedanken verloren. Juliana wollte ihn nicht stören und ging weiter.

Weiter hinten im Flur kam ihr Valea entgegen.

„Kann ich ins Zimmer?", fragte Juliana.

Valea würdigte sie keines Blickes. „Vielleicht. Weißt du, wie man eine Klinke drückt?", erwiderte sie und verschwand dem Flurverlauf folgend um die Ecke.

Juliana zog die Brauen hoch und betrat das Schlafzimmer, das sie sich an diesem Wochenende teilen mussten. Ein zweites Bett wartete bislang nicht darin auf sie. Na immerhin.

Auf eine bestimmte Kleiderordnung hatte sie niemand hingewiesen, also gab es wohl keine. Valentin hatte gerade noch immer seinen grauen Anzug getragen. Valea war in Jeans und Bluse unterwegs. Dass sie für die Gäste in ein schickes Kleidchen schlüpfen würde, bezweifelte Juliana.

Stellte sich die Frage, was sie heute Abend tragen sollte. Schlicht oder vornehm? Elegant oder pragmatisch? Sie hatte eine brauchbare Auswahl dabei. Ihr fiel ein, dass sie das Zeug in Valeas Schränken unterbringen sollte, für den Fall, dass tatsächlich jemand in diesem Schlafzimmer herumschnüffelte – was sie sich beim besten Willen nicht vorstellen konnte. Wer sollte das tun? Und vor allem: warum?

In einem Kleid würde sie feminin wirken. Und nahbarer. Das war ihre Absicht, aber das sollte Valentin nach Möglichkeit nicht sofort durchschauen. Juliana hielt es für klüger, sich äußerlich weitgehend Valea anzupassen. Schicke Kleider erschienen ihr auf einem

Gutshof mit Pferden ohnehin unpassend. Ein zartes Püppchen hatte hier nichts verloren.

Valentin musste seinem Wachposten unter dem Wohnzimmergiebel treu geblieben sein, um das Fahrzeug schon so frühzeitig bemerkt zu haben. Schon seit geschlagenen fünf Minuten warteten sie zu dritt in der Eingangshalle auf die ankommenden Gäste. Valea verhielt sich ruhig und schweigsam. Valentin schritt gemessen auf und ab und warf durch das Fenster neben der Pforte regelmäßig Blicke nach draußen. Äußerlich wirkte er nicht weiter nervös, doch Juliana bemerkte einen seltsam fiebrigen Blick an ihm.

Sie war in eine schwarze Cordhose geschlüpft, die sie mit einer sonnengelben Bluse ausreichend kontrastierte. Die Farbe sollte einladend wirken und harmonierte wunderbar mit dem Marmorboden, womit sie ihre Zugehörigkeit zu diesem Haus unterstrich. Ihr langes Haar trug sie offen, nicht wie Valea zu einem Pferdeschwanz gebunden. Weder sie noch Valentin hatten ihre Erscheinung kommentiert. Valentin schien innerlich mit anderen Dingen beschäftigt, und bei Valea war anscheinend noch immer nicht angekommen, dass sie zwei glückliche Verliebte zu spielen hatten.

„Sie werden mich für Valentins Verlobte halten", warf Juliana in die stille Runde. „Wann soll ich mich ins Spiel bringen und klarstellen, dass ich zu Valea gehöre?"

Valentin verharrte am Fenster und schüttelte gehetzt den Kopf. „Sie werden dich nicht für meine Verlobte halten", gab er geheimnisvoll bekannt. „Sie erwarten jemand anders."

Juliana blickte zu Valea, die weiterhin schwieg. „Also bleibe ich im Hintergrund, bis du mich vorstellst?"

Valea atmete vernehmbar und nickte schließlich. „Erscheint mir vernünftig", raunte sie. „Soweit dieses Wort in diesem Haus noch eine Bedeutung hat."

„Erspar mir diese Leier", erwiderte Valentin ungeduldig am Fenster. „Okay, sie sind da. Das Auto fährt ein. Eine Limousine, wie mir scheint. Wahrscheinlich Onkel Fredrik. Womöglich hat er Tante Orfa doch dabei. Das wäre ungünstig."

„Im Souterrain finden wir sicher noch eine staubige Decke für sie", meinte Valea.

Juliana schmunzelte. Das versprach, ein recht unterhaltsamer Abend zu werden.

Valentin wich nun fluchtartig vom Fenster zurück. Der Späher wollte beim Spähen nicht ertappt werden. Im Hintergrund abwartend, bemerkte Juliana herannahende Autoscheinwerfer in den Fenstern zum Vorderhof. Die Gäste fuhren die Auffahrt vermutlich bis zum Treppenaufgang hoch, um ihre Reisetaschen nicht so weit schleppen zu müssen.

„Wollen wir nicht rausgehen und beim Gepäck helfen?", schlug sie vor, was die Geschwister im Chor ablehnten.

Die Scheinwerfer draußen erloschen. Es verstrich eine weitere Minute, bis die Türschelle läutete und Valentin sich ohne Hast aufmachte, die Pforte zu öffnen. Er tat es bemerkenswert vorsichtig, öffnete zunächst nur einen handbreiten Spalt. Dann aber stieß er die Tür bis zum Anschlag auf und breitete für den Mann im Türrahmen die Arme aus.

„Valeriu. Endlich."

„Valentin. Es ist viel zu lange her."

Die beiden Männer begrüßten sich mit einer vornehm distanzierten Umarmung.

Valeriu. Das also war der Cousin der Geschwister. Valeriu Falkenstein, der mit einer Politikerin verheiratet war. Hinter ihm manifestierte sich noch jemand in den Abendschatten. Wahrscheinlich war sie das. Das Hoflicht verwehrte Valentin seinen Gästen vermutlich mit Absicht.

Valeriu hatte ungefähr Valentins Statur und war ein paar Jahre älter als er. Schon nahe der vierzig, vermutete Juliana. Sein haselnussbraunes Haar war zentimeterkurz und zog sich in der Kopfmitte bereits zurück, was sich in tiefen Geheimratsecken äußerte. Alles in allem ein gut aussehender Typ, dem auch sein schwarzer Anzug stand. Sein Blick allerdings wirkte ziemlich verschlafen. Das mochte der langen Autofahrt geschuldet sein. „Valea, wie schön." Auch für sie öffnete er die Arme und küsste seine Cousine zutraulich auf die Stirn.

Valentin begrüßte unterm Türrahmen indessen eine kleine und leicht untersetzte Frau mit dunkler Steckfrisur, nicht unähnlich der von Haushälterin Rosa.

„Valentin, du siehst gut aus", sprach ihre raue und etwas überbeansprucht klingende Stimme. Gekleidet war sie in einen weinroten Longblazer über einem knielangen Rock in tiefstem Purpur.

„Das kann ich nur zurückgeben, Narcisa", entgegnete Valentin und küsste sie galant auf beide Wangen.

„Schmeichler", gab sie mit einem unterkühlten Grinsen zurück. „Aber wenigstens ein charmanter Schmeichler. Du hast nichts verlernt, Valentin."

Valeriu hatte Valea inzwischen losgelassen und richtete seinen Blick auf Juliana. „Nanu", sagte er merklich irritiert. „Aber das ist doch wohl nicht Arabella, oder?"

Arabella?, fragte sich Juliana verunsichert, doch die Erkenntnis reifte schnell. Valentin hatte seiner imaginären Verlobten anscheinend einen Namen gegeben. Und wohl auch ein Aussehen. Wahrscheinlich ein Bildchen aus dem Internet.

„In der Tat, das ist nicht Arabella, das ist Juliana", erklärte Valentin. „Ich denke, Valea steht es zu, sie euch vorzustellen."

Von Valeas nun folgender Darstellerleistung war Juliana zwar nicht beeindruckt, doch sie war zumindest passabel. Valea schlang einen Arm um ihre Hüfte und zog sie an sich. „Juliana und ich, wir sind zusammen", erklärte sie forsch und emotionslos. „Schon seit einiger Zeit."

„Freut mich, euch kennenzulernen", trug Juliana den beiden Neuankömmlingen an, die erstarrt und etwas verdattert wirkten.

Valentin versuchte, hinter Narcisa die Tür zu schließen, doch da tauchte noch jemand aus der Dunkelheit auf. Anders als Valeriu und seine Frau trug er beidseitig Gepäck. Vielleicht ein Chauffeur oder gar Kammerdiener, schloss Juliana im ersten Moment.

„Untersteht euch, mich auszusperren", brummte die tiefe Stimme des grimmig stierenden Mannes. „Ich trete euch sonst die Tür ein."

Ein solch barscher Tonfall wollte nicht recht zu einem Angestellten passen. Valentin löste das Rätsel auf. „Onkel Fredrik!"

Onkel Fredrik. Da stand er, der Mann, der für die Familie sogar in ein Securitate-Gefängnis gegangen war. Unmerklich kleiner als Valentin, doch breitschultrig und obwohl sicher jenseits der sechzig ein Mann in Saft und Kraft, der seinem Äußeren nach Bäume ausreißen konnte. Das Haar ergraut, aber voller als das seines Sohnes. Ein fast gerader Bürstenschnitt, der eher zu einem Militär als zu einem Advokaten passen wollte. Seine grimmige Miene verflüchtigte sich schnell. Er stellte seine Gepäcktaschen ab und nahm Valentin in die Arme. Im Gegensatz zu den vorangegangenen wirkte diese Umarmung echt. Onkel Fredrik drückte seinen Neffen beherzt an seine Brust, und Valentin tat es ihm gleich.

„Ich hab dich vermisst, Junge", sprach Onkel Fredrik.

Was Valentin ihm in sein schwarzes Sakko säuselte, konnte Juliana akustisch nicht verstehen.

„Und was habe ich da gerade gehört?", fuhr Onkel Fredrik fort, nachdem er Valentin freigegeben hatte. „Valea, du hast eine Überraschung für uns? Ist das wahr?" Er trat ein, während Valentin sein Gepäck aufnahm.

„Wie du siehst", entgegnete Valea so kühl wie unaufgeregt.

Onkel Fredrik musterte sie ein paar Augenblicke lang aus dunkelgrauen Augen, dann lächelte er wieder und schloss auch sie in seine Arme. „Dann wünsche ich euch alles Gute, meine Kleine", hörte Juliana ihn sagen. „Ich kämpfe schon mein ganzes Leben lang dafür, dass Randgruppen wie wir gehört werden. Auf eine weitere Randgruppe in unseren Reihen kommt es da nicht an. Schön, dich wiederzusehen, Valea."

„Dich auch, Onkel", antwortete sie.

Er ließ sie los und wandte sich Juliana zu. „Fredrik Falkenstein“, stellte er sich mit einem festen Händedruck vor. „Wenn du meine Nichte glücklich machst, soll es mir ein Vergnügen sein, dich kennenzulernen. Juliana war der Name, richtig?“

Juliana bejahte und war geradezu gerührt von so viel Herzlichkeit. Sie konnte beim besten Willen nicht nachvollziehen, wieso Valentin und Valea Vorbehalte gegen diesen Besuch hatten. Nun ja, herzlich war zwar bislang eigentlich nur Onkel Fredrik gewesen, aber trotzdem.

„Ich freue mich, Sie alle kennenzulernen“, erklärte Juliana mit einem weichen Kopfnicken.

Onkel Fredrik wedelte streng mit dem Zeigefinger. „Keine Formalitäten. In diesem Haus duzen wir uns. Und auch überall sonst wirst du mich duzen. Juliana, ich darf dir meinen Sohn Valeriu vorstellen. Und seine Gattin Narcisa.“

Weitere Hände wurden gereicht, weniger kraftvoll und weniger herzlich, doch Juliana wollte sich nicht beklagen. Diese erste Begegnung mit den Wochenendgästen verlief sehr gut, und sie rätselte, wie sie zu diesen Leuten je hätte unhöflich sein können, so wie Valentin es gern hätte.

„Tante Orfa lässt sich entschuldigen“, verkündete Onkel Fredrik. „Sie hätte euch gern wiedergesehen, aber sie fühlte sich nicht besonders.“

„Da sind wir jetzt aber wirklich untröstlich“, bemerkte Valea.

Auf den Wink seiner Frau hin begab sich Valeriu Falkenstein wieder nach draußen und eilte den Treppenaufgang hinab, wohl um das restliche Gepäck zu holen.

Dieses Mal machte ihm Valentin fürsorglich Licht. Unten erspähte Juliana einen schwarzen deutschen Edelklassewagen.

„Ich nehme an, du warst der Chauffeur auf dieser Reise", sagte Valentin zu seinem Onkel, was der bestätigte.

„Orfa hat mir geraten, mit dem Wagen auch einen Fahrer zu mieten, aber soll mich der Teufel holen, wenn ich so etwas nicht mehr selbst mache. Ein toller Wagen. Willst du eine Runde drehen?"

Valentin schlug das Angebot aus. „Morgen vielleicht."

„Offensichtlich sind wir die Ersten", sagte Narcisa in feststellendem Tonfall und schaute sich umfassend in der Eingangshalle um. „Oder traut sich meine Schwägerin etwa nicht heraus?"

„Sorana ist noch nicht eingetroffen", sagte Valea und legte den Arm um Julianas Schulter. „Valentin zeigt euch die Zimmer. Kommt in den Salon, wenn ihr soweit seid. Es dauert noch, bis Rosa das Essen serviert. Juliana und ich bereiten derweilen Drinks vor."

Sanft schob sie Juliana auf den Korridor zu.

„Du machst das gar nicht so schlecht", flüsterte Juliana.

„Halt den Mund", erwiderte Valea. Das Zischen einer angriffslustigen Giftschlange.

Die Einnahme der Aperitifs im Salon wurde eine vergnügliche Angelegenheit, was vor allem an Onkel Fredrik lag, der gute Laune mit ins Haus gebracht hatte. Juliana nahm ihm vollumfänglich ab, wie gern er seinen Neffen und seine Nichte wiedersah. Auch Valeriu taute langsam auf, lachte und redete. Nur Narcisa wirkte verstimmt. Vermutlich war sie mit dem zugeteilten Zimmer nicht glücklich, wie Valentin schon vorausgesehen hatte. Da im Wohnhaus aber nicht genug Platz für alle Gäste wäre, war es nur folgelogisch von ihm, sie alle gemeinschaftlich im Westflügel unterzubringen.

Juliana hielt sich aus den Gesprächen heraus. Zwar wusste sie inzwischen eine ganze Menge über die Falkensteins, aber doch zu wenig, um gefahrlos Konversation betreiben zu können. Ein falsches Wort könnte verraten, dass sie nicht echt war. Und dann? Welche Konsequenzen mochte es haben, wenn ihr kleines Lügengebilde zusammenstürzte? Eine gewaltsame Revolution? Wohl kaum, aber sei's drum. Fürs Erste wollte Juliana im gewünschten Takt bleiben.

Schon entwickelte sich das Gespräch in Gefilde, auf die sie nur unzureichend vorbereitet wurde.

„Wir haben gehofft, wir würden endlich auch Arabella kennenlernen", sagte Onkel Fredrik. „Wo ist sie?"

„Sie lässt euch grüßen, aber sie kann leider nicht hier sein", antwortete Valentin bedauernd. „Ihr Vater hatte einen Unfall. Sie ist zu ihm gefahren."

„Oh, wie schade", warf Narcisa ein. „Was ist ihm denn zugestoßen, dem armen Kerl?"

„Baumfällarbeiten", entgegnete Valentin. „Ein Ast hat ihn erwischt. Scheint aber Glück gehabt zu haben."

„Da bin ich aber froh", sagte Narcisa, wenngleich ihre Augen etwas anderes sagten. „Woher stammt deine große Liebe noch mal, Valentin? Die Gegend um Arad, nicht wahr?"

„Aber nein, ein kleines Dorf in den Südkarpaten", berichtigte sie Valentin. „Sie ist vorgestern abgereist.

Wird ihr gut tun, ihre Heimat wiederzusehen. Sie hadert zuweilen mit der Einsamkeit hier draußen.“

„Da könntet ihr leicht Abhilfe schaffen“, meinte Narcisa. „Warum richtet ihr nicht dauerhaft Fremdenzimmer ein? Das Haus ist groß genug und in ruhiger Lage. Natur, Jagdausflüge, Reiten, es wäre ein Paradies für geplagte Großstädter.“

Nicht Valentin oder Valea antworteten darauf, sondern Onkel Fredrik, noch dazu ziemlich unwirsch: „Mit viel Blut und Schweiß haben unsere Väter und Vorväter dafür gekämpft, dass unsere Dynastie hier eine Zukunft hat. Es wird ganz sicher zu keinem Ferienhotel für geplagte Großstädter!“

Wie als wolle er sich dessen versichern, blickte er zu Valentin, der ihm den Gefallen tat.

„Wir haben es gern ruhig, und das soll auch so bleiben“, sprach er mit einem gewogenen Lächeln zu Narcisa.

Onkel Fredrik nickte zufrieden. „Unsere Familie war immer gut beraten, möglichst unter dem Radar der Mächtigen zu bleiben. Nur so haben wir die Faschisten und die Kommunisten überlebt. Menschen mit Verstand bieten ihr sicheres Domizil nicht dem Pöbel feil. Denn früher oder später wird sich der wieder zusammenrotten und sich erinnern.“

Das hatte gesessen. Narcisa pfählte ihren Schwiegervater mit finsteren Blicken, und Juliana gewann den sicheren Eindruck, dass die beiden sich nicht allzu mochten. Sie gehörten auch konkurrierenden Parteien an, wie sie sich in Erinnerung rief.

Die Türschelle durchbrach das unbehagliche Schweigen, was die Situation ein wenig rettete. Entspannung brachte die leise Frühlingsmelodie jedoch nicht. Die Anwesenden wechselten Blicke. Juliana ahnte, was in ihnen vorging. Die Auswahl derer, die dieses Familientreffen gleich bereichern würden, war überschaubar. Entweder würde es der ungeliebte Witwer Victorias sein oder Onkel Fredriks abtrünnige Tochter, die, anstatt Rumänien politisch zu erneuern, lieber einen bulgarischen Winzer geheiratet hatte. Beide Optionen brachten Konfliktpotenzial ins Haus. Wenngleich in Gestalt von Narcisa offenbar schon jetzt welcher da war.

„Entschuldigt mich, ich übernehme das." Valentin stellte seinen Drink am Buffet ab und marschierte los.

Neue Sekunden des Schweigens hielten Einzug, bis Narcisa an Valea adressiert meinte: „Wann hast du herausgefunden, dass du auf Frauen stehst?"

Bislang hatte Valea bemerkenswert cool agiert, doch nun zögerte sie. Sie hatten sich auf eine grobe Historie verständigt, doch auf diese Frage hatte sich Valea offenbar nicht vorbereitet.

Juliana sprang kurz entschlossen in die Bresche. „In dem Moment, als sie mich kennengelernt hat", erklärte sie mit einem salbungsvollen Grinsen, schmiegte sich an Valeas Seite und drückte ihr einen Kuss auf den Hals. „War es nicht so, Schatz?"

Valea reagierte souverän. „Exakt so war es", sagte sie, und ihre Hand bestrich sogar einigermaßen zärtlich Julianas Wange.

Narcisa musterte sie verhalten. In ihrer Miene las Juliana eine Mischung aus Argwohn und Amüsement. Etwas in ihrem Blick gefiel ihr ganz und gar nicht. Diese kleine Frau konnte man leicht übersehen, doch unterschätzen durfte man sie nicht. Bis zu einem gewissen Grad schien sie sogar ihrem Schwiegervater gewachsen. Oder scheute es zumindest nicht, sich mit ihm anzulegen.

Kurz darauf kehrte Valentin mit neuen Gästen zurück. Den Anfang machte eine Frau, ein wenig kleiner als Valea, aber unverkennbar eine Falkenstein. Ihr Haar war dunkelblond und fiel in geschmeidigen Wellen bis auf Brusthöhe. Unter einer holzbraunen Wildlederjacke trug sie ein blass kariertes Holzfällerhemd, was sie ein wenig wie einen Rodeoreiter wirken ließ. Dazu fügte sich auch die Jeans. Offenbar ein Markenzeichen weiblicher Falkensteins. Auf dem kleinen Familienfoto an der Wand trug auch die verstorbene Victoria eine. Das hier musste Sorana sein.

„Ich grüße euch alle", sprach sie halblaut zu der Familienversammlung im Salon. Sie lächelte, doch es war ein sehr vorsichtiges Lächeln.

Ihr Vater reagierte als Erster. „Sorana", sagte Onkel Fredrik mit einem bemühten Lächeln, trat zu ihr hin und umarmte sie. Es war eine behutsame, geradezu respektvolle Umarmung, so distanziert wie Soranas Lächeln, und kein Vergleich dazu, wie er vorhin Valentin an der Pforte geherzt hatte. Zuletzt küsste er seine Tochter auf die Stirn.

Dann widmete er seine Aufmerksamkeit ihrem Begleiter, der in vornehmer Zurückhaltung hinter ihr den Salon betreten hatte. Sorana, so schätzte Juliana, war etwa so alt wie Valea. Der Mann hinter ihr war bestimmt fünfzehn Jahre älter. Sanfte blaue Augen schauten über geäderten Wangen aus einem wettergegerbten Gesicht in die Runde der Anwesenden. Das kohlenschwarze Haar war an den Schläfen leicht angegraut. Seine schmalen Lippen lächelten. Anders als Sorana trug er Hemd und Jackett, beides ziemlich abgetragen. Ein optisch sehr interessantes Duo.

„Traiko", sagte Onkel Fredrik und reichte ihm förmlich die Hand. „Es ist eine Weile her."

„Fredrik", entgegnete der Angesprochene und schüttelte sie.

Die Reserviertheit auf beiden Seiten hätte kaum deutlicher zutage kommen können. Ein Vater, der noch nicht verwunden hatte, dass seine Tochter eigene Wege gegangen war, und ein Ehemann, der seinem Schwiegervater nicht vergab, dass er ihr eben das vorhielt.

Weitaus inniger wurde Sorana von Valeriu begrüßt. Die Umarmung der Geschwister war echt und hielt lange an. Valentin hatte schon angedeutet, dass Sorana seit ihrer Ehe wahrscheinlich kaum noch Kontakt zu ihrer Familie hatte. Diese Szene schien das zu bestätigen.

„Ich gieße noch zwei Gläser ein", meinte Valea und begab sich zur Minibar.

„Erst, wenn ich mit dir fertig bin", raunte Sorana, gab ihren Bruder frei und stürzte sich auf sie.

Juliana erschrak, doch das war kein Angriff, es folgte nur eine weitere Umarmung. Und was für eine. Sie staunte schmunzelnd und fragte sich einmal öfter, von wem in aller Welt Valentin und Valea denn bloß Gefahr fürchteten. Hier ging es herzlicher zu als in ihrer eigenen Familie.

„Valea“, wisperte Sorana. „So schön, dich wiederzusehen.“

„Ich habe euch zwei Kisten Wein mitgebracht“, sagte Traiko zu Valentin. „Eine Auswahl des letzten Jahres und ein paar ausgesuchte ältere Jahrgänge. Sie sind im Kofferraum, und da haben sie jetzt wahrlich lange genug gelegen. Wir sollten sie in den Keller bringen.“

Valentin legte ihm freundschaftlich die Hand auf die Schulter. „Sofort, Traiko, aber erst will dich noch jemand kennenlernen.“

Valea hatte das Stichwort verstanden. Sie löste sich von Sorana, und wie schon einmal nahm sie Juliana an ihre Seite, um sie ihrer Cousine und deren Gatten als ihre Geliebte vorzustellen.

„Es gibt nichts Wundervolleres, als wenn sich zwei Menschen finden“, meinte Traiko und schüttelte mit einem warmen Lächeln auf den Lippen Julianas Hand. „Ist mir eine Freude, Juliana.“

„Ganz meinerseits“, entgegnete Juliana.

Sorana wiederum wirkte ziemlich irritiert. „Das ist jetzt ein Witz, oder?“

„Nein, mitnichten“, sagte Valea und rasselte ihre vereinbarte Kennenlerngeschichte herunter. Ein wenig verkürzt und verdreht, aber darauf kam es nicht an.

Sorana starrte sie wie jemanden von einem anderen Stern an. „Wie kannst du plötzlich lesbisch sein? Nach allem, was wir in unserer Jugend ...“ Sie beendete den Satz nicht. „Du bist damals mit Achile zusammen gewesen. Auf den waren wir beide scharf. Und dann bist du mit ihm gegangen. Ich hab dich dafür gehasst. Wenigstens fünf Minuten lang. Achile, ein Prachtstück von einem Kerl. Nichts für ungut, Traiko.“

„Schon gut, ich halte das aus", warf der Angesprochene aus dem Hintergrund ein. „Gerade noch."

Sorana blieb überfordert. „Nicht dass mir das was ausmachen würde, aber das ist doch ... das ist ..."

Ihre Blicke irrlichterten zwischen Juliana und Valea hin und her. Was das ihrer Meinung nach war, behielt sie für sich.

„Es ist Liebe", schritt Juliana ein und schmatzte Valea auf die Wange. Valea ließ es geschehen und spielte sogar einigermaßen gut mit. Ein wenig steif, aber es sollte seinen Zweck nicht verfehlen.

„Auf Überraschungen war ich ja durchaus gefasst", sagte Sorana mit hochgezogenen Augenbrauen. „Diese haut mich jetzt aber doch ein wenig um." Sie fuhr schwungvoll herum. „Nun gut. Jetzt aber zu dir, Valentin. Wo ist Arabella?"

So manchem schwelenden Konflikt zum Trotz lief die Stimmung im Salon wieder in warme Gefilde ein. Traiko und Narcisa versuchten eine Annäherung, während Juliana von Sorana intensiv in Augenschein genommen wurde. Juliana tat so, als würde sie die sezierenden Blicke nicht bemerken und fragte Valeriu, wo in Bukarest sein Modelleisenbahnerladen zu finden wäre. Valentin plauderte einstweilen mit seinem Onkel. Valea hielt sich dezent im Hintergrund. Niemand schien bemerkt zu haben, dass der zierliche Schatten, der Haushälterin Rosa war, in den Raum geschwebt war.

„Ich wäre dann bereit, aufzutragen", tat sie in Valentins Richtung kund.

Doch es war Onkel Fredrik, der sich ihrer annahm. „Rosa!", rief er und hielt mit offenen Armen auf sie zu. „Wie freue ich mich auf deine Kochkünste. Aber noch mehr freue ich mich, dich wiederzusehen."

Er umarmte sie nicht, aber er berührte sie zutraulich an beiden Schultern. Wenn Rosa schon seit über vierzig Jahren hier war, wie Valentin gesagt hatte, kannten sich die beiden seit ihrer Jugend. Erst jetzt realisierte Juliana, was für ein entsagungsvolles Leben diese Rosa geführt haben musste. Ein Leben voller Entbehrungen. Ein Leben in Einsamkeit. Ein Leben ganz in Diensten der Falkenstein-Dynastie. Wie kam man wohl zu so einer Anstellung?

„Auch ich freue mich, Herr Fredrik", entgegnete Rosa, wirkte dabei aber völlig emotionslos. Herr Fredrik hatte sie ihn genannt. Von der Regel mit dem Duzen und Siezen in diesem Haus war sie offensichtlich ausgenommen. Oder sie nahm sich selbst davon aus.

„Nun, dann schlage ich vor, wir begeben uns zur Tafel", gebot Valentin mit ungewohnt distinguiert gefalteten Händen. „Ich bin sicher, Eugen wird nicht mehr lange auf sich warten lassen."

„Hervorragend. Und falls er es doch tut", sagte Narcisa und machte sich bereits auf den Weg, „soll es mir auch recht sein. Ohne ihn wird es vielleicht ein netter Abend."

Juliana runzelte die Stirn. Diesen Eugen mochte hier anscheinend keiner. Sie war schon gespannt auf ihn.

Am Esstisch wurde Eugen das beherrschende Gesprächsthema, dessen vorgesehener Platz neben Valeriu fürs Erste unbesetzt blieb. Alle anderen hatten sich der von Valentin ersonnenen Sitzordnung gefügt. Juliana saß damit zwischen Valea und Traiko, der ihr bislang ein rundum angenehmer Sitznachbar war. Sowohl beim allgemeinen Small Talk als auch bei der verbalen Abrechnung mit dem nichtsnutzigen Eugen nahm er sich sympathisch zurück, und er drang auch nicht mit Fragen auf sie ein. Valentin schien das geahnt zu haben und hatte ihn deshalb neben sie gesetzt.

Bei Sorana war sich Juliana noch nicht sicher. Sorana spähte fortwährend skeptisch an ihrem Gatten vorbei, so als könnte sie noch immer nicht fassen, dass Valea eine Geliebte hatte. Juliana ignorierte die Blicke, wie sie es schon im Salon getan hatte.

„Du hättest ihn überhaupt nicht einladen sollen", sagte indessen Onkel Fredrik missbilligend zu Valentin. „Er hat in diesen Mauern nichts mehr zu suchen."

„Victoria würde das anders sehen", entgegnete Valentin mit traurigen Augen. „Ob es uns gefällt oder nicht, er gehört zur Familie."

„Er wird uns das Wochenende versauen", schnarrte Narcisa neben Onkel Fredrik. „Und er wird alles verkomplizieren."

Juliana lauschte neugierig. Was würde er verkomplizieren? Um was ging es bei diesem Familientreffen?

Onkel Fredrik nickte zustimmend. Wenigstens in dieser Sache schien er einer Meinung mit seiner Schwiegertochter.

„Ich sehe nicht, warum er irgendetwas verkomplizieren sollte", tat Valentin das Gesagte ab und leitete zu Eugens und Victorias Sohn Mikail über. „Ich möchte ihn gerne kennenlernen, aber Eugen hat mir zu verstehen gegeben, dass er ihn nicht mitbringen wird."

Juliana ärgerte sich im Stillen. Victoria und Eugen hatten also einen Sohn. Valentin und Valea damit einen Neffen. Die zwei erwarteten eine überzeugende Show von ihr, hatten es aber nicht für nötig erachtet, sie auf diesen klitzekleinen Sachverhalt hinzuweisen. Das war grob fahrlässig. Nein, es war dumm. Es war schlichtweg dumm. Als langjährige Geliebte Valeas sollte sie über deren verwandtschaftliche Verhältnisse einigermaßen Bescheid wissen. Aber die beiden fütterten sie nur rudimentär. Welcher Sinn steckte da dahinter? Welche Absicht? Was durfte sie hier nicht wissen?

„Was kann schon aus dem Jungen werden, wenn Eugen ihn aufzieht", raunte Onkel Fredrik düster. „Ein Spieler und Schnorrer wie er selbst einer ist. Kein Falkenstein."

„Ich bin sicher, Eugen ist ihm ein guter Vater", warf Valeriu ein, womit er sich sowohl von seinem Vater als auch seiner Gattin vernichtende Blicke einfing.

„Na klar, er hat sicher immer ein paar erfahrene Huren in seiner Nähe, die ihm bei der Aufzucht helfen", giftete Narcisa.

Valeriu schwieg daraufhin. Aufzucht, dachte Juliana. So sprach wahrscheinlich niemand, der eigene Kinder großzog. Ausschließen durfte sie es trotzdem nicht. Von diesem Mikail hatte sie schließlich auch erst gerade eben erfahren. Womöglich hatten auch Narcisa und Valeriu Kinder, von denen ihr Valentin und Valea nichts gesagt hatten.

„Juliana, meine Liebe", sprach Onkel Fredrik sanft über den Tisch. „Erzähl uns von dir. Was bist du von Beruf?"

An dieser Stelle gestattete sich Juliana die Wahrheit. „Ich bin Journalistin“, antwortete sie.

Danach folgte Geflunker. Sie erzählte von einem regionalen Blatt, für das sie gearbeitet hatte, bevor sie hierher zu Valea gezogen war.

„Ist es dir hier nicht zu einsam?“, fragte Narcisa. „So wie Arabella?“, fügte sie hinzu und ließ Valentin einen scharfen Seitenblick zukommen.

„Oh, ganz und gar nicht, ich liebe es hier“, beteuerte Juliana. „Nach und nach erlerne ich sogar die Arbeit. Wenngleich es noch ziemlich hapert“, fügte sie mit einem Schmunzeln hinzu.

„Soso“, meinte Narcisa und taxierte sie eindringlich. „Welche Arbeiten machst du denn zum Beispiel?“

Damit erwischte sie Juliana auf dem falschen Fuß, doch zum Glück schaltete Valea gleich und legte anschaulich dar, wie ihr Juliana im Stall und mit den Pferden zur Hand ging.

„Modellierst du auch noch mit Ton?“, fragte Sorana von der Seite. „Ich habe das immer sehr an dir bewundert.“

Valea nickte gewogen. „Ich zeige dir morgen ein paar Arbeiten, wenn du willst.“

„Oh ja, furchtbar gern“, erwiderte Sorana und kräuselte amüsiert die Lippen. „Früher hast du oft stramme Reiter auf muskulösen Pferden modelliert. Was haben wir damals doch viel gekichert und uns diese hübschen Prachtkerle vorgestellt. Ich nehme an, heute sitzen so anmutige Grazien wie Juliana darauf.“

Damit nun war Valea etwas zugeschnürt, und Juliana sprang ein. „In ihre Kunst rede ich ihr nicht drein. Ich will die Dinger nur sehen, wenn sie fertig sind. Meine Lieblingsstücke hat sie drüben im Salon ausgestellt."

„Ah, deine Lieblingsstücke sind das", resümierte Sorana mit einem süffisanten Lippenspiel. „Hm, ich könnte schwören, das sind dieselben, die dort schon seit Ewigkeiten stehen."

„Nicht ganz", beharrte Juliana stur, obgleich ihr aufging, dass sie vielleicht zu viel improvisiert hatte.

Nun mischte sich auch Valentin ein. „Bei uns hier passiert nicht viel, wie du weißt", sprach er lächelnd in Soranas und Traikos Richtung. „Viel interessanter könnte ich mir das Leben auf einem Weingut vorstellen. Ist sie dir denn eine Hilfe, Traiko? Oder steht sie nur im Weg?"

Traiko nahm die Hand seiner Frau zärtlich in die seine und versicherte, dass sie in der Tat eine große Hilfe sei. „Ohne sie wäre ich aufgeschmissen. Sorana kümmert sich auch um das Marketing und hat uns ein paar wichtige Türen aufgemacht. Dafür habe ich leider gar kein Talent. Sie hingegen macht das spielend."

„Stell dich nicht so unter den Scheffel", wies Sorana ihn liebevoll zurecht und wandte sich wieder an die Versammelten. „Wir sind ein gutes Team, Traiko und ich. Vielleicht übernehmen wir zur nächsten Saison einen weiteren Weinberg. Der jetzige Besitzer wird zu alt für die Arbeit und hat keinen Nachfolger."

„Klingt, als wärst du sehr glücklich", meinte Valentin. Auch Onkel Fredrik hörte genau zu.

„Das bin ich", sagte Sorana und rückte ein wenig näher an ihren Gatten. „Der Umgang mit den Trauben und Reben ist sehr erfüllend. Es erdet mich, und ich kann die Früchte meiner Arbeit fast jeden Tag sehen und erleben. Anders als früher." Ihr Blick wanderte kurz zu ihrem Vater, wie Juliana nicht entging. Der hielt sich mit Kommentaren zum Werdegang seiner Tochter weiterhin zurück. Vermutlich besser so.

„Und eure Zwillinge?“, legte Valentin nach.

„Entwickeln sich prächtig, würde ich sagen“, erklärte Traiko stolz. „Wir haben ein Fotoalbum mitgebracht, das wir euch nicht vorenthalten werden. Die zwei halten uns ganz schön auf Trab.“

Auf einem Servierwagen fuhr Rosa gerade die Suppe herein, als abermals die Türschellenmelodie erklang. Valentin wirkte merkwürdig angespannt, als er sich erhob.

„Das muss er sein“, sprach er halblaut und entfernte sich.

Kapitel 6

Die Oase inmitten des Sturms

Gabriela saß im Halbdunkel ihrer Baracke und übte auf ihrer Gitarre. Zwei, vielleicht drei Songs waren im Grunde fertig und spielbar. Es brauchte nur noch gute Texte und fähige Mitmusiker. In Sachen Texte baute sie auf Constantin, auch wenn der sich ein wenig zierte. Schwieriger zu finden waren brauchbare Musiker. Zwar liefen hier viele mit unterschiedlichsten Instrumenten herum, aber nur die wenigsten konnten zuverlässig darauf spielen. Den meisten genügte es, abends ein wenig an den Lagerfeuern zu klampfen. Und die, die es ernst meinten, waren meistens schon in Bands. Gabriela könnte sich der einen oder anderen anschließen, aber lieber als das wollte sie ihr eigenes Ding machen.

Es war eine gute Idee von Constantin gewesen, sich mit Felix und Raluca zusammenzutun. Aus Holz, Blechteilen und ihrer bewährten Plane hatten sie sich einen rundum geschlossenen Verschlag gezimmert, den sie nun zu viert bewohnten. Hier drin konnte Gabriela nicht nur weitgehend ungehindert üben, hier konnten sie und Constantin sich auch ungestört lieben. In ihrem alten Planengebilde war das schwierig gewesen. Wegen der offenen Frontseite hatten sie immer bis zum Einsetzen der Dunkelheit warten müssen, wollten sie nicht begafft werden. Hier nun war es fast immer möglich.

Die Eingangsdecke flog zur Seite und Constantin kroch herein, so nackt wie er sie vorhin verlassen hatte. Vorhin? Nun, es mochte auch schon wieder eine Stunde vergangen sein. Wenn sie spielte, vergaß sie die Zeit.

„Hey, wo bleibst du denn?", fragte er und begab sich zu ihr auf ihre Liegedecke. Von seiner Haut rieselte Sand. „Bekommst du hier drin überhaupt noch Luft?"

Gabriela lehnte sich an seine Seite. Erst jetzt, wo er es ansprach, bemerkte sie, wie stickig es hier drin geworden war. „Du hast recht, es ist fürchterlich. Was ist draußen los?"

Constantin zog die Augenbrauen hoch, grinste aber. „Das Übliche", antwortete er. „Ballspiele, Fangspiele, Dichterlesungen und Vorträge. Und vom Busparkplatz aus schaut die Securitate neugierig zu."

Die Spitzel des Regimes hatten sich inzwischen ein wenig angepasst. Sie trugen nicht länger ihre dunklen Anzüge und Hüte, sondern entweder Bauerntracht wie die Dorfleute oder gar weite Hosen und Hemden wie viele Strandpilger. Erkannt wurden sie trotzdem. Gabriela fragte sich, was sie vorhatten. Wurde Vama Veche nur beobachtet oder bereitete das Regime einen gewaltsamen Zugriff vor?

„Lass uns schwimmen gehen", sagte Gabriela, was Constantin mit Freude aufnahm und sie auf die Nase küsste.

Gabriela streifte ihre Klamotten ab und folgte ihm nach draußen. Die plötzliche Helligkeit blendete ihre

Augen, aber die warmen Sonnenstrahlen taten unsäglich gut. Dazu der warme Sand zwischen ihren Zehen und der frische Wind in ihren Haaren. Sie schaute sich um. Die Zeltstadt reichte nun schon bis zum Wald. Fast jeden Tag trafen neue Pilger aus allen Teilen des Landes ein und erzählten ihre Geschichten von Einschüchterungen, Verfolgungen und den organisierten Morden der Securitate-Schergen. Es wurde schlimmer. Der neue Diktator ließ seine Gegner systematisch beseitigen. Wann würde er hier zuschlagen? Gabriela schauderte.

Constantin nahm sie an der Hand, dann flanierten sie aufs Meer zu, das heute besonders sanft und einladend seine Wellen heranschickte. Am Wasser zupfte ein junger Mann mit Strohhut ziemlich unbeholfen auf einer verstimmten Gitarre. Noch einer, der für unsere Band nicht zu gebrauchen ist, dachte Gabriela und ging weiter.

Als das Wasser schon an ihren Füßen leckte, fuhr sie herum, hob ihre Hand als Sonnenschutz und spähte zum Parkplatz hinauf. Drei Männer hockten dort unter einem behelfsgerechten Dach und besahen sich das vielfältige Treiben am Strand. Vama Veche war die letzte noch freie Festung. Doch wie lange noch? Und was dann?

Sie würden kämpfen. Sie hatten keine Gewehre oder Pistolen, nein, ihre Waffen waren ihre Stimmen und ihre Instrumente. Mit denen würden sie kämpfen.

Constantin lief schneller und zog Gabriela hinter sich her. Wasser spritzte und benetzte sie überall. Augenblicke später warfen sie sich in die Flut, und Gabriela konnte für eine Weile ihre Ängste verdrängen.

KAPITEL 7

DER UNGELIEBTE GAST

Eugen Spilka wirbelte Valentin voraus in den Speisesaal. Eine bemerkenswert sonnige Erscheinung mit einem strahlenden Lächeln im Gesicht.

„Meine verehrten Anverwandten", verlautete er mit ausgebreiteten Armen. „Oh, es ist so schön, nach Hause zu kommen. Ihr habt mir gefehlt, Freunde."

Der Einzige am Tisch, der Freude durchblicken ließ, war Valeriu. Er stand sogar auf und trat dem Neuankömmling gegenüber. „Eugen, wir fürchteten schon, du kommst nicht." Die beiden begrüßten sich mit ausgiebigem Schulterklopfen.

„Manche haben es sogar gehofft", bemerkte Narcisa.

Spilka nahm sich ihr ungerührt an und lächelte sogar noch breiter. „Narcisa, meine Blume. Mit großer Freude sehe ich, dass du nichts von deinem erfrischenden Wesen eingebüßt hast – trotz der vielen Jahre", fügte er spitzbübisch hinzu.

Juliana musste sich ein Schmunzeln verkneifen. Eugen Spilka gefiel ihr. Er war, wie schon vermutet, älter als Valentin, vielleicht vierzig oder auch schon darüber hinaus. Seine erfrischende Art aber ließ ihn jünger wirken als den etwas steifen Falkensteiner. Auch dass er keinen Bart trug, war seinem Aussehen sehr zuträglich. Seine Haut war sehr gepflegt und gebräunt wie bei jemandem, der gerade irgendwo im Süden Urlaub gemacht hatte. Das nachtschwarze Haar über der hohen

Stirn war zu einem kurzen Pferdeschwanz gebunden. Die tiefen Augen waren nussbraun wie Valeas Mähne. Anstelle eines schicken Jacketts trug er eine fast gleichfarbige Lederweste auf seinem Hemd. Hose und Schuhe waren schwarz und geleckt und hätten auch aus Valerius oder Onkel Fredriks Garderobe stammen können. Eugen Spilka machte durchaus den Eindruck eines Dandys, aber von einem schmierigen Herumtreiber, wie ihn manche an diesem Tisch sahen, war er in Julianas Augen weit entfernt. Dieser erste Eindruck konnte natürlich auch täuschen.

Seine nächste Adresse war Valea. Sie tat ihm den Gefallen und stand auf. Die nachfolgende und nicht weiter intime Umarmung hätte Uneingeweihte ein stimmiges Verhältnis vortäuschen können. „Du wirst immer nur noch schöner, liebste Schwägerin", rieb er ihr galant hin. „So vieles von Victoria sehe ich auch in dir."

„Soll das ein Antrag sein?", konterte Valea kühl.

„Aber nein, niemals", wehrte Spilka ab. „Ich hätte Angst, du würdest mich aus dem nächsten Fenster werfen."

Nun fiel sein Blick auf Juliana, und sein Lächeln kehrte zurück. „Mag das etwa die berühmte Arabella sein, die unseren Valentin so sehr verzaubert hat?", sagte er, obgleich ihm schon die Sitzordnung verraten müsste, dass dem nicht so war.

„Nicht ganz", erwiderte Juliana und stand ebenfalls auf. „Valea ist es, dich ich verzaubert habe. Und sie mich. Mein Name ist Juliana. Juliana Gaspar."

Selbst diese Überraschung konnte Eugen Spilka nicht aus seinem erhabenen Fahrwasser bringen. „Tja, dann wären Anträge in Valeas Richtung ohnehin aussichtslos und verschwendete Zeit. Was für ein Verlust für die Männerwelt. Juliana ich bin entzückt. Mein Name ist Eugen." Er nahm ihre Hand auf und küsste sie.

Juliana ertrug es. „Ich weiß. Ich habe schon viel von dir gehört."

„Ah, ich bin sicher, nur das Allerbeste", entgegnete er mit dem bislang spitzbübischsten Grinsen, das Juliana an ihm gesehen hatte. Ein bisschen aufdringlich und überladen, der ungeliebte Schwager, aber nicht unsympathisch, befand sie.

Traiko erhob sich und stellte sich vor, während Rosa an der anderen Tischseite anfing, die Suppe aufzutragen.

„Liebe Sorana, lieber Traiko, ich wäre gern zu eurer Hochzeit gekommen", versicherte Eugen bedauernd. „Leider war ich geschäftlich verhindert."

„Schon gut, wir wissen doch, was für ein viel beschäftigter Trendsetter du bist", bemerkte Sorana mokant und ohne für ihn aufzustehen.

Auch für sie hatte Eugen schmeichelnde Worte, ebenso für Rosa, als er sie erblickte. Rosa nahm sie mit einem anerkennenden Nicken entgegen und fuhr fort, die Suppenteller zu füllen.

Blieb noch Onkel Fredrik. Wie seine Tochter stand auch er nicht für Eugen auf. Juliana bemerkte erst jetzt, wie wachsam er den Neuankömmling beäugte. Es waren die Augen eines Raubvogels.

Bei ihrem Blickkontakt schraubte sich Eugens fortwährendes Lächeln auf eine Karikatur desselben zurück. „Fredrik", sagte er verhalten. „Allein, wie ich sehe.

Wo ist Orfa? War ihr die Reise zu anstrengend oder die Gesellschaft?“

Onkel Fredrik antwortete nicht sofort, und Juliana wusste, weshalb. Eugen verstand es, sich mehrdeutig auszudrücken, womit er anderen vor den Bug schoss, ohne sich selbst angreifbar zu machen. Mit dieser kurzen, scheinbar belanglosen Frage hatte er sowohl Fredriks Gattin herabgewürdigt als auch Fredrik selbst den Beiklang einer anstrengenden Gesellschaft verpasst. Jedoch nur, falls der sich diesen Schuh anzog.

Er tat es nicht. Juliana hatte nichts anderes erwartet. Fredrik ließ sich nicht darauf herab und wischte Eugens Einlassung mit einer allzu nüchternen Einschätzung beiseite.

„Nicht mehr als ein passabler Auftritt, Eugen“, sagte er, sein Blick Eugen unablässig fixierend. „Du scheinst mir ein wenig Schwung verloren zu haben. Hast du den am Pokertisch verspielt oder spürst du womöglich schon das Alter?“

Auch Eugen wusste eine solche Spitze undüpiert hinzunehmen und gekonnt in seine Agenda aufzunehmen. Der Anwalt und der Dandy waren in dem Spiel beide geübt. Juliana beobachtete sie fasziniert. Sie hatte längst durchschaut, dass Eugen absichtlich später gekommen war, um seinem Auftritt eine dramatischere Note zu verpassen. Was aber versprach er sich davon?

„So, jetzt will ich aber wissen, wo Arabella ist“, proklamierte er, während er sich ohne Hast zu seinem vorgesehen Platz neben Valeriu aufmachte. Er nahm dafür den längeren Weg um die ungenutzte Hälfte der Tafel in Kauf. So konnte er Valentin im Auge behalten, der wieder an der Stirnseite Platz genommen hatte und sich erneut veranlasst sah, vom im Holz verunglückten Vater seiner Verlobten zu berichten.

„Ah, wie bedauerlich." Eugen hatte seinen Stuhl endlich erreicht und nahm gemessen Platz. Juliana bemerkte ein genüssliches Lächeln auf seinen Lippen. „Ich hätte die Frau so gerne kennengelernt, die dich in den Hafen der Ehe lockt. Wann findet die Hochzeit statt? Bald schon?"

„Es gibt noch keinen Termin", antwortete Valentin kurz angebunden und nahm seinen Suppenlöffel vom Tisch auf, worin ihm die anderen folgten und zu essen begannen.

Allen hier Anwesenden war der Name Arabella vertraut, wie Juliana realisierte. Und wenigstens Valeriu hatte auch eine äußerliche Vorstellung von ihr gehabt, bevor er hierhergekommen war. Wie lange also mochte Valentin diese Farce schon vorbereiten? Und vor allen Dingen: zu welchem Zweck?

Die Vorspeise kam ohne weitere Sticheleien aus. Im Anschluss nutzte Valentin den Moment, um die nun vollzählig versammelten Gäste noch mal in seinem Haus willkommen zu heißen. Er tat das mit gewogenen Worten und einer freundlichen Miene. Doch einmal öfter wollte die Sprache seiner Augen nicht dazu passen. Da war eine flackernde Unruhe. Entschlossenheit. Verbissenheit. Juliana hätte es wahrscheinlich nicht bemerkt, würde sie ihm nicht so nahe sitzen. Sogar Valea wirkte entspannter als er. Unterkühlt wie immer, aber gefasst. Valentin wiederum beunruhigte Juliana ein wenig. Sie kannte ihn sanft und zuvorkommend, aber das war offenkundig nicht alles. Hinter diesen Augen schlummerte etwas.

„Ich habe mir vor zwei Jahren ein Weingut in Südfrankreich angesehen", verkündete Eugen vorwiegend in Traikos und Soranas Richtung. „Aber es war noch nicht die Zeit für mich, sesshaft zu werden. Allmählich muss ich fürchten, dass eine solche nie kommen wird. Die Ferne ruft mich immer noch. Ein Ruf, dem ich folgen muss." Mit einem süffisanten Lippenspiel hob er sein Weinglas und nippte.

„Du kannst gern eine Weile bei uns arbeiten, wenn du das Winzerleben erfahren willst", sagte Sorana. „Fleißige Hände können wir immer gebrauchen. Vor allem bei der Lese." Ihr Tonfall verriet, dass sie Eugens Hände weder für fleißig hielt noch davon ausging, dass sie je mit ihnen rechnen müsste.

„Vielleicht komme ich darauf zurück", gab Eugen mit einem dankbaren Nicken zurück, das so höhnisch wirkte wie Soranas vorangegangenes Angebot.

„Erzähl uns doch mal, wo du dich zurzeit herumtreibst, Eugen?", verlangte Narcisa mit ihrer Krähenstimme. „Gibt's noch ein paar Orte in Rumänien, in denen du nicht auf Leute triffst, die du betrogen hast?"

Auch das konnte Eugen nicht aus der Fassung bringen. „Gute Geschäfte fassen nur solche als Betrug auf, denen es an Durchblick und Risikofreude gefehlt hat, sie selbst anzupacken. Mit diesem Defizit bist du in deiner Partei natürlich gut aufgehoben. Verlierer wird es immer geben, deshalb werdet ihr auch weiterhin gebraucht und gewählt werden. Parasiten brauchen schließlich Wirtskörper."

„Lass das besser, Eugen", bat ihn Valeriu neben ihm. „Wenn es um die Partei geht, kann Narcisa sehr empfindlich reagieren. Dieser Abend wird angenehmer verlaufen, wenn wir uns das ersparen, glaub mir."

„Natürlich, ich bitte um Verzeihung", erwiderte Eugen versöhnlich, meinte es offensichtlich aber nicht so.

Narcisa zog eine geradezu mordlustige Miene und schwieg.

„Wie geht es Mikail?", fragte Valentin. „Bei wem ist er, wenn du auf Geschäftsreisen bist?"

„Seine Großeltern kümmern sich um ihn", antwortete Eugen und klang zum ersten Mal wahrhaft ernst und aufrichtig. „Auch an diesem Wochenende, das ich hier mit euch an diesem wundervollen Ort im Kreis meiner Anverwandten verbringe."

„Ist nicht auch das für dich eine Geschäftsreise?", warf Valea ein.

„Gute Geschäfte muss man suchen", entgegnete Eugen, nun wieder mit seinem Siegerlächeln. „Doch, in der Tat, manchmal fallen sie einem auch in den Schoß. Wer kann wissen, was diese Tage für uns bereithalten?" Er hob sein Glas und prostete ihr gönnerhaft zu.

Juliana lauschte aufmerksam und versuchte weiterhin, herauszudeuten, was hier eigentlich vorging. Was beabsichtigte Eugen? Was beabsichtigten die anderen? Und wovor fürchteten sich die Geschwister? Sie kam sich wie eine Marionette vor, die weder den Lenker an ihren Fäden noch das Stück kannte, in dem sie auftrat. Das war äußerst frustrierend. Valentin und Valea schienen das so beibehalten zu wollen. Sie aber würde sich damit nicht abfinden.

Rosa kam zurück und fing an, die leeren Suppenteller abzutragen, als Valentin sich erhob. „Entschuldigt mich kurz, es wird Zeit, das Außentor zu schließen", sagte er in die Runde. „Weitere Gäste erwarten wir ja nicht."

Juliana erkannte eine Gelegenheit und wollte sie nutzen. Sie stand ebenfalls auf. „Mich entschuldigt bitte auch. Ich komme mit, Valentin."

Kein Angebot, sondern eine Feststellung. Valentin wirkte kurz überrascht, brachte aber keine Einwände vor. Hätte sich vor den Gästen auch nicht geziemt.

„Wie mache ich mich?", flüsterte sie ihm draußen im Flur zu.

„So weit gut", sagte Valentin. „Doch wir sind erst am Anfang. Das Wochenende ist noch lang."

„Worauf muss ich mich gefasst machen?"

„Vor allem auf Fangfragen."

„Du meinst, jemand ahnt etwas?"

„Ich wette, sie alle ahnen etwas."

Sie hatten die Eingangshalle erreicht, und Juliana hielt Valentin an der Schulter fest. „Moment, jetzt warte mal. So geht das nicht weiter."

Valentin fuhr herum. Seine Miene war unbewegt. Ein verdammt gut aussehendes Exemplar Mann. Doch es waren wieder seine Augen. Etwas fieberte dahinter.

„Ich brauche mehr Informationen", verlangte Juliana. „Wieso kennen hier alle den Namen deiner imaginären Verlobten und ich nicht? Wenn ich hier seit Jahren wohne, sollte ich auch ein bisschen was über sie wissen, meinst du nicht?"

Er nickte einsichtig, und schließlich manifestierte sich seine bislang erfolgreich übertünchte Verbissenheit erstmals auch in seinen Gesichtszügen. „Ich wünschte, es wäre einfacher", sagte er. „Dann könnte ich dir alles erklären. Aber es ist nun mal kompliziert. Deshalb wäre es mir recht, wenn du dich zurückhältst, Juliana. Bitte. Rede so wenig wie möglich mit ihnen. Dann gerätst du auch nicht in Verlegenheit."

„Ich bin nicht dumm, Valentin", erwiderte Juliana. „Ich begreife auch komplizierte Dinge, wenn man sie mir erklärt. Nun sag schon, was hier vor sich geht."

Sie sah, wie er mit sich rang. Wie er mit den Dingen haderte, die er in Gang gesetzt hatte. Doch dann lehnte er ihr Gesuch erneut ab. „Besser nicht." Unsicher hoben sich seine Hände und legten sich sanft an ihre Schultern. „Bitte vertrau mir, Juliana. Heute wird nicht mehr viel passieren, weil sie alle von der Reise erschöpft sind. Trotzdem solltest du nach dem Essen baldmöglichst nach oben gehen."

Sein Blick war eindringlich, fast flehend, aber so wollte sich Juliana diesmal nicht abspeisen lassen. Wenngleich sich seine Berührung gut anfühlte, wehrte sie seine Hände ab.

„Wofür hältst du mich?", fauchte sie ihn an – gedämpft, für den Fall, dass ihnen jemand vom Speisesaal in den Flur gefolgt war. „Eine devote Dienerin, die sich zurückzieht, wenn ihr über wichtige Sachen sprecht? Valeas Bettsklavin?"

„Dafür bezahle ich dich", stellte Valentin klar.

„Du bezahlst mich für einen guten Job", erwiderte Juliana. „Den will ich abliefern, das verlangt schon meine

Berufsehre. Aber du lässt mich nicht. Du behandelst mich wie ein Dummchen."

Schon schalt sich Juliana für diesen verbalen Ausrutscher. Damit rückte sie sich ins Licht eines grantigen Kleinkindes, das vorzeitig ins Bett geschickt wurde – oder der Schnüfflerin, die sie tatsächlich war.

Sie versuchte es noch einmal, dieses Mal gefasster. „Valentin, das wird nicht gutgehen. Selbst wenn ich allen aus dem Weg gehe, mit so wenigen Informationen biete ich eine einzige große Angriffsfläche. Deine Gäste sind durchtrieben, wie du sagst, also werden sie das früher oder später merken. Und dann? Hängt nicht eine Menge von diesem Wochenende für euch ab? Ihr sagt mir nichts, aber ich habe schon kapiert, dass für dich und Valea viel auf dem Spiel steht."

Valentins Miene verfinsterte sich. Doch Juliana spürte, dass diese düstere Regung nicht ihr galt. Sollte sie ihn dieses Mal erreicht haben?

Es schien so. Valentin presste die Lippen aufeinander. „Ich werde Valea die Entscheidung überlassen", stellte er in Aussicht. „Zieh dich nach dem Essen zurück. Valea wird bald folgen. Dann redet. Sie wird entscheiden, inwieweit wir dich einbeziehen."

Von Valeas Mitteilungsbereitschaft versprach sich Juliana nicht viel, doch es war immerhin ein Entgegenkommen. Vielleicht erwies es sich sogar als vorteilhaft, den Tisch früher als alle anderen zu verlassen. Das gab ihr Gelegenheit, das Haus ein wenig auf eigene Faust zu erkunden.

„Na schön", lenkte sie ein. „Ich vertraue darauf, dass das kein leeres Versprechen bleibt."

Valentins zaghaftes Nicken hatte nun einen geradezu demütigen Anstrich. Er öffnete die Hauspforte und trat hinaus auf die Empfangsterrasse. Es war Nacht geworden. Zwar hatte sich der Himmel noch nicht vollständig verfinstert, und nur wenige Sterne zeichneten das Firmament, doch im Tal rundherum herrschte bereits tiefste Dunkelheit. Anstelle des Hoflichts benutzte Valentin eine Taschenlampe und hastete die Treppen hinunter. Anscheinend gab es für das Außentor keine elektronische Schließvorrichtung, die man bequem vom Haus aus betätigen konnte. Er musste es von Hand und draußen vor Ort schließen.

„Kann ich kurz telefonieren?", rief ihm Juliana hinterher.

„Klar", hörte sie Valentin, sah von ihm aber nur noch den hin und her tanzenden Lichtkegel seiner Taschenlampe.

Alexander in seinem Wirtshaus oben im Dorf anzurufen, war eine Kurzschlussreaktion, doch es erschien Juliana angebracht, wo ihn doch die Sorge um sie so umtrieb. Er sollte wissen, dass sie hier gut aufgehoben war. Dann würde er besser schlafen.

Sie stieg die Treppen hoch und folgte dem düsteren Mittelhausflur bis zur Flügeltür ins Wohnhaus. Den Lichtschalter fand sie auf Anhieb, und wieder war es, als würde man von einem antiken Bauernhaus in ein Luxusappartement wechseln. Durch die hohe Glasfront unter dem Giebel gähnte die Nacht ins Vestibül, doch mit etwas Anstrengung konnte Juliana noch die stetig abwärts fliehenden Talseiten zu beiden Seiten erkennen. Zum Sonnenaufgang musste der Ausblick herrlich sein.

Das Telefon stand im Flur auf einer Kommode. Ein schnurloses Mobilteil erlaubte dem Benutzer, damit herumzuspazieren. Juliana ging den Flur entlang weiter. Von der Nummer des Wirtshauses würde sie heute Nacht wahrscheinlich sogar träumen, so oft hatte sie ihr Alexander während der Fahrt vorgebetet.

Die Leitung war frei, doch es dauerte, bis jemand ranging. Schließlich meldete sich eine Frau am anderen Ende.

„Guten Abend“, sagte Juliana. „Ich würde gern einen Ihrer Gäste sprechen. Er ist heute Nachmittag angereist. Seine Name ist -“

„Er ist jetzt nicht verfügbar“, wurde sie von der anderen Frau barsch unterbrochen. Es war eine raue Stimme. Sie klang schon etwas älter und wollte nicht recht zu der dunkelhaarigen Schönheit passen, die Juliana kurz am Eingang des Wirtshauses gesehen hatte.

„Wo ist er denn?“, fragte sie und hatte ein Bild im Kopf, wie er ihr zu Fuß ins Tal gefolgt war und nun mit seinem Nachtsichtgerät das Haus observierte.

„Nicht verfügbar“, wiederholte die Stimme am anderen Ende.

„Okay. Könnten Sie ihm etwas ausrichten, sobald er wieder verfügbar ist?“

„Ja.“

„Dann sagen Sie ihm bitte, dass bei mir alles in Ordnung ist. Mein Name ist Juliana.“

Der großzügige Flur beschrieb ein S und verjüngte sich nach hinten, wo er zuletzt an Valeas Schlafzimmer mündete. Juliana blieb stehen.

„Sonst noch was?", erwiderte die Stimme am Telefon, und Juliana war sich nicht sicher, wie die Worte zu deuten waren. Hoffentlich wie ihr Sinngehalt und weniger wie der Tonfall der Frau anklingen ließ.

„Nein, das ist alles."

Klick. Der andere Hörer war zurück auf seine Gabel gelegt worden. Juliana schmunzelte. Wenn die Gastwirtin auch zu ihren Hausgästen so freundlich war, hatte Alexander sicher seinen Spaß. Zwei launische Brummbacken sollten gut miteinander zurechtkommen.

Ohne recht zu wissen warum, öffnete Juliana die Tür in Valeas Schlafzimmer, das an diesem Wochenende auch ihres war. Es sah aus, wie sie es verlassen hatte. Kein zusätzliches Bett. Valea duldete sie also in ihrem.

Juliana überdachte ihre Situation. Valentin war der Denker und Lenker hinter diesem Theater, so viel stand fest. Von ihm war die Initiative ausgegangen. Valea war nicht allzu glücklich damit, hatte es aber hingenommen. Nun präsentierte sie sich ihrer Verwandtschaft als Lesbe, während Valentin eine Verlobung vorgaukelte. Erneut musste Juliana an die Gruselmär über das Hause Usher von Edgar Allen Poe denken. Womöglich pflegten Valentin und Valea ein inzestuöses Verhältnis, wovon die Verwandten nichts erfahren sollten.

Ein leises Rascheln wie von Stoff ließ Juliana aufhorchen. Sie fuhr herum und schaute in den Flur hinaus. Es war niemand zu sehen. Valentin schloss das Außentor. War ihr vielleicht jemand von der Tischgesellschaft gefolgt? Die Gäste waren durchweg im Westflügel untergebracht und sollten im Wohnhaus eigentlich nichts verloren haben. Juliana löschte das Licht im Schlafzimmer und machte sich auf den Rückweg. Dass sie das Mobilteil in ihrer Hand fast krampfhaft fest umschloss, fiel ihr erst auf, als die Kommode in Sichtweite kam. Die Zimmertüren waren alle verschlossen, so wie sie es auch vorhin gewesen waren. Sicher hatte sie sich getäuscht. Hier war niemand.

Als sie die Treppe zur Eingangshalle hinabstieg, kam auch Valentin durch die Haustür zurück.

„Hast du erreicht, wen du erreichen wolltest?", fragte er.

„So gut wie", gab Juliana zur Antwort.

Im Speisesaal wurde eine Meinungsverschiedenheit ausdiskutiert, als sie eintraten. Onkel Fredrik verteidigte eine kürzlich getroffene Regierungsentscheidung, die Narcisa vehement angriff und dabei ausgerechnet von Eugen Unterstützung erfuhr. Das leidige Thema erledigte sich zum Glück, als Rosa den Servierwagen hereinschob und den Hauptgang auftrug.

„Wenn wir sie schon nicht kennenlernen dürfen, dann erzähle uns gefälligst von deiner Arabella", verlangte Sorana von Valentin. „Wer ist der Engel, der unseren Valentin bald dem Club der Junggesellen entreißen wird? Und wie ist ihr das gelungen?"

Juliana machte sich auf eine ähnlich einstudierte Geschichte wie ihre und Valeas gefasst. Doch anstatt zu einem launigen Vortrag mit allerlei Liebesschmalz und Zuckerguss anzusetzen, machte Valentin den Eindruck, als hätte ihm gerade jemand eine furchtbare

Nachricht überbracht. Er brauchte ein paar Sekunden, bis er mit einigermaßen neutraler Miene von einem Waldspaziergang erzählte, bei dem ihm Arabella über den Weg gelaufen war. Das war ziemlich unglaubwürdig, geradezu hanebüchen, wie Juliana befand, aber sie würde sich hüten, ihm das später vorzuwerfen. Dies war seine Show. Er hatte das Drehbuch entworfen und sich sicherlich irgendetwas dabei gedacht. Sie, Juliana, war nur Komparsin.

Doch nicht nur die Geschichte an sich, sondern auch die Art und Weise wie Valentin sie vortrug, war wenig überzeugend. Wenn man von einem Menschen erzählt, den man liebt und bald heiraten möchte, wäre Lächeln und Schwärmen angebracht. Valentin aber blieb merkwürdig stoisch und schien jedes Wort herauspressen zu müssen.

„Wirklich kaum zu ertragen, wie sehr dich die Leidenschaft gepackt hat, wertester Schwager", kommentierte Eugen süffisant und prostete ihm mit seinem Weinglas zu.

Auch Narcisa beäugte Valentin äußerst misstrauisch. „Dann ist es wohl auch bis zum Kinderglück nicht mehr weit, wie?"

„Wie ist es damit eigentlich bei euch bestellt?", schob ihr Schwiegervater von der Seite ein. „Du wirst nicht jünger, Narcisa."

„Das überlass bitte uns, Vater", wurde er von Valeriu zurechtgewiesen. „Wenn es so sein soll, wird die Zeit kommen."

Es war das erste Mal in dieser Runde, dass Valeriu einen Anklang von Durchsetzungsvermögen erahnen ließ. Juliana erinnerte sich, dass Valea ihn für einen Idioten hielt. Nun, ein Idiot war er in Julianas Augen nicht, doch schien er von zwei Befehlsgebern geplagt zu werden. Seiner Frau und seinem Vater. Dass er in dieser Sache zu seiner Frau hielt, war anerkennenswert.

„Jedes Jahr, das ihr länger wartet, erhöht das Risiko für Kind und Mutter“, erklärte Onkel Fredrik unbeeindruckt. „Ich hätte gern einen gesunden Enkel.“

„Du hast bereits zwei gesunde Enkel, Vater“, bemerkte Sorana von gegenüber. „Du müsstest sie nur kennenlernen wollen.“

„In unserem Haus wärst du immer willkommen, Fredrik“, fügte Traiko mit offenen Händen hinzu.

Onkel Fredrik musterte seine Tochter und den ungeliebten Schwiegersohn. Schließlich nickte er. „Ich würde sie gerne kennenlernen.“ Und dann lächelte er sogar. „Es wird mir ein Vergnügen sein, euch zu besuchen. Warnt die beiden Racker schon mal vor ihrem sturen, alten Großvater. Er kommt bald mal vorbei.“

„Wir freuen uns darauf“, sagte Sorana, und Juliana sah, wie ihre und Traikos Hand auf dem Tisch zueinander fanden. Bis jetzt war es eine ziemlich schöne Familienfeier.

Während Rosa die überwiegend leeren Teller des Hauptgangs nach und nach zurück auf ihren Servierwagen lud, fing Juliana sich einen scharfen Blick von ihr ein, den Rosa aber gleich wieder fallen ließ. Juliana hatte sich vorgenommen, Kontakt zu ihr zu suchen. Das mochte sich als schwierig erweisen, doch sie musste es versuchen. Sie vielleicht morgen bei Gelegenheit in der Küche aufsuchen und eine vorsichtige Annäherung wagen. Diese dunkle Präsenz war ein Fenster in die Vergangenheit dieses Hauses und dieser Familie. Wer wenn nicht sie konnte wissen, wann und wie lange Gabriela Petrescu in diesen Mauern gewesen war? Onkel Fredrik freilich könnte es wissen. Doch der würde schlimme Familiengeheimnisse wahrscheinlich bis zuletzt hüten. Selbst wenn es um einen Mord ging.

Zum Nachtisch gab es Kuchen.

„Aaahhh, du verwöhnst uns, Rosa", schwärmte Onkel Fredrik. „Ich wünschte, ich könnte dich mit nach Bukarest nehmen."

Rosa schien das ihrem Ausdruck nach despektierlich zu empfinden und ging nicht weiter darauf ein.

Eugen wechselte das Thema. „Was geht dieser Tage in den Wäldern vor? Habt ihr Probleme mit Räubern?", richtete er an Valentin.

Eine erste Antwort gab Valea: „Nicht mit vierbeinigen."

„Bietest du uns deine Dienste als Schütze an, Eugen?", fragte Valentin.

Eugen nickte und vollführte eine einladende Handgeste. „Ich habe mir eine neue Büchse zugelegt und gehofft, sie ausprobieren zu können."

„Das kannst du", sagte Valea. „Häng eine Zielscheibe an die Felsen."

Eugen schmunzelte gönnerhaft. „Ich dachte an ein bewegliches Ziel. Keine Wölfe zurzeit, die euch ärgern?"

„Keine vierbeinigen", entgegnete Valea.

Juliana genoss den bissigen Austausch und rätselte gleichwohl, worauf Valea anspielte. Waren für sie alle hier Anwesenden die Räuber und Wölfe? Oder war speziell Eugen gemeint? Es sammelten sich eine Menge Fragen, die Juliana ihr nachher im Schlafzimmer stellen würde.

Kapitel 8

Erfüllung und Wende

Die Probe hätte besser verlaufen können, doch alles in allem war Gabriela zufrieden. Mitica war ein sehr guter Gitarrist, und Radost eine passable Flötistin. Ihr fehlten nur ein wenig der Ehrgeiz und die Ernsthaftigkeit. Die jedoch setzte Gabriela voraus. Sie wollte schließlich keine Wochenendband gründen, sondern eine richtige. Dazu brauchten sie auch noch ein Schlagzeug oder wenigstens ein paar Trommeln. Gabriela dachte wie schon so oft an Ilena. Ilena wäre hervorragend geeignet, aber die hatte sie schon seit Wochen nicht mehr gesehen. Vielleicht war sie abgereist.

Über dem Lagerfeuer brutzelten Würstchen auf Stecken. Das Meer brandete heran und erste Sterne leuchteten am Himmel auf. Eine Hanfzigarette wanderte in Gabrielas Hände, doch sie reichte sie ungebraucht weiter. Vielen anderen schien das wichtig, aber Gabriela hielt nichts davon. Hin und wieder war es in Ordnung, doch viele übertrieben es damit. Radost war auch so eine. Wahrscheinlich würde sie kreativer spielen, würde sie es lassen.

Gabriela verstaute ihre Gitarre in ihrer Baracke und suchte nach Constantin. Sie fand ihn nicht unvermutet zusammen mit Felix und Raluca am Zelt der Dichter, wo fast jeden Abend irgendwelche Verse rezitiert und diskutiert wurden. Er nahm sie in den Arm und küsste sie.

„Lief es gut?“

„Könnte besser sein“, sagte Gabriela. „Und hier?“

„Alles gut, aber vorhin hat es einen Tumult gegeben.“

„Habe ich gehört. Was war denn los?“

„Sie haben mal wieder jemanden geschlagen, den sie für einen Securitate hielten.“

Gabriela hatte es schon vermutet. Die Furcht vor den Spitzeln des Regimes trieb gefährliche, aber auch ziemlich dämliche Blüten. Manchmal wurden Neulinge angegangen, wenn sie noch niemand kannte. Angesichts dessen, dass noch immer Leute aus allen Landesteilen hierher strömten, war das äußerst dumm. Ebenso dumm wäre es, einen echten Spitzel anzugehen. Zumal bislang keine unmittelbare Gefahr von der Securitate auszugehen schien. Sollten sie ruhig zwischen den Zelten herumspazieren und lauschen. Daran war nichts Falsches. Sollten sie die Botschaften ruhig hören und weiter nach Bukarest tragen. Das war besser und womöglich sogar nützlicher als sie zu verprügeln. Früher oder später würden sie mit Waffen antworten, das ahnten hier alle. Umso dümmer war es, sie vorsätzlich zu provozieren.

„Da ist noch etwas“, sagte Constantin und zog sie ein Stück beiseite, wo sie unter sich waren. „Heute ist jemand aus dem Dorf eingetroffen.“

Gabriela verstand nicht. „Aus welchem Dorf?“

„Aus dem Dorf ganz in der Nähe unseres Familiengestüts“, antwortete Constantin und nahm sie an beiden Schultern. „Mein Vater ist krank. Und die Securitate ist im Dorf.“

Gabriela zuckte mit den Schultern. „Die Securitate ist überall. Warum wundert dich das?“

„Tut es nicht", entgegnete Constantin. „Ich mache mir nur Sorgen. Mein kleiner Bruder Fredrik ist noch nicht soweit, die Verantwortung zu tragen."

Es tat weh, doch Gabriela verstand, worauf dieses Gespräch abzielte. „Du willst abreisen", hauchte sie mit brüchiger Stimme. „Du willst zurück zu deiner Familie."

Constantin schüttelte den Kopf. „Nein. Nein, das will ich nicht. Ich will hierbleiben. Verstehst du? Ich will hierbleiben. Bei dir. Mit dir. Für immer. Aber ich überlege mir, zu Hause nach dem Rechten zu sehen. Das würde nicht lange dauern. In ein paar Wochen schon könnte ich zurück sein."

„Oder du kommst niemals wieder", konstatierte Gabriela sachlich und nüchtern, doch unter ihrer Brust drohte ihr Herz zu zerspringen.

„Ich werde nicht abreisen", sagte Constantin schließlich und küsste sie auf die Stirn. „Jedenfalls nicht so bald."

Dann zogen sie sich in ihre Baracke zurück und liebten sich intensiv wie selten zuvor. Auch wenn Constantin anderes verhieß, spürte Gabriela, dass ihre gemeinsame Zeit sich ihrem Ende zuneigte.

Kapitel 9

Schatten auf der Pirsch

Wie mit Valentin verabredet, kündigte Juliana bald nach dem Nachtisch ihren Rückzug an.

„Das kannst du uns nicht antun", protestierte Onkel Fredrik lautstark. „Wir lassen den Abend gemütlich im Salon ausklingen. Es gibt noch so viel, das ich über dich wissen möchte."

Juliana lächelte hingebungsvoll und schob der Endgültigkeit halber ihren Stuhl unter den Tisch. „Das wird bis morgen warten müssen. Es war ein langer Tag und ich bin müde. Aber wenn ihr es nicht erwarten könnt, fragt doch Valea über mich aus."

„Was war an diesem Tag denn so anstrengend für dich?", rieb ihr Narcisa hin.

„Euer Besuch natürlich", gab Juliana unverfroren zurück.

Sie bewahrte ihr Lächeln dabei, und so schien ihr das auch niemand krumm zu nehmen. Außer Narcisa vielleicht. Onkel Fredrik lachte, und Eugen war sogar aufgestanden, um sie mit einem Handkuss zu verabschieden.

„Es war mir ein Vergnügen", beteuerte er und bestrich ihre Hand zärtlicher als ihm zustand. „Schade, dass du uns verlässt. Ich freue mich, dich morgen besser kennenzulernen."

„Gleichfalls", entgegnete Juliana und machte sich davon.

In der Eingangshalle fiel ihr ein, dass sie Rosa nun allein im Souterrain vorfinden würde, wo sie vermutlich gerade die große Geschirrspülmaschine bestückte. Es wäre eine Gelegenheit, mit ihr auf Tuchfühlung zu gehen. Juliana gab dem Impuls nach. Anstatt die Mittelhaustreppe hochzusteigen, folgte sie kurz entschlossen dem Ganglauf zu den hinteren Wirtschaftsräumen, wo es ins Kellergeschoss hinabging. Empfindliche Fragen durfte sie Rosa zu diesem Zeitpunkt noch nicht stellen. Das wäre allzu verdächtig, und Valentin und Valea würden wahrscheinlich davon erfahren. Es ging rein um eine vorsichtige Annäherung.

Im Souterrain war es erwartungsgemäß düster, da halfen auch die Wandlampen wenig. Leises Scheppern aus der Großküche verriet Rosas Aufenthalt. Die monströs breite Schiebetür stand offen. Juliana klopfte am Türstock.

Rosa wirkte erschrocken, als sie hinter einer Küchenzeile auftauchte, und erstarrte gleichwohl, als sie Juliana erblickte. Einen Laut gab sie nicht von sich.

„Ich möchte nicht stören", brachte sich Juliana ein und bemühte sich um ein unaufdringliches Lächeln. „Das Essen war fantastisch, das wollte ich Ihnen nur sagen, Rosa. Auch der Kuchen."

Rosas Ausdruck veränderte sich nicht. Sie starrte Juliana weitere Sekunden lang wachsam an, dann sprachen ihre Lippen wie mechanisch: „Danke, dass Sie mir das sagen."

„Ich meine es auch so“, entgegnete Juliana weich. „Sie müssen dafür schwer geschuftet haben. Auch wenn es vielleicht schon Routine für Sie ist. Valentin hat mir erzählt, Sie arbeiten schon sehr lange für seine Familie. Ich nehme an, Sie haben hier oft einen Schwarm Gäste zu bewirten.“

Auf die unterschwellige Frage ging Rosa leider nicht ein. „Haben Sie noch einen Wunsch?“, erwiderte sie. Aus der Kälte, die in diesen Worten lag, folgerte Juliana, dass das Gespräch beendet war.

„Nein, alles gut“, lehnte sie freundlich ab. „Gute Nacht, Rosa.“

Das lief nicht so gut, wie erhofft, dachte Juliana beim Aufstieg aus den finsteren Gefilden. Rosa war offensichtlich nicht an Small Talk interessiert. Nun ja, sie war darin wohl auch nicht geübt. Wie es aussah, hatte sie ihr ganzes Leben in diesem Haus als Dienerin der Falkensteins zugebracht. Nähe zu anderen Menschen dürfte darin nicht inbegriffen gewesen sein. Nichtsdestotrotz würde Juliana an ihr dranbleiben. Wenn es mit Freundlichkeit nicht funktionierte, vielleicht würde Direktheit funktionieren. Beim nächsten Mal.

Die Eingangshalle war verlassen, doch vom Speisesaal wehten Stimmen und Gelächter heran. Anscheinend war es ein lustiger Abend. Anzeichen des Sturms, den Valentin und Valea erwartet hatten, blieben weiterhin aus. Entweder hatten die beiden einen ausgeprägten Hang zur Dramatik oder Juliana übersah noch immer etwas Wesentliches. Vermutlich war es das. Valea würde nachher hoffentlich ein paar Geheimnisse lüften. Andernfalls wollte Juliana ihr weitere Küsse androhen.

Sie stieg die Stufen hoch in den oberen Hauptflur des Mittelhauses. Die letzte Tür links vor dem Wirtschaftshaus führte in den Turm, hatte Valentin gesagt. Juliana juckte es, dort mal die Klinke zu drücken. Doch sie entschied sich dagegen. Es stand ihr nicht zu, Valeas Heiligtum ohne Erlaubnis zu betreten.

Vor den anderen Türen schreckte sie nicht zurück. Noch einmal betrat sie den laut Valentin selten genutzten Gesellschaftsraum mit den vielen Sesseln und der Bar. Der schale Geruch nach kaltem Rauch hatte sich penetrant in den karmesinroten Vorhängen und Teppichen festgesetzt.

Das hübsche Badezimmer und die Abstellkammer ließ sie unbeachtet, doch die Bibliothek wollte sie noch einmal sehen. Der Duft alter Bücher war betörend. Dieses Mal besah sie sich auch die Buchrücken ein wenig näher. Es waren fast ausschließlich Enzyklopädien. Über das Tierreich, über Insekten, über Kunstgeschichte, über Architektur. Das Regalteil gleich neben der Tür war den Philosophen gewidmet.

Im Vestibül trat Juliana abermals an die große Fensterfront. Inzwischen waren keine Talseiten mehr zu erkennen. Draußen herrschte vollkommene Dunkelheit. In den sacht abfallenden Regionen jenseits der Schneise gab es nicht eine einzige Lichtquelle. Die Sterne leuchteten so schwach, dass sie kaum zu sehen waren.

Durch ein kurzes Stück Flur wechselte Juliana ins Wohnzimmer hinüber, durch dessen Glasfront der

Vorderhof des Anwesens und die ansteigenden Berghänge einsehbar waren. Auf Licht im Zimmer verzichtete sie, so wäre draußen mehr zu erkennen. Prompt erregte dort etwas ihre Aufmerksamkeit. Sie sah genauer hin. Kein Zweifel. An der Auffahrt bewegte sich etwas. Die geparkten Fahrzeuge waren als schemenhafte Konturen zu erkennen, und etwas schlich daran vorbei auf das Haus zu. Hatte sich vielleicht ein Tier herein verirrt, noch bevor Valentin das Tor geschlossen hatte? Juliana strengte ihre Augen an, doch es half nichts. Der Schatten blieb ein Schatten und wurde auch nicht mehr. Schließlich verlor sie ihn. Möglicherweise war er seitwärts ins Gras ausgebrochen. Andernfalls würde er vielleicht am Treppenaufgang wieder auftauchen. Juliana drückte die Stirn ans Glas und spähte geradewegs hinunter. Die ersten paar Stufen waren vage zu erkennen. Ein Besucher aber ließ auf sich warten.

Wahrscheinlich ein Tier, erwog Juliana und fragte sich, ob sie Valentin oder Valea Bescheid sagen sollte. Womöglich würde es sich in den Stall schleichen. Nun ja, dort gab es nur Pferde. Selbst ein ausgewachsener Wolf hätte es da schwer. Sie beschloss, keinen Alarm zu schlagen. Damit würde sie sich vermutlich blamieren und die Geschwister in Verlegenheit bringen. Doch sie wachte noch eine Weile am Fenster. Nun aber rührte sich nichts mehr.

Juliana versuchte es, doch sie konnte an dieser Tür nicht vorbeigehen, ohne sie zu öffnen. Bei ihrem Rundgang hatte man ihr diesen Raum versagt. Nun wollte sie das nachholen. Es war Valentins Schlafzimmer.

Gemütlich wie alles hier im Wohnhaus, war ihr erster Eindruck. Wände in mediterranem Ocker, dunkelbraune Vorhänge an den beiden Fenstern, eine hellhölzerne Kommode und ein gleichfarbiges Doppelbett. Türen rechts und links an der Kopfseite ließen auf einen begehbaren Schrank schließen. Ein Schlafzimmer wie man es von einem verlobten oder verheirateten Paar erwarten konnte. Valentins Geschichte, wie er seine Arabella kennengelernt hatte, war dünn gewesen, aber sein Schlafzimmer überzeugte bei einem flüchtigen Blick.

Juliana trat ein, weil ein Bilderrahmen auf der Kommode ihr Interesse geweckt hatte. Das Foto darin ließ sie stutzen. Und es versetzte ihr auch einen kleinen Stich. Das war Valentin. Ein Valentin mit kürzeren Haaren und ohne Dreitagebart, doch zweifellos Valentin. Interessanter als er aber war die Frau in seinem Arm. Eine hübsche Brünette mit halblangen glatten Haaren.

Das gab Juliana Rätsel auf. Hatte Valentin eine Fotomontage angefertigt, falls seine Gäste tatsächlich in seinem Schlafzimmer herumschnüffeln würden? Das erschien wenig glaubhaft. Außerdem sah das Foto echt aus. Allmählich dämmerte ihr, dass diese Arabella wohl gar nicht so imaginär war, wie sie gedacht hatte. Es gab sie anscheinend tatsächlich. Deshalb hatte Valeriu auch eine Vorstellung, wie sie aussah. Womöglich hatte ihm Valentin sogar mal ein Foto geschickt. Aber wo war sie jetzt? Bei ihrem verletzten Vater in den Südkarpaten, wie Valentin seinen Gästen aufgetischt hatte? Wohl kaum. Wahrscheinlicher war, dass sie ihn verlassen hatte.

Juliana stellte das Foto zurück und begab sich zum Wandschrank. Die Tür ließ sich problemlos öffnen. Ohne weiteres Zutun wurde der Schrank von Licht geflutet. Was sie darin sah, machte sie nervös. Auf ihrer Seite fand sich eine typische Herrengarderobe, Anzüge, Hemden, Arbeitshosen, Unterwäsche. Auf der entlegenen Seite aber hingen lange Kleider an Bügeln. Juliana entdeckte Röcke, Blusen, Nylonstrümpfe und Schlüpfer. Wenn Arabella Valentin verlassen hatte und ausgezogen war, wieso hatte sie ihre Garderobe zurückgelassen?

Eine schaurige Ahnung suchte Juliana heim, gepaart mit einem Frösteln wie sie es zuweilen auf Friedhöfen verspürte.

Nach dieser jüngsten Erkenntnis konnte sich Juliana nicht in ihrem Schlafzimmer verstecken und auf Valea warten. Sie kehrte ins Wohnzimmer zurück, abermals ohne das Licht einzuschalten. Sie sah ihn in der Dunkelheit nicht, aber sie erinnerte sich an den Aschenbecher auf dem Tisch. War Arabella vielleicht Raucherin? Hatte sie ihn benutzt? Im Gegensatz zum Gesellschaftsraum im Mittelhaus roch es hier zwar nicht nach kaltem Rauch, aber was hieß das schon?

Juliana trat ans Fenster und versuchte, ihre Gedanken zu ordnen. Wenn es Valentins Verlobte tatsächlich gab, hatte sie die Lage gründlich falsch eingeschätzt. Die Rätsel wurden damit aber nicht überschaubarer, sondern eher mehr.

Eine schnelle Bewegung unten im Hof ließ sie zusammenfahren. Kein Zweifel, irgendetwas schlich da draußen herum. Vielleicht Alexander, der nach dem Rechten sehen wollte, spukte ihr durch den Kopf, doch sie verwarf den Gedanken gleich wieder. Alexander war ein ungelenker Bär. Der Schleicher da draußen war graziler. Vielleicht Arabella, die sich ihre Garderobe zurückholen wollte. Juliana verscheuchte auch diese dämliche Idee. Wahrscheinlich war es ein Tier. Das Tor wie auch das rückwärtige Gatter waren zu, nun war es innerhalb des Zauns gefangen.

Ihre Unruhe nahm zu, je länger sie nach draußen starrte. Im Dunkeln abzuwarten, war unbefriedigend. Sie wollte den Geheimnissen dieses Hauses nachspüren. Doch wo damit anfangen? In Valentins Arbeitszimmer vielleicht? Das erschien ihr am vielversprechendsten. Zwar würde sie nicht seinen Laptop hacken können, aber vielleicht ließen sich die Aktenschränke öffnen. Doch was dann? Wonach wollte sie Ausschau halten? Nach einer Akte mit der Aufschrift Die Ermordung meiner Verlobten? Solange sie nicht wusste, wonach sie suchte, war eine dezidierte Suche sinnlos. Im Grunde konnten ihr die aktuellen Familiengeheimnisse der Falkensteins sowieso egal sein. Sie suchte nach einem viel älteren. Dass Valentin dazu etwas in seinen Akten hatte, bezweifelte sie.

Die schiere Rastlosigkeit lenkte Juliana ins Mittelhaus zurück. Aber auch Kalkül. Schmutzige Geheimnisse versteckte man nicht dort, wo man jeden Tag darüber stolperte. Und auch ansonsten schien ihr das Wohnhaus der falsche Ort, um nach Spuren aus längst vergangenen Zeiten zu suchen. Sie musste dort stöbern, wohin die Renovierungsarbeiten noch nicht vorgedrungen waren. In den antik gebliebenen Räumen des

Mittelhauses. Im Westflügel. Und im Souterrain. Vielleicht hatte Gabriela Petrescu irgendwo einen Hinweis hinterlassen.

Kapitel 10

Grün ist das Grauen

Seit Wochen schon gingen sie jeden Tag zusammen schwimmen, oft mehrmals über den Tag verteilt, aber so weit wie heute hatten sie sich noch nie vom Ufer entfernt. Die Strömung hatte sie ein Stück weit abgetrieben, so war dort, wo sie nun wieder den sandigen Strand erreichten, schon der Wald nicht mehr fern. Die Zeltstadt reichte inzwischen sogar bis unter die Bäume.

„Wie soll das weitergehen?", murmelte Raluca versonnen vor sich hin.

„Auf der anderen Seite der Straße ist genug Platz für noch mal so viele", sagte Gabriela. „Vama Veche kann noch weiter wachsen. Unsere Stimmen werden so laut, bis wir auch in Bukarest gehört werden."

Ein Spaziergang von etwa hundert Metern bis zu ihrer Baracke lag vor ihnen. Sanft ausrollende Wellen umspülten ihre Füße, ringsherum spielten und tobten alte und neu angereiste Pilger im Schein der Morgensonne.

„So habe ich das nicht gemeint", sagte Raluca. „Ich frage mich, wohin das alles noch führen wird. Unser Land, die ganze Welt, alles ist in Aufruhr. Und natürlich frage ich mich auch, wie all das hier enden wird. Unser Paradies hier. Wenn unsere Bewegung zu stark wird, werden Truppen kommen."

Dieser drohende Schatten lag seit Anbeginn über ihnen. Doch bislang sah es so aus, als wollten die Kommunisten das Treiben in Vama Veche dulden. Vielleicht, um den Menschen im Land einen letzte Illusion von Freiheit zu lassen. Vielleicht aber auch, um zu gegebener Zeit möglichst viele Regimegegner auf einmal auszumerzen. Gabriela fröstelte. Es war die sechste Woche seit Constantin abgereist war. Trotz der heißen Temperaturen war ihr seitdem fortwährend kalt. Vor allem nachts. Auch wenn sie sich manchmal zu Raluca und Felix kuscheln durfte.

Seit drei Wochen schrieb sie Constantin Briefe und erzählte ihm von den neuesten Entwicklungen im Ort. Und sie bat um Antwort, wann er denn wiederkäme. Alles in ihr verzehrte sich nach ihm. Ohne ihn kam ihr Vama Veche grau und öde vor. Selbst ihre Musik machte ihr keine Freude mehr. Seine Antwortschreiben, so bat sie ihn in jedem Brief, sollte er an das hiesige Postamt adressieren. Seit ein paar Tagen horchte sie dort jeden Abend nach, ob denn etwas für sie eingetroffen wäre.

Sie und Raluca passierten eine vielköpfige Menschentraube, in deren Mitte sich irgendein Spektakel abzuspielen schien. Gabriela vernahm höhnisches Gejohle und dazwischen allzu barsche Stimmen. Wahrscheinlich hatte man mal wieder einen vermeintlichen Regimespitzel ausgemacht. Die meisten Pilger liefen nackt herum. Jemand in Klamotten, den zudem niemand kannte, war von Grund auf verdächtig. Raluca fragte einen bärtigen Kerl, was los sei, der Gabrielas Annahme prompt bestätigte.

„Nein, diesmal sicher kein Irrtum“, behauptete er. „Der Typ steht dazu, dass er zur Securitate gehört. Trägt sogar offen ihre Uniform, stellt euch vor. Er sucht jemanden.“

„Hat er gesagt, wen?“, fragte Raluca.

Einem inneren Impuls folgend, schob sich Gabriela durch die Menge, bis sie den fraglichen Mann sah. Die Luft blieb ihr weg. Ihr Herzschlag schien auszusetzen. Dort, inmitten des nackten oder nur spärlich bekleideten Pulks, stand ihr Bruder Sorin in seiner grünschwarzen Uniform, erwehrte sich verbalen Anfeindungen und schubste dabei aggressiv und brüllend Leute von sich weg. Die Schirmmütze hatte man ihm abgenommen. Die trug nun ein dickbäuchiger Kerl nicht weit von ihm.

Gabriela wich zurück. Ihr schwindelte. Der Boden unter ihr schien unkontrolliert auf- und abzusinken. Sie taumelte und stürzte längsseits.

Raluca war sofort bei ihr und nahm sich ihrer an. „Was ist denn mit dir los? Ist es die Hitze?“

„Nein“, kroch es heiser aus Gabrielas Kehle. An Raluca zog sie sich wieder auf die Beine und lief los, Panik und Schwindel im Gepäck.

Raluca hielt Schritt. „Gabriela, was ist denn nur los?“, rief sie. „Du bist bleich wie der Tod!“

Weil ich genau den gerade gesehen habe, dachte Gabriela. Und er ist meinetwegen hier. Sie wollte antworten, doch ihre Stimme versagte ihr den Dienst.

Raluca geleitete sie in ihre gemeinsame Baracke. Auch Felix hatte bemerkt, dass etwas nicht stimmte und folgte nach. Sie gaben Gabriela Wasser zu trinken und kühlten ihr die Stirn. Noch mindestens eine Minute verstrich, bis sie ihre Kurzatmigkeit überwand und sich erklären konnte: „Das war mein Bruder. Er sucht nach mir.“

Kapitel 11

Mitternachtspoesie

Juliana blieb beinahe das Herz stehen, als sie sich umwandte und sich unverhofft Rosa gegenübersah.

„Haben Sie sich verlaufen?"

Der starre Blick und die eiskalte Stimme machten allzu deutlich, dass Rosa das nicht wirklich in Betracht zog. Sie hatte Juliana beim Schnüffeln ertappt. Genau das, was Juliana tunlichst vermeiden wollte. Mit billigen Ausreden würde sie nun alles nur noch schlimmer machen.

„Ich bin einfach neugierig", gestand sie. „Das Haus ist toll. Es übt eine magische Faszination auf mich aus."

„Soso, tut es das", sprach Rosa ohne Blick und Haltung in irgendeiner Form zu verändern.

Sie befanden sich im Parterre des Westflügels, im Ganglauf zu der geräumigen Eckküche. Juliana hatte sich überlegt, dass Gabriela Petrescu wohl am ehesten im hiesigen Teil des Anwesens untergebracht gewesen sein könnte. Falls sie denn überhaupt je hier gewesen war.

„Ja, tut es", beharrte sie gegenüber Rosa und beschloss, in die Offensive zu gehen. Ob von ihrem Chef nur vorübergehend engagiert oder nicht, sie sah keinen Grund, vor der Haushälterin zu kuschen. „Und ich wüsste nicht, dass es mir verboten wäre, mich hier aufzuhalten. Liege ich da falsch? Falls ja, bitte sagen Sie es mir."

Rosa musterte sie mit einem Blick, der tief in sie hineinzuschauen schien. „Nein“, kam schließlich die Antwort. „Es ist Ihnen wohl nicht verboten.“

Ohne von ihrem eisigen Blick abzulassen, trat sie beiseite und gab Juliana den Weg frei. Juliana nutzte die Offerte und folgte dem Korridor ins Mittelhaus zurück.

Ihr Streifzug durchs Haus hatte dank Rosa ein abruptes Ende gefunden. Erfolg war ausgeblieben und wäre es wahrscheinlich auch, hätte sie weitergesucht. Sie hätte keinen erwarten dürfen. Etwaige Spuren waren nach so vielen Jahren sicher längst erkaltet. Die Vergangenheit dieses Hauses musste sie über seine Bewohner und Gäste aufschlüsseln.

In der Eingangshalle war es ruhig, doch oben im Flur angelangt, hörte sie im Bad Wasser rauschen. Jemand duschte. Vermutlich Valea. Die Gäste hatten im Westflügel schließlich ihr eigenes Badezimmer, wenn auch kein allzu behagliches.

Im Vestibül brannte Licht, als Juliana eintrat. Valea hatte es wohl brennen lassen. Dass Valentin schon oben war, bezweifelte sie. Der führte im Salon sicher noch das ein oder andere anregende Gespräch mit seinem Onkel oder dem illustren Eugen Spilka.

In ihrem gemeinsamen Schlafzimmer sah Juliana sich unverhofft Valea gegenüber. Ihren kurzen Schreck glaubte sie, gut überspielt zu haben.

„Wo bist du gewesen?“, raunte Valea. Eine scharfe Frage, passend untermalt von ihrem unterkühlten Blick.

„Im Westflügel“, antwortete Juliana. Es hatte keinen Zweck, das zu verleugnen. Rosa würde ihre Arbeitgeber bestimmt von ihrer Begegnung in Kenntnis setzen. „Habe mich ein wenig umgesehen. Damit ich mich sicherer im Haus bewegen kann, sollte es die Rolle erfordern.“

Valea schien nicht überzeugt, horchte aber nicht weiter nach. „Valentin will, dass ich dich einweihe“, sagte sie. „Ich habe ihm von Anfang an klarzumachen versucht, wie dämlich sein Plan ist, und dass er nicht funktionieren wird. Du hast das hiermit bestätigt.“

„Gern geschehen“, entgegnete Juliana unbeeindruckt und schwang sich auf ihr gemeinsames Bett. „Wenn du dich revanchieren möchtest, könntest du mir morgen das Frühstück aufs Zimmer bringen.“

Valea ging nicht darauf ein, sondern nahm gemessen auf einem einsamen Stuhl neben der Kommode Platz. Ihre Augen schienen Juliana zu sezieren, doch Juliana hielt ihnen tapfer stand.

„Okay. Also erkläre mir, was hier vorgeht“, forderte sie.

Valeas Antwort kam prompt. „Nun, sie wollen das Haus.“

„Wer?“

„Sie alle.“

„Und wie wollen sie das anstellen? Dich und Valentin im Wald verscharren?“

„Das will ich nicht ausschließen.“

Juliana musste sich zusammennehmen, um nicht zu grinsen. Das war ja glatt noch mehr Fatalismus als sie angenommen hatte.

„Eure Verwandten wollen euch umbringen und dann hier einziehen?“, resümierte sie.

„Das habe ich so nicht gesagt", widersprach Valea. „Doch mindestens einer von ihnen wäre dazu fähig. Wir wissen nicht, was er plant, doch es wird an diesem Wochenende passieren."

„Wer ist er?"

„Wüssten wir das, wäre es einfacher."

Juliana richtete sich gerade auf. „Fang bitte von vorne an. Wieso glaubt ihr, dass euch Gefahr droht? Und wieso habt ihr mir nicht gesagt, dass es Valentins Verlobte tatsächlich gibt?"

Nun ließ Valea von ihren starren Blick ab und floh damit zu den Fenstern. „Weil das ein wunder Punkt in Valentin ist. Mir ist klar gewesen, wie dumm es ist, eine Schauspielerin zu engagieren und ihr nur einen Teil der Lage zu erklären. Auch zu deinem Schutz. Aber er wollte nicht hören. Idiot."

Juliana rollte die Augen. „Zu meinem Schutz?"

Valea nickte. „Mindestens einer unserer Gäste ist sehr gefährlich."

„Was veranlasst euch, das zu glauben?"

Valea sezierte sie wieder. „Das ist nicht so einfach erklärt."

Juliana öffnete die Arme. „Du hast jetzt die Chance, die Versäumnisse deines Bruders wieder wettzumachen. Was geschieht hier? Und warum?"

Valea nahm einen tiefen Atemzug, bevor sie ansetzte. „Onkel Fredrik sorgt sich um den Fortbestand unserer Dynastie. Deshalb ist dieses Treffen zustande gekommen. Valentin ist der einzige Sohn unserer Generation. Damit ist es seine Aufgabe und Vorrecht, die Linie der

Falkensteins hier fortzuführen. Valentin ist mit dreiunddreißig noch unverheiratet und kinderlos. Das gibt Onkel Fredrik zu denken."

Juliana zuckte mit den Schultern. „Und was will er dagegen tun?"

„Sollte die Linie unseres Vaters versiegen, wäre es seine Aufgabe den Fortbestand der Dynastie zu sichern."

„Er würde euch hier rauswerfen und selbst hier einziehen?"

Valea verneinte. „Das Wohnrecht kann uns niemand nehmen. Doch der Besitz ginge an ihn und seine Linie über."

„Also an Valeriu", folgerte Juliana. „Aber was hätte er davon? Valeriu und Narcisa haben doch selbst noch keine Nachkommen. Außerdem würde Valeriu doch bestimmt nicht seinen Modelleisenbahnerladen aufgeben wollen. Und Narcisa ist Politikerin. Die wollen doch wohl kaum hierherziehen und alles übernehmen."

„Du hast nicht aufgepasst", erwiderte Valea sachlich. „Hast du Narcisa nicht gehört? Sie würde aus diesem Haus eine Herberge für Urlauber machen."

„Und ihre Politikerlaufbahn?"

Valea winkte geringschätzig ab. „Von der ist nichts zu erwarten. Ihre Partei hat wenig Einfluss. Und wird hoffentlich niemals mehr davon bekommen."

Juliana behielt für sich, dass sie Narcisas Partei ziemlich gut kannte und in ihrer Zeitung schon einige Male über sie berichtet hatte. In der Tat sammelten sich dort einige fragwürdige Personen. Leute, die zurück zum Sozialismus strebten. Sogar welche, die offen mit den Konzentrationslagern der Leninisten sympathisierten.

„Und Valeriu tut, was Narcisa ihm sagt", fuhr Valea fort. „Gegen Onkel Fredrik hat er sich im Laufe der Jahre das eine oder andere Mal behauptet, aber gegen Narcisa ist er hoffnungslos unterlegen."

„Aber die zwei haben genauso wenig Kinder wie Valentin", warf Juliana ein. „Mit welcher Begründung könnte euer Onkel Valentin als Stammhalter ersetzen?"

„Wenn absehbar wäre, dass Valentin seiner Aufgabe nicht gewachsen ist", sagte Valea. „Und falls es mit Valeriu nicht klappt, hätte Onkel Fredrik noch Sorana in der Hinterhand."

„Sorana? Ich dachte, die Söhne würden eure Dynastie fortführen."

„Sind keine verfügbar, täten es die Töchter. Und sie und Traiko haben bereits Nachwuchs."

„Sie scheinen auf ihrem Weingut glücklich zu sein."

„Ist das ein Grund, dieses Haus und die Ländereien abzulehnen, wenn sie einem zufallen?"

Juliana kaute auf ihren Lippen. „Nein, wohl nicht. Ihr glaubt also, deshalb sind sie hier? Um euch die Erbfolge streitig zu machen?"

Valea nickte.

Ihre nächsten Worte überlegte sich Juliana sehr genau. Aus Valeas Reaktion darauf wäre dann zu schließen, inwieweit sie und Valentin es ernst meinten mit ihrer Aufrichtigkeit. „Aber Valentin ist doch verlobt. Oder gibt es diese Arabella am Ende doch nicht?" Dass sie das Foto in Valentins Schlafzimmer gesehen hatte, brauchte Valea nicht zu wissen.

Valea nahm abermals einen tiefen Atemzug, bevor sie antwortete. „Es gibt sie. Aber sie ist fort. Schon seit Monaten."

Juliana schämte sich ein bisschen dafür, dass ihr diese Nachricht behagte. „Du meinst, sie hat Valentin verlassen."

Doch Valea schüttelte den Kopf. „Nein, das meine ich nicht. Sie ist von einem Spaziergang nicht mehr zurückgekehrt."

Diese Offenbarung verschlug Juliana ein paar Sekunden lang die Sprache. „Was heißt das?", fragte sie mit belegter Stimme.

„Das heißt, dass sie frühmorgens zu einem Spaziergang aufgebrochen und seitdem verschwunden ist", erwiderte Valea. „Wir haben wochenlang nach ihr gesucht. Das ganze Dorf hat sich daran beteiligt. Ohne Erfolg."

„Wie furchtbar." Juliana schluckte. „Was könnte denn passiert sein? Hat es keine Spuren gegeben?"

Valea schaute sie durchbohrend an, dann schüttelte sie kaum merklich den Kopf. „Sie könnte irgendwo abgestürzt sein. Oder sie ist einer Bärenmutter zu nahe gekommen."

Juliana schauderte innerlich. Zumindest erklärte das, weshalb Arabellas Sachen noch immer im Haus waren.

„Valentin denkt, es war einer von ihnen", ergänzte Valea.

Juliana horchte beunruhigt auf. „Wovon redest du?"

„Valentin denkt, hinter ihrem Verschwinden steckt eine Absicht“, erläuterte Valea finster. „Und der Verantwortliche hält sich im Moment in unserem Haus auf.“

Juliana versuchte, sich nicht anmerken zu lassen, wie sehr sie diese Worte aufwühlten. „Glaubst du das auch?“

Valeas Antwort kam verzögert, doch sie ließ keinen Raum für Zweifel: „Ich bin mir sicher, dass hinter ihrem Verschwinden eine Absicht steckt. Und ich bin mir sicher, dass wir den Urheber gerade bei uns beherbergen.“

Juliana ballte die Fäuste, in der Hoffnung, sich damit auch zur inneren Ruhe zu zwingen. Diese Geschichte war ungeheuerlich. Falls sie denn stimmte. Sie studierte Valeas Miene. Deren Ausdruck war wie fast immer hart, unbeugsam und entschlossen. Aber auch aufrichtig, wie Juliana glaubte.

„Ihr denkt, einer eurer Gäste hat Arabella ermordet“, fasste sie mühsam zusammen. „Nur um an das Haus zu kommen? Nur wegen der Erbfolge?“

„Reicht das nicht?“

Eine gute Frage, auf die Juliana keine Antwort hatte. Aber natürlich, Menschen hatten auch schon für weniger als einen Herrensitz und Ländereien getötet.

„Wenn Valentin also keine Verlobte vorweisen kann“, flocht sie ihre Schlussfolgerungen fort, „könnte euer Onkel Anspruch darauf erheben, die Fortführung der Dynastie auf seine Linie zu übertragen. Auf Valeriu oder Sorana.“

Valea nickte stumm.

„Deshalb tut ihr so, als wäre alles in Ordnung. Als wäre Arabella nur ihren kranken Vater besuchen.“

Valea bestätigte abermals.

Juliana verstand dennoch nicht. „Aber zu welchem Zweck? Früher oder später werden euch die anderen durchschauen. Ihr werdet ihnen nicht dauerhaft etwas vorspielen können.“

„Darum geht es auch nicht“, sagte Valea. „Dieses Treffen dient nur einem einzigen Zweck: den Urheber zu enttarnen.“

Die Fäuste zu ballen, war wenig hilfreich gegen ihre wachsende innere Unruhe, wie Juliana feststellte. „Ihr erwartet, dass er sich an diesem Wochenende offenbart?“

„Valentin glaubt es.“

„Ah. Und du? Du nicht?“

„Ich ziehe es in Betracht. Wir arbeiten darauf hin.“

Während Juliana nach weiteren Ansätzen suchte, musterte sie diese seltsame Frau ihr gegenüber eingehend. Nun durchschaute sie, warum Valentin wollte, dass seine Schwester eine Lesbe spielte. Es geschah tatsächlich zu ihrem Schutz. Genau wie es schon einmal im Raum gestanden hatte. Sie kleidete ihre Gedanken in Worte. „Als Lesbe wärst du keine Gefahr für die Erbfolge. Weil du wahrscheinlich nie Kinder haben würdest.“

Valea blieb unbewegt. „Das ist Valentins Überlegung.“

„Was gefällt dir daran nicht?“

„Dass wir noch jemanden mit reinziehen mussten.“

Mich, dachte Juliana. „Jemand will euch also die Erbfolge streitig machen. Den Fortbestand der Dynastie.“

Valea nickte verhalten.

„Wer könnte das sein? Steckt euer Onkel hinter allem?“

Valeas Ausdruck blieb derselbe, doch ihr Blick senkte sich. „Ich denke, es ist Eugen."

Juliana verstand nicht. „Aber welches Anrecht hätte der denn auf eure Erbfolge?" Doch schon während sie diese Frage stellte, dämmerte ihr die Antwort. Eugen hatte einen Sohn mit der ältesten Falkenstein-Tochter Victoria. Sie war tot, aber was machte das schon? Er hatte einen Falkenstein. Auch wenn Onkel Fredrik das nicht anerkannte, wie Juliana sich dunkel an einen Gesprächsfetzen an diesem Abend erinnerte.

„Wenn Valentin Junggeselle bleibt", sagte Valea, „oder aus anderen Gründen keine Nachkommen zeugt, stehen die Chancen nicht schlecht für Eugens und Victorias Sohn Mikail."

„Aus anderen Gründen", wiederholte Juliana. „Zum Beispiel, wenn Valentin tot wäre."

Valea blieb reglos, was Antwort genug war. Juliana gab es auf, ihre Anspannung zu überspielen. Ihre Finger krallten sich ins Bettlaken. „Ich kann das nicht glauben."

„Musst du auch nicht", sagte Valea und stand von ihrem Stuhl auf. „Tu einfach, was wir dir sagen. Du bist außer Gefahr. Niemand hätte etwas davon, dir etwas anzutun."

„Mir nicht, aber Valentin."

Valea hielt inne. „Wie rührend, deine Sorge." Ihr Tonfall ließ bezweifeln, dass sie das zu schätzen wusste.

„Wie wollt ihr den Urheber enttarnen?", fragte Juliana.

Valea tat zwei gemächliche Schritte zum nächsten Fenster und schaute in die Nacht hinaus. „Der Verantwortliche weiß, dass wir lügen. Dass Arabella nicht bei ihrem Vater ist. Möglicherweise verrät er sich dadurch."

„Valentin meinte, sie alle würden ahnen, dass etwas nicht stimmt."

„Natürlich ahnen sie was", bestätigte Valea verhalten. „Wären sie nicht misstrauisch und würden sie nicht absehen, dass es hier etwas für sie zu gewinnen gibt, hätten sie die lange Reise erst gar nicht auf sich genommen."

Juliana wusste weiterhin nicht recht, was sie davon halten sollte. So wie Valea wollte sie Onkel Fredrik und die anderen eigentlich nicht einschätzen. Aber Valea kannte sie natürlich besser und länger als nur einen Abend. „Ich hatte da unten eigentlich den Eindruck, du und Valentin, ihr hättet ein großartiges Verhältnis zu euren Verwandten."

„Ja, das dachte ich früher auch", sprach Valea zum Fenster.

Eine Weile schwiegen sie beide und Juliana ordnete ihre Gedanken. „Arabella ist also womöglich etwas Schlimmes angetan worden, damit Valentin nicht heiraten kann", fasste sie so nüchtern und sachlich zusammen, wie es ihr angesichts der jüngsten Erkenntnisse möglich war. „Und wenn offenbar wird, dass unsere Affäre nicht echt ist, könntest auch du in Gefahr sein. Denn wenn schon nicht Valentin, so könntest ja du eines Tages kleine Falkensteins in die Welt setzen und Ansprüche auf die Erbfolge stellen."

„Valentin übertreibt es mit seiner Sorge", bemerkte Valea.

Vielleicht, dachte Juliana. Aber was wenn nicht?

„Danke, dass du mich einweihst“, sagte sie. „Langsam verstehe ich, warum das so lange gedauert hat. Und ihr so gezaudert habt.“

Valea fuhr herum und hielt auf die Zimmertür zu. „Ich gehe wieder nach unten. Der Abend ist noch nicht ausgeklungen. Eugen und Onkel Fredrik werden noch etwas fechten wollen.“

„Wer duscht denn da gerade im Mittelhaus? Ich habe Wasser laufen gehört.“

„Sorana und Traiko.“

Valea verschwand durch die Tür und ließ Juliana besorgt, verstört und auch ein Stück weit ratlos zurück. Gabriela Petrescu war also nicht die einzige Frau, die in dieser Gegend spurlos verschwunden war. Mochten auch Jahrzehnte zwischen den Ereignissen liegen.

Die Dunkelheit draußen schien noch vollkommener geworden zu sein, als Juliana abermals im finsteren Wohnzimmer unter dem Giebelfenster stand und nach draußen spähte. Allein im Schlafzimmer war es ihr unerträglich geworden. Ihre Rastlosigkeit hatte noch zugenommen. Nun stand sie wieder hier, suchte nach herumschleichenden Schatten, erkannte aber nicht einmal mehr die Silhouetten der parkenden Fahrzeuge an der Auffahrt. Ja, die Dunkelheit war noch dunkler geworden. Und auch ins Haus schien sie Einzug gehalten zu haben.

Möglicherweise war also ein Mörder in diesen Mauern. Jemand, der Valentins Verlobte verschleppt und in irgendeine Schlucht gestoßen hatte. Damit Valentin sie nicht heiraten konnte. Ein Irrsinn. Doch so war die

Welt nun einmal. Niemand wusste das besser als Journalisten, die in den Abgründen der Gesellschaft recherchierten. Juliana war eigentlich auf der Suche nach Gabriela Petrescu, aber diese Story hatte es vielleicht noch dicker in sich.

Ein leises Poltern, Stimmen und Schritte wehten durch den Gang zu ihr ins Wohnzimmer. Jemand hatte das Wohnhaus betreten. Die infrage kommenden Personen waren überschaubar. Juliana eilte ihnen entgegen. Im Vestibül traf sie auf Valentin, der ihr Erscheinen mit müden Augen aufnahm. „Juliana, du bist noch wach“, konstatierte er.

Hinter ihm schloss Valea die Flügeltür ab – und drehte den Schlüssel.

„Ich habe nicht schlafen können“, entgegnete Juliana. „Hatte einiges zu überdenken.“

Valentin nickte gewogen. „Ich wollte dir das gern ersparen.“

„Nein, so etwas muss ich wissen“, widersprach sie. „Ich hätte es von Anfang an wissen müssen.“

„Vielleicht“, räumte Valentin ein und wollte sie passieren.

Doch Juliana hielt ihn fest. Sie hatte nicht darauf zugearbeitet, es war reflexartig passiert. „Wie ist der Abend gelaufen?“, fragte sie. „Was erwartet uns morgen?“

Es fühlte sich seltsam aber angemessen an, uns zu sagen. Valentin schaute sie aus seinen sanften grauen Augen an. Nun endlich verstand sie oder hatte zumindest eine Vorstellung, was dahinter schlummerte und immer wieder hinausbegehrte. Kummer. Verzweiflung. Womöglich Selbstvorwürfe. Und das Verlangen nach der Wahrheit. Jemand hatte ihm seine Liebste genommen. Wahrscheinlich jemand, den er gerade in seinem Haus bewirtete.

„Morgen setzen wir das Spiel fort", sagte er, und wie schon einmal fanden seine Hände behutsam zu ihren Schultern. „Was wir vereinbart haben, gilt noch immer: Du brauchst nicht zu interagieren. Halte dich zurück. Sei einfach nur Valeas Konterpart."

Lieber wäre ich deiner, lag es Juliana auf der Zunge und sie drängte den Impuls zurück, ihn zu umarmen. Ein tiefer Schmerz lag in diesem Blick, dennoch rang sich Valentin ein Lächeln ab, bevor er weiterging. Von sich selbst und dieser Entwicklung ein wenig überrascht, spürte Juliana die Versuchung, ihm zu folgen. Doch das kam nicht infrage. Stattdessen würde sie das Bett gleich mit seiner unwirschen Schwester teilen.

„Kannst du reiten?", fragte diese.

Eine simple Frage, die Juliana aber gerade überforderte.

„Wir reiten morgen aus", führte Valea näher aus. „Wenn du nicht reiten kannst, müssen wir uns eine glaubhafte Erklärung einfallen lassen."

„Wofür?"

„Eine Erklärung, warum du seit langer Zeit auf einem Gestüt wohnst, aber nicht reiten kannst. Also? Kannst du reiten oder kannst du es nicht?"

Juliana schüttelte den Kopf.

„Das dachte ich mir." Keine Geringschätzung, nur eine Feststellung. „Dann wirst du hinter mir aufsteigen. Wir reiten auf Luca."

Sie mochte Pferde, doch auf eines aufzusitzen, erfüllte Juliana nicht gerade mit Begeisterung. „Wohin reiten wir? Und wie weit?"

„Zu unseren Ländereien nördlich von hier", antwortete Valea und setzte sich in Bewegung. „Ein paar Stunden."

Juliana hielt Schritt und witterte eine Chance. „Ich könnte doch auch hierbleiben. Das Haus hüten und so."

Doch Valea schüttelte den Kopf. „Wir alle reiten. Das hat sozusagen Tradition."

Zu schade, dachte Juliana. Das wäre die beste Gelegenheit gewesen, sich hier ungestört umzusehen. „Werde ich dann die Einzige sein, die bei jemand anders aufsitzt?"

Erneutes Kopfschütteln. „Auch Valeriu und Narcisa werden sich ein Pferd teilen."

„Narcisa kann also auch nicht reiten." Damit war Julianas Ehre wenigstens einigermaßen gerettet.

„Doch, sie kann es", widersprach Valea. „Valeriu kann es nicht. Hat ihn nie interessiert. Wollte schon als Kind lieber Eisenbahn fahren."

Sie passierten die verschlossene Tür mit dem renovierungsbedürftigen Badezimmer. „Das könnten wir an dem Wochenende gut gebrauchen, was? Ist das im Mittelhaus gerade frei?"

„Finde es heraus", quittierte Valea knapp.

Es fühlte sich eigenartig an, sich neben Valea schlafen zu legen. Sie war ihr gegenüber längst ein wenig aufgetaut, aber Juliana rätselte weiterhin, wie sie zueinander standen. Ob sie für Valea eine Verbündete oder ein Ärgernis war. Wohl eher Letzteres. Ein Störfaktor, der sich in Familiensachen einmischte, die sie nichts angingen. Doch zumindest hatte sie sie an diesen doch sehr prekären Dingen teilhaben lassen.

Am nächsten Morgen neben ihr aufzuwachen, war ebenfalls gewöhnungsbedürftig. Valea lag bereits wach und musterte sie, als Juliana die Augen aufschlug. Durch die beiden Fenster schien die Morgensonne herein. Alle Dunkelheit war aus dem Tal gewichen. Nichtsdestotrotz spürte Juliana sie noch.

„Guten Morgen, mein Sonnenschein", brummte sie und war sich selbst im Zweifel, ob damit Valea oder tatsächlich die Sonne gemeint war.

Valea blieb stumm. Fast schien es, als schlafe sie mit offenen Augen. Nur durch ihr Wegdrehen machte sie deutlich, dass sie nicht über Nacht ermordet worden war. Juliana streckte sich. Trotz der beunruhigenden Offenbarungen gestern Abend hatte sie gut geschlafen. Der Uhr auf der Kommode nach war es kurz nach acht.

„Wann gibt es Frühstück?"

„Wann du es dir holst", raunte Valea in die andere Richtung. „Rosa hat genug zu tun. Du findest alles in der Anrichte neben der Küche. Am besten, du gehst gleich."

Juliana verspürte ein diebisches Verlangen, diese Aufforderung mit einer zärtlichen Streicheleinheit zu beantworten, doch sie verkniff es sich. Valea würde wahrscheinlich ausschlagen.

„Wie sieht der zu erwartende Tagesablauf aus?", fragte sie stattdessen. „Ausgeritten wird erst nach dem Mittagessen, nehme ich an."

Valea bestätigte lakonisch. Juliana ließ es dabei bewenden und machte sich mit ihrem Kulturbeutel Richtung Mittelhaus auf. Im Vestibül hielt sie inne und bestaunte die morgendliche Aussicht talabwärts. Der Bergkamm im Westen nahm ihnen schon nachmittags den Sonnenschein, doch jetzt, frühmorgens, badete die gesamte weite Talschneise in ihrem Licht. Ein wundervoller Anblick. Wo abends schon tiefste Finsternis aufzog, leuchteten morgens die Wälder wie ein Zauberwald, lebensbejahend und einladend. Vielleicht würde der Ausritt richtig schön werden. Der gemeinsame Ausflug könnte zudem Gelegenheit bieten, Onkel Fredrik näher kennenzulernen und seiner Kindheit nachzuspüren. Fredrik könnte Gabriela immerhin gekannt haben.

Im Mittelhaus stand Juliana vor einer verschlossenen Badezimmertür. Im Inneren lief Wasser. Entweder war es Valentin oder den Gästen war ihr Bad im Parterre des Westflügels nicht genug. Sie hatte sich schon damit abgefunden, fürs Erste auf eins der Gästeklos auszuweichen, als sie ein leises Poltern vernahm. Nicht weit vom Bad stand die Tür in den geräumigen Gesellschaftsraum offen. Juliana ging Nachsehen und fand Traiko vor. Allein saß er in einem der Sessel und nippte von einer Tasse. Juliana schnupperte Kaffee.

„O Juliana, guten Morgen", sagte Traiko, als er sie bemerkte. Dann stand er sogar auf, so als hätte er sich etwas erlaubt, was ihm in diesem Haus nicht zustand. „Verzeihung, die Tür war offen. Da konnte ich nicht widerstehen. Gemütlich hier."

„Schon gut“, vergab ihm Juliana großzügig. „Sie sind zum ersten Mal in diesem Haus, nicht wahr?“

„Nicht ganz“, berichtigte sie Traiko sanft. „Ich bin auch bei der Beisetzung von Herrn Constantin da gewesen, aber da habe ich kaum mehr als die Empfangshalle unten gesehen. Ein tolles Anwesen. Wofür benutzt ihr diesen charaktervollen Raum?“

„Allzu selten“, sagte Juliana und gab damit weiter, was ihr Valentin darüber erzählt hatte. „Wir haben nicht oft Gäste. Und noch seltener so viele, dass dieser Raum ausgelastet wäre. Meistens tut es der Salon.“

Traiko schaute sich anerkennend um, und Juliana legte nach. „Man könnte hier mal eine Weinverkostung aufziehen, was?“

Traiko fand zu ihr zurück und grinste, während er abermals von seiner Tasse nippte. „Gar keine so schlechte Idee.“

In dem Moment vernahm Juliana die Badtür und spähte zum Flur hinaus. Sie erwartete Sorana, doch es war Eugen, der im weißen Bademantel und mit feuchten, offenen Haaren den Flur entlang spazierte und dabei ein Lied pfiff.

„Habt ihr da drüben nicht euer eigenes Bad?“, raunte Juliana.

Eugen lächelte, als er sie unter dem Türrahmen entdeckte und zog gleichsam bedauernd die Schultern hoch. „Das hält Narcisa gerade unter Beschlag, und ich wage es nicht, mich mit ihr anzulegen. Habt ihr drüben nicht auch eins?“

„Wird renoviert“, antwortete Juliana und ging näher. „Kann ich da jetzt rein?“

„Oh bitte." Eugen vollführte eine übertrieben einladende Geste und gab den Weg frei. Als sie ihn passierte, fügte er mit erhobenem Finger hinzu: „Vorsicht am Duschablauf. In diesem Haus verschwinden immer wieder Menschen, musst du wissen." Dann zwinkerte er schelmisch und ging weiter.

Juliana rieselte es heiß und kalt den Rücken hinunter, als sie die Tür hinter sich schloss. Wenn sie bislang eines über Eugen Spilka wusste, dann dass er Sprache und Worte gezielt doppelbödig einsetzte. Das gerade war ein Wink mit dem Zaunpfahl gewesen. Eugen wusste etwas. Mehr als er sollte. In diesem Haus verschwinden immer wieder Menschen. Mehrzahl. Sollte er womöglich nicht nur von Arabella, sondern auch von Gabriela wissen?

Die gestrige Unruhe war zurück. Eugen hätte nicht mit diesem Zaunpfahl gewunken, wenn er nicht auch sehr genau wüsste, dass sie, Juliana, nicht echt war. Dass sie hier im Auftrag der Geschwister Theater spielte. Wie konnte er das wissen? Und wie würde er dieses Wissen verwenden? Valentin und Valea hatten wohl doch recht. Hier bereitete sich ein Spektakel vor.

Kapitel 12

Der Häscher im Paradies

Drei Wochen lang war es Gabriela geglückt, ihrem Bruder aus dem Weg zu gehen. Drei Wochen, in denen die Proben mit ihrer Band immer in irgendjemandes Zelt oder Baracke hatten stattfinden müssen. Drei Wochen, in denen sie nur nachts schwimmen gegangen war, meistens mit Raluca, und sich tagsüber unter Schleiern und Tüchern versteckt hielt. Sie durfte kein Risiko eingehen.

Seit seiner Ankunft in Vama Veche sondierte Sorin den Strand mit Adleraugen. Die anderen Securitates begnügten sich damit, unaufdringlich zu beobachten und sich Notizen zu machen. Nicht Sorin. Hoch aufragend und ohne Scheu, sein Regime zu repräsentieren, trug er auch bei heißestem Wetter seine grüne Uniformjacke und stolzierte oben die Straße entlang. Manchmal wagte er sich auch zwischen die Zelte. Der Grund seiner Anwesenheit war ohne den Hauch eines Zweifels sie. Sie hatte mit ihm und ihren Eltern gebrochen, als sie sie verließ. Wohin sie wollte, hatten sie alle gewusst. Und nun war Sorin ihr gefolgt. Vielleicht um sie zurückzubringen. Vielleicht aber auch, um sie zu töten. Sie, die Familienschande.

Drei Wochen lang hatte Gabriela ihrem Bruder entgehen können. Zuletzt aber hatte er sie entdeckt und zugeschlagen. Ohne ihre Freunde wäre es um Gabriela geschehen gewesen.

„Abschaum! Dreckiger Abschaum!", hatte Sorin getobt. „Lebensunwerter Menschheitsdreck seid ihr alle! Und du auch!"

Damit war sie gemeint, und an Sorins Absichten hatte kein Zweifel mehr bestanden. Wer lebensunwerten Menschheitsdreck in seiner Familie hatte, konnte nicht weit bei der Securitate aufsteigen. Die kommunistische Partei schaute sehr genau hin, wen sie in verantwortungsvolle Posten erhob – und wen sie lieber zertrat. Deshalb musste Sorin den dunklen Fleck in seiner Familie ausmerzen. Gabrielas Tage waren damit gezählt. Sorin würde keine Ruhe geben, bis er sie tot und begraben wusste. Und sollte er das nicht allein bewerkstelligen können, würde er bewaffnete Truppen anfordern.

Felix und Raluca brachten Gabriela zu einem Unterschlupf am anderen Ende Vama Veches. Eine mit Holzbrettern verkleidete Erdhöhle, schon nahe der Grenze. Einer der letzten Zipfel Rumäniens, eine gefährliche Sackgasse ohne Fluchtmöglichkeit. Dennoch war sie hier zumindest vorübergehend vor Sorin sicher. Felix und Raluca versorgten sie mit Wasser und Nahrungsmitteln, doch mit der Musik war es vorbei. Die Band war Geschichte, noch bevor sie erstmals aufgetreten war. Gabrielas Welt war zerfallen. Zurück war nur eine leere Ruine geblieben. So leer wie die Ruinen all der Dörfer, die das Regime brutal eingeebnet hatte. Gabriela war nichts mehr geblieben. Nicht einmal Vama Veche. Sie würde hier nicht bleiben können.

Dann, eines Tages, als Gabriela schon fast so weit war, aufzugeben, brachten Felix und Raluca einen Besucher mit. Gabrielas Herz tat einen Sprung bei seinem Anblick.

„Constantin!"

Sie flog ihm in die Arme und brach vor Glück in Tränen aus.

„Endlich bist du zurück. Ich dachte schon ... ich fürchtete schon ..."

„Schhh", machte Constantin und drückte sie behutsam an sich. „Ich bin so schnell zurückgekommen, wie ich konnte. Jetzt wird alles gut."

Gabriela schaute ihn irritiert an. „Gut soll alles werden? Haben dir Felix und Raluca nicht erzählt, was hier passiert ist?"

„Doch, haben sie", sagte Constantin. „Und deshalb müssen wir handeln. Jetzt gleich."

KAPITEL 13

SCHAUER ÜBER DEM ZAUBERWALD

Valeriu und Narcisa frühstückten im Speisesaal. Juliana schlich mit ihrer Kaffeetasse an der Tafel vorbei und betrat den Salon. Er war menschenleer. Durch die Glasfront zur Terrasse flutete das Morgenlicht herein, so grell, dass es sie blendete. Doch sie erkannte, dass die Terrassentür auf war und jemand draußen am gemauerten Backofen stand. Sie ging näher. Es war Eugen. Er kehrte ihr den Rücken zu und genoss anscheinend die Sonnenstrahlen auf seinem Gesicht. Sie trat an seine Seite und kam unverblümt zur Sache.

„Was weißt du über Menschen, die in diesem Haus verschwunden sind?", fragte sie.

Eugen wirkte nicht im Mindesten überrascht oder verunsichert. Er schaute sie nicht einmal an. Er nippte gelassen an seiner Tasse, so als wäre sie überhaupt nicht hier. „Es ist nicht gut, wenn wir zusammen gesehen werden", sagte er schließlich. „Jedenfalls so ganz allein."

„Warum sollte das nicht gut sein?"

„Weil dieses Haus überall Ohren hat. An diesem Wochenende insbesondere. Du möchtest dich über verschwundene Personen unterhalten?"

Juliana rang sich ein unbedarftes Schulterzucken ab. „Keine Ahnung. Kennst du denn welche?"

Eugen nahm einen Schluck aus seiner Tasse. Sein Blick gehörte weiterhin den Bäumen. Seine Stimme war kaum mehr als ein Flüstern, als er sprach. „Narcisa und Valeriu frühstücken im Speisesaal. Sorana und Traiko sind gerade zu einem Spaziergang aufgebrochen. Valea ist wahrscheinlich bei ihren Pferden. Wir müssen im Haus also nur auf Valentin und Fredrik achten. Folge mir in ein paar Minuten in mein Zimmer nach. Und lass dich nicht dabei sehen. Dann reden wir."

„Worüber?"

Eugen wandte ihr erstmals den Blick zu. „Worüber wohl? Über Arabella. Und über Gabriela."

Er nippte noch einmal an seiner Tasse, dann zog er sich in den Salon zurück. Julianas Herz schien ihr bis zum Kinn zu schlagen.

Eugen Spilka wusste Bescheid.

Auf ihrem vorsichtigen Streifzug am Speisesaal vorbei und auf das Mittelhaus zu reimte sich Juliana ein paar Dinge zusammen. Ein Päckchen hatte sie auf die Falkensteins aufmerksam gemacht. Ein Päckchen, das vor drei Wochen ohne Absender und an sie adressiert in der Redaktion abgegeben worden war. Es hatte Briefe enthalten. Briefe, die über fünfzig Jahre alt waren. Briefe, aufgegeben in Vama Veche. Briefe, die Gabriela Petrescu an ihre große Liebe Constantin Falkenstein geschrieben hatte. Und nicht nur das. Es fand sich darin auch ein Gesuch. Offensichtlich ein PC-Ausdruck. Ein gewisser Valentin Falkenstein hatte bei einer Künstleragentur nach einer Schauspielerin angefragt. Seit ein paar Minuten lag auf der Hand, wer der Versender dieses ominösen Päckchens war.

Im Mittelhaus überlegte sich Juliana, dass es klüger war, nicht die Haupttreppe, sondern die Stiege im Wirtschaftshaus zu benutzen. Im Mittelhaus könnte sie womöglich auf Valentin treffen. Sie folgte dem schummrigen Korridor, passierte den Trophäen- und den Ahnensaal und gelangte durch die schlichte Holztür in den Westflügel. Erst jetzt fiel ihr ein, dass es noch jemanden gab, vor dem sie sich in Acht nehmen musste: Rosa, die sich wie ein Schatten durch dieses Haus bewegte und sie schon gestern hier im Westflügel ertappt hatte. Im Moment war nichts von ihr zu sehen. Was bei einem Schatten aber nicht viel bedeutete.

Vorausschauenderweise hatte Eugen seine Zimmertür offen gelassen. Andernfalls hätte Juliana womöglich versehentlich bei Onkel Fredrik geklopft. Eugen komplimentierte sie herein und schloss hinter ihr die Tür.

„Eine Geliebte für Valea", bemerkte Eugen genüsslich und schüttelte tadelnd den Kopf. „Ich hätte gewettet, dass er jemanden engagiert, der für uns seine Arabella spielen soll. Aber das ging wohl nicht, wie ich gestern erfahren habe. Wie es aussieht, hatte er Valeriu mal ein Foto von seiner Liebsten geschickt." Er zog die Brauen hoch, nahm auf seinem Bett Platz und bot Juliana einen Stuhl am Fenster an. „Ein Fehler. Ein Missgeschick."

Sie blieb an der Kommode stehen. „Woher weißt du von diesem Gesuch?"

„Eine kinderleichte Übung", antwortete Eugen sachlich. „Ich habe Valentins PC gehackt. Die üblichen Schutzmaßnahmen gegen solche Eingriffe haben ins Haus Falkenstein noch nicht Einzug gehalten. Sein Pech, mein Glück."

„Das Päckchen mit den Briefen und dem Auszug stammt also von dir", folgerte Juliana ebenso nüchtern. „Und die Briefe hast du dir angeeignet, während du mal hier zu Besuch gewesen bist. Hast sie aus irgendeiner alten Kommode geklaut, was?"

Eugen nickte versonnen. „Die Familie hat immer Geheimnisse vor mir gehabt. Vor allem mein Schwiegervater."

„Constantin", warf Juliana ein.

„Oh, er hat mich gehasst", legte Eugen nach und fand zu seinem Lächeln zurück. „So wie eigentlich alle in diesem Haus. Bis auf Victoria. Aus Rücksicht auf sie haben sie das selten offen gezeigt, aber sie haben mich gehasst. Und tun es noch, wie dir sicherlich aufgefallen ist."

Auf diese Diskussion wollte sich Juliana nicht einlassen. Es gab dringendere Fragen. „Du hast also darauf spekuliert, dass ich auf dieses Gesuch anbeiße und hierherkomme."

Wie die Aufgeschlossenheit in Person öffnete Eugen mit seinem Siegerlächeln auf den Lippen die Hände. „Aber selbstverständlich. Die Enthüllungsjournalistin Juliana Petrescu würde es sich doch nicht entgehen lassen, Licht in ein dunkles Kapitel ihrer eigenen Vergangenheit zu werfen: Die Verbrechen ihres Großvaters Sorin und das Schicksal ihrer Großtante Gabriela, die er angeblich ermordet hat."

Juliana musterte den Mann, der sie so geschickt angefüttert, geködert und nun vorgeführt hatte. Seine Maske aus federleichter Überheblichkeit war schwer zu durchschauen.

„Und indem ich Valentins Gesuch abgefangen habe", fuhr er selbstgefällig fort, „war sichergestellt, dass sich niemand außer du für diesen Job bewerben würde. Damit war dir die Anstellung sicher. Du darfst mir dankbar sein."

Juliana harrte ein paar stille Sekunden aus, bevor sie fragte: „Und wozu das alles?"

Nun veränderte sich seine Miene. Das Siegerlächeln verschwand. An seine Stelle trat ein Ausdruck, den man glatt als Demut auffassen konnte. Eugen faltete die Hände und sah zu ihr auf. „Weil ich Hilfe brauche."

Juliana hob die Augenbrauen. „Hilfe? Wofür? Gegen wen?"

„Gegen die Falkensteins, wen sonst?"

Juliana bemühte sich um ein möglichst herablassendes Schmunzeln. „Ach, willst du gegen sie kämpfen?"

Eugen hingegen blieb ernst. „Du etwa nicht?"

„Warum sollte ich?"

„Weil sie deine Großtante umgebracht haben könnten."

„Falls Gabriela jemals hier war", setzte Juliana geduldig an, „und falls sie tatsächlich einem Verbrechen zum Opfer gefallen ist, dann haben die heute lebenden Falkensteins garantiert nichts damit zu tun."

Eugen ließ seine Augenlider zucken. „Meinst du, ja?"
„Ja, meine ich."

„Wie ist es mit Arabella?", fragte Eugen. „Wie hältst du es mit ihr? Interessiert dich deren Schicksal denn gar nicht weiter?"

„Ich wüsste nicht, wo ich sie finden könnte."

„Tja, ich weiß es ebenfalls nicht", räumte Eugen ein. „Aber ich würde sie gern finden. Ich glaube nämlich, dass Valentin sie umgebracht hat."

Auch Juliana war dieser Gedanke kurzzeitig durch den Kopf gegeistert, doch hier und jetzt schob sie Empörung vor. „Sag mal, spinnst du jetzt völlig?"

Eugen verschränkte geziert die Arme vor der Brust. „Jetzt tu doch nicht so. Erzähl mal, was weißt du über Valentin, Juliana?"

„Dass er wegen Arabellas Verschwinden sehr verzweifelt ist", erwiderte sie.

Eugen hatte dafür nur ein gequältes Lächeln übrig. „Verzweifelt ist er wohl nur, weil er sich sorgt, jetzt das Haus zu verlieren. Nur deshalb hat er sie heiraten wollen. Damit Fredrik keinen Grund mehr sieht, ihn als Familienstammhalter zu ersetzen."

In Juliana keimte allmählich Ärger auf. „Woher willst du denn wissen, wie Valentin zu seiner Verlobten gestanden hat?"

„Ich weiß es, weil ich Valentin schon sehr lange kenne", legte Eugen salbungsvoll dar. „Er hat schon immer Angst gehabt, man würde ihn um sein Erbrecht bringen."

„Warum sollte er denn?", erwiderte Juliana. „Er ist der einzige Sohn seiner Generation."

Eugen klatschte kurzen Beifall. „Ah, du hast also deine Hausaufgaben gemacht und weißt, wie die Dinge liegen. Gut. Nichts anderes habe ich von einer Journalistin erwartet. Du hast natürlich recht. Als einziger männlicher Nachkomme seiner Generation fällt ihm die Stammfolge zu. Allerdings hatte er eine Schwester, die zehn Jahre älter war als er. Victoria. Meine Frau. Meine inzwischen tote Frau."

Juliana zuckte mit den Schultern. „Ich weiß. Und ich weiß, dass der Altersunterschied groß war. Und? Spielt das irgendeine Rolle?"

„Das will ich dir erklären", sagte Eugen und stand gemessen von seinem Bett auf. „Victoria und ich haben einen Sohn, Mikail, wie du sicher mitbekommen hast. Ich habe immer gewusst, dass Valentin in ihm eine Gefahr sieht. Ein männlicher Nachkomme, eine Generation nach ihm, noch bevor er überhaupt ans Heiraten gedacht hatte. Das hat ihn beunruhigt. Deshalb habe ich dafür gesorgt, dass Mikail nicht hier aufwächst, sondern weit fort von Valentin."

Juliana gefiel gar nicht, welche Richtung dieses Gespräch nahm. Umso wichtiger war es, es fortzuführen. „Was soll das werden?", fragte sie und gab Belustigung vor. „Willst du behaupten, Valentin hätte es auf deinen Sohn abgesehen?"

Eugens Ausdruck wurde nun bedenklich finster. „Meinen Sohn habe ich vor ihm in Sicherheit bringen können", sagte er. „Meine Frau leider nicht."

Juliana benötigte ein paar Augenblicke, um zu begreifen, worauf er hinaus wollte. „Moment mal. Du willst behaupten -"

„Dass Victorias Reitunfall kein Reitunfall gewesen ist, ja", fiel Eugen ihr ins Wort. „Dass Valentin und Valea sie auf dem Gewissen haben. Valea könnte den Sattel manipuliert haben."

Juliana glaubte aus allen Wolken zu fallen. „Die würden doch nicht ihre Schwester umbringen!"

Erneut formte Eugen ein Lächeln, das irgendwo zwischen Qual und Herablassung zu verorten war. „Du kennst die beiden also schon so gut, um das beurteilen zu können?"

„Nein", sah sich Juliana nach kurzem Zögern veranlasst, zuzugeben. „Nein, tue ich nicht."

„Tja, ich schon", sagte Eugen. „Und ich verrate dir, dass die beiden schon immer ein äußerst inniges Verhältnis hatten. Und gewiss noch immer haben. Kommt es dir nicht seltsam vor, dass sie hier draußen allein leben?"

„Bis vor Kurzem ist Arabella noch hier gewesen."

Eugen winkte ab. „Nur ein Mittel zum Zweck, wie ich dir schon erklärt habe."

Juliana fröstelte. War sie hier etwa doch im Hause Usher gelandet? „Warum hätten sie Arabella umbringen sollen noch bevor dieses Familientreffen stattgefunden hat? Das wäre doch ziemlich ungeschickt."

Nun zuckte Eugen mit den Schultern. „Vielleicht hat sie alles herausgefunden. Vielleicht ist ihr klar geworden, dass sie nur benutzt worden ist. Vielleicht hat sie fliehen wollen. Und wahrscheinlich hat Valentin das nicht gefallen."

Juliana versuchte, sich nichts anmerken zu lassen, doch sie rang mit ihrer Fassung. „Du beschuldigst die beiden, sowohl ihre große Schwester als auch Valentins Verlobte ermordet zu haben?"

Eugen setzte sogar noch eins drauf. „Möglicherweise auch noch ihren Vater."

„Was?!"

„Pssst! Nicht so laut", gemahnte sie Eugen. „Die Wände sind nicht allzu dick."

„Du kannst das nicht wirklich glauben!"

Eugen seufzte maliziös. „Constantin starb im Salon, schon bald nach Victorias Tod. Fällt es dir denn so schwer zu folgern, dass er möglicherweise etwas geahnt haben könnte? Dass er geahnt hat, dass seine zwei jüngsten Kinder ihre eigene Schwester aus dem Weg geräumt haben? Damit sie bloß nie ihren Sohn als Erben ins Haus bringen konnte?"

„Was du mir hier auftischst, ist eine einzige Räuberpistole", fauchte Juliana, wenngleich sie nicht verleugnen konnte, dass sie verunsichert war. „Hast du irgendwelche Beweise?"

Eugen senkte den Blick und schüttelte den Kopf. „Nein", räumte er ein. „Und genau deshalb brauche ich eine investigative Journalistin."

„Ich soll dir helfen, drei Morde aufzuklären?"

„Wäre das keine gute Story?"

„Doch. Wenn sie denn wahr wäre." Ihrer Verunsicherung zum Trotz legte Juliana sich fest. „Und das glaube ich nicht. Du steigerst dich da in was hinein. Du hast den Tod deiner Frau noch nicht verwunden. Das verstehe ich. Das kann ich nachvollziehen."

Eugen sah wieder auf. „Du machst es dir ganz schön einfach, findest du nicht?"

Julianas Ärger meldete sich zurück. „Was erwartest du denn von mir?"

„Dass du die Augen offen hältst und die richtigen Fragen stellst", antwortete Eugen und nahm sie ähnlich behutsam an den Schultern, wie auch Valentin es schon getan hatte. „Möglicherweise ist auch deine Großtante Gabriela in diesem Haus gestorben. Hältst du es als

Journalistin nicht für angebracht, zumindest in Betracht zu ziehen, dass an meinen Worten etwas dran sein könnte?"

Juliana konnte nicht verhehlen, dass seine Verdächtigungen in weiten Teilen schlüssig und bis zu einem gewissen Grad sogar plausibel klangen. Gleichwohl wollte sie nicht glauben, dass sie sich in Valentin und Valea derart getäuscht hatte. Doch schon meldeten sich Zweifel. Denn wie Eugen schon so trefflich festgestellt hatte, kannte sie die beiden im Grunde kaum.

Eine monströs unbehagliche Stunde verstrich, in der Juliana einsam in ihrem Schlafzimmer verstörenden Gedankenspielen und Theorien nachhing. Valentin und Valea ein Mörderpärchen. Constantin von seinen eigenen Kindern ermordet. Wie war das noch mal? Er war im Sessel sitzend mit einem Glas Wodka in der Hand gestorben, soweit sich Juliana erinnerte. Möglicherweise war der Wodka vergiftet gewesen. Und Victorias Sattel manipuliert. Und Arabella hatten die mörderischen Geschwister in irgendeine Schlucht gestoßen. Oder in den finstersten Stollen ihrer stillgelegten Goldmine.

In einigen Ansätzen war Eugens Geschichte beängstigend stimmig. Sie fügte sich ein. Die Dinge ergaben einen Sinn. Aber nur, sofern alle genannten Voraussetzungen zutrafen. Wie etwa, dass Valentin und Valea eine Art inzestuöses Verhältnis hatten und Arabella nur geduldetes Schmuckwerk war, um den Rest der Familie zu täuschen. Das aber konnte Juliana nicht glauben. Sie hatte den Kummer in Valentins Augen gesehen. Und die Verzweiflung. Valentin litt, das war unübersehbar. Eugen verrannte sich da in etwas.

Eugen. Was für ein durchtriebener Kerl. Es war ihm gelungen, sie, Juliana, hierherzulocken. Anonym eingehende Päckchen und Hinweise waren in der Redaktion eines Enthüllungsblattes nichts Ungewöhnliches. Doch dass sich die darin enthaltenen Informationen gezielt an sie richteten, hatte Juliana freilich stutzig gemacht, setzte es schließlich voraus, dass sich da jemand intensiv mit ihr und ihrer Familiengeschichte befasst hatte. Dieser dubiose Unbekannte war auch der Grund, warum Alexander so besorgt und strikt gegen diese Unternehmung war. Nun wusste sie, wer dieser Jemand war. Eugen.

Doch wer war Eugen? Ein leidender Witwer, der dem Tod seiner Frau nachträglich einen Sinn geben wollte? Ein Amateurdetektiv, dem die Fantasie durchging? Oder vielleicht doch jemand, der etwas Ungeheuerliches durchschaut hatte? Juliana kam zu keinem Ergebnis. Beeindruckend war jedenfalls, wie geschickt Eugen seine Fäden gezogen hatte, um dieses Wochenende nach seinen Vorstellungen zu arrangieren. Geradezu beängstigend beeindruckend.

Das brachte Juliana zu ihrem Großvater, Sorin Petrescu. Nach dem Fall des Ceaușescu-Regimes 1989 war er zusammen mit weiteren Offizieren der Securitate hingerichtet worden. Eines der zahlreichen Verbrechen, das ihm die Anklageschrift vorgeworfen hatte, war die Ermordung seiner eigenen Schwester Gabriela in den späten Sechzigerjahren. Nach allem was Juliana über ihren Großvater wusste, durfte sie das nicht ausschließen. Er war ein Fanatiker gewesen. Und vor allem ein rücksichtsloser Opportunist. Seine Schwester war nur eine von vielen Tötungen, die man ihm zur Last legte. Doch vielleicht irrte die Anklageschrift in diesem Punkt ja. Nicht unwahrscheinlich, dass in dieser chaotischen Zeit jemand schlampig und vorschnell gearbeitet hatte. Konnte ihr Großvater derart grausam gewesen sein, die eigene Schwester umzubringen? Juliana konnte und wollte das nicht glauben. Sie waren vom selben Blut, und sie, Juliana, pflegte ein wunderbares Verhältnis zu ihren Geschwistern und konnte sich in einer Million Jahren nicht vorstellen, ihnen etwas anzutun. Deshalb wollte sie auch Eugens Geschichte nicht glauben. Der Arme hatte sich da in einen gefährlichen Irrgarten verfranzt. Man sollte auf ihn aufpassen.

Die jüngsten Entwicklungen und Erkenntnisse trieben Juliana auch weiterhin um. Das Schlafzimmer war ihr bald zu eng geworden, also hatte sie sich in die Eckküche des Westflügels zurückgezogen. Dort stand sie nun an einem der Fenster und schaute zur Koppel hinaus, wo Valea liebevoll ihre Tiere herumscheuchte, mal auf-, mal absaß, sie zu einem Spurt antrieb und sie schließlich wieder rigoros in ihrem Toben ausbremste.

Wenn nicht Sorin Gabriela umgebracht hatte, musste ihr etwas anderes zugestoßen sein. Ihre Briefe an Constantin lieferten keinerlei Hinweise, dass sie vorhatte, Vama Veche zu verlassen. Doch wenn sie es getan hätte, wäre sie garantiert zu ihm geflohen. Hierher, zum Landsitz der Falkensteins, wohin sie auch all die

Briefe geschickt hatte. Außer Constantin hatte sie niemanden mehr gehabt, weder Freunde noch Familie. Sorin war damals erbittert hinter ihr her gewesen. Und er hatte in Vama Veche nach ihr gesucht. Juliana konnte bislang nur spekulieren, ob er sie töten oder nur nach Hause schleifen wollte, doch beides wäre für Gabriela Grund genug gewesen, aus Vama Veche zu fliehen. Vielleicht hatte sie es getan. Oder sie war ihrem Bruder in die Hände gefallen. Ende der Sechzigerjahre jedenfalls war Gabriela Petrescu spurlos verschwunden.

Juliana verspürte das dringende Bedürfnis, sich mit Alexander auszutauschen. Gesprächsstoff gäbe es weiß Gott genug, vor allem jetzt, wo offenlag, wer der anonyme Absender des Päckchens war. Eugen Spilka. Ein ziemlich undurchsichtiger Kerl, wie Juliana konstatierte. Er hatte sie auf diese Fährte gebracht. Die Briefe musste er hier im Haus aufgespürt und geklaut haben. Durch sie hatte er erfahren, dass sein Schwiegervater Constantin in den späten Sechzigerjahren eine Geliebte in Vama Veche hatte. Doch damit nicht genug. Eugen hatte tiefer gegraben. Er musste akribisch Nachforschungen angestellt haben, um alles herauszufinden. Wie etwa, dass diese Geliebte die Schwester eines verurteilten Securitate-Verbrechers war, dem unter anderem zur Last gelegt wurde, sie ermordet zu haben. Und dass dieser verurteilte Verbrecher eine Enkelin hatte, die Enthüllungsjournalistin war und bis heute mit dem brutalen Vermächtnis ihres Großvaters haderte.

Die Frage war nun, was Eugen in ihr, Juliana, sah. Eine wertvolle Verbündete gegen eine gefährliche Dynastie oder nur ein Mittel zum Zweck, um seine eigenen Interessen durchzusetzen? Interessen, über die Juliana weiter im Zweifel war. Ging es ihm um Gerechtigkeit für seine Frau – oder war er schlichtweg hinter dem Haus und seinen Ländereien her?

Juliana schaute noch eine Weile zu, wie hingebungsvoll sich Valea um ihre Pferde kümmerte. Sie spähte auch immer wieder zum Waldrand, halb hoffend, irgendwo Alexanders bärtiges Gesicht zu entdecken. Dann machte sie sich auf die Suche nach Valentin. Sie hatte sich eine Strategie überlegt. Oder vielmehr einen tiefgründigen Satz, den sie ihm antragen wollte. Aus seiner Reaktion darauf würde sie auf Weiteres schließen.

Die Uhrzeiger rückten auf die Tagesmitte zu, und allmählich fanden sich alle im Parterre des Wohnhauses ein, um gemeinsam das Mittagessen zu begehen. Valea und Sorana deckten im Speisesaal den Tisch, die anderen verharrten bei unaufgeregten Gesprächen im Salon. Alle bis auf Valentin. Juliana passte ihn schließlich in der Eingangshalle ab, als er die Treppe herabkam.

„Ist die Bagage vollzählig?", fragte er munter und mit einem Lächeln auf den Lippen. Anscheinend hatte er gut und ausgiebig geschlafen. Der übermüdete Valentin von gestern Abend war verschwunden. Hier stand ein frischer und tatendurstiger. Anstelle seines gestrigen Anzugs trug er heute wie Valea Jeans und Hemd. Der geplante Ausritt warf damit wohl schon seine Schatten voraus.

„Alle da", bestätigte Juliana. „Irgendwelche letzten Tipps für mich?"

Valentin nahm sie sanft am Arm und schüttelte den Kopf. „Du hast dich bis jetzt hervorragend geschlagen. Tipps hast du von mir gewiss nicht nötig. Außerdem weißt du jetzt, worum es geht."

Juliana nickte beflissen. Dies war ein geeignetes Stichwort, um ihren vorbereiteten Testballon loszulassen. Sie hielt inne und zwang Valentin damit, sie Auge in Auge anzusehen. „Da ist noch etwas, worüber ich mir Gedanken gemacht habe", sprach sie einem Wispern gleich. „Du und Valea, ihr geht doch davon aus, dass Arabella tot ist. Vielleicht ist sie das gar nicht. Vielleicht wurde sie nur entführt."

Juliana konnte zusehen, wie etwas Farbe aus Valentins Gesicht wich. Ebenso sein Lächeln. Wahrscheinlich war es grausam, ihm so aus dem Nichts mit einer oberflächlichen Schönwetter-Theorie zu kommen, die er selbst schon hunderte, wenn nicht tausende Male durchgespielt hatte. Doch sie konnte ihm das nicht ersparen. Sie musste seine Reaktion darauf prüfen.

Er bestand die Prüfung. Ein kurzer, vergeblicher Anflug von Hoffnung, dann Verzweiflung, Enttäuschung und schließlich bittere Resignation. Eine ganze Gefühlspalette innerhalb weniger Augenblicke, die Juliana in seinen Augen zu lesen glaubte. Valentin litt. Und gewissenlose Mörder litten nicht. Also war er keiner.

„Daran glaube ich nicht", waren seine einzigen Worte, bevor er weiterging.

Das Mittagsmahl wurde eine im Großen und Ganzen harmonische Angelegenheit. Manch Animositäten, wie zwischen Onkel Fredrik und seiner Schwiegertochter oder Eugen und sämtlichen anderen Anwesenden, waren zwar spürbar, doch sie drängten nicht in den Vordergrund. Arabella war nur kurzzeitig Gesprächsthema, als es um ihr Lieblingsessen ging, und abgesehen von dem gehässigen Grinsen Narcisas ließ niemand durchblicken, dass er – oder sie – Valentins Geschichte anzweifelte. Der Showdown war vermutlich für heute Abend anberaumt.

Rosa gebärdete sich äußerst matronenhaft, als sie die Speisen auftrug. Juliana holte sich dabei einen scharfen Blick von ihr ein. Eine rätselhafte Frau. Wie so vieles hier. Im Moment versprach sich Juliana wenig von der Haushälterin. Seit heute Vormittag schien Eugen die interessanteste Adresse. Offenbar wusste er sehr viel über das Haus. Vielleicht wusste er auch etwas über Gabriela, das er aus taktischen Gründen noch nicht mit Juliana geteilt hatte.

Onkel Fredrik wäre ein weiteres Fenster in die Vergangenheit. Doch Fredrik war ein Hüter. Ein Hüter der Familie und nach Möglichkeit auch all ihrer weniger vorzeigbaren Geheimnisse. An ihm würde sie sich die Zähne ausbeißen, egal wie sehr sie ihn umschmeichelte. Anders Eugen. Juliana durchschaute noch nicht, worum es ihm ging, doch Eugen war kein Hüter. Ihm lag offensichtlich nichts daran, Familiengeheimnisse zu wahren, wenn er Gabrielas und Constantins Briefe sogar an eine Zeitung weitergab. Nein, Eugen war alles andere als ein Hüter. Er war ein Zerstörer. Oder hatte zumindest vor, einer zu sein. Er wollte die Fassade dieses Hauses einreißen. Für Julianas Belange machte ihn das im Moment zum vielversprechendsten Akteur in diesem obskuren Spiel.

„Hey, können wir vielleicht auch zur Mine hinaufsteigen?", fragte Sorana erwartungsvoll in Valentins und Valeas Richtung. „Weißt du noch, Valea, wie wir uns früher da drin immer versteckt haben? Nach Gold haben wir natürlich auch gesucht", fügte sie an alle gewandt hinzu. „Mit Hämmerchen aus der Werkstatt haben wir auf den Stein eingehauen. Aus dem Gold wollten wir uns dann tolle Kettchen und Ohrringe machen lassen. Leider haben wir nie auch nur ein Körnchen gefunden."

„Der Schacht ist jedenfalls noch nicht eingefallen", entgegnete Valentin aufgeräumt. „Allerdings könnte es sein, dass da inzwischen eine Bärenfamilie eingezogen ist."

„Ein Grund mehr, unsere Schießprügel nicht zu Hause zu lassen", meinte Eugen vergnügt. „Nicht dass uns noch jemand verloren geht."

„Du kannst es gar nicht erwarten, was?", raunte Valea.

Eugen zwinkerte ihr aufdringlich zu, und Juliana grübelte, wie dieser Einwurf zu verstehen war. Was konnte Eugen nicht erwarten? Sein Gewehr zu benutzen oder dass jemand verloren ging? Julianas Unruhe bekam neuen Auftrieb. Möglicherweise unterschätzte sie noch immer, wie viel Sprengstoff in diesem Familientreffen lag.

Onkel Fredrik brachte sich nicht offensiv, aber auch keineswegs mildernd ein. „Wir sollten Eugens Einschätzungsvermögen vertrauen", sagte er. „Abschüsse sind immerhin die einzige Sache, bei der er sich nicht auf sein Glück verlässt."

Juliana versuchte es mit einer neuen Denkperspektive. Für Eugen waren Valentin und Valea mörderische Psychopathen. Valentin und Valea wiederum dachten dasselbe über ihn und hielten ihn für den Urheber hinter Arabellas mysteriösem Verschwinden. Was, wenn sie alle drei irrten? Was, wenn hier jemand gezielt Constantins Zweig der Familie gegeneinander ausspielte, damit der von Fredrik zum Zuge kam?

Juliana befühlte die Dose Pfefferspray in ihrer Hosentasche. Ob es auch gegen Bären oder Wölfe etwas ausrichtete, wusste sie nicht, doch einen Menschen würde es für eine Weile außer Gefecht setzen können. Unheimlich war, dass sie im Moment nicht einmal zu spekulieren wagte, gegen wen sie es womöglich einzusetzen hatte.

„Das ist Luca", erklärte Valea, während sie die Nüstern eines muskulösen schwarzen Hengstes kraulte. „Er wird uns tragen. Deshalb solltest du ihn ein wenig kennenlernen. Nebenbei bemerkt solltest du auch alle anderen Pferde kennen, wo du doch schon seit Jahren hier wohnst und mir im Stall hilfst."

Sie waren den anderen voraus in den Stall gegangen. Juliana streckte vorsichtig die Hand aus und berührte das Tier ein Stück weiter oben an der Stirn. Nachdem das so wunderbar klappte, streichelte sie ihm die Seite. Luca ließ es sich anstandslos gefallen. Ein warmes, weiches Fell über bebenden Muskeln.

„Du solltest außerdem wissen", fuhr Valea fort, „dass Luca es war, mit dem Victoria ausgeritten war, als sie gestürzt ist."

Ohne es bewusst zu wollen, zog Juliana ihre Hand zurück. „Es war dieses Pferd?"

Valea musterte sie finster, so als hätte sie gerade etwas extrem Unanständiges gesagt. Schließlich nickte sie. „Kommt es dir komisch vor, dass wir ihn behalten haben?"

Es hatte wohl keinen Sinn, das zu leugnen. „Ja, irgendwie schon", gab Juliana zu.

Valea wandte sich von ihr ab und ganz dem Tier zu. „Es ist nicht die Schuld der Pferde, wenn ihre Reiter ihre Fähigkeiten überschätzen."

„Heißt das, Victoria hat einen Reitfehler begangen?"

„Luca hat viel Temperament", sagte Valea, den Hengst weiterhin kraulend. „Damals war er noch ein richtiger Heißsporn. Und Victoria war nicht geübt darin, ihn zu reiten."

„Warum hat sie es dann getan?"

„Weil sie es sich zugetraut hat."

„Weiß Eugen, dass es dieses Pferd war?", fragte Juliana.

„Natürlich", antwortete Valea. „Er hat ihn einschläfern wollen."

„Was du verhindert hast", folgerte Juliana.

Valeas durchbohrender Blick fand zu ihr zurück. „Selbstverständlich."

Juliana erforschte ihre Gefühle. Sich an einem Reittier zu rächen, erschien ihr sinnlos, aber sie wollte Eugen nicht verurteilen. Schmerz trieb oft seltsame Blüten. Eugen hatte seine Frau verloren und gab dem Pferd und im weiteren Sinne Victorias Geschwistern die Schuld daran. Sollte er Valentin deshalb nun ein paar Jahre später Arabella genommen haben? Das erschien

Juliana reichlich plump. Eugen war vieles, aber nicht plump. Und wenn er wiederum Valentin für den Übeltäter hielt, waren Valentin und Valea auf einer völlig falschen Fährte.

„Reiten wir zu eurer Goldmine?"

„Wir werden an ihr vorbeikommen", erklärte Valea reserviert. „Du kannst es dir sparen, Werkzeug einzupacken. Da ist nichts mehr zu holen."

Aber trotzdem vielleicht etwas zu finden, schwante Juliana im Stillen. „Sorana und Valeriu sind als Kinder oft bei euch zu Besuch gewesen, wie?"

Valea nickte. „Vater und Onkel Fredrik haben sich immer sehr nahe gestanden. Daran konnte selbst Tante Orfa nicht rütteln."

„Wer hat dann daran gerüttelt?", fragte Juliana. „Was hat euch getrennt?"

„Victorias Tod hat alles verändert", sagte Valea. „Kurz darauf dann auch noch Vaters Tod."

„Das hätte euch auch zusammenschweißen können."

„Hat es aber nicht", erklärte Valea in einem abschließenden Tonfall und ließ nun ebenfalls von Luca ab. Sie zeigte auf einen mächtigen Reitsattel, der einem Bock auflag. „Du wirst hinter mir sitzen. Kriegst du das hin, ohne dass wir es vorher üben müssen?"

Juliana reckte überheblich das Kinn vor. „Verlass dich darauf."

Sie hatte kaum ausgesprochen, da flog die Stalltür auf und Eugen erschien unter dem Türstock. Ein paar Pferde wieherten in ihren Boxen. Juliana entging nicht, wie Valea plötzlich angespannt und hochkonzentriert wirkte.

„Ich hoffe, ich störe euch zwei Hübschen nicht beim Turteln", tat Eugen kund und trat gemessen ein. „Welches Tier hast du für mich vorgesehen, Valea? Ich würde mich gern mit ihm unterhalten, bevor ich es reite."

„Ludmilla", antwortete Valea wachsam und verwies zu einer hellbraunen Stute, die neugierig über ihr Gatter schaute und das Geschehen im Mittelgang verfolgte.

Eugen ging zu ihr hin und streichelte sie zärtlich. Sie scheute nicht vor ihm, schien es zu genießen. „So zutraulich", sprach Eugen auf das Tier ein. „Aber ich sehe dir an, dass du ein ziemlicher Wildfang bist. Ich glaube, wir beide kommen klar. Wie siehst du das?"

Tatsächlich reagierte Ludmilla mit einem ruhigen Schnauben, das man durchaus als Zustimmung auffassen konnte.

„Du reitest auf Luca, nehme ich an", sagte Eugen, ohne sich Valea zuzuwenden.

Sie bejahte.

Eugen nickte vor sich hin, während er weiterhin Ludmilla kraulte. „Er war schon immer dein Liebling. Daran hat auch der ... Unfall nichts geändert." Er hatte eine merkwürdige Betonung auf das Wort gelegt, und Juliana wusste wieso.

„Was dagegen?", erwiderte Valea schroff.

„Nein", sagte Eugen. „Nein, nicht mehr. Es ist deine Sache, wie du damit umgehst. Wir sehen uns dann nachher."

Damit ließ er von Ludmilla ab und spazierte davon. Valea verfolgte seinen Auszug mit finsteren Blicken.

„Fürchtest du, er könnte Luca noch immer etwas antun wollen?", fragte Juliana.

„Dem traue ich alles zu", raunte Valea.

So wie er euch alles zutraut, lag Juliana auf der Zunge.

Am Himmel waren ein paar Wolken aufgezogen, doch Regen war erst für den kommenden Abend vorhergesehen. Neun Reiter führten sieben Pferde hinaus in die Koppel und auf das offene Gatter zu. Valentin war der Erste, der sich auf seine dunkelbraune Stute schwang. Onkel Fredrik war der Nächste. Er ritt einen schwarzen Hengst namens Vlad. Offenbar eine langjährige Bekanntschaft. Valeriu hatte erhebliche Mühe und brauchte mehrere Versuche, hinter seiner Gattin aufzusitzen, was ihm einen äußerst missbilligenden Blick von ihr einbrachte. Juliana hielt sich an Valea, um nach oben zu kommen. Es funktionierte reibungslos. Sorana und Traiko ritten je ein eigenes Tier und wirkten darin sehr geübt. Eugen saß auf seine Ludmilla auf. Wie angekündigt, schulterte er ein Gewehr am Riemen. Das taten auch Valentin und Onkel Fredrik. Hoffentlich nicht, um aufeinander zu schießen.

„Geleite uns, Valentin!", rief Eugen und verwies durch die breite Schneise ins abfallende Tal, das sich dort vor ihnen auftat. „Weise uns den Weg, mein lieber Schwager."

„Du würdest ihn sicher auch ohne mich finden", meinte Valentin, tat aber wie ihm geheißen und spornte seine Stute zu einem lockeren Galopp an. Die anderen folgten. Nur Onkel Fredrik wartete noch ein wenig ab und bildete schließlich nach Narcisa und Valeriu das Schlusslicht ihres kleinen Trecks. Für Juliana war es das erste Mal, dass sie auf einem Pferderücken saß, und es fühlte sich gar nicht so übel an. Sie wusste nicht recht, wie und wo sie sich festhalten sollte, also schlang sie ihre Arme um Valeas Taille, wie Verliebte das so machten. Valea wehrte sich nicht. Der allgegenwärtige Kiefernduft intensivierte sich noch, als sie auf einen leicht abschüssigen Weg einschwenkten, der zwischen steilen Felsen und der Stromleitung an einem dichten Waldzug entlang führte. Die Schneise war breit genug, dass Valentin sie auch mit seinem Unimog hätte befahren können.

Valentin und Sorana ritten voran, Eugen und Traiko dichtauf. Als sich der Waldwuchs etwas lichtete, wichen sie unter die Bäume aus und entfernten sich von den Felsen und der Stromleitung. Eine hügelige und äußerst unübersichtliche Waldlandschaft tat sich auf, mit teils turmhohen Tannen und mächtigen Eichen, die sogar die Bergzüge verdeckten. Juliana war sicher, dass sie sich hier innerhalb kürzester Zeit verlaufen würde. Vereinzelte Vögel krächzten und krakelten unter den Wipfeln, doch ansonsten lag eine gespannte Stille über dem Wald.

Die anfängliche Reitordnung löste sich zunehmend auf, auch weil die Hügel nun abflachten und mehrere gangbare Wege zuließen. Onkel Fredrik ritt lange Zeit neben Sorana her.

„Da bildet sich eine gefährliche Allianz", bemerkte Valea düster.

„Die Wiederannäherung eines Vaters an seine Tochter ist für dich eine gefährliche Allianz?", horchte Juliana nach.

„Bis jetzt hat Onkel Fredrik immer auf Valeriu gesetzt, wenn es um seine Familiennachfolge ging", sagte Valea. „Anscheinend hat er begriffen, dass Sorana die aussichtsreichere Wahl ist. Sogar mit Traiko scheint er inzwischen klarzukommen."

Womöglich zog auch Valea in Betracht, dass nicht Eugen, sondern ihr Onkel der große Ränkeschmied sein könnte. „Was stört dich daran?", fragte sie dennoch.

„Nichts", behauptete Valea nach kurzem Zögern. „Fürs Erste."

Über einen engen Felspfad, den sie nur nacheinander begehen konnten, gelangten sie auf eine tiefer gelegene Talebene. Auch hier wuchsen Hölzer und Sträucher satt. Im fernen Westen dominierte der hohe Bergkamm die Aussicht, ostwärts stiegen Felsen und steile Waldhänge an.

„Ist hier irgendwo eure Goldmine?", flüsterte Juliana. „Es muss eine fürchterliche Plackerei gewesen sein, den Bruchstein bis zum Haus hochzuschaffen."

„Dafür hatte man Esel und Pferde", sagte Valea und schaute westwärts. „Die Mine liegt auf der anderen Seite. Auf dem Rückweg werden wir daran vorbeikommen."

Eine Weile ritten sie zwischen Büschen und Bäumen auf moosigem Grund dahin, dann fiel das Land erneut ab. Gewaltige Nadelhölzer bohrten sich voraus durch die Walddecke wie Giganten, die in einem grünen Meer wateten.

„Für uns ist hier Schluss", verkündete Narcisa. „Wir kehren um. Das Tier scheint mir schon ziemlich ermüdet. Und Valeriu kann es sowieso kaum erwarten, wieder abzusitzen. Bis später."

Ohne eine Reaktion abzuwarten, wendeten die beiden und entfernten sich dann in beachtlichem Galopp.

„Das haben sie von Anfang an vorgehabt", wisperte Valea grimmig. „Jetzt glauben sie, ungestört im Haus herumschnüffeln zu können."

Das würde ich auch gern, dachte Juliana. „Könnte das zu einem Problem werden?", fragte sie.

Valea schüttelte unmerklich den Kopf. „Wir haben Vorkehrungen getroffen. Und Rosa wird aufpassen."

Die verbliebenen sieben Reiter auf sechs Pferden begaben sich unter das dichte Walddach. An manchen Stellen ging es gefährlich steil bergab, und einmal fürchtete Juliana sogar, sie würden stürzen. Luca aber trug sie sicher. Vielleicht war das auch Valeas Fertigkeiten im Sattel zuzuschreiben. Als der Boden endlich wieder abflachte, rückte Onkel Fredrik an ihre Seite, ein aufgeräumtes Lächeln auf seinen Lippen.

„Warum hast du es nie auf einem eigenen Pferd versucht?", fragte er Juliana. „Scheu vor den Tieren kann es ja wohl kaum sein."

„Allein auf einem Pferd? Da würde mir etwas fehlen", entgegnete Juliana und schmiegte sich noch enger an Valea.

Valea ertrug es, und Onkel Fredrik ritt mit einem zufriedenen Grinsen weiter.

Als der Wald sie in einer weiten Talsenke wieder freigab, war abzusehen, dass der Regen früher kommen würde. Die Wolken hatten bedrohliche Schattierungen angenommen. Die Sonne fand nun nirgendwo mehr Durchlass.

„Wir lassen den Arcus-Pass wohl besser außen vor", schlug Valentin vor. „Oder wollt ihr die Varful unbedingt sehen?"

Die anderen verneinten angesichts des drohenden Wetterumschwungs.

„Was ist der Arcus-Pass?", flüsterte Juliana Valea ins Ohr. „Und was sind die Varful?"

Voraus teilte eine Steilklippe das Tal, bevor erneut Wälder anstiegen. „Der Arcus-Pass verbindet die beiden Talseiten vor uns", erklärte Valea. „Die Varful sind ein Kranz spitzer Gebirgszacken noch weiter nördlich von hier, die aussehen wie eine Krone. Von der höchsten Stelle des Passes aus hat man eine herrliche Aussicht darauf."

Über die Wahl der Rückroute gab es keine Diskussion. Sie kehrten unter das Walddach zurück, hielten sich nun aber weiter westlich, näher dem Bergkamm, der das Tal hier so früh von der Sonne abschnitt. Der Aufstieg setzte den Pferden merklich zu. An zwei Stellen mussten die Reiter absteigen und sie führen. Zuletzt brachte sie ein felsiger Pfad auf eine spärlich bewachsene Wiese zu Füßen des Bergmassivs. Die ersten Regentropfen ließen dann nicht mehr lange auf sich warten.

Beeindruckende bewaldete Klippen erwuchsen dem Bergkamm. Weiter aufwärts strebten ihm Hänge zu. Der Fels durchzog vielerorts auch den Grund. Wo zwischen kurz geratenen Eichen und Büschen ein flach ansteigender Pfad seinen Anfang nahm, erklärte Valea, dass sich dort oben die Goldmine befand.

„Könnten wir uns da nicht unterstellen?", regte Juliana an.

„Und abwarten, bis es richtig schüttet?“, erwiderte Valea bissig. „Wenn du nicht vorhast, da drin zu übernachten, hätte das wenig Sinn. Ein bisschen Regen wird dich schon nicht umbringen.“

Aber die Mine hat vielleicht jemanden umgebracht, dachte Juliana mit einem Schaudern, das nicht der Wetterumschlag verursachte. Nicht einmal Sorana wollte zum Schacht hinauf, somit ritten sie weiter.

Julianas Blick schweifte zum näher rückenden Waldrand, wo sie erstmals seit ihrem Aufbruch ein Tier zu Gesicht bekam. Sie hätte nicht sagen, können was es war. Es streifte unter den Bäumen entlang. Vielleicht ein Luchs. Oder ein Wolf. Durch den feinen Wasserschleier war das schwer auszumachen. Die anderen bemerkten es offenbar nicht. Oder es kümmerte sie nicht.

Bald schenkten ihnen dichte Baumkronen ein wenig Schutz vor dem Regen. Zu spät nach Julianas Dafürhalten, denn sie war schon ziemlich durchnässt. Zum Glück hatten sie es nicht mit einem Unwetter zu tun, sondern nur mit einem warmen Sommerschauer.

Unter Valentins Führung blieb der Reitertreck den Felsen treu. Das Land stieg stetig an und war nicht selten von Steingraten durchzogen. Ein Sturz konnte hier noch fatalere Folgen haben als auf einem wurzelreichen Waldboden.

„Wie viel von dem Land gehört euch?“, fragte Juliana leise, obgleich sie der feine Regen von den anderen abschirmte.

„Der gesamte Landstrich von der Mine bis zum Arcus-Pass“, antwortete Valea. „Weiter unten gehört uns noch etwas Ackerland. Wir haben es an Landwirte verpachtet.“

„Wie kommt man da runter? Das Tal war doch dort am Arcus-Pass zu Ende, oder nicht?“

„Warum willst du das wissen?“

Juliana kuschelte sich zutraulich an ihren Rücken. „Na, warum wohl? Für den Fall, dass ich vor euch um mein Leben fliehen muss und die Straße versperrt ist. Was denkst du denn?“

Valea schien sich an sie gewöhnt zu haben. „Das Tal endet in der Tat am Arcus-Pass. Aber an der Ostflanke nimmt ein steiniger Pfad seinen Anfang“, sagte sie. „Zunächst steigt er mit dem Waldhang an, dann fällt er ostwärts ab. Mit einem Pferd zwar begehbar, aber nicht sehr ratsam. Man muss durch enge Felsschneisen und an tiefen Spalten vorbei. Nicht ungefährlich. Vor allem bei Wind und schlechtem Wetter. Wenn es dann weiter unten wieder grün wird, sind die ersten Dörfer nicht weit.“

„Du erklärst mir das hoffentlich nicht so genau, weil du annimmst, dass ich wirklich fliehen müsste.“

Dass Valea darauf keine Antwort gab, beunruhigte Juliana ein wenig.

Alexander streifte ihr durch den Kopf. Wie gern würde sie sich mit ihm austauschen. Ob er wirklich das Haus observierte, so wie er es versprochen hatte? Falls ja, war er womöglich ebenfalls vom Regen überrascht worden. Hoffentlich rutschte er beim Aufstieg zum Dorf nicht irgendwo ab und vertrat sich den Fuß. Nun ja, dann müsste ihn die hübsche Wirtin eben wieder gesund massieren.

Der Regen wurde nicht heftiger, aber auch so war er ausreichend, Ross und Reiter gehörig zu waschen. Allmählich fror Juliana auch. Als sie an der gegenüberliegenden Felswand die ersten Holzträger der Stromleitung über den Baumwipfel auftauchen sah, wusste sie, dass das Haus nicht mehr fern sein konnte. Die Talseiten rückten zusammen. Die vor ihnen ansteigende Böschung sollte sie vertrauten Gefilden näher bringen. Es war noch Nachmittag, doch der Abend warf schon seine frühen Schatten voraus, als das Anwesen endlich in Sichtweite kam.

Es war ziemlich ernüchternd, als Juliana erkannte, dass sie wohl die Einzige war, der der Regen zugesetzt hatte. Die anderen hatten es offensichtlich nicht eilig, ins Trockene zu kommen. Sorana und Traiko jagten ihre Pferde sogar noch durch spritzenden Matsch ein Stück weit durch die Koppel. Nun ja, Sorana war hier mit aufgewachsen, und auch Traiko war ein Naturbursche durch und durch. Juliana hingegen war ein Stadtkind. Spätestens morgen früh würde sie die zahlreichen Druckstellen in der Schenkel- und Beckengegend spüren. Ein paar spürte sie schon jetzt.

Onkel Fredrik sprang leichtfüßig wie ein junger Mann von Vlad, flüsterte ihm noch ein paar Worte zu und gestattete ihm, sich ohne Sattel noch ein wenig in der Koppel auszutoben, was Vlad prompt in Angriff nahm und Soranas und Traikos Tieren hinterherjagte. Eugen wiederum stieg wie Valentin vor dem Stall ab. Valea hielt ein paar Meter Abstand zu ihnen.

„Runter mit dir", gab sie Juliana zu verstehen.

Juliana leistete ihrem Wunsch allzu wackelig und umständlich Folge, doch sie kam heil auf dem matschigen Boden an. „Danke, Luca, es war schön mit dir", bemerkte sie und streichelte dem Tier das Stück Rücken hinter dem Sattel.

Valea stieg ebenfalls ab und führte Luca auf die anderen zu. Valentin und Eugen schienen eine leise, aber angeregte Diskussion zu führen. Noch bevor Eugen den Stall betreten konnte, war Valea bei ihm und nahm Ludmillas Zügel.

„Ich mache das schon", stellte sie unmissverständlich klar.

Eugen ließ bereitwillig von dem Tier ab. „Oh bitte, nur zu", lud er ein. „Ich habe nichts dagegen, gleich zu duschen."

Er entfernte sich. Juliana folgte Valentin und Valea ins trockene Innere des Stalls, wo sie den Pferden die Sättel abnahmen und zum Trocknen aufhängten. Juliana wrang sich die Haare aus und stand dann untätig herum, während die Geschwister die Tiere trocken rieben und ihnen in den Boxen Wasser und Heu bereitstellten.

„Narcisa hat mit Onkel Fredrik gestritten, kurz bevor sie und Valeriu abgezogen sind", sprach Valea leise zu ihrem Bruder.

Juliana hatte davon nichts mitbekommen. Sie entdeckte das Pferd der beiden in seiner Box. Sie waren also heil angekommen – und hatten sich wohl zwischenzeitlich ausgiebig im Haus umgesehen.

„Ich bin froh darum", entgegnete Valentin. „Wären sich die beiden einig, müssten wir uns Sorgen machen."

Valea wollte noch etwas sagen, kam aber nicht mehr dazu, weil die Stalltür aufging und Onkel Fredrik, Sorana und Traiko mit ihren Tieren hereinkamen. Sie schienen bester Laune. Onkel Fredrik lachte sogar lauthals.

Die gefährliche Allianz, dachte Juliana.

Valentin schien zu bemerken, dass sie fror. „Ich erledige hier alles", sagte er zu Valea. „Geht rein. Rosa wird bereits das Abendessen vorbereiten. Narcisa könnte sich auf allzu sicherem Terrain wähnen, wenn sonst niemand im Haus ist."

Valea nickte. Die anderen nahten heran.

„Einmal bitte vom süßesten Heu, das ihr hier habt, für meinen Vlad", verlangte Onkel Fredrik aufgeräumt.

Valentin lächelte. „Das soll er haben", stellte er in Aussicht und tätschelte den schwarzen Hengst am Hals.

„Komm jetzt, ich will duschen", sagte Juliana und drängte Valea weiter, die sich noch nicht vom Fleck bewegt hatte.

„Ihr duscht?", warf Sorana ein. „Dann habt ihr doch nichts dagegen, wenn ich die Wanne in Beschlag nehme? Ich sollte mich dringend aufwärmen."

Schon war sie wie selbstverständlich an ihrer Seite, und Valea sah sich wohl nicht ermächtigt, ihr das zu verwehren.

Im traulich warmen Badezimmer des Mittelhauses schälten sie sich aus ihren nassen Sachen. Wasser plätscherte in die Wanne neben der Duschkabine, und Sorana stieg augenblicklich zu, nachdem ihre Klamotten am Waschbecken notdürftig ausgewrungen und an einer Spindel am Fenster zum Trocknen aufgehängt waren.

„Oh, tut das gut", teilte sie sich mit, als sie sich dem Badewasser übergab. „Jetzt sag mal, Valea, was ist aus Achile geworden? Er ist wahrscheinlich verheiratet, oder?"

„Ist er", bestätigte Valea. „Mit Cosmina. Sie haben schon drei Kinder, soweit ich weiß."

„Cosmina", kommentierte Sorana missbilligend. „Ausgerechnet."

Juliana ahnte, warum Sorana mit in dieses Zimmer gewollt hatte, und garantiert ahnte es auch Valea. Valea wirkte ein wenig überfordert, aber nicht in dem Maße wie Juliana erwartet hätte. Nichtsdestotrotz würde es an ihr sein, die Initiative zu ergreifen, um Sorana zu überzeugen. Ihre Klamotten landeten wie Soranas auf der Spindel am Fenster. Juliana langte in die gläserne Duschkabine, drehte am Hahn und wartete ab, bis warmes Wasser herabfiel. Dann schob sie Valea hinein, wobei sie ihr zärtlich den Hintern tätschelte. Sorana musterte sie mit einem süffisanten Lippenkräuseln aus der Badewanne.

„Was soll das werden?", zischte Valea, als sie drin waren. Sie war nun wieder die dunkle Gewitterwolke als die Juliana sie kennengelernt hatte.

Bevor sie darauf einging, schloss Juliana erst mal die Augen und genoss den warmen Schauer von oben. „Wir tun das, was alle Liebenden machen, wenn sie zusammen duschen", flüsterte sie schließlich und nahm das Duschgel von der Ablage. „Weil Sorana genau das sehen will. Wir waschen und pflegen einander. Und vielleicht noch ein bisschen mehr. Mein herzallerliebster Schatz."

Sie veränderte die Strahlrichtung des Duschkopfes, sodass Valea vom Schauer begünstigt wurde, und lud sich ausreichend Duschgel in die Hände. Vielleicht war es unfair, Valea so zu überrumpeln, doch Juliana fand es allzu reizvoll. Sie verortete sich heterosexuell, doch sie hatte auch schon bisexuelle Erfahrungen genossen, und Valea war eine äußerst faszinierende Frau. Stark, stur und stolz. Nun aber war sie nackt und bloß und unübersehbar verunsichert. Juliana fand das geradezu hinreißend – und ließ sich deshalb wohl auch hinreißen. Ihre Hände glitten auf Valea über und schäumten sie behutsam an der Schulterpartie beginnend ein. Auf der anderen Seite der Glasscheibe lag Sorana in der Wanne und schaute ihnen zweifellos aufmerksam zu. Der damit verbundene Kitzel spornte Juliana zusätzlich an. Ihre Hände fanden Valeas Brüste. Valeas Miene war ausdruckslos, doch Juliana fühlte, wie sich unter ihrer Berührung ihre Brustwarzen verhärteten. Da begriff sie, dass sie zu weit ging.

„Tut mir leid", sagte sie aufrichtig und ließ von ihr ab.

Verlegen ob der Erkenntnis, dass sie die Situation gerade schamlos ausgenutzt hatte, musste sie sogar den Blick von Valea abwenden. Sie stellte das Wasser ab und verteilte den noch übrigen Schaum auf ihren Armen.

Valea nahm das Shampoo von der Ablage und trug sich auf die Handfläche auf. Es kam nicht bei ihr zum Einsatz. Sie trat bis auf Hautkontakt vor Juliana hin und nahm sich ihrer Haare an. Juliana wagte, sie wieder anzusehen. Da war immer noch die Gewitterwolke.

Die unwirsche und unbeugsame Valea. Aber da war auch eine verletzliche Valea. Eine sehnsüchtige Valea, die womöglich lange Zeit keine Zärtlichkeit mehr erfahren hatte. Juliana konnte nicht anders. Sie hob ihre Hände an Valeas Wangen und küsste sie auf den Mund. Ein Kuss, den Valea erwiderte. Wegen Sorana hätte sie das nicht tun müssen. Die konnte durch die nasse, angelaufene Scheibe ohnehin nur Konturen erkennen. Demnach tat sie es, weil sie es wollte.

Juliana lächelte, als sich ihre Lippen wieder voneinander lösten. Valea lächelte nicht, aber das machte nichts. Die Mauer zwischen ihnen war gebrochen, und Juliana schlang unbekümmert und befreit ihre Arme um sie.

„Du bist schon ein Ereignis", versuchte sie sie zu necken und schmatzte ihren Hals. „Weißt du das?"

Valea reagierte nicht darauf und beschäftigte sich weiter mit Julianas Haaren. Juliana erforschte ihre Gefühle, ob es nur an Valea lag, dass sie diese intime Nähe gerade so genoss, und fand schnell eine Antwort: Es lag nicht an ihr. Jedenfalls nicht nur. Nach den jüngsten Erkenntnissen und all den düsteren Spekulationen, die in der Luft lagen, brauchte sie schlichtweg jemanden, der sie festhielt. Valea wusch bislang nur ihre Haare, aber das war ausreichend.

Als sich ihre Blicke wieder begegneten, wirkte Valea weder sinnlicher noch entspannter, doch zumindest Letzteres war sie ohne Zweifel. Die Verunsicherung war verschwunden. Es blieb die stolze und gleichwohl verletzliche Valea, die Juliana gerade sehr entzückte.

Sie nahm das Shampoo, um Valea den Dienst zu erwidern. Valea ließ es sich widerstandslos gefallen, scheute längst auch darüber hinaus keinen Körperkontakt mehr.

„Sag irgendwas. Du wirst mir unheimlich", wisperte Juliana vergnügt.

„Ich rede nur, wenn ich etwas zu sagen habe", raunte Valea.

Sie klang schroff, sogar bedrohlich, wie so oft, aber Juliana glaubte nicht, dass sie sie gerade fürchten musste. Während sie noch mit Valeas Haaren beschäftigt war, nahm Valea sich vom Duschgel und ging mit ihren Händen bei Juliana auf Wanderschaft. Vielleicht nur, um klarzustellen, dass sie keine Angst vor ihr hatte. Wie dem auch sei, Juliana nahm es hin. Es erzeugte nicht die Geborgenheit, die sie sich gewünscht hätte, aber es war ein wenig Labsal. Ein wenig Beständigkeit, umgeben von so vielen Unwägbarkeiten.

Als Juliana sich mit Valeas Haaren fertig wähnte, drehte sie am Hahn. Dem warmen Schauer von oben stellten sie sich auf engstem Raum gemeinsam. Dass Valea plötzlich so unkompliziert nahbar war, gefiel Juliana. Aus ihrer vorgespielten Geliebten war damit eine Vertraute geworden. Besser als nichts. Nun ja, genau genommen hatte sie sich Valea schon vorher ein Stück weit vertraut gefühlt. Valentin war die härtere Nuss.

„Du weißt, worum es heute Abend geht", flüsterte Valea. „Du könntest etwas für uns tun."

Juliana horchte auf. „Was denn?" Solange das Wasser lief, war die Gefahr gering, dass Sorana sie belauschen konnte.

„Wir werden versuchen, den Tisch zusammenzuhalten", raunte Valea. „Aber vielleicht wird uns das nicht gelingen. Jemand könnte sich unter einem Vorwand zurückziehen. So wie Narcisa und Valeriu bei unserem Ausritt."

„Um was zu tun?", fragte Juliana.

„Ich habe keine Ahnung", räumte Valea ein und wirkte zum ersten Mal besorgt. Ihr Arm legte sich um Julianas Taille und zog sie sanft näher. „Du weißt, worum es geht, also könntest du uns eine Hilfe sein. Valentin vertraut dir. Und ich tue es auch."

„Wow, ich ... ich bin gerührt", entgegnete Juliana. Es war salopp ausgesprochen, doch sie fühlte wirklich so.

„Mach es wie gestern", bat Valea eindringlich. „Verlasse den Tisch bald nach dem Essen. Und decke uns aus den Hintergrund."

„Wie soll das aussehen?"

„Bleib in der Nähe. Am besten im Mittelhaus. Und falls uns jemand verlässt, sieh nach, wohin er geht und was er vorhat."

„Und dann?"

„Du wirst richtig entscheiden. Valentin glaubt, dass er alles unter Kontrolle hat, aber er ist durch Arabella gezeichnet. Er könnte sich zu etwas hinreißen lassen."

Juliana schaute in diese dunkelgrauen Augen und sah sich einer neuen Valea gegenüber. Einer Valea, die nicht länger zu stolz war, Sorgen einzugestehen und um Hilfe zu bitten. Einer Valea, die sich nicht mehr unantastbar gebärdete, sondern jemanden an sich heranließ. Nicht nur körperlich. Juliana schluckte verlegen. Sie hatte ihr und Valentins Vertrauen gewonnen und hinterging sie doch seit der ersten Minute.

Dass sich ihre gemeinsame Dusche zu einer derart innigen Angelegenheit entwickeln würde, hatte Juliana in keiner Weise voraussehen können. Die starke, unbeugsame Valea hatte sich ihr mental geöffnet. Zumindest ein Stück weit. Sie hatte Juliana ihre verletzliche Seite offenbart. Einen größeren Beweis für Nähe und Vertrautheit gab es nicht.

Ausdruck fand das in intensiver Körperlichkeit. Valea hatte jede Scheu verloren. Sie stahl sich hinter Juliana, wusch und streichelte ihr den Rücken und schließlich auch Brüste und Hintern. Juliana genoss es. Dass dieses unwirsche Wesen auch zärtlich sein konnte, war eine unerwartete aber willkommene Erfahrung. An ihre Scham wagten sich Valeas Hände nicht. Juliana hätte auch das zugelassen. Sie empfand etwas für sie. Und war es nur Faszination. Um das zu unterstreichen, wandte sie sich ihr wieder zu. Der Kuss vollzog sich wie die selbstverständlichste Angelegenheit der Welt.

Ihre neu gewonnene Vertrautheit machte es Juliana noch schwerer, ihr schlechtes Gewissen zu bändigen. Sie spielte ein doppeltes Spiel, und da selbiges erst durch Eugen möglich wurde, war sie sein unfreiwilliger Komplize. Ausgerechnet Eugen, den die Geschwister als ihren Erzfeind begriffen. Früher oder später würden die beiden alles erfahren. Und es würde sie enttäuschen. Valea inzwischen vielleicht noch mehr als Valentin.

Nach getaner Waschung wrang Juliana ihr Haar aus und stieg auf die Abtropfmatte hinaus. Dass außerhalb der Duschkabine Sorana lauerte, hatte sie beinahe vergessen. Valeas Cousine lag entspannt in der Wanne und schenkte ihr ein unaufdringliches Lächeln. Juliana versuchte es zu erwidern. Von der Ablage neben dem Waschbecken nahm sie zwei Handtücher und reichte eins an Valea weiter.

Sorana hockte sich aufrecht und musterte die beiden. „Ich schätze, ich muss mich bei euch entschuldigen“, sagte sie, womit sie beider Aufmerksamkeit gewann. Verlegenheit zeichnete ihre Miene, doch sie hielt tapfer Augenkontakt, als sie gestand: „Bis zuletzt hatte ich gedacht, ihr zwei spielt uns was vor.“

Juliana kräuselte die Lippen. „Und jetzt? Enttäuscht?“

„Warum sollten wir euch denn was vorspielen?“, raunte Valea.

Anstatt darauf zu antworten, nahm Sorana einen tiefen Atemzug und schüttelte leicht den Kopf. „Ich möchte, dass wir alle wieder näher zusammenwachsen“, sagte sie. „Unsere Familie. Unsere Familien. Du und Valentin, ihr habt mir sehr gefehlt. Ich meine, es könnte funktionieren, oder nicht? Vater ist gerade dabei, Traiko zu akzeptieren. Mutter kann das auch noch lernen. Es wird schwer, aber sie könnte es lernen. Und auch ihr sollt wieder ein Teil meines Lebens sein. Unseres Lebens. Es ist doch bescheuert, wenn wir uns nur alle paar Jahre mal sehen. Verdammt, ich möchte, dass wir wieder füreinander da sind. Wir alle.“ Nun taxierte sie ganz Juliana. „Wäre toll, wenn dann auch du ein Teil dieser Meute wärst.“

„An mir soll es nicht liegen“, entgegnete Juliana.

Valea verharrte ein paar Sekunden unbewegt, dann begab sie sich zu Sorana an den Wannenrand. Die beiden reichten einander die Hände und verkeilten die Finger. „Du hast mir auch gefehlt“, sagte Valea, wobei tatsächlich Wärme in ihrer Stimme mitschwang.

Juliana sah Sorana lächeln. Dann beugte sich Valea zu einer kurzen Umarmung hinab, und einmal öfter überkam Juliana ein angenehmer Schauer der Rührung. Nach Jahren der Trennung rückten die Falkensteins wieder zusammen. Kaum vorstellbar, dass an diesem Wochenende noch etwas drohte, was diesen Prozess aufhalten könnte. Wenn man von Eugens düsteren Verdächtigungen und Erwartungen absah, standen die meisten Weichen auf Harmonie. Oder schauspielerten hier alle? Waren Valea und sie nicht die Einzigen, die ein Theater inszenierten?

In Bademänteln und Filzpantoffeln kehrten Juliana und Valea ins Wohnhaus zurück. Ein trüber, vom Regen verwaschener Abend schaute durch das hohe Giebelfenster ins Vestibül, doch Zimmerlicht war noch nicht nötig. Juliana brach das Schweigen.

„Waren wir so gut, dass wir Sorana überzeugt haben? Oder ist sie so gut, dass sie mich überzeugt hat?"

„Ich wünschte mir, jedes ihrer Worte wäre wahr", sagte Valea. „Aber ich weiß es nicht."

Juliana nahm sie am Handgelenk und bewog sie damit, stehen zu bleiben. „Jetzt warte mal. Irgendetwas verstehe ich hier noch nicht, Valea. Du und Valentin, ihr seid euch einig, dass wohl Eugen hinter allem steckt. Dass er Arabella hat verschwinden lassen und alles. Warum aber dann diese vielen Vorbehalte gegen eure Verwandten?"

Valea schien in sie hineinzusehen und abzuwägen, ob sie eine Antwort verdiente. Sie gab ihr schließlich eine. „Wegen des Streits nach Vaters Tod", sagte sie. „Onkel Fredrik stellte damals in Zweifel, ob Valentin schon weit genug war, die Familiengeschäfte zu übernehmen. Den Wald, das Gestüt, die Käserei -"

„Welche Käserei?", fiel Juliana ihr ins Wort. „Die Wirtschaftsräume werden doch nicht mehr benutzt."

„Sie ist oben im Dorf", erläuterte Valea. „Sie wird von Dörflern betrieben, aber sie gehört uns."

Juliana verstand. „Ihr fürchtet also, euer Onkel könnte den ganzen Laden übernehmen, wenn ihm die Bilanzen nicht passen. Inklusive der Erbfolge."

Trotz der schummrigen Lichtverhältnisse sah Juliana Valea an, dass das noch nicht alles war.

„Was ist?", horchte sie nach, als Valea nur schwieg und starrte.

Valeas Blick senkte sich kurz, dann packte sie Juliana an den Schultern und drängte sie wenig rücksichtsvoll ins nächste Zimmer. Es war eine winzige Garderobe, kaum größer als Valentins begehbarer Kleiderschrank, mit einem kleinen Kreuzstockfenster. Die Haken und Bügel an der Wandvertäfelung waren alle leer. Das Zimmerlicht blieb aus, trotzdem erkannte Juliana eine enorm verbissene Valea vor sich.

„Was ich dir jetzt sage", setzte Valea kaum vernehmlich flüsternd an, „würde Valentin sehr verletzen, deshalb wirst du es für dich behalten. Verstanden? Versprich es mir."

Juliana nickte.

„Valentin lässt in seiner Kalkulation eine Person völlig außer Acht", sprach Valea eindringlich. „Eine Person, die an diesem Wochenende aber ebenfalls eine Rolle spielen könnte. Vielleicht die entscheidende."

Rosa, dachte Juliana.

Doch Valea nannte einen anderen Namen: „Arabella."

„Wie bitte?", erwiderte Juliana. „Aber Arabella ist doch ..." Sie beendete den Satz nicht.

„Spurlos verschwunden", sagte Valea. „Valentin geht von einem Verbrechen aus."

„Du doch auch, oder?"

Valea zögerte, doch sie antwortete. „Ich schließe es keinesfalls aus. Aber es gibt noch eine andere Möglichkeit: Sie könnte aus freien Stücken verschwunden sein."

„Ohne ihr Zeug mitzunehmen?"

Juliana wollte sich auf die Zunge beißen, doch nun war es schon ausgesprochen. Damit hatte sie durchblicken lassen, wie umfänglich sie hier schon herumgeschnüffelt hatte.

Valea aber ging gar nicht darauf ein. „Valentin hat sie geliebt", erklärte sie mit einem Ausdruck, der den kleinen Raum noch weiter zu verfinstern schien. „Aber ich bezweifle, dass sie dasselbe für ihn empfunden hat."

Vor Verblüffung wusste Juliana nichts zu sagen.

Valea fuhr fort. „Zwei Jahre lang hat sie in diesem Haus gelebt. Aber ich bin mir nicht sicher, ob ich jemals ihr wahres Gesicht gesehen habe."

In Gedanken an das Hause Usher zog Juliana in Erwägung, dass sie hier vielleicht einer krankhaft eifersüchtigen Schwester zuhörte, die die Geliebte ihres Bruders gehasst hatte. Doch sie glaubte, Valea inzwischen gut genug zu kennen, um so etwas ausschließen zu können. „Aber wenn nicht wegen Valentin, warum soll sie dann hier bei euch geblieben sein?"

„Vielleicht, weil sie jemand beauftragt hat", sagte Valea. „Jemand, der ständig informiert sein wollte, was in diesem Haus vor sich geht. Und der gleichzeitig sicherstellen wollte, dass Valentin seinen Stammhalterpflichten nicht nachkommt."

„Du glaubst, Arabella war eine Art Agentin? Für euren Onkel, der sie dann abgezogen hat, als es ernst wurde und Valentin sie heiraten wollte?" So absurd das klang, konnte Juliana es doch nicht kategorisch ausschließen.

Valeas Blick verriet, dass sie selbst nicht vollends davon überzeugt war. „Ich glaube nur, dass ich nie Arabellas wahres Gesicht gesehen habe."

Juliana nickte. „Okay. Danke, dass du mir das anvertraust. Ich weiß das zu schätzen."

Sie stellte ein paar flüchtige Überlegungen an. Sollte Arabella tatsächlich einen Auftraggeber gehabt haben, hielt der sich unter an Sicherheit grenzender Wahrscheinlichkeit an diesem Wochenende im Haus auf. Die Geschwister befürchteten ein Komplott gegen sich, Valentin sogar Gefahr für Leib und Leben. Für Eugen wiederum waren Valentin und Valea die Wurzeln allen Übels, das diesem Haus und den Menschen darin widerfahren war.

Und dann war da noch Onkel Fredriks Familienzweig. Was wollten die? Die Geschäfte übernehmen? Juliana wurde allmählich schwindlig. Eigentlich wollte sie hier ein ganz anderes Rätsel lösen.

„Valea", sagte sie und schaute ihr tief in die Augen. Das Abendlicht von draußen reichte dazu gerade noch aus. „Sagt dir der Name Petrescu etwas? Hat der irgendetwas mit eurer Familie zu tun?"

„Petrescu?" Valea verneinte verwundert. „Auch im Dorf oben heißt niemand so. Wer soll das sein?"

Da lag keine Falschheit in ihr, und Juliana glaubte nicht, dass Valea dieser Charakterzug überhaupt zu eigen war. Valea war von Anfang an erfrischend direkt gewesen. Rau und unverblümt und damit authentisch. Wenn sie der Überzeugung war, Valentins Verlobte wäre falsch gewesen, sollte man das unbedingt in Betracht ziehen.

„Nicht so wichtig", sagte Juliana und strich Valea eine feuchte Haarsträhne aus dem Gesicht. „Zu gegebener Zeit werde ich dir und Valentin etwas gestehen müssen. Aber das hat nichts mit euch und euren Sorgen zu tun. Du kannst heute Abend auf mich zählen. Wir werden uns nicht überrumpeln lassen. Und wir passen auf Valentin auf."

Valea musterte sie. Vermutlich wollte sie noch etwas sagen, doch da ließ sie ein Geräusch herumfahren. Es war unverkennbar das Zuschnappen der Flügeltür ins Vestibül.

„Wahrscheinlich Valentin", flüsterte Juliana.

„Dann sollte er das Licht anmachen", sagte Valea und deutete zum Boden. Der Spalt unter der Tür blieb dunkel. Valea riss sie auf und trat hinaus. Juliana folgte. Die einsetzenden Eckleuchten enthüllten ein menschenleeres Vestibül.

Juliana schaute zum Flur. Dorthin könnte der Eindringling verschwunden sein, doch im selben Moment dämmerte ihr schon etwas anderes: Da war niemand reingekommen. Es war jemand gegangen.

„Da hat wohl jemand nach Hinweisen gesucht, ob es diese Arabella wirklich gibt", folgerte Juliana.

Valea nickte grimmig. „Wären wir nicht da rein gegangen, hätten wir ihn erwischt."

Juliana widersprach. „Nein, dann hätten wir ihn gar nicht bemerkt. Wir wären arglos an ihm vorbeigegangen, während er irgendwo abgewartet hätte, bis die Luft rein ist. Wahrscheinlich in Valentins Schlafzimmer.“

Es lag auf der Hand, dass der Eindringlich ein Mann war. Sorana entspannte noch in der Wanne, und Narcisa und Valeriu hätten nach ihrer verfrühten Rückkehr genug Zeit für eine Hausdurchsuchung gehabt. Einer der anderen musste es gewesen sein.

„Das Haus ist voller Schnüffler, wie du siehst“, raunte Valea und marschierte in den Flur ein.

Wenn du wüsstest, wie recht du damit hast, dachte Juliana und nahm die Verfolgung auf.

In Valentins Schlafzimmer war alles wie gehabt. Das gerahmte Foto von ihm und seiner Verlobten stand unverändert auf der Kommode. Keine Spur, dass kürzlich jemand hier gewesen war.

„Vielleicht war er auch bei uns“, meinte Juliana.

Sie passierten das abgesperrte Badezimmer.

„Was hat es damit eigentlich auf sich?“, fragte Juliana. „Hättet ihr für Renovierungen nicht ein günstigeres Wochenende abwarten können?“

„Der Raum ist schon seit Monaten unverändert“, erwiderte Valea verdrießlich. „Valentin und Arabella wollten einen großen Whirlpool. Wir haben dafür sogar die alten Fliesen abgetragen. Zumindest den größten Teil davon. Dann ist Arabella verschwunden. Seitdem ruhen alle Arbeiten. Valentin hat noch keine Kraft dafür gefunden.“

Auch in ihrem Schlafzimmer deutete nichts auf kürzlichen Besuch hin.

„Wie geht es jetzt weiter?“, fragte Juliana und war einen Moment lang irritiert, als Valea wie aufs Stichwort ihren Bademantel ablegte und wieder nackt vor ihr stand.

„Ich werde im Turm nachsehen“, erwiderte sie. „Ich wette, auch da sind sie gewesen.“

„Darf ich mitkommen?“

Nun war es Valea, die stutzte. „Wozu?“

Juliana zuckte mit den Schultern. „Na, um zu sehen, was du da drin alles treibst. Töpfern und Modellieren habe ich gehört. Sollte ich das nicht genauer wissen, wo wir uns doch seit Jahren so innig lieben?“

Valea zögerte, doch sie willigte ein.

Kapitel 14

Das Tal in den Bergen

Es waren erst fünf Wochen vergangen. Fünf Wochen allerdings, die Gabriela wie eine Ewigkeit vorkamen. Schon jetzt begann Vama Veche in ihren Erinnerungen Stück um Stück zu verblassen. Der wundervolle Strand, das wohltuende Meer und die inspirierenden Menschen allerorten. Die viele Musik, die gespielt worden war, die Reden, die gehalten wurden, die Diskussionen, die sie in großen und kleinen Gruppen geführt hatten, alles glitt davon. Wie ein schöner Traum, den man nach dem Aufwachen vergeblich zu behalten versuchte. Vama Veche lag unwiderruflich hinter ihr und würde nicht wiederkommen. Sorin wusste, dass sie die Schwarzmeerküste verlassen hatte. Damit waren wenigstens Raluca, Felix und all die anderen nicht länger durch sie in Gefahr.

Doch was kam jetzt? Eine nicht enden wollende Flucht? Herbst lag in der Luft. Sorin würde nicht aufhören, sie zu jagen, und er hatte die Securitate hinter sich. Tausende Spitzel und Zuträger, die überall im Land Stimmungen aushorchten und Regimegegner denunzierten. Es war nur eine Frage der Zeit, bis diese Flucht endete. Es gab kein Entkommen. Der Herbst würde voranschreiten und den Winter bringen. Einen kalten Winter.

Nie würde Gabriela das hassverzerrte Gesicht vergessen, das Sorin ihr zuletzt gezeigt hatte. Felix und ein paar andere hatten ihn festgehalten, damit sie und Constantin fliehen konnten. Die anderen Securitates in Vama Veche hatten sich zum Glück nicht für das kleine Spektakel am Buswendeplatz interessiert.

Schon an der ersten Haltestelle hatten Gabriela und Constantin den Bus wieder verlassen. Seitdem reisten sie zu Fuß oder auf Viehtransportern. Vor zwei Wochen hatten sie die Karpaten erreicht.

Constantin hatte gut daran getan, niemandem in Vama Veche seinen vollen Namen und seine Herkunft zu verraten. So hatte Sorin nun keinerlei Anhaltspunkte, ihnen nachzuspüren. Im abgelegenen Gestüt von Constantins Familie wären sie in Sicherheit, wurde er nicht müde, zu versprechen. Eine schöne Vorstellung. Dort irgendwo in den Bergen mit Constantin glücklich werden. Doch könnte sie das überhaupt? Ohne Musik? Fürs Erste hatte sie sie aufgeben müssen. Ihre Gitarre hatte sie in einem Wald vergraben. Gleich im ersten, in den sie nach Verlassen des Busses aus Vama Veche gelangt waren. Weil Reisende mit einem Gitarrenkoffer zu viel Aufmerksamkeit erregt hätten. Constantin war ihr zwar Trost genug, doch sie würde nicht dauerhaft ohne Musik leben können.

Nun befanden sie sich auf der letzten Etappe dieser beschwerlichen Reise. Auf der Ladefläche eines Ochsengespanns, zwischen einer Ziege und einem Schwein. Sie hatten absichtlich Umwege in Kauf genommen, um etwaige Verfolger und Spitzel zu täuschen, doch nun gelangten sie ans Ziel. Farblose Bauten einer Ortschaft rückten zwischen Wald und Felswänden in Sichtweite.

„Ich kundschafte erst mal die Lage zu Hause aus“, stellte Constantin in Aussicht. „Es gibt ein Wirtshaus im Dorf. Da kommst du unter. Ich kenne den Wirt. Heute Abend bin ich zurück.“

Der Wirt war freundlich. Etwas mundfaul, aber höflich. Gabriela bekam ein eigenes Zimmer. Auf einem Bett aus weichem Stroh konnte sie sich endlich ausruhen. Am Abend kehrte wie versprochen Constantin zurück. Doch er brachte keine guten Nachrichten mit.

„Die Securitate ist hier. Immer noch. Meinem Vater droht die Inhaftierung.“

Kapitel 15

Gekränkte Instrumente und verstimmte Eitelkeiten

Das Turmzimmer bestand aus zwei Etagen, die durch eine sich der baulichen Rundung andienenden Holztreppe miteinander verbunden waren. Hinter Valea stieg Juliana hinauf. Oben gab es vier Fenster, eines in jede Himmelsrichtung. Bei Tage boten sie wahrscheinlich eine überwältigende Aussicht. Derzeit jedoch nicht. Längst hatten die Abendschatten das Tal verschluckt. Der Regen hielt an, schien aber etwas nachgelassen zu haben.

Viel mehr zu bestaunen gab es ohnehin innerhalb dieser Mauern. Juliana war beeindruckt. Unten standen etliche Tische voller Vasen, Büsten und Tonskulpturen. Überwiegend Pferde und Reiter, wie Sorana schon einmal hatte anklingen lassen. Bei den Büsten lag nahe, dass es sich um nachempfundene Familienmitglieder handelte, doch Juliana hatte sich gescheut zu fragen.

Hier oben war offensichtlich die Werkstatt. Ein paar Schalen voll grau eingefärbtem Wasser warteten auf einem einsamen Tisch. Blöcke rohen Tons und allerlei Messer und Schaber lagen in einem Regal bereit. Um den Tisch herum war der Boden mit Zeitungspapier ausgekleidet. Man musste achtgeben, nicht in Tonreste zu treten.

„Wow“, verlieh Juliana ihren Empfindungen Ausdruck und suchte Valeas Blick. „Das ist großartig, Valea. Ich weiß gar nicht, was ich sagen soll.“

„Ich erwarte nicht, dass du irgendetwas sagst“, raunzte Valea. „Komm jetzt, wir verschwenden hier unsere Zeit.“

„Überhaupt nicht“, widersprach Juliana vehement. „Das hier ist ein Teil von dir. Es ist ein Teil dieses Hauses. Und es ist wundervoll.“

„Meinetwegen“, quittierte Valea. „Und jetzt komm.“

Sie stieg bereits die ersten Stufen hinunter. Mit Komplimenten und Anerkennung tat sie sich schwer. Juliana schmunzelte, weil sie nichts anderes erwartet hatte.

„Denkst du, dass jemand hier gewesen ist?“, fragte sie auf der Treppe. „Die Tür war immerhin abgeschlossen.“

„Zumindest hat es jemand versucht“, erwiderte Valea. „Der Bindfaden an der Klinke war weg.“

Juliana runzelte die Stirn und wollte Gegebenes als gegeben hinnehmen. Sie verließen den Turm, und Valea sperrte hinter ihnen wieder ab.

„Ich erkunde die Lage“, flüsterte sie und beäugte gewohnt finster die Tür in den Westflügel. „Valentin sollte im Stall inzwischen fertig sein. Die anderen werden sich für heute Abend zurechtmachen.“

„Und schon mal die Messer wetzen?“, warf Juliana ein, womit sie sich einen allzu unterkühlten Seitenblick einfing.

Es war ein gutes Gefühl, solche Blicke nicht mehr fürchten zu müssen. Allmählich genoss Juliana sie sogar. Valea hatte sich ihr heute geöffnet, und was Juliana unter dieser rauen Schale entdeckt und erspürt hatte, mochte sie.

Während Valea auf Streifzug ging, kehrte Juliana allein ins Wohnhaus zurück, was ihr äußerst gelegen kam. Es war höchste Zeit, noch einmal im Dorfwirtshaus anzurufen. Womöglich würde sich Alexander diesmal sogar bequemen, mit seiner inkognito ermittelnden Kollegin zu plaudern.

Bevor sie das Mobilteil von der Basis nahm, vergewisserte sie sich, dass sie allein in der Wohnung war. Das Wohnzimmer war leer, ebenso Valentins Schlafzimmer. Sie warf auch einen Blick in das Zimmer mit der Harfe. Wahrscheinlich hatte Arabella darauf gespielt. Arabella, die womöglich von einem der Hausgäste angeheuert worden war, Valentin zu beschäftigen. Was für ein Irrsinn. Durchaus plausibel zwar, aber trotzdem ein Irrsinn.

Am anderen Ende der Verbindung meldete sich abermals die gelittene Stimme einer wahrscheinlich älteren Frau. Gestern war ihr vermutlich einziger Hausgast nicht verfügbar gewesen. Heute aber war er es. Es tat gut, Alexanders brummige Stimme zu hören.

„Was war denn gestern Abend?", fragte Juliana. „Hast du etwa doch noch einen Massagesalon gefunden?"

Die Antwort kam verhalten. „Das erkläre ich dir ein andermal. Ist auch nicht wichtig für deine Sache. Wie läuft es denn bei dir so?"

„Ziemlich gut, würde ich sagen", entgegnete Juliana aufrichtig. „Die Leute hier sind in Ordnung. Und sie vertrauen mir."

„Jaja“, raunte Alexander. „Im Dorf erzählt mir auch jeder, den ich frage, von den tollen Falkensteins. Anständige Leute angeblich. Aber von einem Fluch verfolgt.“

„Was für ein Fluch denn?“

„Na ja, ein paar Familientragödien halt. Von denen wirst du doch bestimmt schon gehört haben.“

„Ach so, ja, der Reitunfall der ältesten Tochter“, sagte Juliana. „Und der frühe Tod des Vaters. Der war übrigens Constantin. Der, den ich suche.“

„Weiß ich schon“, erwiderte Alexander. „Das hättest du auch hier im Dorf herausgefunden. Weißt du auch vom Selbstmord seiner Frau? Der Mutter der beiden Falkenstein-Kinder, die du wahrscheinlich kennengelernt hast?“

Juliana blieb kurz die Luft weg. „Selbstmord?“

Alexander bestätigte. „Hat sich im Wald erhängt. Ein paar Jahre nach der Geburt der jüngeren Tochter. Valea heißt sie, nicht? Ich bin hier nicht untätig gewesen, wie du siehst.“

„Habe ich auch nicht behauptet.“ Wie in einem Schwebezustand begab sich Juliana ins finstere Wohnzimmer und ließ sich in einen Sessel fallen. „Von einem Selbstmord weiß ich bislang nichts. Warum hat sie sich erhängt? Erzählt man sich was im Dorf darüber?“

„Da gehen die Meinungen weit auseinander“, brummte Alexander leise. „Ich will da jetzt auch gar nicht zu sehr drauf eingehen, weil die alte Schreckschraube verflucht neugierig ist und garantiert zu lauschen versucht. Sie schaut schon so komisch zu mir her.“

„Die alte Schreckschraube?“, horchte Juliana nach.

„Die Wirtin", erklärte Alexander. „Du hast doch gerade mit ihr telefoniert."

„So alt hat sie bei unserer Anreise gar nicht ausgesehen", erinnerte sich Juliana. „Oder war das jemand anders?"

„Oh, das war ihre Tochter", klärte Alexander sie auf. „Die ist toll."

„Ist sie etwa auch der Grund, warum du gestern Abend nicht verfügbar warst?"

„Kein Kommentar."

Juliana schmunzelte, doch schon kehrten ihre Gedanken zu den soeben gewonnen Informationen zurück. „Sag schon, was erzählt man sich über Constantins Frau? Warum soll sie sich erhängt haben?"

„Kam aus Bukarest und war wohl aus gutem Hause", brummelte Alexander. „Manche sagen, sie habe die Gegend hier nicht ertragen. Andere sagen, sie hätte nach drei Kindern und zwei Fehlgeburten keine Lebenskraft mehr gehabt."

„Was noch?", fragte Juliana. „Da war bis jetzt noch nichts von einem Fluch und einer zugehörigen düsteren Legende dabei."

„Es ist halt wohl schon öfter vorgekommen, dass einem Falkenstein oder einem Angeheirateten ein schlimmes Schicksal ereilt hat", sagte Alexander. „In fast jeder Generation. Einer wurde beim Goldschürfen von einem Stein erschlagen, habe ich gehört. Ein anderer wurde von seinem Pferd zu Tode getreten. Zwei stürzten vom Dach, als sie es ausbessern wollten. Einer wurde von Wilderern erschossen. Und irgendwen haben die Wölfe geholt. Muss alles weit zurückliegen."

Ein prägnantes Geräusch ließ Juliana hochschrecken. Vom Vestibül trennte sie ein Stück Flur, aber das Schnappen der Flügeltür war auch im Wohnzimmer nicht zu verkennen.

„Ich muss auflegen. Jemand kommt. Ich rufe wieder an. Bis bald.“

Sie trat in den Flur hinaus, erwartete gleich Valentin oder Valea zu sehen. Doch dort am Übertritt ins Vestibül stand Rosa, so starr und reglos wie Valeas Skulpturen. Eine schwarze Statue, die Juliana bemerkenswert feindselig taxierte.

„Rosa, kann ich etwas für Sie tun?“, erkundigte sich Juliana höflich. „Wo ist Valentin?“

Rosa ging nicht darauf ein. „Glaub nicht, dass ich nicht wüsste, wer du bist“, sprach eine grabeskalte Stimme aus ihrer Kehle. „Du bist ihre Tochter.“

Juliana gefror nun ebenfalls und ein Schauer rieselte ihr den Rücken hinab. „Wie bitte?“

„Vielleicht auch ihre Enkelin“, ergänzte Rosa so finster wie ihre Aufmachung. „Auf jeden Fall bist du ihre Brut, das sehe ich dir an. Ich werde verhindern, dass du hier dein Gift versprühst. Und wenn es das Letzte ist, was ich tue.“

„Und wie wollen Sie das anstellen?“, brachte Juliana tapfer hervor. „Haben Sie vor, mich umzubringen?“

„Das habe ich nicht nötig“, sagte Rosa, machte stockgerade kehrt und schritt von dannen.

Juliana lief ihr ins Vestibül nach. „Ich bin nicht ihre Brut“, rief sie.

Rosa hielt an der Flügeltür inne, drehte sich aber nicht herum.

„Sie sprechen von Gabriela Petrescu, nicht wahr?“, sagte Juliana. „Ich stamme nicht von ihr ab, weder als Tochter noch als Enkelin. Aber ich bin ihre Groß-nichte.“

Rosa lieferte keinen Hinweis, was sie davon hielt, öffnete die Tür und verschwand. Einem ersten Impuls folgend, wollte Juliana ihr nachlaufen und sie zur Rede stellen. Der Zeitpunkt war allerdings denkbar ungünstig und der Flur im Mittelhaus alles andere als ein geeigneter Ort für ein vertrauliches Gespräch. Doch eine sich geradezu anbietende Gelegenheit lag in Reichweite: nach dem Abendessen. Valea wollte, dass Juliana den Tisch baldmöglichst verließ. Diesem Wunsch würde sie nachkommen. Um dann Rosa in der Küche zu konfrontieren, während die Falkensteins oben um ihr Haus stritten.

Valentin wirkte besorgt und angespannt, als er ins Wohnhaus kam. Es war halb acht. Das Abendessen rückte näher. Wahrscheinlich deshalb. Oder er hatte eine vergleichbar aufwühlende Begegnung wie Juliana hinter sich. Rosa ging ihr seitdem nicht mehr aus dem Kopf. Sie hatte es nicht zugegeben, aber Juliana war sich sicher, dass Rosa Gabriela gekannt hatte. Und da Rosa augenscheinlich ihr ganzes Leben hier verbracht hatte, konnte das nur bedeuten, dass Gabriela tatsächlich irgendwann hier gewesen war. Was also war aus ihr geworden? Hatte Eugen recht? War sie damals ebenso spurlos verschwunden wie nunmehr Arabella? Und war ein Falkenstein dafür verantwortlich?

„Valea meinte, ich soll den Tisch auch heute baldmöglichst verlassen", stellte Juliana noch im Vestibül zur Diskussion.

Mit einem vagen Nicken signalisierte Valentin seine Zustimmung. Doch er wirkte abwesend, so als würde ihn Dringlicheres beschäftigen. „Ist nicht die schlechteste Idee", räumte er ein. „Es könnte hässlich werden, heute Abend."

Er wollte weitergehen, doch Juliana drängte sich ihm in den Weg. „Wäre es dann nicht besser, ich stünde an eurer Seite?"

Nun erst schien sie Valentins volle Aufmerksamkeit gewonnen zu haben. Er musterte sie aus diesen tiefen, leidenden Augen, die Juliana von Anfang an betört hatten. Einen Moment lang glaubte sie, darin eine Spur von Freude oder Hoffnung zu lesen. Dann aber senkte er den Blick und schüttelte den Kopf. „Das ist nicht deine Schlacht, Juliana."

„Trotzdem könnte ich mich passabel schlagen", behauptete sie. „Jetzt, wo ich weiß, worum es geht. Falls die anderen gegen euch paktieren, könntet ihr doch ein wenig Unterstützung gebrauchen, meinst du nicht?"

Wie schon einmal nahm Valentin sie sanft an den Schultern. „Einen Pakt fürchte ich nicht. Ich glaube, dass nur einer an unserem Tisch gefährlich ist. Und möchte nicht, dass du und Valea ihm zu nahe kommt."

Juliana hatte diese Antwort erwartet und nickte reserviert. „Darf ich dir eine Frage stellen?"

„Jede, die du willst", bot Valentin an.

Juliana schluckte, weil das nun etwas mehr war als sie erwartet hatte. „Verrate mir, wie Rosa in euren Haushalt gekommen ist."

Valentin reagierte erstaunt. „Wie sie in unseren Haushalt gekommen ist?"

„Na, hat sie sich beworben oder hat euer Vater damals eine Zeitungsannonce aufgegeben oder wie geht sowas? Wie findet man jemanden, der so treu über vierzig Jahre im Haus bleibt?"

„Unsere Mutter hat sie mitgebracht", antwortete Valentin.

„Wie darf ich das verstehen?", fragte Juliana.

„Rosa hat für die Familie unserer Mutter gearbeitet", entgegnete Valentin. „In Bukarest. Als sie Vater geheiratet hat, kam Rosa mit zu uns. Seitdem ist sie hier."

Mit neuen Eindrücken blieb Juliana im Vestibül zurück, während Valentin in sein Arbeitszimmer marschierte.

Um sich schon mal ein wenig für die bevorstehende Schlacht zu sammeln, begab sich Juliana ins Speisezimmer. Die Tafel war gedeckt, nur die Gäste fehlten noch. Heute Abend würden ihre Masken fallen. Davon gingen Valentin und Valea zumindest aus. Was, wenn sie sich verspekulierten? Was, wenn das Versteckspiel weiterging? Valentin hoffte, heute Abend das Rätsel um Arabellas Verschwinden zu lösen. Doch war dieses Rätsel überhaupt im Kreis dieser Gäste zu lösen? Würde heute Abend tatsächlich jemand eingestehen oder versehentlich verraten, sie verschleppt zu haben? Juliana konnte es sich schwer vorstellen.

Sie versuchte noch, ihre Gedanken zu sortieren, da entdeckte sie Eugen unter dem Türrahmen in den Speisesaal. Geisterhaftes Erscheinen beherrschte offensichtlich nicht nur Rosa. Er wirkte entspannt und lächelte, wenngleich weniger überfrachtet als sonst. „Überprüfst du, ob genug Löffel am Tisch liegen?“

„Ich bin sicher, Rosa hat sich nicht verzählt“, entgegnete Juliana.

„Es war Valea, die aufgedeckt hat“, gab Eugen mit einem süffisanten Lippenkräuseln zurück. „Egal. Spielt keine Rolle. Wir sollten uns über andere Dinge als das Tischgedeck unterhalten. Ich nehme an, du hattest inzwischen Zeit, nachzudenken.“

„Die hatte ich“, gestand Juliana ein, versuchte aber, distanziert zu klingen. „Und ich ziehe deine Vermutungen in Betracht.“

Eugen hob die Augenbrauen. „Du ziehst sie in Betracht?“

„Reicht das nicht? Was erwartest du denn?“

Sie sah Eugen tief durchatmen. „Erwarten? Ich erwarte nichts mehr von dir. Aber ich hoffe noch auf Gerechtigkeit.“

„Gerechtigkeit für wen?“, erwiderte Juliana.

Eugen schaute sie aus traurigen Augen an. „Muss ich diese Frage wirklich beantworten? Für meine Frau natürlich. Für die Mutter meines Sohnes. Aber auch für alle anderen, die Valentin und Valea auf dem Gewissen haben.“

„Du kannst nichts davon beweisen.“

Eugen schüttelte sacht den Kopf. „Nein, kann ich nicht. Dabei solltest du mir schließlich helfen.“

Juliana ließ salopp die Schultern zucken. „Bis jetzt ohne Erfolg.“

Eugen nickte so gelöst und unverkrampft vor sich hin, als sprächen sie über verfallene Einkaufscoupons.

„Tja, die meisten ihrer Verbrechen sind schon zu lange her. Eins aber ist noch ziemlich neu. Da sollten wir ansetzen."

„Arabella", ergänzte Juliana und zog die Augenbrauen hoch.

„Du glaubst mir nicht", sagte Eugen in einem feststellenden Tonfall und musterte sie eindringlich. „Du denkst, ich bilde mir das nur ein."

„Ich ziehe in Betracht, dass du recht haben könntest", antwortete Juliana. „Aber ich ziehe auch in Betracht, dass du dich gründlich irrst."

Erneutes Nicken auf Eugens Seite. „Ein gesundes Maß an Skepsis zeichnet eine gute Journalistin aus. Natürlich. Hast du aber auch schon aktiv gesucht? Auch das würde eine gute Journalistin auszeichnen."

Es ärgerte Juliana, dass Eugen ihr ihren Berufsstand erklären wollte. „Wonach sollte ich denn suchen? Arabellas Memoiren, in denen sie ihre blutige Ermordung schildert?"

„Verzeihung, aber ich dachte, so etwas wäre euer Job", sagte Eugen aalglatt. „Arabella muss irgendwo Spuren hinterlassen haben. Genau wie Gabriela. Und du solltest es als deine Aufgabe begreifen, diese zu finden."

Noch ein intensiver Blick, dann zog sich Eugen in die Schatten des Flurs zurück und entfernte sich auf leisen Schritten. Juliana hätte ihm gern einen Teller hinterhergeworfen, doch ganz so unrecht hatte er nicht.

In der bewährten Tischordnung nahm das Abendessen einen harmonischen Auftakt. Nur Rosa flößte Juliana ein Schaudern ein. Nicht dass sie Gift in einem ihrer Menügänge fürchtete, doch der vernichtende Blick, mit dem Rosa sie strafte, als sie die Suppenteller gegenüber füllte, suchte seinesgleichen.

Valea hielt Arabella für beauftragt und einen der Anwesenden für den Auftraggeber. Juliana wiederum erwog, dass im Grunde auch noch jemand anders als Auftraggeber in Frage käme: die Familie von Valentins und Valeas Mutter in Bukarest. Womöglich hegte auch diese Begehrlichkeiten für das Anwesen. Und womöglich war Rosa denen noch immer loyal ergeben.

„Wenn wir Arabella schon nicht kennenlernen dürfen“, rieb Narcisa genüsslich Valentin hin, „möchte ich aber doch noch ein wenig mehr über sie erfahren.“

„Was möchtest du denn wissen?“, entgegnete Valentin freundlich.

„Wie sie sich hier einbringt“, läutete Narcisa ein. „Welches Pferd sie besonders gern reitet. Wohin sie gern reitet. Welche Freunde sie in der Gegend hat. Ob sie dir im Wald hilft. Ob sie zur Jagd geht.“ Nun wanderte ihr Blick zu Juliana. „Warum erzählst du uns nicht vor ihr“, lud sie süßlich ein. „Valentins Schwärmereien kennen wir schon. Erzähle du uns, wie du Arabella kennen und schätzen gelernt hast. Falls du sie je schätzen gelernt hast.“

Was für ein Luder, dachte Juliana, bewahrte sich aber ein Lächeln auf den Lippen.

„Nun, wir hatten genug Zeit, um uns aneinander zu gewöhnen“, setzte sie an. „Ich muss zugeben, es hat nicht von Anfang an mit uns geklappt. Mein Lieblingstier ist Luca, wie ihr wisst, und Arabella hat ihn ein paarmal ganz schön gefordert.“

Juliana tischte der Runde weitgehend aus dem Stegreif ein paar Anekdoten ihres Zusammenlebens mit

Arabella in diesem Haus auf. Inwieweit Valentin ihre Improvisation recht war, blieb dahingestellt, doch er ging an passenden Stellen darauf ein, fundamentierte ihren Vortrag und steuerte die eine oder andere Kleinigkeiten bei. Nach Julianas Dafürhalten lieferten sie eine überzeugende Darbietung ab. Die Anwesenden lauschten interessiert, hakten zuweilen nach und warfen Fragen ein. Nur Eugen blieb passiv und lächelte im Hintergrund sein süffisantes Gewinnerlächeln. Er mochte sich noch als Trumpf erweisen, doch im Moment nährte er Julianas schlechtes Gewissen gegenüber den Geschwistern.

Der Hauptgang ging vorüber, ohne dass irgendjemand eine Attacke vom Stapel ließ. Onkel Fredrik allerdings verhielt sich merkwürdig still, so als würde er sich für etwas sammeln. Vermutlich die Schlacht, die Valentin und Valea erwarteten. Er, Valeriu und Narcisa lebten in Bukarest. Ob Valentin und Valea in Betracht zogen, dass sie mit der Familie ihrer Mutter in Kontakt stehen könnten? Vielleicht sogar miteinander paktierten?

„Wann gedenkst du, Kinder in die Welt zu setzen?", fragte Onkel Fredrik schließlich seinen Neffen. „Du willst doch nicht auch so lange warten wie Valeriu und Narcisa."

„Spar dir das bitte, Vater", raunte Valeriu. „Dir und uns allen. Das geht dich nämlich nichts an. Rein gar nichts. Das ist allein unsere Angelegenheit."

Narcisa schwieg, doch ihre eisige Miene sprach Bände. Juliana konnte verstehen, dass Fredrik gern Enkel hätte, doch seinem Sohn und seiner Schwiegertochter fortwährend ihre Kinderlosigkeit vorzuhalten, war äußerst taktlos. Womöglich konnten die beiden gar keine Kinder bekommen.

„Jetzt lass uns erst mal heiraten", entgegnete Valentin aufgeräumt. „Alles Weitere wird sich ergeben."

Onkel Fredrik schien vorerst besänftigt, doch Juliana sah ihm an, dass das Thema für ihn noch nicht durch war. Bedauerlicherweise war nicht zu durchschauen, ob er nur den Fortbestand der Dynastie im Auge hatte oder opportun seinen eigenen Familienzweig an Valentins und Valeas Stelle setzen wollte. Narcisas Ambitionen waren wenigstens so weit offenbar, dass aus dem Haus gern ein Ferienhotel machen wollte. Für die Modelleisenbahnen ihres Gatten fände sich dann bestimmt eine passende Ecke im Souterrain. Dazu müsste aber erst mal Onkel Fredrik seinen Segen geben. Der jedoch, wie Valea schon so trefflich angemerkt hatte, schien sich zunehmend mit dem Ehe-Arrangement seiner Tochter anzufreunden. Womöglich würde er Sorana den Vorzug geben. Sie und Traiko hatten immerhin auch schon für eine Folgegeneration gesorgt. Deren Nachname war zwar nicht Falkenstein, aber das ließe sich auf Wunsch sicher anpassen.

Nach dem Pudding als Nachspeise erhob sich Juliana und kündigte wie gestern ihren Rückzug an. Der Ausritt hätte ihr zugesetzt, gab sie vor, was nicht einmal gelogen war. Sie spürte Stellen in der Schenkel- und Beckengegend, die sie bislang nicht gekannt hatte. Heute fiel der Protest der Anwesenden bedeutend geringer aus als gestern. Anscheinend war man sogar froh, dass die Auswärtige den Tisch verließ und man somit unter sich war. Juliana streifte noch einmal Eugens Blick, bevor sie ging. Ein scharfer, eindringlicher Blick, der etwas von ihr einforderte.

Die Eingangshalle war der Dreh- und Angelpunkt des Anwesens, und sie war erwartungsgemäß still und menschenleer. Juliana hielt inne, um durchzuatmen. Wenn es nach Valea ging, sollte sie nun hier irgendwo Stellung beziehen und auf der Lauer liegen. Abwarten, wie sich das Spektakel am Familientisch entwickelte und gegebenenfalls Ausreißer im Auge behalten, wenn sie den Speisesaal verließen. Eugen hingegen wollte, dass sie nach Hinweisen auf Arabellas Verbleib suchte. Angesichts dessen, dass Arabella genauso verschwunden schien wie Gabriela, wäre dies vielleicht tatsächlich ein sinnvoller Ansatz. Und nebenbei vielleicht auch eine gute Story.

Zunächst aber war jemand anders an der Reihe. Juliana begab sich in die rückseitigen Gefilde des Mittelhauses und stieg die Treppe ins Souterrain hinab. Rosa war ihr nicht geheuer, doch Grund, sie zu fürchten, sah Juliana nicht. Hunde, die bellten, bissen nicht. Und Rosa hatte gebellt.

Juliana fand sie wie erhofft in der Küche vor, wo sie eine beachtliche Spülmaschine mit dem gebrauchten Geschirr bestückte. Rosa bemerkte sie erst, als sie sich räusperte. Von einem Moment zum anderen stand sie stockgerade und ihr Blick wechselte von alarmiert zu wachsam.

„Wir müssen reden", brachte sich Juliana ein und blieb respektvoll am Eintritt stehen.

Sie schlug einen ruhigen aber erwartungsvollen Ton an. Rosa war die Haushälterin, und egal welch niedere Funktion Juliana gerade in diesem Haus innehatte, sie würde vor ihr nicht buckeln.

Rosa taxierte sie bedenklich unbarmherzig. Juliana war es einerlei. „Sie wissen nun, wer ich bin", sagte sie. „Aber Sie wissen nicht, weshalb ich hier bin. Ich habe nicht vor, irgendwelches Gift zu versprühen. Ich möchte nur ein paar Antworten."

„Hier werden Sie keine bekommen", sprach Rosa stoisch.

„Nein? Warum nicht?", entgegnete Juliana und trat einen Schritt in die Küche ein. Rosa blieb unbewegt. „Ich bin weder Ihrer noch Valentins oder Valeas Feind. Ich will niemandem Schwierigkeiten oder Sorgen machen. Ich möchte nur herausfinden, was aus Gabriela Petrescu geworden ist."

Rosas Augen verengten sich unmerklich. Ihr emotionsloser Ausdruck war nicht deutbar, doch vielleicht wog sie ab. Wog ab, was sie davon halten sollte. Das wäre besser als nichts.

Juliana tat noch einen weiteren Schritt und hob offenherzig die Hände. „Bitte, Rosa, glauben Sie mir, so weit es in meiner Macht steht, werde ich Valentin und Valea helfen. Bei was immer sie Hilfe brauchen. Ich stehe an ihrer Seite. Doch ich habe in der Tat auch eigene Gründe, hier zu sein. Ich möchte erfahren, was aus meiner Großtante geworden ist."

Rosa ließ sich keine Regung anmerken.

Juliana fuhr fort. „Mein Großvater war ein schlimmer Mensch", räumte sie freimütig ein. Sie hatte oft genug

darunter gelitten. „Er hat Menschen gejagt. Hat sie ge-
foltert und getötet. Ihn hat eine gerechte Strafe ereilt.
Aber ich kann nicht glauben, dass er auch seine eigene
Schwester ermordet hat. Ich weiß, dass er sie gesucht
hat. Und er hat sie gefunden. In Vama Veche. Danach
verlieren sich ihre Spuren. Es heißt, er hätte sie umgebracht. Inzwischen aber weiß ich, dass sie hier gewesen
ist. Sie haben sie gekannt, nicht wahr, Rosa? Meine
Großtante ist vor vielen Jahren hier gewesen. Und Sie
haben sie gekannt. Was ist aus ihr geworden?“

Rosas Haltung blieb dieselbe, doch ihre Augen schienen sich noch weiter zu verengen. „Sie wissen es
nicht?“

Juliana hob die Schultern. „Woher sollte ich denn?
Gabriela ist nie wieder zu ihrer Familie zurückgekehrt.
Das ist wahrscheinlich auch besser für sie gewesen.“

Blanker Hass sprach aus Rosa, als sie wieder die Lippen bewegte. „Sie war hier. Und ich wünschte, schon
bei ihrem ersten Besuch hätte sie ein Pferd totgetreten.“

Vor so viel Dunkelheit war Juliana instinktiv versucht, zurückzuweichen, doch sie hielt stand. „Wann
war das? Wann ist sie hier gewesen?“

„Zum ersten Mal kurz nach der Hochzeit“, schnarrte
Rosa. „Und dann immer wieder. Sie hat diese Ehe ins
Unglück gestürzt. Und meine Herrin schließlich in den
Tod getrieben.“

Juliana spürte, wie sie heiser wurde. Wovon redete
Rosa da? Was in aller Welt war hier passiert? Sie wich
nun doch zum Kücheneintritt zurück. „Was ist aus ihr
geworden?“

Rosa hob den Kopf und schon ihr Kinn ein Stück vor.
„Ich weiß es nicht. Ich kannte bis heute nicht mal ihren

Namen. Aber ich hoffe, die Würmer haben sie gefressen."

Juliana brauchte ein paar Minuten, um sich zu sammeln, doch dann reimten sich die Dinge erstaunlich schnell zusammen. Sie entfloh dem bedrückend düsteren Ambiente des Souterrains und zog sich möglichst weit weg von allen anderen in die Eckküche des Westflügels zurück. Draußen war die Nacht heraufgezogen. Feiner Regen streichelte die Fensterscheiben.

Constantin hatte eine Frau aus Bukarest geheiratet. Jene Frau, die nach der Eheschließung Rosa mit in den Haushalt der Falkensteins gebracht hatte. Constantins Liebe aber galt allem Anschein nach Gabriela. Gabriela, die dann tatsächlich hier aufgetaucht war. Nicht unwahrscheinlich, dass Constantin sie hergebracht hatte, damit sie nicht ihrem fanatischen Bruder, Julianas Großvater, in die Hände fiel. Doch wenn Constantin sie geliebt hatte, warum hatte er dann eine andere geheiratet? Und vielleicht wichtiger: Wie war Gabriela damit umgegangen? Rosas Worte waren nur so zu deuten, dass sie sich irgendwie in diese Ehe gedrängt hatte. Und Constantins Angetraute schließlich in den Selbstmord. Die aber hatte ihm über einen Zeitraum von mehr als zehn Jahren drei Kinder geboren. Konnte Gabriela so lange Zeit hier gelebt und eine Rolle in dieser Ehe gespielt haben? Wenn ja, dann müssten auch Valentin und Valea sie gekannt haben. Valea aber hatte das abgestritten.

Was aus ihr geworden war, blieb ebenfalls rätselhaft. Rosa behauptete, sie wüsste es nicht, und Juliana glaubte ihr.

Wasserschlieren liefen in willkürlichen Bahnen die Fensterscheiben herab. Doch es kam kein neues mehr hinzu. Der Regen hatte aufgehört. Juliana trat an eines der Fenster und schaute hinaus. Schon nach wenigen Metern verlor sich die Sicht in Finsternis. Nicht einmal der Waldrand hinter der Koppel war zu erkennen. Das pure, schwarze Nichts tat sich dort draußen auf. Vor ein paar Monaten hatte es sich für Arabella aufgetan. Vor deutlicher längerer Zeit vielleicht auch für Gabriela.

Juliana ging auf und ab. Es machte keinen Sinn, dass Gabriela hier mit den Falkensteins gelebt hatte, überhaupt keinen. Und doch war sie hier gewesen und hatte die Ehe Constantins in welcher Weise auch immer beeinflusst. Zumindest wenn man Rosa glauben durfte. In ihrem Hass war die Haushälterin ziemlich offen und überzeugend. Juliana wollte ihr auch das Drumherum glauben. Sie musste umgehend noch einmal mit ihr sprechen. Auch wenn Rosa Gabrielas Schicksal unbekannt war, musste sie dennoch wissen, wie lange und in welcher Angelegenheit Gabriela in diesem Haus gewesen war. Gleichwohl wäre es ungeschickt, Rosas Erzählfreude über Gebühr zu beanspruchen. Subtilität und Demut erschienen Juliana die aussichtsreichere Strategie. Außerdem gab es noch jemanden in diesem Haus, dem Constantins frühe Ehejahre nicht verborgen geblieben sein konnten: seinem kleinen Bruder Fredrik.

Bevor sich Juliana noch einmal die Haushälterin vorknöpfte, wollte sie Eugens Empfehlung nachkommen und sich etwas intensiver im Haus umsehen. Eine günstigere Gelegenheit als jetzt, wo alle im Speisesaal mit Diskutieren beschäftigt waren, würde sich dazu nicht mehr bieten.

Als Juliana die Eingangshalle durchquerte, wurde allzu deutlich, dass am Familientisch gestritten wurde. Sie verstand keine Worte und identifizierte keine einzelnen Stimmen, doch es ging unüberhörbar laut her im Speisesaal. Der weite Korridor trug Fragmente der Schlacht bis in die Hausmitte. Juliana scherte sich nicht weiter darum. Das war ihre Chance, in Valentins und Valeas Geheimnissen zu stöbern. Sie wollte sie nutzen. Sei es nun für Gabriela oder für Arabella. Oder auch nur, um Eugens wahnsinnige Theorien zu entkräften.

Sie hatte die ersten Stufen der Mitteltreppe kaum hinter sich gebracht, als sie innehielt und herumfuhr. Aus ihren Augenwinkeln hatte sie etwas vorbeihuschen gesehen – oder es zumindest geglaubt. Dort, wo der Korridor zum Speisesaal seinen Anfang nahm, hatte sich etwas bewegt. Womöglich schlich Rosa hier herum. Oder es war nur eine Einbildung gewesen. Zu sehen war jedenfalls niemand.

Juliana brachte die restlichen Stufen hinter sich und betrat durch das Vestibül die Wohnung der Geschwister. Ihr erstes Ziel war der Raum mit der einsamen Harfe. Wenn weder Valentin noch Valea spielten, musste sie Arabella gehört haben. Dass sich ausgerechnet hier eine Spur von ihr fand, war zwar äußerst unwahrscheinlich, doch die Harfe war zumindest eine greifbare Verbindung zu ihr. Auf den Aschenbecher im Wohnzimmer traf möglicherweise dasselbe zu, aber ein Musikinstrument war etwas Persönliches. Juliana fuhr mit ihren Fingern über das glatte Holz und strich behutsam an den Saiten entlang. Sie zu zupfen, wagte sie nicht. Sie empfand eine seltsame Ehrfurcht vor dem Instrument. Würde jemand so etwas einfach zurücklassen? Juliana konnte es sich nicht vorstellen. Egal wie man es drehte und wendete, auch für sie deutete alles darauf hin, dass Arabella nicht freiwillig aus diesem Haus verschwunden war.

Juliana wechselte in Valentins Schlafzimmer hinüber, zweifellos den Ort, der die meisten persönlichen Sachen der Vermissten enthielt. Sie wusste nicht genau, wonach sie suchte. Irgendetwas, das ihr diese Frau begreiflicher machte. Valentin hatte sie geliebt, aber Valea hielt sie für falsch. Ein denkwürdiger Gegensatz. Vor allem, weil sich die Geschwister doch ansonsten immer ziemlich einig waren. Nun ja, in ihrer, Julianas, Person waren sie sich auch nicht einig gewesen. Valentin hatte sie engagieren wollen, während Valea sie für überflüssig hielt.

Eugens Ansicht nach war Arabella nur Fassade gewesen. Fassade, um eine angeblich inzestuöse Verbindung der Geschwister zu decken. Und zuletzt sollte sie, seiner Darstellung nach, auch ein Opfer der beiden geworden sein – nachdem sie schon ihre große Schwester und ihren Vater gemeuchelt hatten. Juliana runzelte die Stirn und schüttelte den Kopf. Schon eindrucksvoll, was sich dieser Kerl zusammengesponnen hatte. Nicht völlig abwegig, zugegebenermaßen, aber schon enorm weit hergeholt. Dem Glücksspieler ging ziemlich die Fantasie durch. Hoffentlich machte ihn das nicht gefährlich. Nach außen schürte er diesbezüglich jedenfalls keine Bedenken. Nein, Eugen wirkte eigentlich immer entspannt und abgeklärt. Anders als Valentin.

Juliana öffnete die oberste Schublade seines Nachtkästchens, wo prompt etwas ihre Aufmerksamkeit erregte. Sie nahm es in die Hand, betrachtete es näher und gefror innerlich zu Eis.

Kapitel 16

Bis dass die Ehe uns scheidet

Wahrscheinlich tat es umso mehr weh, weil es so schrecklich logisch geklungen hatte. So nüchtern, so berechnend und unumgänglich nötig.

„Ich muss sie heiraten", hatte Constantin ihr mit stoischer Miene angetragen. „Sie entstammt einer einflussreichen Familie aus Bukarest, die dem Regime sehr nahe steht. Heirate ich sie nicht, werden wir alles verlieren. Sie werden uns enteignen. Und meinen Vater internieren."

„Und was wird aus uns?", hatte Gabriela mit ebenso bemüht stoischer Miene zu erwidern versucht, war jedoch kläglich daran gescheitert. Tränen waren ihre Wangen hinuntergelaufen.

Constantin hatte den Blick abgewandt und mit brüchiger Stimme verkündet: „Es kann kein uns mehr geben. Aber du wirst hier vor deinem Bruder sicher sein. Das habe ich mit meinem Vater ausgehandelt."

„Ausgehandelt?", fragte Gabriela, heiser geworden. „Was hast du ausgehandelt?"

Constantin sprach zum Fenster, als er antwortete. „Die Tochter des Hufschmieds ist letzten Winter an Fieber gestorben. Sie war etwa in deinem Alter. Du wirst ihren Platz einnehmen und ihr Leben weiterführen. Die Menschen hier halten zusammen. Niemand wird dich verraten. Die Securitate wird nichts erfahren. Du wirst leben. In Sicherheit."

Dann war er ohne ein weiteres Wort zur Tür getaumelt und in die Nacht hinaus verschwunden.

Gabriela war weinend zusammengebrochen. Sie hatte ihre Musik verloren. Und jetzt auch noch Constantin.

Sie würde leben, hatte er gesagt. Würde sie das wirklich? Nein. In dieser Nacht war Gabriela Petrescu gestorben. Nicht körperlich. Doch alles andere, was sie ausmachte, war gestorben. Wenn sie leben wollte, konnte sie nicht länger der Freigeist sein, der sie war. Doch lag ihr am Leben dann überhaupt noch etwas? Ohne Musik? Und ohne Constantin?

Gabriela Petrescu starb in dieser Nacht, doch der Hufschmied bekam durch sie wieder eine Tochter. Er liebte sie nicht wie eine, doch er akzeptierte sie unter seinem Dach. Die Zuwendungen vom Gestüt der Falkensteins hatten ihr diese Tür geöffnet. Und Gabriela war hindurchgetreten.

Ein paar Wochen später traf eine Kolonne von Automobilen aus Bukarest ein. Vor dem Wirtshaus machten sie Halt, und ein paar Leute bezogen die Gasträume des verschrobenen Wirts. Gabriela beobachtete sie aus dem kleinen Fenster der Schmiede. Es waren alles Männer, die da ausstiegen, die meisten gut gekleidet. Schwarze Hüte, maßgeschneiderte Jacken und Westen, die sich keiner der Dörfler hätte leisten können. Schließlich bekam sie auch eine Frau zu Gesicht. Vielleicht war sie das. Ja, wahrscheinlich war sie das. Groß und schön war sie, mit langen nachtschwarzen Haaren. Der Ausdruck jedoch bedenklich kühl und leer. Sie stieg aus einem der Wagen und vertrat sich die Beine.

„Sie ist der jüngste Spross einer mächtigen Dynastie“, hatte ihr Constantin erklärt. „Ihr Vater ist ein wichtiger Rädelsführer in der kommunistischen Partei und steht Ceaușescu sehr nahe. Wenn ich sie heirate, ist meine Familie sicher. Andernfalls wird man uns alles nehmen.“

„Warum fliehen wir nicht?“, hatte Gabriela hoffnungsvoll angeregt. „Wir fliehen noch einmal! Ich schneide meine Haare kurz, und du lässt dir einen Bart wachsen! Wir gehen irgendwo anders hin. Irgendwo, wo es keine Securitate gibt, und keine Partei. Soll dein Bruder diese Frau heiraten und deine Familie retten!“

Ihr war sehr wohl bewusst, dass es in ganz Rumänien keinen Ort gab, in dem nicht die Securitate und die Partei vertreten waren, doch vielleicht mochte es genügen, ein wenig Hoffnung zu entfachen.

Constantin aber hatte den Kopf geschüttelt. „Ich bin der Stammhalter der Falkensteins. Nur ich bin angemessen. Außerdem ist Fredrik noch ein Kind.“

Die Wagenkolonne zog schließlich weiter, und im Dorf erzählte man sich ein paar Tage darauf, dass es beim Gestüt eine prächtige Hochzeitsfeier gegeben hätte.

Kapitel 17

Der Fluch der Falken- steiner

Juliana saß in ihrem bewährten Sessel im Wohnzimmer und besah sich die Fotos aus Valentins Nachttisch. Fassungslos und traurig. Wie hatte es dazu kommen können? Wieso hatte davon überhaupt jemand Fotos angefertigt? Und wofür bewahrte sie Valentin in seinem Nachttisch auf?

Arabella sei spurlos verschwunden, hatten ihr sowohl Valentin als auch Valea eingeschärft. Von wegen. Die Frau auf diesen Fotos war ohne Zweifel Arabella. Dieselbe Frau wie auf dem eingerahmten Kommodenfoto. Nur sah sie hier nicht mehr so glücklich aus wie dort. Genauer gesagt, sah sie ziemlich tot aus. Den Wundmalen am Hals nach zu urteilen, war sie erdrosselt worden. Es waren drei Fotos. Polaroids. Aufgenommen in irgendeinem Backsteingewölbe. Wahrscheinlich irgendwo unten im Souterrain. Juliana konnte es nicht fassen.

Arabella lag auf blankem Stein. Es waren drei unterschiedliche Aufnahmeperspektiven, doch auf allen drei Fotos war ihr Oberkörper abgelichtet, der in einer roten Bluse steckte. Wer fertigte solche Fotos an? Der Mörder? Und warum lagen sie in Valentins Nachttisch? Hatte Eugen mit seinen furchtbaren Verdächtigungen etwa doch recht? Waren Valentin und Valea ein Mörderpärchen?

Juliana schwindelte. Das Wohnzimmer schien sich um sie herum zu drehen. Sie war hier in einem Irrenhaus gelandet.

Fest stand, dass Valentin und Valea sie belogen hatten. Arabella war nicht einfach nur verschwunden. Sie war ermordet worden. Und falls die Geschwister nicht dafür verantwortlich waren, so mussten sie dennoch davon wissen. Oder sollte auch Valea im Dunkeln tappen? Hielt Valentin seine schreckliche Tat vor seiner Schwester geheim?

Juliana kniff die Augen zu und schüttelte den Kopf, so als könnte sie damit diese schrecklichen Bilder verscheuchen. Es gelang nicht. Doch es half ihr, klarer zu sehen. Sie rief sich ihre Gespräche mit Valentin in Erinnerung, sah vor ihrem geistigen Auge wieder den Schmerz in seinem Blick. Sollte sie sich so sehr in diesem Mann getäuscht haben?

Nein, entschied sie. Dass diese Fotos in seinem Nachttisch lagen, musste nicht zwangsläufig bedeuten, dass er diese Tat auch begangen hatte. Im Gegenteil. Ein Mörder wäre ziemlich blöd, würde er Beweismaterial in seinem Schlafzimmer aufbewahren. Es sei denn, er hätte einen fortwährenden Verwendungszweck für diese Fotos. Etwa weil sie ihn erregten. Ihn anmachten. Doch daran glaubte Juliana nicht. Jemand hatte Arabella entführt, ermordet und ihm dann dieses Fotos zukommen lassen. So und nicht anders musste es sich verhalten.

Gleichwohl war sie von den Geschwistern belogen worden. Diese Fotos belegten unzweifelhaft, dass Arabella nicht irgendwo versehentlich abgestürzt oder einer Bärenmama zu nahe gekommen war. Sie war ermordet worden, und wenigstens Valentin musste schon seit ihrer Ankunft davon gewusst haben.

Es sei denn, überlegte sich Juliana versonnen, sie hing hier gerade einem entscheidenden Denkfehler nach. Sie und Valea hatten jemanden gehört, als sie sich vor ein paar Stunden vertraulich in der kleinen Garderobe neben dem Vestibül unterhalten hatten. Sie waren davon ausgegangen, dass sich Onkel Fredrik oder sonst jemand nach stichhaltigen Beweisen umgesehen hatte, ob es Valentins abwesende Verlobte denn tatsächlich gab. Doch vielleicht hatte dieser Besucher gar keine Beweise gesucht. Vielleicht hatte er welche hinterlegt. Um Valentin reinzulegen.

Juliana hielt sich den Kopf. Es gab so viele Möglichkeiten. Zeit ihres journalistischen Berufslebens hatte sie schon in so manche Abgründe blicken müssen. Auch hier lauerte unzweifelhaft ein Abgrund. Doch wenn sie sich auf ihre Menschenkenntnis verlassen konnte, dann war das nicht Valentin. Möglich, dass er sie in manchen Dingen getäuscht oder gar belogen hatte. Ja, ganz bestimmt hatte er das. Doch ein Mörder? Nein, das konnte und wollte Juliana nicht glauben. Sie hatte mehrmals ein fiebriges Lodern hinter seinen sanften Augen bemerkt, aber das war nicht das Aufbegehren von Wahnsinn oder Mordlust gewesen. Es war Kummer. Darauf wollte sie ihre Journalistenehre verwetten.

Ungewisse Minuten verstrichen. Es hätten auch Stunden sein können. Juliana rätselte, was sich wohl unten gerade zutrug und wie das mit diesen Fotos in Verbindung stand. Falls es denn mit diesen Fotos in Verbindung stand. Nun, bestimmt tat es das. Sie war Enthüllungsjournalistin und wusste, dass es keine Zufälle gab. Zumindest nicht solche. Hier entfaltete sich etwas. Etwas Unheilvolles.

Valentin sorgte sich um die Sicherheit seiner Schwester. Darin hatte er sicher nicht gelogen. Andernfalls wäre es überflüssig gewesen, eine Schauspielerin zu engagieren. Daraus war zu folgern, dass er jemanden fürchtete. Ernsthaft fürchtete. Genau wie er gesagt hatte. Mindestens einer seiner Gäste war sehr gefährlich. Der, der ihm die Fotos geschickt hatte. Der, der Arabella auf dem Gewissen hatte.

Juliana erschrak fast zu Tode, als sie das Aufschnappen der Flügeltür ins Vestibül vernahm.

„Juliana?“, ertönte sogleich eine laute Stimme. „Juliana, wo bist du?“

Das war weder Valentin noch Valea. Alarmiert schob sie die Fotos in ihre Jeans und begab sich in den Flur hinaus. Am Übertritt ins Vestibül stand Valeriu.

„Was ist los?“, fragte sie und versuchte, stark und gefestigt zu klingen. „Was machst du hier?“

„Gut, dass du noch nicht schläfst“, entgegnete Valeriu. „Komm bitte mit nach unten. Wir brauchen dich.“

Julianas Beunruhigung nahm noch zu. „Wozu denn? Ich möchte mich jetzt schlafen legen. Es war ein anstrengender Tag.“

Valeriu schüttelte sacht den Kopf, so als erachtete er seine Einwilligung dafür nötig. „Das duldet keinen Aufschub, fürchte ich“, sagte er. „Du wirst gebraucht. Jetzt. Unbedingt. Bitte folge mir.“

Obwohl er Bitte gesagt hatte, spürte Juliana allzu deutlich, dass dies keine Bitte war. Sie schluckte nervös und ärgerte sich, weil sie nach der Dusche ihr Pfefferspray nicht mehr eingesteckt hatte. Valeriu wirkte mitnichten bedrohlich, doch sein Auftritt hatte etwas von Endgültigkeit. So als wäre der Zug, in den er sie komplimentierte, längst am Zielort. Oder eine Modelleisenbahn, die nur zur Unterhaltung fuhr.

Nicht der Speisesaal, sondern der Salon war der Austragungsort, zu dem Valeriu sie so nachdrücklich einlud. Doch war das überhaupt noch ein Salon? Der Sitzverteilung nach hätte es auch ein Gerichtssaal sein können, mit Valentin als Hauptangeklagten. Er saß in einem Sessel, Valea verharrte mit verschränkten Armen und düsterer Miene hinter ihm. Alle anderen hockten oder standen ihnen zugewandt. Juliana überflog die Anwesenden und stellte ihre Vollzähligkeit fest, Rosa ausgenommen. Ihre Hand wanderte zu ihrer Gesäßtasche, in der sich die Fotos befanden. Ein Frösteln überkam sie. Der Fotograf und Mörder musste sich in diesem Raum aufhalten.

„Ah, Juliana, wie schön“, sagte Onkel Fredrik und gebärdete sich in ihrer aller Mitte wie ein Conférencier. „Wir alle hoffen, du kannst ein wenig zur Aufklärung beitragen. Komm rein.“

Juliana entschied, erstmal weiterhin die Unschuld schlechthin zu spielen. „Wenn ich kann, gern. Was gibt es denn aufzuklären?“

Das hier sah in der Tat aus, als stünden die Geschwister im Kreuzverhör der anderen. Wie hatte sich das Blatt so wenden können? Meinte Valentin nicht, alles im Griff zu haben? Im Moment jedenfalls schien Onkel Fredrik alles im Griff zu haben. Narcisa hockte wie in gespannter Erwartung in der Couch, Sorana und Traiko teilten sich mit verhaltenen Mienen einen Sessel, Eugen lehnte etwas abseits am Buffet mit den Tonskulpturen. Seine Haltung wirkte lässig, doch sein Blick war allumfassend scharf.

„Sag uns, meine Liebe", fuhr Onkel Fredrik fort, „wie lange lebst du noch mal in diesem Haus?"

„Etwas über drei Jahre", gab Juliana zur Antwort.

„Ah ja", machte Onkel Fredrik und nickte wissend vor sich hin. „Und wann ist Arabella zu euch gestoßen?"

„Etwa ein Jahr später", sagte Juliana. „Das wisst ihr doch."

„Eigentlich wissen wir es nicht", entgegnete Onkel Fredrik und wirkte merklich strenger als gewohnt. „Wir finden es auch eigenartig, dass sie ausgerechnet an diesem Wochenende außer Haus sein muss, wo wir sie endlich kennenlernen wollten."

„Nun ja, der Unfall ihres Vaters -"

„Gibt es den überhaupt?", warf plötzlich Valeriu ein und spazierte in den Mittelpunkt der Versammlung. Derart exponiert hatte ihn Juliana bislang noch nicht erlebt. „Valentin hat mir in einer E-Mail schon früh von Arabella erzählt", erklärte er vorwiegend an Juliana gerichtet. „Wer sie ist und woher sie kommt und so weiter. Da haben wir Nachforschungen angestellt, Narcisa und ich."

„Es gibt sie nicht", schnarrte Narcisa von der Couch aus und taxierte Juliana schneidend. „Wir haben das Dorf und ihre vorgebliche Familie überprüft. Es gibt sie nicht. Die Frau auf dem Foto, das uns Valentin geschickt hat, hat dort niemand gekannt. Sie ist eine Fälschung. So wie wahrscheinlich die gesamte Verlobung, die ihr uns hier auftischt."

Ohne dass sie es wollte, glitt Julianas Blick zu Valentin. Es verunsicherte sie, dass er und Valea dazu schwiegen. Befanden sich beiden schon so weit in der Defensive? Oder sollten auch sie von dieser Offenbarung überrascht sein?

„Dann habt ihr wahrscheinlich das falsche Dorf erwischt", meinte Juliana bemüht flapsig.

„Es war das richtige Dorf", stellte Valeriu klar. „Welche Erklärung habt ihr dafür?"

Ich glaube, ich habe nie ihr wahres Gesicht gesehen. Valeas Worte geisterten in Julianas Kopf herum. Sollte sie doch recht haben? War Arabella eine einzige Lüge? War sie von irgendjemandem instruiert worden, Valentin zu verführen?

„Ich habe keine", erwiderte Juliana. „Wahrscheinlich liegt eine Verwechslung vor."

„Gierige Schnüffler-Bagage", raunte Valea feindselig an Valerius Adresse.

Narcisa lachte genüsslich in ihrer Couch auf. „Nur Lügner und Betrüger fürchten Nachforschungen. Leute, die was zu verbergen haben. Bei euch haben wir offensichtlich ins Schwarze getroffen."

Dass sich Valentin auch dagegen nicht wehrte, war besorgniserregend. Sein Ausdruck war souveräner als der von Valea, doch Juliana bemerkte einmal öfter das lodernde Flackern in seinem Blick. Die vorangegangene Schlacht war offensichtlich nicht zu seinen Gunsten ausgefallen. Man hatte die Geschwister als Blender und Täuscher enttarnt. Erstaunlich, dass sie, Juliana, noch nicht aufgeflogen war.

Onkel Fredrik wandte sich erneut an sie, nicht aggressiv aber streng. „Sag uns jetzt bitte die Wahrheit, Juliana. Wenn es diese Arabella gibt, wo, verdammt noch mal, ist sie dann?"

Juliana konnte nicht anders. Das Kartenhaus stürzte ohnehin schon ein. Und es war ihre journalistische Pflicht, derart wichtiges Beweismaterial nicht für sich zu behalten. Auch wenn sie dem Mörder damit wahrscheinlich in die Hände spielte. Sie musste das Spiel spielen, um das Spiel zu begreifen. Der Initiator würde sich zu erkennen geben, sobald er sich auf der Siegerstraße glaubte.

Ohne Onkel Fredrik zu antworten, holte sie die Fotos aus der Tasche. Doch nicht Fredrik sollte sie zuerst sehen. Juliana brauchte zuallererst die Reaktion einer anderen Person im Raum. Nämlich der, an die es auch ihre Rolle gebot, sich als erste zu wenden. Sie ging zu Valea und drückte ihr die drei Aufnahmen in die Hand. Nach einem äußerst mürrischen Blick auf die Überbringerin nahm Valea sie in Augenschein. Juliana beobachtete sie genau. Valea bemühte sich, gefasst zu bleiben, doch ihre Augen verrieten sie. Sie weiteten sich, und Valea schluckte fahrig. Vor Entsetzen, wie Juliana schloss.

Valea hatte die Fotos nicht lange zur Hand, dann wurden sie ihr von Valentin entrissen. Was in den wenigen Sekunden, in denen er sie betrachtete, in ihm vorging, war undurchschaubar, doch von einem Moment zum nächsten wirbelte er aus seinem Sessel hoch und flog die wenigen Meter durch den Raum zu Eugen und warf sich mit einem Schrei auf ihn. Alle anderen schraken auf, Valeriu stolperte sogar rücklings auf den Schoß seiner Frau auf die Couch. Valentin und Eugen gingen zu Boden, rangen kurz, bis Valentin die Oberhand gewann und die Faust auf seinen Gegner niedergehen ließ. Er hätte wohl noch öfter auf ihn eingeschlagen, doch Traiko und Onkel Fredrik stürzten zu ihnen und zerrten ihn von Eugen herunter.

Valentins Miene war die eines zornentbrannten Berserkers. Er schrie erneut auf, tobte und wütete, bis Onkel Fredrik ihn mit einem wuchtigen Kinnhaken ruhigstellte. In Traikos Armen sackte Valentin kraftlos zusammen. Valea war sofort bei ihm und bettete ihn vorsichtig auf den Teppich.

Traiko wiederum nahm sich Eugen an, der benommen auf dem Boden neben der Kommode kauerte und Blut auf den Teppich spuckte. Juliana konnte überhaupt nichts tun. Sie verharrte wie gelähmt neben dem Sessel, in dem Valentin soeben noch gesessen hatte. Nun lag er reglos am Boden, umsorgt von seiner Schwester, die ihm zärtlich die Wange strich. Hinter diesen sanften und nun geschlossenen Augen hatte also doch eine Vulkan auf seinen Ausbruch gewartet.

Narcisa hatte sich zwischenzeitlich die Fotos angeeignet. „Kannst du uns das vielleicht erklären, Valea?", feixte sie. Valeriu saß bei ihr auf der Couch. „Erzähl mal. Wo ist sie? Habt ihr sie im Keller erdrosselt?"

Valeas Augen glitzerten mörderisch, als sie von Valentin zu ihr aufsah. Doch sie schwieg.

Auch Onkel Fredrik und Sorana gelangten an die Fotos. Sorana fiepte in ihre vorgehaltene Hand, während Fredriks Miene nur noch wütender anmutete.

„Was geht hier vor, Valea?", fragte er unverwandt scharf. „Was habt ihr getan?"

Valea fasste ihn mit ihrem Blick, so als wollte sie etwas ebenso Scharfes erwidern. Doch dann schüttelte sie nur den Kopf und nahm sich wieder Valentin an. „Ich sehe diese Fotos zum ersten Mal."

Juliana hatte ihre Reaktion darauf vorhin akribisch studiert und glaubte ihr.

„Ach? Und Valentin?", bellte Onkel Fredrik.

In kurzen, nüchternen Worten erklärte Valea der Versammlung, dass Arabella vor ein paar Monaten spurlos verschwunden wäre. Sie hatten befürchtet, dass sie tot sei, doch einen Beweis habe es dafür nie gegeben. Bis heute.

„Woher hast du diese Fotos, Juliana?", fragte Fredrik.

Auch wenn sie Valentin für unschuldig hielt, erachtete Juliana es als Fehler, an dieser Stelle zu lügen. Das Spiel musste sich entfalten, die Spieler ihre Plätze einnehmen und ihre Ambitionen offen legen.

„Ich habe sie in Valentins Nachttisch gefunden", gestand sie, in Kauf nehmend, dass Valeas mörderischer Blick nun voll und ganz ihr galt. Sie wurde nicht enttäuscht.

„Da seht ihr es", schnarrte Narcisa aus dem Hintergrund. „Jemand muss die Polizei rufen."

„Keine Polizei", stellte Onkel Fredrik klar und fuhr gemahnend zu seiner Schwiegertochter herum. „Hier mischt sich kein Auswärtiger ein, bevor ich nicht mehr weiß."

Da spricht der notorische Staatsskeptiker aus ihm, dachte Juliana.

„Was willst du denn noch wissen?“, erwiderte Narcisa süffisant. „Dein Neffe hat seine Verlobte kaltgemacht und ein paar Erinnerungsfotos davon geschossen. Wir sollten ihn irgendwo im Souterrain einsperren, bevor er wieder aufwacht.“

Juliana sah, wie sich etwas Vernichtendes in Valeas Kehle sammelte, doch Onkel Fredrik war schneller, Narcisa zurechtzuweisen. „Niemand sperrt meinen Neffen ins Souterrain. Wir diskutieren das jetzt so lange durch, bis ich begreife, was hier in den vergangenen paar Jahren vorgegangen ist.“

„Ein weiterer Mord, was sonst“, stöhnte Eugen gequält, stand aber schon wieder auf eigenen Füßen. Er hielt ein Taschentuch auf seine blutende Unterlippe und ein paar Haarfransen hingen ihm ins Gesicht. „Nicht der erste.“

„Komm uns jetzt bloß nicht wieder mit dieser geschmacklosen Geschichte, dass Valentin Victoria auf dem Gewissen hätte“, raunte Sorana fast so finster wie Valea zuweilen. „Ich glaube, wir haben hier Wichtigeres zu besprechen als deine Hirngespinste.“

„Erkennst du denn nicht das Muster?“, erwiderte Eugen. „Victoria hatte einen Sohn. Damit ist sie zu einer Gefahr für Valentins Anspruch geworden, die Erbfolge anzutreten.“

„Vater, könntest du ihn bitte ebenfalls niederschlagen?“, zischte Sorana. „Ich kann diesen Unsinn nicht mehr hören.“

„Du gehst in der Tat zu weit, Eugen“, raunte Onkel Fredrik mit einem vernichtenden Seitenblick. „Ohne Beweise werde ich hier keine solchen Anschuldigungen dulden. Verstanden?“

Damit ist es amtlich, dachte Juliana. Onkel Fredrik war nun der Herr im Hause.

Als Eugens Blick sich auf Juliana richtete, ahnte sie es kommen – und es kam. „Juliana“, sagte er, „ich denke, es ist an der Zeit, den anderen zu verraten, wer du wirklich bist und in welcher Funktion du in dieses Haus gekommen bist. Die Wahrheit.“

Eugen hatte sie bloßgestellt. Weitere Ausflüchte oder Improvisationen wären jetzt sinnlos. Mit seiner Feststellung hatte ihr Eugen jeglichen Ausweg genommen. Alle Augen richteten sich auf sie. Auch die Valeas, die weiterhin bei Valentin am Boden kauerte. Juliana versagte die Stimme.

„Juliana ist eine Schauspielerin“, klärte Eugen die Versammlung auf. „Sie ist nur ein paar Stunden vor uns hier eingezogen.“

Die teils erstaunten, teils bösen Blicke der anderen wechselten zwischen Juliana und Valea hin und her.

„Wie bitte? Also dann seid ihr gar nicht ...“ Sorana beendete den Satz nicht.

„Eine Schauspielerin für Valea?“, meldete sich Valeriu von der Couch. „Was soll das Theater denn?“

„Wir hatten unsere Gründe“, raunte Valea.

„Oh ja, ohne Zweifel hattet ihr die“, sprach Eugen ernst und wandte sich an alle. „Sehr gute Gründe hatten die beiden. Mit Juliana hatten sie nämlich eine neutrale Zeugin an ihrer Seite. Um uns davon zu überzeugen, dass Arabella echt und nur vorübergehend außer Haus bei ihrem bettlägerigen Vater ist.“

Julianas Nervosität legte noch ein wenig zu, weil das dummerweise sehr plausibel klang. Die Geschwister wollten noch zusätzlich jemanden von außen, der ihre krude Geschichte untermauerte. Damit sie glaubhafter wäre. Das fügte sich so stimmig in die Faktenlage, dass sich in Juliana sogar Zweifel hegten, ob es sich nicht vielleicht tatsächlich so verhielt.

„Eine Schauspielerin bist du? Ha! Ich fasse es nicht“, bemerkte Sorana mit anklagendem Blick.

Es hatte keinen Sinn, das abzustreiten. Wenngleich es nur die halbe Wahrheit war. Juliana nickte.

„Das ist ja kaum zu glauben“, tat sich Narcisa ausgelassen kund und klatschte sich die Hände. „Jetzt erkläre uns das mal, Valea. Sollte Juliana euer Alibi sein? Euer reines Gewissen?“

„Nicht Valea, sondern Valentin hat mich engagiert“, fühlte sich Juliana veranlasst, einzuwerfen. „Valea ist dagegen gewesen. Es war allein Valentins Idee.“

Erneut fing sich Juliana einen geradezu zersetzenden Blick von Valea ein. Aber da war auch etwas Forschendes. Wahrscheinlich dämmerte ihr inzwischen das ein oder andere.

„Na also“, meinte Narcisa selbstgefällig, als wäre damit das Rätsel gelöst. „Valentin hat jemanden gebraucht, der seine Lügengeschichte glaubhaft bestätigt. Damit ihm niemand dahinterkommt, dass er diese Frau im Keller umgebracht hat.“ Ein genüssliches Grinsen umspielte ihre Lippen. „Anscheinend hat nicht einmal Valea davon gewusst. Willst du deinen Neffen immer noch frei herumlaufen lassen, Fredrik? Jeder von uns könnte der Nächste sein.“

Die jüngsten Enthüllungen hatten ihre Wirkung nicht verfehlt. Alle waren sich einig, dass Valentin zum Schutze aller erst mal irgendwo eingesperrt werden sollte. Nicht einmal Valea protestierte, was Juliana am meisten beunruhigte. Hatte Eugen selbst in ihr Zweifel geschürt? Fast schien es so.

„Wir sperren ihn nicht in irgendein kaltes Loch", stellte Onkel Fredrik wütend klar, als Narcisa Valentin ins Souterrain schaffen wollte. „Wir werden morgen in aller Ruhe und Sachlichkeit mit ihm reden. Erst wenn keine Zweifel mehr übrig sind, rufen wir die Polizei."

„Nun gut, dann stecken wir ihn ins Gästeklo", schlug Narcisa vor. „Durch das Kreuzstockfenster kommt er unmöglich raus."

Dieser Empfehlung wurde entsprochen. Valea legte Kissen und eine Decke aus und half mit, den noch immer bewusstlosen Valentin behutsam zu betten. Dann verschloss man hinter ihm die Tür, und Onkel Fredrik steckte den Schlüssel ein. Valea protestierte auch dieses Mal nicht, sondern entfernte sich wortlos Richtung Westflügel. Juliana ging davon aus, dass sie zu ihren Pferden in den Stall wollte.

„Was soll das, wir haben noch einiges zu bereden!", raunzte ihr Narcisa hinterher.

„Lass sie", sagte Onkel Fredrik. „Wir reden morgen, wenn auch Valentin wieder zur Verfügung steht."

Narcisa gab sich damit zufrieden. Ihr hungriger Blick fiel auf Juliana. „Aber mit ihr könnten wir noch Vorlieb nehmen."

„Was glaubt ihr denn, von mir erfahren zu können?", entgegnete Juliana salopp. „Wie Eugen schon gesagt hat, ich bin erst seit gestern hier. Nur ein paar Stunden länger als ihr."

„Ich weiß ja nicht, wie es euch geht“, warf Traiko ein, „aber ich brauche jetzt erst mal was Starkes zu trinken. Mich lockt die Minibar. Wer kommt mit?“

Bis auf Narcisa und Valeriu schlossen sich alle an und schlugen den Weg zum Salon ein.

„Du hast recht, für heute haben wir genug gehört“, sagte Onkel Fredrik und klopfte Traiko freundschaftlich den Rücken, während sie sich entfernten. Eugen ging als Letzter. Auf Julianas Anwesenheit legte offenbar niemand wert, was ihr nur allzu recht war. Um auch Narcisas und Valerius Gesellschaft zu entrinnen, gab sie vor, schlafen zu gehen. Tatsächlich wollte sie zu Valea. Doch nicht sofort. Zunächst war dringlich angeraten, den Gedankensalat in ihrem Kopf zu ordnen.

„Glaub nicht, dass du dich aus dem Haus stehlen kannst“, warf ihr Narcisa giftig hinterher, als sie sich davonmachte. „Du hast uns noch ein paar Fragen zu beantworten.“

Juliana zwang sich ein Grinsen auf, als sie noch einmal zu ihr herumfuhr. „Ich kann es gar nicht erwarten. Gute Nacht.“

Eine neutrale Zeugin. Sollte wirklich nur das ihre banale und erschreckend stimmige Funktion in diesem Spiel sein? Valentins Sorge um seine Schwester, die in die Mühlen des Erbfolgestreits geraten könnte, war das alles erstunken und erlogen gewesen? Ging es in Wahrheit nur darum, seine abenteuerliche Geschichte zu unterfüttern, in der Hoffnung, dass die Verwandtschaft darauf reinfiel?

Zweifel hatten die vergangenen Minuten sehr wohl geschürt. Doch Juliana weigerte sich weiterhin zu glauben, dass sie sich in Valentin so getäuscht haben konnte. Sie hatte den Kummer in seinen Augen gesehen. Und die Furcht. Die Furcht, dass der ruchlose Urheber dieses Intrigenspiels auch Valea verletzen oder ihr gar Schlimmeres antun könnte. Deshalb hatte er Juliana engagiert. Um Valea aus der Schusslinie zu halten. Tja, daran waren sie nun dank Eugen gründlich gescheitert. Sie waren aufgeflogen, und damit war Valea wieder im Rennen. Und wahrscheinlich in Gefahr.

Bemerkenswert war, dass Eugen ihr kleines Theater zwar offen gelegt hatte, den Anwesenden aber bislang noch unterschlug, dass Juliana Journalistin war und ein ganz anderes mysteriöses Verschwinden aufzudecken trachtete. Eins, das in Onkel Fredriks Jugend zurückreichte. Dieses As wollte sich Eugen vermutlich noch eine Weile im Ärmel aufbewahren. Er war ein Spieler, und ein guter Spieler ging achtsam und wohldosiert mit seinen Trümpfen um.

Valentin und Valea waren von Anfang an überzeugt gewesen, dass Eugen hinter allem steckte. Zuzutrauen war es ihm definitiv. Ein trauernder und von seinen Fantasien verfolgter Witwer, der nicht wahrhaben konnte, dass seine Frau und Mutter seines Sohnes durch einen überflüssigen wie sinnlosen Reitunfall ihr Leben verloren hatte.

Wie dem auch sein mochte, dass Eugen sie nicht gänzlich verraten hatte, konnte sich auch für Juliana noch als Trumpf erweisen. Nun kam es darauf an, diesen Trumpf richtig auszuspielen. Juliana hatte eine sehr genaue Vorstellung, wie sie das anstellen wollte. Die beste

Art, ihn einzubringen, schien ihr, ihn bereitwillig zu opfern. Ihn offenzulegen. Und zwar dem einzigen Menschen in diesem Haus, dem sie vertraute. Um auch dessen Vertrauen hoffentlich zurückzugewinnen.

Durch das hintere Parterre des Westflügels gelangte Juliana in den geräumigen Stallanbau. Ein schummrig rötliches Nachtlicht bestätigte sie darin, dass Valea tatsächlich hierher geflohen war. Hierher oder in ihre Künstlerwerkstatt hätte Juliana gewettet. Um nachzudenken, was sonst. Die Fotos hatten auch ihr zugesetzt.

Sie erspähte Valea in der ersten Box gleich neben dem Tor, wo sie Valentins Stute bürstete, die entweder keinen Schlaf finden konnte oder extra um gebürstet zu werden von Valea geweckt worden war. Juliana hielt ohne Hast auf sie zu. Valea würdigte sie keines Blickes, doch Juliana war sich sicher, dass sie sie schon beim Eintreten bemerkt hatte. An der Box angelangt, verlor sich jeder Zweifel.

„Woher hat Eugen gewusst, dass du falsch bist?“, raunte Valea mit dem Rücken zu ihr.

„Das ist nicht so einfach erklärt“, entgegnete Juliana.

„Lass hören“, forderte Valea ruhig.

Juliana schnaufte durch. „Ohne Eugen wäre ich gar nicht hier.“

Valea ließ die Bürste fallen und fuhr herum. Ihr Blick hätte Stahl geschmolzen, doch Juliana hielt stand. „Was sagst du da? Du und er, ihr arbeitet zusammen?“

Juliana schluckte nervös, doch sie war entschlossen, das durchzuziehen. Es war die einzige Möglichkeit, nicht alles Vertrauen zu verspielen. „Valea, ich bin eigentlich gar keine Schauspielerin, wie er vorhin behauptet hat“, gestand sie. „Ich bin Journalistin. Jemand hat mir Informationen zugespielt. Über euch und die Vergangenheit dieses Hauses. Anonym. Nun ja, es war Eugen, wie ich inzwischen weiß. Er hat euren Rechner gehackt und Valentins Gesuch bei einer Künstleragentur abgefangen. Du weißt schon, wo er nach einer Schauspielerin für dieses Wochenende angefragt hat. Auch das hat Eugen mir zukommen lassen. Dieses Gesuch. Die Initiative, mich zu bewerben, ging am Ende schon von mir selbst aus. Aber es ... HEY! Warte!“

Juliana war noch nicht am Ende mit ihren Erklärungen, doch nun wurde sie von einer vor Zorn funkelnden Valea ausgehoben und, ehe sie sich versah, unsanft durch die Tür im Scheunentor nach draußen in den Matsch befördert. Valea stürzte hinterher und presste sie unbarmherzig in den kalten, regennassen Schlamm. Dass Valea dabei nicht einen einzigen Laut verlor, ließ sie umso bedrohlicher wirken. Panisch rang Juliana dagegen an und versuchte verzweifelt, Nase und Mund über Wasser zu halten. Eine sternenlose Nacht umfing sie. Außer dem schwachen Schein des Stalllichts waren sie von völliger Dunkelheit umgeben.

„Valea! Bittprrrbleb...“

Valea drückte sie tiefer in die Wasserlache. Den Moment, als sie sie ruckartig wieder heraushievte, nur um sie erneut hineinzutunken, nutzte Juliana geistesgegenwärtig für einen Konter. Ihr gelang es, sich unter Valea wegzudrehen und ihr den Ellenbogen in die Taille zu rammen. Das war ausreichend, um Valea kurz aus der Balance zu bringen. Juliana kämpfte sich erfolgreich hoch, bis Valea sie an Arm und Hals zu packen bekam und abermals in den kalten Matsch wuchtete. Juliana blieb die Luft weg, doch sie rang weiter gegen Valea an.

„Ich stecke nicht mit Eugen unter einer Decke", beteuerte sie. „Bitte, glaub mir. Er hat mich geködert."

Valeas Gesicht über ihr war bei den vorherrschenden Lichtverhältnissen kaum einzusehen, doch ihre Stimme verriet so viel Wut, dass Juliana es nun tatsächlich mit der Angst zu tun bekam. Todesangst. „Ich war so weit, dir zu vertrauen", fauchte Valea. „Und Valentin …"

Was mit Valentin war, sprach sie nicht aus, doch das musste sie auch nicht. Juliana sah ein, dass sie die Geschwister hintergangen hatte. Und das, wo sie gerade erst ihr Vertrauen und sogar ihre Zuneigung gewonnen hatte.

„Es tut mir leid", hauchte sie und hörte schließlich auf, sich zu wehren. Sie ließ von Valea ab und gab allen Widerstand auf.

Valea tunkte sie erneut in Dreckwasser. „Was tut dir leid?"

„Dass ich euch getäuscht habe", erwiderte Juliana und versuchte, auf ihren Ellenbogen Halt zu finden. „Aber ihr habt mich ebenfalls getäuscht. Ihr habt mich angelogen."

„Wir hatten gute Gründe."

„Die hatte ich auch!"

Valea ließ nach kurzem Zögern von ihr ab. Sie zog sich etwas zurück und verharrte auf ihren Knien, damit Juliana in ihrer Schlammlache aufrecht sitzen konnte. Sie war dankbar dafür.

„Du erinnerst dich an den Namen, nach dem ich dich gefragt habe?", fragte Juliana eilig und wischte ein paar schmutzige Haarfransen aus ihrem Sichtfeld. „Gabriela Petrescu."

„Was ist damit?", raunzte Valea unverwandt angriffslustig.

„Sie ist meine Großtante", antwortete Juliana beflissen. „Und ich will herausfinden, was aus ihr geworden ist."

„Wieso hier?"

„Weil sie hier verschwunden ist. Vor etwa fünfzig Jahren."

Stille Sekunden verrannen. Drinnen regten sich ein paar Pferde, rundherum in der unabsehbaren Finsternis weinte der Wald den vorab gefallenen Regen. Valea aber schwieg. Da sie das beibehielt, knüpfte Juliana an ihren Vortrag an.

„Eugen hat mir Informationen zugespielt, aus denen hervorgeht, dass Gabriela und euer Vater sich in Vama Veche kennengelernt haben. Ende der Sechzigerjahre."

„Vama Veche?", erwiderte Valea ungläubig.

Wahrscheinlich war ihr neu, dass ihr Vater damals dort gewesen war. Kein Wunder. Immerhin war die Mutter seiner Kinder eine andere geworden. Es gab keinen Grund und wäre vielleicht sogar taktlos gewesen, seinen Kindern von seiner früheren Liebe zu erzählen.

„Ich weiß inzwischen, dass Gabriela tatsächlich vor vielen Jahren hierhergekommen ist", fuhr Juliana fort. „Aber dann verlieren sich ihre Spuren. Deshalb musste ich kommen. Eugen weiß von ihr. Er hat alte Briefe gefunden, die euer Vater aufbewahrt hatte. Und er hat herausgefunden, dass ich mit dieser Frau verwandt bin. Dass ich Journalistin bin, kam ihm da wohl gerade recht. Er hat mich damit geködert, hierherzukommen. Dass er es war, der mir das alles zugespielt hat, habe ich erst hier erfahren. Heute Vormittag, um genau zu sein. Vorher habe ich ihn nie getroffen. Bitte glaub mir das, Valea."

Valea stand auf. Es wäre nun eine versöhnliche Geste gewesen, Juliana die Hand zu reichen und aus dem Matsch zu ziehen, doch eine solche versagte sie ihr. Juliana musste allein auf die Beine kommen. Sie folgte Valea in den Stall zurück, wo es bedeutend wärmer war. Valea marschierte geradewegs durch, Juliana hielt Schritt.

„Ich verstehe, dass du und Valentin euch jetzt betrogen fühlen müsst", versuchte sie auf sie einzuwirken. „Aber versetze dich bitte auch in meine Lage. Ich hatte keine Ahnung, worauf ich mich hier einlasse. Und auch nicht, dass mich jemand für seine Zwecke benutzen würde. Ich wollte meine Großtante finden. Mehr nicht."

Valea fuhr herum und packte sie an ihrer dick besudelten Bluse. Ihre Augen funkelten noch immer vor Wut. „Deine Großtante ist mir gerade sowas von egal", zischte sie. „Mein Bruder ist eingesperrt, und alle anderen halten ihn für einen Mörder. Den Mörder an der Frau, wegen deren Verschwinden er beinahe zerbrochen ist."

„Ich weiß. Ja, ich weiß", erwiderte Juliana eindringlich, ging in die Offensive und packte ebenfalls zu. „Lass mich euch helfen."

Anstatt zu antworten, drängte Valea sie in eine gatterlose Box. Juliana befürchtete eine zweite Runde und sah sich schon in frischem Pferdemist liegen. Erst nach ein paar Sekunden erkannte sie, dass das gar keine Box war. Am Boden lag kein Heu aus und es gab eine blecherne Ablaufrinne. An der Wand hing ein aufgerollter Schlauch, dessen Valea sich augenblicklich bemächtigte. Sie richtete ihn wie eine Waffe auf Juliana, und Juliana leistete keine Gegenwehr, als das kalte Wasser schließlich auf sie einbrach.

„Umdrehen“, befahl Valea, und Juliana gehorchte.

Nach einer kurzen Weile war das Wasser gar nicht mehr so kalt. Im Gegenteil, es wurde sogar angenehm warm. Dann verendete es abrupt. Valea hing den Schlauch nahe des Reglers in seine Halterung und schob Juliana einen gelittenen Weidenkorb vor die Füße. „Na los, die Klamotten runter und da rein.“

Juliana stellte auch diesen Befehl nicht infrage. Sie begann mit ihrer triefend nassen Bluse, wrang das Dreckwasser aus und warf sie in den Korb. Die restlichen Sachen folgten, bis sie völlig nackt vor Valea stand. Aus ihren Haaren rann braun gefärbtes Wasser ihren Körper hinab. Arme und Hände waren noch deutlicher besudelt. Instinktiv bedeckte sie ihre Brüste.

„Du bist also Journalistin“, konstatierte Valea mit strenger Miene.

Juliana nickte tapfer. „Ich bin Journalistin. Ich habe mich in euer Haus geschmuggelt, um meine Großtante zu finden. Und ich empfinde etwas für deinen Bruder.“

Valea runzelte die Stirn. „Wie bitte?“

Juliana suchte ihren Blick und ließ langsam ihre Arme sinken. „Ich bin Journalistin“, wiederholte sie gefasst. „In Bukarest. Investigative Journalistin, um ge-

nau zu sein. Ich bin hier, um meine vermisste Großtante zu finden. Und ich empfinde etwas für deinen
Bruder." Sie nahm einen tiefen Atemzug und taxierte
Valea bittend. „Jetzt weißt du es. Noch nackter könnte
ich nicht vor dir stehen, Valea."

Ungewisse, für Juliana zum Zerreißen gespannte Augenblicke zogen dahin, dann schoss Valea erneut warmes Wasser auf sie ab. Es war eine Wohltat. Es dauerte
ein wenig, aber Juliana entspannte allmählich und
drehte sich um die eigene Achse. Als der Schwall abermals versiegte, reichte Valea ihr ein Stück Seife. Das
Verhör war damit aber nicht beendet.

„Du hast diese Fotos wirklich bei Valentin gefunden?"

Juliana bestätigte bedrückt. „In seinem Nachttisch.
Wie ich es vor den anderen ausgesagt habe. Es war die
Wahrheit."

„Du hättest sie ihnen nicht zeigen müssen."

Ein nicht unberechtigter Vorwurf. Zumindest unter
der Annahme, dass Valentin tatsächlich unschuldig
war. Juliana hielt inne, sich einzuseifen. „Es erschien
mir richtig", unternahm sie einen Versuch, sich zu
rechtfertigen. „Was hätte ich sonst tun sollen?"

Valea klang nach wie vor enorm angriffslustig. „Du
hast ihnen damit Munition in die Hände gegeben."

„Ich habe getan, was ich für richtig gehalten habe",
sagte Juliana und setzte die Seife wieder an. „Es hätte
auch sein können, dass ihr zwei von diesen schrecklichen Fotos wisst. Ich war mir nicht sicher. Wie gesagt,
auch ihr ward von Anfang an unaufrichtig zu mir. Außerdem wird sich der Urheber nur dann verraten,

wenn wir sein Spiel mitspielen. Zu diesem Spiel gehören die Fotos. Wenn du und Valentin sie nicht dorthin gelegt habt, muss er es gewesen sein."

Valeas Miene wirkte noch nüchterner als die Nacht draußen, doch Juliana glaubte, sie erreicht zu haben. Ein paar Momente später drückte sie Juliana den Schlauch in die Hand. „Du bist dran."

Juliana deckte Valea mit Wasser ein, die sich unter dem Schauer nun ebenfalls bis auf die Haut auszog. Demnach hatte ihr Vertrauensverhältnis weiterhin Bestand. Es mochte gelitten haben, doch es war noch existent. Andernfalls hätte Valea sie hier auch einfach stehen lassen können.

Nachdem sie den Schlauch niedergelegt hatte, wollte Juliana endgültige Gewissheit. Sie überreichte Valea die Seife und ließ es sich nicht nehmen, ihr beim Einseifen zur Hand zu gehen. Wie selbstverständlich glitt sie auch über ihre Brüste.

„Hier ist niemand, vor dem wir spielen müssten", sagte Valea. „Und ich bin immer noch nicht lesbisch."

Julianas Hand wanderte hoch zu ihrer Wange. „Ich auch nicht. Aber ich habe dich gern."

Ein tiefer Blick, doch einen Kuss wagte Juliana nicht. Sie wollte Valeas Vertrauen zurückgewinnen, nur darum ging es. Ein Kuss wäre unangebracht, weil zu viel gewesen. Im Augenblick erschien es ihr wertvoller, sich zurückzunehmen. Alles andere könnte Valea als ein Täuschungsmanöver interpretieren. Juliana unterbrach den Augenkontakt demütig und wich ein wenig von ihr ab.

Es war Valea, die von hinten wieder zu ihr aufschloss, ihr die Haare wusch und noch übrige Schmutzteilchen herauszupfte. Juliana fühlte sich augenblicklich besser. Stärker. Weniger allein. Das machte es ihr leichter, eine gefährliche Wahrheit auszusprechen. „Ein Mörder hält sich in diesem Haus auf."

„Eugen", sagte Valea hinter ihr. „Alles geht auf ihn zurück."

„Das können wir nur nicht beweisen", seufzte Juliana und zweifelte überdies auch ein wenig daran. Eugen war fraglos ein opportuner Intrigant. Durchtrieben und offenkundig ziemlich rücksichtslos. Doch er war auch ein trauernder Witwer. Konnte er als solcher nun einen Mord begangen haben, um anderen denselben Schmerz zuzufügen? Ihrer Ansicht nach hatten sich Valentin und Valea von Anfang an zu sehr auf ihn fokussiert und dabei die anderen vernachlässigt. Doch es war vermutlich der falsche Moment, Valea das näherzubringen.

„Die Journalistin hat also auch keine Idee?", raunte sie.

Eine gehörige Portion Spott lag in dieser Feststellung, doch Juliana sah gerade gern darüber hinweg. „Leider nein. Aber wir haben uns auf sein Spiel eingelassen. Er wird es zu Ende spielen wollen. Die Fotos liegen jetzt auf dem Tisch. Morgen werden sie Valentin verhören, wo er denn Arabellas Leiche verscharrt hat. Das wird ihn zum Handeln zwingen."

„Was soll das heißen?", fragte Valea.

Juliana versuchte selbst noch, das Puzzle zusammenzusetzen, doch an einer Facette konnte kaum ein Zweifel bestehen. „Wenn er will, dass Valentin für dieses

Verbrechen ins Gefängnis geht", führte sie an, „wäre es äußerst dienlich, wenn Arabellas Leiche auftaucht."

Valea ließ von ihr ab. „Ihre Leiche kann unmöglich noch im Haus sein."

Juliana drehte sich zu ihr herum. „Aber vielleicht trotzdem ganz in der Nähe. An einem Platz, an dem er sie jederzeit ins Spiel bringen kann. Etwa in eurer Goldmine."

Valeas Miene war schwer zu ergründen, doch überzeugt wirkte sie nicht. Juliana wollte es dabei bewenden lassen. Im Grunde spekulierte sie ohnehin nur ins Blaue hinein.

„Hier gibt es keine Handtücher, oder?", fragte sie.

Valea verneinte. „Aber Decken."

Juliana las keine Wut mehr in ihren Augen. Der Wut war Sorge gewichen, wenngleich Valea diese Regung wie üblich zu kaschieren versuchte und Stärke hervorkehrte, um Schwäche zu verstecken. Auch das wollte Juliana ihr lassen. Sie hob den Schlauch auf, sorgte für ein wenig Wasserlauf und spülte unter Zuhilfenahme ihrer freien Hand die Seife von Valeas Haut. In diesem Haus lauerte ein sehr gefährlicher Zeitgenosse, doch hier drin war er ihnen fern. Dieses Refugium gehörte ihnen.

„Wie steht ihr eigentlich zu der Familie von eurer Mutter?", fragte Juliana. „Habt ihr Kontakt?"

Valea suchte ihren Blick, gewiss um nachzuforschen, was sie mit dieser Frage bezweckte. „Vater hat Kontakt mit ihnen gehalten. Auch über Mutters Tod hinaus. Valentin und ich aber kennen sie kaum."

Juliana formulierte ihre Anregung möglichst vorsichtig. „Könnten die nicht vielleicht etwas damit zu tun haben?"

„Womit? Uns zu enteignen?"

„Nun ja, es ist nur …", setzte sie unsicher an. „Rosa scheint meine Großtante gekannt zu haben. Und Rosa kommt doch aus eben dieser Familie."

„Und?" Valeas Blick war so stechend, dass Juliana auswich.

„Schon gut, vergiss es."

Sie hob den Schlauch über ihren Kopf, schloss die Augen und spülte die Seife aus ihrem Haar. Es war elektrisierend, als sie nach ein paar Sekunden Valea wieder bei sich spürte. Sie ging ihr bei den Haaren zur Hand.

„Verzeih mir das von vorhin", hörte Juliana sie sagen und horchte auf. Solche Worte hätte sie in Valeas Sprachschatz gar nicht vermutet.

„Ich denke im Moment nur an Valentin", fuhr sie fort und nahm Juliana zärtlich an der Schulter. „Trotzdem hätte ich nicht sagen sollen, dass mir deine Großtante egal ist."

Juliana wusste diese simple Bitte um Verständnis zu schätzen. Sie rang ihr sogar ein Lächeln ab. „Das ist Jahrzehnte her", vergab sie Valea. „Valentin ist jetzt in Gefahr. Ich versteh dich."

Von Valea kam kein Lächeln retour, aber das machte nichts. Juliana sah ihr dennoch an, dass zwischen ihnen wieder alles in Ordnung war. Mehr sogar. Valea wusste jetzt, wer sie wirklich war – und warf trotzdem keins der schweren Hufeisen an der Wand nach ihr. Wohl auch, weil sie, Juliana, ihre letzte Verbündete in diesem Haus war.

Das Wasser abzudrehen und den Schlauch wieder aufzurollen, schürte unheilvolle Erwartungen in Juliana. Sie waren dabei, dieses Refugium von Eintracht und Geborgenheit inmitten der Pferde aufzugeben und ins Haus zurückzukehren. Ins Haus, wo ein unheilvoller Geist umging. Er hatte noch keinen Namen und kein Gesicht, was die Angelegenheit umso schauerlicher machte. Es gab der Unruhe neue Nahrung, die Juliana schon seit dem Fund der Fotos plagte und die auch die Aussöhnung mit Valea nur vorübergehend übertüncht hatte. Mit ihr im behaglich warmen Stall zu bleiben, war leider keine Option. Es ging zurück aufs Schlachtfeld. Juliana fröstelte.

„Wenn Valentins Befürchtungen zutreffen, könntest du die Nächste sein", merkte sie an. „Jetzt, wo jeder weiß, dass unser Verhältnis nicht echt ist."

Der Schlauch war aufgerollt. Valea fixierte das Schlauchende in der Wandhalterung. „Das macht keinen Unterschied mehr, oder? Du hast mir doch gerade gesagt, Eugen wäre von Anfang an im Bilde gewesen, dass unsere Affäre nicht echt ist."

„Es macht dann einen Unterschied, wenn gar nicht Eugen der Urheber hinter allem ist", sagte Juliana und war froh, das nun endlich ausgesprochen zu haben. „Dann weiß er jetzt, dass auch du für die Erbfolge infrage kommst. Valentin ist ausgeschaltet. Jetzt könnte er es auf dich abgesehen haben."

Valea ging zu dem Weidenkorb mit ihren schmutzigen Klamotten. „Wer wenn nicht Eugen sollte es denn deiner Meinung nach sein? Na los, pack mit an."

Mit dem Flechtwerk in ihrer Mitte verließen sie das Waschgehege und hielten auf den Wandschrank mit dem Werkzeug und den Pferdedecken zu. Valea nahm zwei heraus und reichte eine an Juliana weiter. Sie roch einigermaßen frisch. Juliana schlang sie sich um den Leib.

„Wenn du und Valentin aus dem Rennen seid, wessen Anspruch auf die Erfolge wäre gewichtiger, Fredriks oder der von Eugens Sohn?", legte sie nach.

„Das wäre ein interessanter Streitfall", erklärte Valea nüchtern. „Für solche Fälle sind Duellpistolen vorgesehen."

Juliana brauchte ein paar Augenblicke, bis sie begriff, dass Valea einen Witz gemacht hatte. Lachen konnte sie trotzdem nicht. Valea gab sich wie immer resolut und unbeirrt, doch so manche gehetzte Bewegung, wie etwa als sie den Werkzeugschrank zustieß, verriet Juliana allzu deutlich, dass auch sie angespannt war. Nun ja, wäre es anders, wäre Juliana wahrscheinlich erst recht beunruhigt gewesen.

Der Korb mit den Klamotten landete in der nahen Waschküche. Im danebengelegenen Bad mit den teils schon brüchigen Fliesen trockneten Juliana und Valea ihre Haare und tauschten die Pferdedecken gegen richtige Handtücher.

„Wie gehen wir jetzt weiter vor?", stellte Juliana die entscheidende Frage in den Raum. „Was hat Valentin vorgehabt? Wie hat er den Urheber enttarnen wollen?"

Äußerlich schaute Valea unbewegt in den Spiegel, doch ihre Hände klammerten sich so fest an den Waschbeckenrand, dass ihre Knöchel weiß wurden.

„Du weißt es nicht", folgerte Juliana nach ein paar Momenten.

Valea schüttelte den Kopf. „Wir haben uns darauf verständigt, so zu tun, als ob Arabella nur vorübergehend außer Haus wäre. Wir wollten unseren Gästen eine heile Welt vorspielen. Denn nur einer kann wissen, dass etwas nicht stimmt. Nämlich der, der für alles verantwortlich ist. Das war der Plan. Valentin hatte gehofft, ihn damit zu reizen. Ihn aus der Reserve zu locken." Sie atmete angestrengt durch. „Das hat nicht funktioniert. Jetzt wissen sie alle, dass etwas nicht stimmt. Und Eugen hat sich dafür nicht einmal verraten müssen."

Wenn er es denn war, dachte Juliana.

„Falls Valentin einen Ersatzplan hat, so kenne ich ihn nicht", fügte Valea hinzu.

Auch Juliana war ratlos, wie nun weiter zu verfahren wäre, doch eine vage und noch nicht zu Ende gedachte Idee hatte sie. „Valentin wollte ihn aus der Reserve locken", wiederholte sie. „Vielleicht können wir das immer noch."

Valea wandte sich ihr zu. „Und wie?"

Juliana versuchte grob zu umreißen, was ihr in etwa vorschwebte. „Du könntest so tun, als würdest du Valentins Schuld anerkennen und im gleichen Zug freiwillig auf die Erbfolge verzichten. Auch wenn jetzt alle wissen, dass unsere Affäre gestellt ist, könntest du ja trotzdem auf Frauen stehen. Oder aus anderen Gründen keine Lust auf Familie und Kinder haben. Wenn du freiwillig verzichtest und außerdem in Aussicht steht, dass Valentin ins Gefängnis geht ..." Sie ließ den Satz offen zwischen ihnen schweben.

„Dann könnten wir beobachten, wer sich alles für die Übernahme der Erbfolge berufen fühlt", vervollständigte Valea.

Juliana nickte. „Eure Gäste würden ihre Begehrlichkeiten offenlegen. Das könnte uns nützen."

Allzu angetan, geschweige denn begeistert, wirkte Valea von dieser Idee nicht. Doch das bedeutete bei ihr nicht viel. Juliana befand es wert, diese Taktik zumindest anzudenken und gedanklich durchzuspielen.

„Wir schlafen erst mal drüber", lautete Valeas Gegenentwurf, gegen den nichts einzuwenden war. „Heute wird wahrscheinlich nicht mehr viel passieren. Außer, dass die anderen ihren Etappensieg feiern."

Sie mieden die Eingangshalle und stiegen stattdessen über das enge Treppenhaus im Westflügel nach oben, um möglichst diskret in die Wohnung zu gelangen. Dabei ging es ihnen weniger darum, dass sie nur Handtücher am Leib trugen, sondern weil man sie nach der Enthüllung ihres kleinen Theaters nicht mehr zusammen sehen sollte. In den Augen der anderen war Juliana jetzt nur noch eine bezahlte Schauspielerin. Dass sie und Valea noch immer eng verbunden waren und verschworen zusammenarbeiteten, brauchte vorerst niemand zu wissen.

Im Obergeschoss des Wirtschaftshauses mussten sie an den Gästezimmern vorbei. Da die Bewohner vermutlich noch mehrheitlich im Salon bei Wodka und Brandy beisammen saßen, war das Risiko gering, einem von ihnen in die Arme zu laufen. Valea lugte um die Ecke und verkündete, dass die fraglichen Zimmertüren alle zu waren. Ein mulmiges Gefühl stellte sich trotzdem in Juliana ein. Es war, als schlichen sie durch tiefstes Feindesland. Der Stall war sicheres Terrain gewesen. Das nächste war erst wieder die Wohnung.

Nichts war zu hören, niemand war zu sehen. Der Westflügel entpuppte sich gespenstisch still. Offensichtlich war niemand zugegen. Alle waren ausgeflogen. Feierten wahrscheinlich genüsslich Valentins üble Lage.

Nach dem Übertritt ins Mittelhaus kontrollierte Valea die Tür ins Turmzimmer und schien zufrieden. Dann passierten sie den Treppenabgang zur Eingangshalle. Auch von dort verirrte sich kein Laut herauf. Das Anwesen schien in Andacht zu schweigen.

Im hiesigen Badezimmer verwahrte Juliana ihren Kulturbeutel. Auch die Zahnbürsten der Geschwister befanden sich dort. Nach einem eher hektischen Aufenthalt ging es weiter Richtung Wohnhaus. Noch nie hatte Juliana die Flügeltür ins Vestibül so gern durchschritten. Valea schloss hinter ihnen ab. Wenn nicht schon jemand hier drin war, hatten sie die unheilvolle Bagage damit ausgesperrt.

„Jemand könnte hier inzwischen noch mehr falsches Beweismaterial deponiert haben", raunte Valea und sprach damit aus, was auch in Juliana vorging.

„Bis hin zu Arabellas Leiche", bemerkte sie schaudernd.

Sie warfen einen flüchtigen Blick in das leere Wohnzimmer, ins Harfenzimmer und auch in Valentins Schlafzimmer. Es war niemand da. Ein Hauch von kaltem Grauen streifte Juliana, als sie das versiegelte Bad passierten. Sie blieb abrupt stehen. „Valea?"

Valea hielt ebenfalls inne und schaute sie forschend an.

Juliana nahm sich zusammen. „Valea, wann hast du zuletzt einen Blick in dieses Zimmer geworfen?"

„Vor ein paar Tagen", antwortete sie.

„Hast du einen Schlüssel?"

Sie verneinte. „Den hat Valentin. In seinem Schlafzimmer, nehme ich an. Was willst du da drin?"

Juliana befürchtete, es könnte geradezu peinlich dramatisch klingen, jetzt auszusprechen, dass dort drin Arabellas Leiche liegen könnte. „Nichts, schon gut."

In Valeas Schlafzimmer anzugelangen, fühlte sich an, wie nach langer, beschwerlicher Wanderung endlich heimzukehren. Juliana legte ihr Handtuch ab und begab sich ohne ihr Nachthemd direkt ins Bett. Erfreut nahm sie auf, dass auch Valea nicht in ihren Schlafanzug schlüpfte.

Wortlos löschte sie das Zimmerlicht. Ein, vielleicht zwei Minuten lang lag Juliana still. Dann kroch sie unter Valeas Bettdecke, und Valea nahm sie in Empfang. Es brauchte keine Worte, um dieses Arrangement zu erklären oder zu rechtfertigen. In trauter Umarmung schlief Juliana irgendwann ein.

Gestern Morgen hatte sie es seltsam empfunden, neben Valea aufzuwachen. Heute erwachte sie mit Valeas ruhigem, gleichmäßigem Atem auf der Wange. Die Sonne hatte die östliche Talseite noch nicht überwunden, und gemessen an der erst fahlen Dämmerung draußen würde es wohl noch eine Weile dauern, bis es soweit war.

Juliana strich Valeas Seite entlang, hinunter bis zu ihrer Taille, womit sie sie ungewollt weckte. Valea schlug die Augen auf und schreckte nicht zurück, als sie Juliana sah.

„Morgen, mein Herz", hauchte Juliana keck.

Valea machte keine Anstalten, auf Distanz zu gehen. Ihr sie umrankender Arm blieb Juliana erhalten. Juliana nahm das zum Anlass, sich noch näher an sie zu schmiegen. Valea sträubte sich nicht. Ihre Hand wanderte sogar zu Julianas Brust. Juliana lächelte und strich zärtlich Valeas Schläfe entlang.

Nur Augenblicke später lag sie in ganzer Länge auf ihr und wühlte mit den Fingern beider Hände in Valeas Haaren. Sie hatte die Unzähmbare gezähmt, und das war ein allzu süßer Triumph. Als Valea ihre Arme um sie schlang, wusste Juliana, dass ihre Zuneigung nicht einseitig war. Ihre Lippen senkten sich auf Valeas. Doch der Kuss hielt nur kurz. Valea wich aus.

„Wie passt das jetzt zusammen?", raunte sie. „Wo du doch angeblich etwas für meinen Bruder empfindest."

„Ich empfinde auch für dich etwas", sagte Juliana wahrheitsgetreu. „Anders. Aber es ist da." Sie platzierte ihre Stirn kurz auf Valeas und küsste dann ihre Nasenspitze.

„Schläfst du in Bukarest mit Frauen?", fragte Valea.

„Normalerweise nicht", antwortete Juliana. „Zurzeit schlafe ich dort mit überhaupt niemandem." Mit der einen Hand kraulte sie abermals Valeas Schläfe. „Und du? Was ist mit dir? Valentin hatte Arabella. Wen hast du? Von einem Freund wüsste ich bislang nichts. Gibt es einen? Oder lebst du hier völlig asexuell?"

Valea musterte sie ein paar Sekunden lang, dann gab sie tatsächlich bereitwillig Auskunft. „Es gibt da jemanden. Im Dorf oben. Wir treffen uns manchmal."

„Ah, sieh an." Juliana grinste. „Erzähl mir von ihm. Warum trefft ihr euch nur manchmal? Hast du keine Angst, dass ihn sich eine andere schnappt, wenn du so wenig Zeit mit ihm verbringst?"

„Er ist schon verheiratet."

Nun staunte Juliana. „Du hast eine Affäre mit einem verheirateten Mann?"

„Keine … Affäre", widersprach Valea. „Seine Frau weiß davon. Sie und ich, man könnte sagen, wir sind befreundet."

Juliana schmunzelte und staunte noch mehr. „So gut, dass sie ihren Mann mit dir teilt? Wow, ich bin beeindruckt. Mir scheint allmählich, du hast es faustdick hinter den Ohren, Valea Falkenstein." Sie bettete ihren Kopf auf Valeas Schulter und genoss das Gefühl der Geborgenheit in ihrer Umarmung, die Valea auch weiterhin aufrechterhielt.

„Was hat es nun eigentlich mit deiner Großtante auf sich", fragte sie nach einer Weile. „Wie und wann soll sie hierhergekommen sein?"

Juliana fasste in wenigen Worten zusammen, was sie bislang über Gabrielas Weg und ihr Verschwinden in Erfahrung gebracht hatte. Von Vama Veche, wo sich ihre offiziellen Spuren verloren, bis hin zu ihren Mutmaßungen und ihrer Annahme, dass Rosa Gabriela gekannt hatte. Dass Valeas Vater und sie in Vama Veche und vielleicht darüber hinaus ein leidenschaftliches Verhältnis gehabt hatten, kehrte sie nicht in den Vordergrund, doch Valea konnte natürlich eins und eins zusammenzählen. Juliana hob ihren Kopf, damit sie ihr wieder in die Augen sehen konnte, und strich ihr sanft die Wange.

„Da war immer diese Zerrissenheit in ihm", sagte Valea versonnen. „Als Kind habe ich das nicht gespürt. Erst später. Möglicherweise hätte ich es nie bemerkt, wenn mich Victoria nicht darauf aufmerksam gemacht hätte. Weil ich unseren Vater nie anders gekannt habe als nachdenklich und verschlossen." Ihre Augen wurden glasig. „Er hat also noch jemanden anderen als Mutter geliebt."

Oder auch nur sie, dachte Juliana. Auszusprechen wagte sie es nicht. Doch Valeas nachfolgende Worte legten nahe, dass auch sie in diese Richtung dachte.

„Weißt du, dass sich unsere Mutter das Leben genommen hat?"

Juliana nickte. „Ja, das weiß ich."

Sie hatte Valea hart und abweisend kennengelernt. Inzwischen kannte sie sie besser. Hatte hinter ihre Fassade blicken dürfen. Auch jetzt hatte Valea eine Fassade hochgezogen. Und doch offerierte sie eine neue Facette von sich: Zerbrechlichkeit. Juliana schaute in ein gemeißeltes Gesicht, das weinen wollte, es aber gewiss nicht tun würde. Nicht solange jemand in der Nähe war. Sie küsste Valeas Wange und senkte den Kopf wieder an ihre Seite.

Lange lagen sie unbewegt. Juliana auf einer ruhig atmenden und scheinbar emotionsfreien Valea, die sich nicht die Blöße gab, ihre Empfindungen nach außen zu tragen. Juliana versuchte zu ergründen, wie sie in ihrer Lage denken und fühlen würde. Beweise gab es keine und würde es wohl auch nie geben, doch für sie stand außer Zweifel, dass Constantin Gabriela geliebt hatte. Ob da in seinem Herzen auch noch Platz für seine Gattin gewesen war, blieb spekulativ. Nach etwa zwanzig Jahren Ehe hatte sie sich erhängt. Nicht in diesem Haus, in dem sie gelebt und ihre Kinder zur Welt gebracht hatte, sondern im Wald an einem Baum.

„Manche im Dorf reden von einem Fluch", sagte Valea schließlich. „Ein Fluch, der auf unserer Dynastie lastet und in jeder Generation seine Opfer fordert. Ein Fluch, der in vielen Gestalten auftritt und immer präzise sein Werk verrichtet. Für unsere Mutter war deine Großtante dieser Fluch."

Juliana glaubte nachzuempfinden, welchen Schmerz Valea gerade fühlte, doch konnte sie Gabriela nicht so plump als Fluch stehen lassen. „Wenn ihr sie nicht gekannt habt, du und Valentin", sagte sie, „kann sie zu euren Lebzeiten nicht mehr hier gewesen sein."

Valeas Hände blieben Julianas Rücken treu, strichen sanft auf und ab. „Was denkst du denn, was aus ihr geworden ist?"

Juliana hob ihren Oberkörper so weit an, dass sie Valea wieder in die Augen sehen konnte. „Ihr Bruder, mein Großvater, war, wie es scheint, verbissen hinter ihr her. Möglicherweise hat sie also jemand an die Securitate ausgeliefert. Zumindest wurde ihm bei seiner Hinrichtung der Mord an ihr zur Last gelegt. Nur eins von sehr vielen Verbrechen, die er als Lakai der Kommunisten begangen hat."

„Aber das glaubst du nicht", folgerte Valea.

„In der Anklageverlesung hat es geheißen, er hätte sie in Vama Veche ermordet. Ich weiß aber, dass Gabriela nach Vama Veche noch für eine Weile hier gewesen sein muss."

„Hast du ein Foto von ihr?"

Juliana verneinte. „Sie war eine Musikerin und ein Freigeist und damit die Schande der Familie. Meine Urgroßeltern haben sie verstoßen. Sie hatten ja noch ihren bewundernswerten Sohn bei der Securitate, auf den sie wahrscheinlich furchtbar stolz gewesen sind. Man hat ihre Existenz vollkommen ausgelöscht. Es gibt keine Fotos von ihr." Ihre Lippen formten ein bitteres Lächeln. „Dieses Erbe ist sozusagen der Fluch meiner Familie. Gabriela war wahrscheinlich die einzige Petrescu ihrer Zeit, vor der ich Achtung haben könnte."

Valea musterte sie ein paar Augenblicke lang, dann schloss sie ihre Arme enger um Juliana und drückte sie an sich. Unverständlicherweise war es nun Juliana, die mit Tränen rang. Tränen der Scham.

„Ich werde dir helfen, sie zu finden", sagte Valea. „Die Leute im Dorf werden sich an sie erinnern, wenn sie je hier gewesen ist. Wir haben ein gutes Verhältnis zu ihnen."

Juliana schmiegte sich so umfassend wie ihr möglich war an sie und verspürte eine tiefe Wärme in sich, die nichts mit der Bettdecke oder Valeas Körpertemperatur zu tun hatte. „Denkst du dabei an deine großzügige Freundin und ihren Mann?"

Valea hatte den neckischen Charakter dieser Frage verstanden und kniff ihr heftig ins Schulterblatt.

Juliana hätte noch lange in dieser Position verweilen können, doch die intime Umarmung fand bald ihre Auflösung. Valeas Arme um sie lockerten sich. Juliana hingegen wollte Valea noch nicht freigeben. Noch nicht gleich jedenfalls. Sie strich Valeas Stirn entlang und küsste sie auf den Mund, flüchtig aber nicht beliebig.

„Du bist eine faszinierende Frau, Valea Falkenstein", trug sie ihr an.

Auch mit diesem Kompliment wusste Valea nicht recht umzugehen und musterte sie nur stumm aus notorisch skeptischen Augen. Juliana grinste hingerissen und küsste sie noch einmal.

Hernach rückte sie ein Stück seitwärts ab und ließ ihre Hand auf Valeas nun freiliegende Brust wandern. Valea protestierte nicht, so beließ Juliana sie dort. Ihr Gesprächsthema war weiterhin Gabriela Petrescu.

„Onkel Fredrik könnte sie gekannt haben", schloss Valea folgerichtig. „Er müsste damals ein Teenager gewesen sein."

Juliana nickte gemessen. „Und ich bin mir sicher, dass auch Rosa sie gekannt hat."

„Woraus schließt du das?", fragte Valea.

Wie schauerlich die Haushälterin aufgetreten war, wollte Juliana nicht sagen, doch zumindest den Sachverhalt sollte Valea kennen. „Ich habe mit ihr geredet. Sie hat angedeutet, Gabriela habe Unglück in dieses Haus gebracht."

Juliana nahm einen schweren Atemzug und bettete ihren Kopf auf Valeas Schulter. Es hatte keinen Sinn, sich etwas vorzumachen. Allem Anschein nach war Gabriela wohl tatsächlich der Fluch, der auf der Ehe von Valeas Eltern gelastet hatte.

„Meine Familie hat damals schon genug Schwierigkeiten mit der Securitate gehabt", fuhr Valea fort. „Jemanden aufzunehmen, der von ihr gesucht wurde, wäre äußerst töricht gewesen. Um nicht zu sagen lebensgefährlich.“

„Ich kann mir auch nicht vorstellen, dass sie in eurem Haus über längere Zeit Unterschlupf gefunden hat“, räumte Juliana ein. „Aber zumindest für eine Weile muss sie wohl hier gewesen sein. Andernfalls könnte Rosa sie nicht gekannt haben. Hat Rosa dieses Haus eigentlich je verlassen?“

Valeas zärtliche Hand fand Julianas Wange. „Wir werden herausfinden, ob und wann sie hier gewesen ist.“

Diese Zuversicht teilte Juliana inzwischen. Mit Valea an ihrer Seite könnten die Erfolgsaussichten kaum besser sein. Valea kannte die Dorfleute – und sie hatte Autorität gegenüber Rosa.

„Ich danke dir“, hauchte Juliana. „Aber vorher haben wir noch ein paar andere Angelegenheit zu regeln. Wir müssen deinen Bruder raushauen.“

Valea musterte sie forschend, und Juliana stellte verblüfft fest, dass Valea auch lächeln konnte. Ein kaum merkliches Lächeln zwar, doch es war da.

Juliana kam zum Thema. „Zwei Dinge führen mich zu ein- und derselben Schlussfolgerung. Nämlich, dass an Arabella irgendetwas gehörig faul war. Valeriu und Narcisa behaupten, sie hätten ihren Hintergrund überprüft. Ihrer Darstellung nach kennt sie niemand in dem Dorf in den Südkarpaten, aus dem sie angeblich stammt. Und du hast mir erzählt, auch du hieltest sie schon länger für falsch, hast aber aus Rücksicht auf Valentin geschwiegen.“

Valea bestätigte mit einem simplen Augenschlag. „Ich glaube, sie hat Valentin nicht zufällig getroffen. Jemand hat sie zu uns geschickt."

„Sind sie einander wirklich im Wald begegnet?"

Juliana hatte das für eine ziemlich einfallslos gestrickte Geschichte gehalten. Da hatte sie aber noch nicht geahnt, dass es diese Arabella auch in Fleisch und Blut gab – oder gegeben hatte.

„So hat es sich zugetragen", bestätigte Valea. „Valentin war draußen, um einen schadhaften Baum zu fällen. Da ist sie des Weges gekommen. War zum Wandern in der Gegend, wie sie sagte, und hatte sich verlaufen."

„Und Valentin hat sich verliebt." Das auszusprechen, versetzte Juliana einen gemeinen Stich.

Valea nickte. „Hals über Kopf. Sie ist dann auch bald bei uns eingezogen."

„Ihre Familie habt ihr nie kennengelernt?"

Valea verneinte. „Sie hat behauptet, kein gutes Verhältnis zu ihr zu haben."

„Sehr eigenartig", konstatierte Juliana und nahm einen tiefen Atemzug. „Ich denke, in dieser Sache sollten wir auf Narcisa und Valeriu vertrauen. Aber es ist natürlich bezeichnend, dass die beiden Valentins Partnerin überhaupt durchleuchtet haben."

„Sie haben nach Dreck gewühlt", raunte Valea grimmig. „Nach Gründen, Valentin die Erbfolge streitig zu machen. Es muss ihnen wie ein Hauptgewinn vorgekommen sein."

Julianas Hand verließ Valeas Brust und glitt hinauf zu ihrem Hals. „Gönn ihnen doch die kleine Freude. Ich habe den Eindruck, recht viel davon gibt es in ihrer Ehe sowieso nicht."

Valea schmunzelte daraufhin sogar ein wenig.

„Wer, denkst du, ist es?", fragte Juliana. „Wer könnte Arabella beauftragt haben?"

Valeas Antwort kam nicht überraschend. „Eugen."

Juliana wollte nicht widersprechen. „Und dann hat er sie entführt und umgebracht?"

Valea wandte den Blick ab und richtete ihn zur Zimmerdecke. „Jemanden umzubringen, hätte ich nicht mal ihm zugetraut."

Der Morgen war noch immer nicht viel mehr als ein fahles Dämmern von blassen Farben auf der anderen Seite der beiden Schlafzimmerfenster. Es war auch erst kurz nach sechs, wie Juliana ein Blick auf die Uhr verriet. Zu früh, um aufzustehen, aber nicht, um Pläne zu schmieden. Was hier vorging, war rundum dubios, von Arabella bis zu den Fotos in Valentins Nachttisch.

Valea hatte die Augen geschlossen, aber sie schlief nicht. Ihre Hand lag noch immer Julianas Wange auf, und zuweilen bewegten sich ihre Finger vor und zurück. Juliana betrachtete Valeas in sich ruhendes Gesicht und rätselte, wie es sich zutragen konnte, dass sie sich Valentins Schwester so nahe fühlte. Sie teilten sich eine Bettdecke, aber das war nur die Oberfläche. Ihre tatsächliche Verbundenheit ging bedeutend tiefer. So tief, dass Juliana der Gedanke schmerzte, sie nach diesem Wochenende nicht mehr um sich zu haben.

Und dann war da noch Valentin. Könnten sie möglicherweise irgendwann nachholen, was Gabriela und Constantin verwehrt geblieben war? Irgendwann, wenn Valentin seinen Schmerz wegen Arabella überwunden hatte? Nun, dazu mussten sie erst mal seine Unschuld beweisen und den wahren Wahnsinnigen enttarnen.

„Hast du über unsere Strategie nachgedacht?", wisperte Juliana kaum hörbar, für den Fall, dass Valea doch schlafen sollte.

Sie tat es nicht und öffnete wieder die Augen. „Was für eine Strategie haben wir denn?"

„Na, die, die wir gestern kurz angesprochen haben", entgegnete Juliana nachdrücklich. „Dass du so tun könntest, als sei dir die Erbfolge egal. Und dass du an Valentins Schuld glaubst. Wenn ihr beide aus dem Rennen seid, werden sich die anderen gegenseitig an den Kragen gehen. Wir lehnen uns dann einfach zurück und schauen zu. Dann sehen wir, wer euren Platz einnehmen möchte und mit welchen Bandagen sie kämpfen. Das wird uns Aufschluss geben, wozu sie bereit sind. Sie werden ihre Masken fallen lassen. Und dann schlagen wir zu."

Juliana fand die Idee nach wie vor gut, aber Valea wirkte auch heute nicht gerade begeistert davon. Ihre Hand ging auf Julianas Schulter über. „Es ist dir also ernst."

Juliana verstand nicht recht. „Was denn?"

„Mit uns diese Schlacht zu schlagen."

„Natürlich."

Valea musterte Juliana ein paar Augenblicke lang, dann glitt sie näher. Es war der erste Kuss, der von ihr ausging. Wie in einer einzigen fließenden Bewegung umwanderten ihre Arme Juliana und schmiegten sie ganzheitlich an sich. Juliana ergab sich dem Lippenspiel, sah sich aber genötigt, sich innerlich zu bändigen, denn Valeas Oberschenkel an ihrer Scham drohte sie zu elektrisieren. Allzu verlockend wäre es gewesen, sich hinreißen zu lassen, doch wusste sie auch, dass nicht mehr passieren würde. Nicht mehr als Zärtlichkeiten. Intensive Zärtlichkeiten gleichwohl.

„Verdammt, ich werde mich bei Eugen wohl bedanken müssen", raunte Valea grimmig.

Ein äußerst seltsamer Kommentar nach diesem einnehmenden Akt, der Juliana irritierte. Sie verstand erst, als Valea nachlegte: „Er hat eingefädelt, dass du hierherkommst."

Juliana war gerührt. Aus Valeas Mund kam das einem Liebesbekenntnis gleich. Juliana lächelte und wollte noch einmal ihre Lippen schmecken. Valea ließ es zu.

Juliana hatte noch ein paar Sachen auf dem Herzen, etwa wie Rosa zu Arabella gestanden hatte, doch im Moment sollte sie nichts von dieser prickelnden Intimität ablenken. Ihre Hand nahm abermals Valeas Brust ein. Valea verriet mit keiner Miene, inwieweit sie das mochte oder nicht, doch ihr Körper tat es. Juliana fürchtete, zu weit zu gehen, doch sie konnte, wollte nun auch nicht von ihr ablassen.

„Ich möchte, dass du weißt, dass mir das noch nie zuvor passiert ist", trug sie Valea an. „Ich bin noch nie jemandem auf so kurze Zeit so nahegekommen. Ich verstehe selbst noch nicht recht, wie das so passieren konnte."

„Die Dusche war schuld", lautete Valeas nüchterne Einschätzung.

Juliana schmunzelte, wollte aber nicht widersprechen. Valea sollte dennoch begreifen, dass dies hier nicht nur ein Spiel oder ein Zeitvertreib für sie war. Sie versuchte es noch einmal. „Ich möchte einfach, dass du weißt …"

Als die Worte nicht kommen wollten, erlöste Valea sie. „Ich weiß, was ich wissen muss."

Kein Kuss, aber wie Stirn und Nase beim jeweils anderen ihresgleichen fanden, empfand Juliana nicht weniger bedeutsam. Sie hatte Valea nicht gezähmt. Sie hatte sie gefunden. Und gewonnen.

Eine unbestimmte Zeit zog dahin. Auf Valea ruhte es sich wunderbar. Juliana hatte die Augen geschlossen und aalte sich in der umfassenden Ummantelung ihrer Arme, genoss die wandernden Hände auf ihrem Rücken und die Finger, die mal ihr Haar teilten oder über ihren Hintern flanierten. In dieser Sphäre von Geborgenheit versuchte sie sich darüber klar zu werden, was Valea für sie war. Nur der Trostpreis anstelle des Bruders, der wegen Arabella noch unerreichbar für sie war?

Nein, das war sie nicht, entschied sie. Ihre Zuneigung für Valea hatte nichts mit Valentin zu tun. Valea war gerade ihr Hafen im Sturm. Die einzig Vertrauenswürdige in einem Haus voll düsterer Unwägbarkeiten. Und schlichtweg eine faszinierende Frau. Die Unnahbare, die ihr plötzlich so nah war.

„Arabellas Verschwinden hat Valentin zerrissen", sprach sie unvermittelt, fast als hätte sie gespürt, worüber Juliana nachsann. „Gestern hat er die Fotos gesehen. Ich will mir kaum vorstellen, wie es jetzt in ihm aussieht."

Im Hinblick auf dieses Drama kam sich Juliana kleinmütig vor, ausgerechnet jetzt über eine Liaison mit Valentin nachzudenken. Kaum vorstellbar, was ihn gerade alles quälen musste. Und Valea litt mit ihm. Juliana berührte sie sanft an der Schläfe.

„Ob sie nun falsch war oder nicht, er hat sie geliebt", fuhr Valea fort. „Es wird noch Zeit brauchen, bis er darüber hinweg kommt."

„Natürlich, ich verstehe das", murmelte Juliana in Valeas Haarschopf, der wie ein Fächer auf dem Kopfkissen ausgebreitet lag. Nach der rudimentären Seifenkur im Stall letzte Nacht fühlten sich beider Haare etwas borstig an. Passend zu Valeas Persönlichkeit, überlegte Juliana mit einem süffisanten Schmunzeln.

„Du sagst, du empfindest was für ihn", sagte Valea. „Nun, er empfindet auch etwas für dich."

Ein paar Sekunden lang glaubte Juliana, sich verhört zu haben. Sie stemmte sich ein Stück weit auf, um Valea in die Augen sehen zu können.

„Er hat es nicht gesagt, aber ich merke es ihm an", erklärte Valea. „Noch beschäftigt ihn Arabella und alles, aber er empfindet etwas für dich."

„Das ist ... toll", war das Einzige, was Juliana in ihrem Erstaunen über die Lippen kommen wollte.

„Nein, ist es nicht", erwiderte Valea forsch. Ihre finstere Miene stand im Kontrast zu den zärtlichen Händen auf Julianas Rücken und Hintern. „Arabellas Verlust hat ihn fast zerbrochen. Das darf nicht noch einmal passieren."

Juliana runzelte die Stirn. „Du meinst, ich werde bald ebenfalls entführt und umgebracht?“

„Nein, aber du wirst nach Bukarest zurückgehen“, entgegnete Valea. „Oder könntest du dir vorstellen, hier zu leben?“

Die simple Antwort war Ja, doch Juliana war klar, dass man so eine Frage nicht leichtfertig nach dem Bauchgefühl beantworten durfte. Sie hatte in Bukarest Familie, Freunde und Beruf.

„Nun, vielleicht nicht sofort“, wich sie verunsichert aus. „Aber generell, ja, ich könnte es mir schon vorstellen. Und Bukarest wäre ja trotzdem nicht aus der Welt. Ich meine, Sorana und Traiko möchten doch jetzt auch regelmäßigen Kontakt mit euch halten, oder? Und Traikos Weingut liegt noch viel weiter entfernt als Bukarest.“

Valea wirkte nicht überzeugt, eher misstrauisch, was Juliana nachvollziehen konnte. Valentin war das Herz schon gebrochen worden. Für eine kleine Affäre wollte Valea ihn nicht noch einmal dieser Gefahr aussetzen. Ein Dilemma. Denn vor Beginn einer solchen konnte leider niemand vorhersehen, ob daraus eine größere oder gar noch mehr werden könnte.

„Jetzt müssen wir ihn erst mal da rausholen“, sagte Juliana und küsste Valea auf die Stirn.

„Raus ist er wahrscheinlich schon“, meinte Valea.

Juliana suchte wieder ihren Blick und rätselte, was sie damit sagen wollte.

„Du glaubst doch nicht, ich lasse zu, dass ihn jemand in unserem eigenen Haus einsperrt“, sagte Valea. „Als ich ihm die Kissen gerichtet habe, habe ich ihm den Zweitschlüssel zugesteckt.“

Juliana schluckte. Sie glaubte an Valentins Unschuld, doch ein beschuldigter Valentin in Gewahrsam und zu Gesprächen bereit, war ihr geheurer als einer, der nun heimlich im Anwesen herumschlich.

„Ahnst du, was er vorhat?"

Valea schüttelte sacht den Kopf. „Deshalb weiß ich nicht, inwieweit es Sinn macht, wenn wir den anderen das Theater meines Erbverzichts vorspielen."

Juliana verstand und seufzte. Um die anderen aus der Reserve zu locken, fand sie die Idee nichtsdestotrotz weiterhin vielversprechend.

„Sie werden bald merken, dass er nicht mehr festsitzt", sagte sie. „Vielleicht haben sie es schon. Warum sagst du mir das erst jetzt?"

„Ich bin es nicht gewohnt, außer mir jemandem zu trauen", entgegnete Valea entwaffnend direkt und schloss die Arme ein wenig enger um Juliana, so als fürchtete sie, sie könnte ihr entschlüpfen. „Verzeih."

Juliana hatte nicht vor, zu entschlüpfen. Sie senkte ihre Stirn auf Valeas, dann küssten sie einander.

„Du könntest dir wirklich vorstellen, hier zu leben?", fragte Valea, nachdem sich ihre Lippen wieder voneinander gelöst hatten.

„Klar", sagte Juliana. „Ich möchte schließlich noch viele, viele Male mit dir duschen."

Valeas strenger Blick aber verlangte eine präzisere Antwort.

Juliana gab sie ihr. „Meinen Beruf würde ich sicher vermissen. Aber nicht das Stadtleben an sich. Es ist laut, es ist schnell, es ist schmutzig und es ist flüchtig. Der Augenblick hat keine Bedeutung. Hier ist das anders. Hier fühlt sich alles wertvoll an. Wie unser gemeinsamer Ausritt gestern. Der Regen, der Matsch, dann endlich zurück in die Wärme des Hauses, das war betörend. Es war … intensiv. So echt und so lebendig. Ich würde gern mal wieder bei Regen ausreiten."

Ob Valea sich davon überzeugen ließ, war schwer zu deuten, doch Juliana hatte jedes Wort ehrlich gemeint. Gleichwohl kam es ihr dämlich vor, überhaupt darüber nachzudenken. Es würde nicht dazu kommen. Valentin würde so bald nicht in Reichweite für sie sein. Nicht solange Arabella noch in seinem Kopf herumspukte. Und womöglich wollte Juliana das auch gar nicht. Schöne Augen konnten schließlich auch täuschen. Möglicherweise würde er sich als Enttäuschung entpuppen, sobald sie ihn näher kannte. Außerdem schwebte über diesem Tal und seinen Bewohnern noch bedeutend mehr als eine Verlobte, die nicht war, was sie schien. Was die vor ihnen liegenden Stunden bringen würden, war völlig unabsehbar. Doch es lag Unheil in der Luft. Dieses Bett war der letzte Hort, der es noch von ihnen fernhielt.

Juliana schaute in Valeas Augen, die denen ihres Bruders so ähnlich waren, und rätselte, was sich dahinter gerade abspielte. Argwohn wohl nicht, denn Valea blieb ihr zärtlich zugetan. Ihre Hände wanderten von Julianas Rückenpartie zu ihren Wangen.

„Für die anderen bist du nichts weiter als eine Schauspielerin und wirst das auch bleiben", schärfte sie ihr grimmig ein. „Du bist bloß deshalb noch hier, weil dich dein Freund oder Agent oder sonst wer noch nicht wieder abgeholt hat. Das Haus und die Erbfolge interessieren dich nicht. An Valentin und mir liegt dir nichts. Rein gar nichts. Hast du das verstanden?"

„Klar, die Logik ist schließlich bestechend", entgegnete Juliana und verkniff sich ein Grinsen. „Bis gestern haben wir so getan, als stünden wir einander nah. Und jetzt, wo es tatsächlich so ist, tun wir so, als täten wir es nicht. Kein Problem."

Valeas Miene blieb bedenklich ernst. „Du wirst keinem von ihnen Anlass geben, zu glauben, du wärst mehr als eine bezahlte Angestellte."

„Eugen weiß aber, wer ich in Wirklichkeit bin. Er weiß auch, dass ich nach meiner Großtante suche."

„Das kann er ruhig wissen und sich damit im Vorteil glauben", raunte Valea unverwandt finster. „Aber er darf nicht wissen, dass du ..."

Nun war sie es, die nach geeigneten Worten suchte, und Juliana durfte sie erlösen. „Dass ich auch ohne ein Honorar in deinem Bett liege und dich verdammt gern habe?"

Valea brauchte gar nicht zu nicken, ihr Blick genügte vollauf. Für sie war Eugen der gefährliche Intrigant und Mörder, und sie wollte nicht, dass Juliana in seine Schusslinie geriet. So würde es sich möglicherweise verhalten, falls Eugen hier auf einem rücksichtslosen Rachefeldzug gegen die Falkensteins aus war. Allerdings wollte Juliana das nach wie vor nicht recht glauben. Es erschien ihr zu plump für einen versierten Spieler wie ihn. Nun ja, um sich eine solche Einschätzung zu erlauben, kannte sie ihn eigentlich gar nicht gut genug. Valentin und Valea kannten ihn besser. Dennoch.

„Ich kann auf mich aufpassen", versicherte sie Valea. „Aber ich werde mich an deinen Rat halten."

Sie unterstrich das mit einem Kuss, den Valea erwiderte. Deren Hände berührten noch immer sanft ihre Wangen, worin eine wundersame Intimität lag. Nun glitten diese Hände über ihren Hals zu ihren Schultern und tiefer.

„Ich traue dir", sagte Valea.

Juliana küsste sie noch einmal und genoss den wohligen Schauer, der damit verbunden war. „Ich verstehe, dass das aus deinem Mund ein Riesenkompliment ist."

„Es ist eine Feststellung", sagte Valea stoisch. „Du bist dir im Klaren, was da draußen auf uns wartet?"

Nach kurzem Zögern nickte Juliana bedächtig. „Dunkelheit."

Für Juliana kam Valeas Ankündigung, aufstehen zu wollen, dem Öffnen einer Hüttentür während eines Schneesturms gleich. Es bedeutete, ihr friedvolles Refugium aufzugeben und sich den Wölfen preiszugeben. Valea versuchte sie mit sanfter Gewalt von sich zu schieben, doch Juliana leistete Widerstand und verhakte ihr Bein in Valeas Kniekehle. Sie wollte diese sinnliche Intimität noch nicht veräußern. „Es ist noch so früh."

Valea hatte vor, sich einen Überblick im Haus zu verschaffen, doch ganz so eilig hatte sie es dann doch nicht und gab nach. Juliana strich ihre Stirn entlang, dann über Wange und Hals abwärts, bis ihr Handteller ihre Brustknospe unter sich spürte. Ihr Schenkel lag Valeas Schambein auf. Es wäre so leicht wie verlockend, alle

Kontrolle über Bord zu werfen und noch mehr zuzulassen. Doch über diesen Tag hinaus betrachtet, so wusste Juliana instinktiv, würde es ihrem Verhältnis eher abträglich sein. Keine Worte waren nötig, das zu kommunizieren. Auch Valea wusste es. Keinen Sex, nur Zärtlichkeiten wollten sie einander schenken. Zärtlichkeiten, die im Grunde schon stimulierend genug waren.

Valea tat nun den wahrscheinlich größtmöglichen Schritt, sich Juliana emotional zu öffnen. „Ich habe Angst", wisperte sie. „Nur deshalb hat das hier mit uns passieren können."

Juliana schaute ihr tief in die Augen und zuckte schließlich mit den Schultern. „Macht es das weniger wertvoll?"

Valea schüttelte den Kopf. „Nein. Nein, ganz und gar nicht."

Ihre Hand glitt auf Juliana über. Ihre Lippen folgten, intensiv und fordernd, und einen Moment lang war Juliana verunsichert, ob nicht vielleicht doch mehr geschehen sollte. Doch so anregend diese stimmige Abfolge von Worten, Berührungen und dem Kuss war, so schnell war dieser Moment auch wieder vorbei. Nicht Lust oder Erregung hatte Valea angetrieben, sondern ein Bedürfnis nach Halt und Nähe.

„Die anderen werden durchschauen, dass ich Valentin geholfen habe", sagte sie. „Und sie werden reagieren."

„Wie?", fragte Juliana.

„Vielleicht, indem sie mich einsperren", entgegnete Valea. „Dann kommt es auf dich an."

Die Unruhe meldete sich in Juliana zurück. Auch wenn sie und Valea noch immer traut und innig beieinander lagen, ihr Refugium löste sich bereits auf. „Was kommt dann auf mich an?"

„Valentin zu helfen, falls er Hilfe braucht."

Juliana atmete tief und nickte schließlich gezwungen. „Du musst irgendeine Idee haben, was er nun tun wird."

Valea aber verneinte. „Die Fotos von Arabella haben ihn völlig aus dem Konzept gebracht. Du warst dabei. Du hast ihn gesehen. Er hat sich hinreißen lassen."

„Und Eugen attackiert", ergänzte Juliana.

Valea nickte verhalten. „So etwas könnte wieder geschehen."

Juliana zögerte, doch sie glaubte, diese Frage gefahrlos stellen zu können. „Wäre es dann nicht klüger gewesen, ihn eingesperrt zu lassen? Zu seinem eigenen Besten?"

Und womöglich zu unser aller, behielt sie für sich.

Valea sah von Drohgebärden ab. „Möglicherweise", räumte sie ein. Nach ein paar stillen Sekunden ergänzte sie: „Es wird jetzt Zeit."

Juliana fühlte, wie ihr etwas ungeheuer Kostbares entglitt. Sie umschloss Valea fester und schmiegte sie beherzt an sich. Ihre Schenkel klemmten Valeas Bein zwischen sich fest. „Bitte noch nicht. Sobald wir dieses Bett verlassen und uns anziehen, ist es vorbei. Das alles." In einer Skala zwischen Abgeklärt und Hysterisch hatte sie eher abgeklärt klingen wollen. Das hatte nicht recht funktioniert.

„Nichts wird vorbei sein“, entgegnete Valea mit einem weiteren Kuss. Ein Kuss, bei dem plötzlich die Bettdecke wegflog und Juliana die behagliche Wärme entzog.

„Das ist gemein“, raunte sie.

„Aber anscheinend nötig“, erwiderte Valea.

Der Morgen lugte weiterhin trüb ins Zimmer, und der Sonnenaufgang ließ auf sich warten. Valea ging zu den beiden Fenstern und zog die Vorhänge beiseite. Wahrscheinlich würde sie gleich auch noch die sicher fürchterlich kalte Morgenluft hereinlassen. Juliana spielte mit dem Gedanken, sich unter ihre Bettdecke in Sicherheit zu bringen, als ihr eine Idee kam. Eine Idee, etwas Reizvolles mit etwas Nützlichem zu verknüpfen.

„Sag mal, das verschlossene Badezimmer vorne“, führte sie an, „du meintest gestern, ihr hätten die Wanne und einen Teil der Fliesen abgetragen. Was ist mit dem Rest?“

Valea drehte sich zu ihr herum und langte nach ihrem Morgenmantel. „Dem Rest?“

Juliana sprang aus dem Bett. „Na, Dusche, Waschbecken und WC sind da doch bestimmt auch drin. Funktioniert das noch? Dann lass uns da rein gehen!“

„Das Bad im Mittelhaus ist bestimmt frei“, sagte Valea und schlüpfte unter Stoff. „Die anderen werden noch schlafen.“

„Ich will nicht ins Mittelhaus“, stellte Juliana klar und trat vor sie hin. „Ich will in dieses Bad. Egal, wie chaotisch und ungemütlich es da drin gerade aussieht.“

„Weshalb?“

Juliana kräuselte lasziv die Lippen. „Liegt das nicht auf der Hand?“ Ihre Hände unterwanderten Valeas

Morgenmantel und streiften ihn ihr wieder vom Leib. Er fiel zu Boden. „Wir brauchen uns nicht in dieses lästige Zeug hüllen."

Eine weitere innige Umarmung an dieser Stelle erschien Juliana zu viel des Guten, doch sie vereinnahmte Valeas Hintern. Valeas Hände wiederum gingen auf ihre Taille über, und Juliana sah an ihr zum zweiten Mal den vagen Anflug eines Lächelns.

„Ich wollte mal nackt ausreiten", sagte Valea.

„Ach ja? Warum hast du es nicht gemacht?", erwiderte Juliana.

„Hatte keine Zeit dazu."

Juliana grinste. „Wir werden diese Zeit noch finden."

Dann nahm sie Valea an der Hand und zog sie durch die Tür in den Flur hinaus. Sie wollte dieses ominöse Badezimmer einsehen. Mochte auch nicht Arabellas Leiche da drin rumliegen, doch womöglich die eine oder andere unliebsame Überraschung.

Sie passierten die abgeschlossene Tür zunächst, da Valea den Schlüssel in Valentins Schlafzimmer vermutete. Eine unterbewusste Sinneswahrnehmung, vielleicht ein Geruch, ein Geräusch oder eine Bewegung in den Augenwinkeln, Valentins Schlafzimmertür war noch nicht auf, als Juliana instinktiv spürte, dass sie nicht allein waren. Auch Valea war es nicht entgangen und fuhr wie Juliana herum. Der Flurlauf bog hier um eine Ecke, doch der Eintritt ins Wohnzimmer war absehbar, und mit ihm eine dunkle Unstimmigkeit, die schattengleich darin verschwand. Die geisterhafte Erscheinung ließ Juliana an Rosa denken, doch fiel ihr kein Grund ein, warum die Haushälterin hier heimlich herumschleichen sollte.

Valea stürzte augenblicklich los, um nach dem Rechten zu sehen. Mit einem flauen Gefühl folgte Juliana.
Valea erreichte das Wohnzimmer und blieb wie erstarrt unter dem Türrahmen stehen.

„So hätte das nicht ablaufen sollen", vernahm Juliana
eine Stimme von drinnen.

Dann setzte sich Valea in Bewegung, unzweifelhaft
mit der Absicht, jemanden anzugreifen.

KAPITEL 18

DIE HARFE

Jede Nacht wartete Gabriela darauf, dass Constantin an ihr Fenster klopfte. Inzwischen waren Wochen seit der Hochzeit vergangen. Deren Zweck war erfüllt. Durch die Einheirat in diese mächtige Dynastie wären die Falkensteins vor den Klauen des Regimes geschützt. Damit war Constantin seinen familiären Pflichten vollumfänglich nachgekommen. Die Securitate hatte sich zurückgezogen. Seinem Vater drohte nicht länger die Inhaftierung. Das Familiengestüt blieb in ihren Händen. Weshalb kam er nun nicht zu ihr?

In vielen Nächten schob es Gabriela auf das Wetter. Kalte Herbststürme waren über die Karpaten hereingebrochen und machten den Aufstieg aus dem Tal beschwerlich und sogar gefährlich. In ihrer Vorstellung saß Constantin dann irgendwo an einem Fenster und verzehrte sich gleichsam sehnsüchtig nach ihr wie sie sich nach ihm verzehrte. Doch Constantin ließ sich auch in beschaulicheren Nächten nicht blicken.

Der Winter musste Einzug halten, bis Gabriela begriff, dass Constantin nicht kommen würde. Dass er niemals kommen würde. Er hatte geheiratet und wollte dieser Ehe offensichtlich in allen Belangen Rechnung tragen. Wahrscheinlich hätte sie es von Anfang an wissen müssen. Constantin war ein Mann von Ehre. Zuviel davon, um seine Gattin zu betrügen.

An einem kalten Januarmorgen kurz nach dem Jahreswechsel wurde ihr neuer Ziehvater zum Gestüt gerufen. In der Schmiede ging ihm Gabriela längst bei vielen Dingen zur Hand, so hatte er nichts einzuwenden, dass sie ihn auch ins Tal zu den Falkensteins begleitete.

Constantins Vater war ein strenger Mann, wie sie wusste. Er beäugte sie allzu misstrauisch, als sie im Stall aufeinander trafen, verlor aber kein Wort über sie oder den gefährlichen Handel, den er mit seinem Sohn geschlossen hatte. Sie war nun die Tochter des Hufschmieds, niemand sonst. Gabriela Petrescu war gestorben und musste tot bleiben, wollten sie nicht die Securitate zurück ins Dorf locken.

Constantin ließ sich nicht blicken. Aber sein kleiner Bruder Fredrik war da. Ein aufgeweckter Bursche, dem unübersehbar sehr viel an ihren Tieren lag und genau Bescheid wusste, welche neu beschlagen werden mussten. Als sie das Gestüt wieder verließen, vernahm Gabriela wundervolle Harfenklänge. Irgendjemand machte Musik in diesem Haus. Wenn sie das nur auch könnte.

Ein paar Wochen später verlangte Constantins Vater erneut nach dem Hufschmied, und Gabriela ließ es sich nicht nehmen, ihren Ziehvater zu begleiten. Dieses Mal traf sie auf Constantin. Unter den wachsamen Augen seines Vaters wagte er nicht einmal, mit ihr zu reden. Doch er gab ihr einen Fingerzeig.

Eingehüllt in dicke Mäntel fanden sie an der Rückseite des Anwesens zueinander und umarmten sich. Mehr geschah nicht. Nicht einmal ein Kuss. Sie hatten Spuren im Schnee hinterlassen, Spuren, denen sich

Fredrik berufen gefühlt hatte, zu folgen. Zu Schlussfolgerungen war er offensichtlich auch fähig.

„Ach, die ist das etwa?", rieb er seinem Bruder grinsend hin. „Die ist deine Freundin aus Vama Veche?"

„Ja, und das wirst du schön für dich behalten, klar?", erwiderte Constantin und warf einen Schneeball nach ihm.

Fredrik lachte, weil er ihn verfehlt hatte, und lief davon.

Doch Constantins kleiner Bruder war nicht der Einzige, der sie zusammen gesehen hatte. Gabriela bemerkte ein fahles Gesicht hinter einer Fensterscheibe im Parterre. Das Mädchen, zu dem es gehörte, konnte kaum erwachsen sein. Constantin hatte keine Schwestern, demnach musste das seine Gattin gewesen sein. Oder vielleicht auch ein Dienstmädchen.

Constantin nahm Gabriela an ihren behandschuhten Händen. „Ich liebe dich", trug er ihr an. „Das wird sich niemals ändern, Gabriela. Aber wir können uns nicht mehr sehen. Nie wieder."

Damit wandte er sich ab und stapfte durch den Schnee von Dannen. Im Haus erklang abermals die Harfe.

Sie sahen einander sehr wohl wieder. Sie sahen sich nahezu jedes Mal, wenn der Hufschmied zum Gestüt bestellt wurde. Zuweilen unterhielten sie sich in dunklen Ecken des Pferdestalls oder hinter dem Haus, einmal küsste Constantin sie sogar, doch es war nicht mehr der Constantin, den Gabriela in Vama Veche gekannt hatte. Dieser Constantin war reserviert und bitter. Sein Lächeln schien er verloren zu haben.

An einem Sonntag im Frühling sah Gabriela erstmals seine Gattin aus der Nähe. Sie war es, die die Harfe spielte, wie sie inzwischen wusste. Glücklich schien es sie nicht zu machen. Sie wirkte so verloren wie abweisend. Ebenso das junge Dienstmädchen, das meistens bei ihr war. Ein zierliches Mädchen, fast noch ein Kind.

„Ihr Name ist Rosa", raunte Constantin. „Sie weicht ihr nicht von der Seite. Spielt auch manchmal mit ihr zusammen Harfe. Mit mir spricht sie kaum. Ich glaube, sie mag mich nicht."

Gabriela dachte an ihre Gitarre und die vielen glücklichen Tage am Strand von Vama Veche. Sie hatten das Paradies gefunden und waren daraus vertrieben worden. Hierher. An einen Ort der Kälte.

Die Hoffnung, Constantin doch noch eines Tages zurückzugewinnen, schwand von Monat zu Monat und von Jahr zu Jahr. Seine Gattin sei endlich schwanger, hieß es eines Tages im Dorf, und ein paar Monate später brachte sie eine gesunde Tochter zur Welt. Victoria wurde sie getauft. Gabriela war bei der Zeremonie dabei und sah Constantin nach so langer Zeit endlich wieder lächeln. Der stolze Vater trug sein kleines Baby im Arm und weinte vor Glück. Als sich ihre Blicke kreuzten, wusste Gabriela endgültig, dass sie ihn verloren hatte. Und es erstaunte sie, wie wenig sie diese Erkenntnis nach all der Zeit noch schmerzte.

Noch häufig hörte Gabriela die Harfe, wenn sie mit ihrem Ziehvater zum Gestüt kam. Nach ihrer Gitarre und ihrer Musik hatte sie nun auch Constantin aufgeben müssen. Ihre Musik aber wollte sie über kurz oder lang wiederfinden. Vielleicht nicht über eine Gitarre, aber es würde sich etwas finden.

Es verging kein Tag, an dem sie sich nicht nach Vama Veche sehnte. Nach der Freiheit, der Unbeschwertheit und die vielen kreativen Menschen dort. Nach Raluca und Felix und all die anderen, die ihr so wichtig und teuer geworden waren. Am teuersten war ihr freilich Constantin gewesen. Doch wenn man das Gesamtbild betrachtete, war er nur eine Facette dieser wundervollen Zeit. Möglicherweise die beste, aber dennoch nur eine. Eine von vielen. Sie hatte ihn verloren, sah Gabriela tapfer ein. Doch vielleicht würde es eines Tages eine Rückkehr nach Vama Veche geben. In ein paar Jahren, wenn ihr Bruder aufgegeben hatte, nach ihr zu suchen. Zur Not auch erst später. Denn Vama Veche blieb erstaunlicherweise bestehen. In all seiner Pracht. Auch im dritten Jahr nach Gabrielas Flucht war es noch eine Kommune freier Gedanken und Lebensweisen, wie sie von drei Pilgern erfuhr, die im Dorfwirtshaus übernachteten. Die Regime-Truppen hatten es noch nicht eingeebnet. Und vielleicht würden sie auch weiterhin nicht tun.

Im siebten Jahr nach ihrer Flucht stellte Gabriela ihre Rückkehrfantasien noch weiter zurück. Sie ehelichte den grummeligen aber liebevollen Dorfwirt und brachte im Jahr darauf eine Tochter zur Welt.

KAPITEL 19

DIE SCHATTEN IM GEMÄUER

Juliana stand wie angewurzelt unter dem Türrahmen ins Wohnzimmer und verfolgte das verbissene Gefecht der beiden Frauen. Sie schlugen nicht aufeinander ein. Es war mehr ein Ringen. Gerade waren sie heftig auf den Tisch geknallt, walzten rücksichtslos darüber hinweg und schrammten zu Füßen der Längscouch zu Boden. Der kunstvolle Aschenbecher hatte die Attacke nicht überlebt und war zu Bruch gegangen. Valea schien die Überhand gewonnen zu haben, hatte ihrer Gegnerin zwischen Tisch und Couch jede Bewegungsfreiheit genommen, doch ein Handkantenschlag gegen ihren Hals brachte sie ins Wanken. Die andere kam hoch und wuchtete Valea über den Tisch von sich.

Juliana fragte sich, warum sie nicht längst zu Valeas Gunsten eingegriffen hatte. Sie flog mehr als dass sie lief auf das Geschehen zu, hechtete über Valea und den Tisch hinweg und prallte mit der anderen Frau im Clinch gegen die Couch, die samt und sonders umkippte. Juliana rollte sich ab und stand schon wieder, als auch die andere auf ihre Beine kam. Ihr finsterer Blick konnte mit Valeas konkurrieren.

Juliana hatte Kampfsporterfahrung, doch schnell wurde klar, dass auch ihre Gegnerin über welche verfügte. Unbarmherzig hebelte sie Juliana aus und schickte sie rücklings auf den Boden. Zum Glück hatte der Teppich die Wucht etwas abgefangen. Benommen war sie trotzdem, realisiert aber, dass Valea erneut zum Angriff übergegangen war und sich anscheinend bedeutend besser schlug als sie. Es brauchte noch ein paar Sekunden, bis sie das Geschehen wieder lückenlos aufnahm. Vor dem großen Giebelfenster, zwischen dem Fernsehboard und der verunstalteten Couchgarnitur, fochten Valea und die dunkel gekleidete Frau weiter. Inzwischen auch mit Tritten und Schlägen. In ihrer Nacktheit war Valea erstaunlich agil und nutzte diesen Trumpf. Sie wich fast allen Attacken aus und konterte zuletzt mit einem schwungvollen Kick in die Kniekehlen, der ihre Gegnerin zu Boden gehen ließ.

Juliana rappelte sich hoch. Noch schwindelte ihr ein wenig, aber sie war bereit für die nächste Runde. Für eine Leiche hatte sich diese Frau dort am Boden vor dem Fernsehboard bemerkenswert gefährlich erwiesen. Ihr schwarzes Haar war kaum noch schulterlang, doch es war ohne Zweifel die Frau auf dem Foto in Valentins Schlafzimmer. Es war Arabella.

„Meine verfluchte Neugier“, raunte sie und richtete sich wieder auf. „Hätte ich mich weiter im Verborgenen gehalten, hättet ihr mich gar nicht bemerkt. Aber ich musste ja unbedingt nachsehen, was es mit dem Gekicher auf dem Flur auf sich hat. Mein Fehler.“

„Nicht dein erster“, fauchte Valea und ging wieder zum Angriff über.

Sie wollte einen Tritt platzieren. Zu überstürzt, wie sich erwies. Arabella bekam sie am Oberschenkel zu packen, klemmte ihn fest und brachte Valea mit einem Hieb gegen ihren Hals aus dem Gleichgewicht. Valea taumelte zu Boden.

Juliana schritt ein, täuschte einen geraden Fausthieb an, um sich stattdessen Arabellas Arm zu bemächtigen und sie über ihre Schultern zu hebeln. Das funktionierte zwar, doch Arabella zog sie beim Fallen mit sich und wusste den Schwung sogar gekonnt zu nutzen, um Juliana über sich hinweg zu katapultieren. Erneut schlug Juliana schmerzhaft auf Rücken und Schulterblättern auf.

„Ich glaube, wir haben uns viel zu erzählen", vernahm sie Arabella irgendwo im Raum. „Aber das hier scheint mir der falsche Augenblick für ein Gespräch."

Valeas Antwort ging im weiteren Kampflärm unter. Irgendetwas zerschellte auf dem Boden. Wahrscheinlich eine Vase vom Fernsehboard. Juliana rollte sich auf den Bauch und sah, wie Valea Arabella mit Handkantenschlägen gekonnt gegen die Fensterfront drängte. Zuletzt aber konnte sich Arabella wieder Distanz verschaffen. Juliana stemmte sich in die Senkrechte zurück und trat Valea an die Seite.

„Ist das nun etwa doch kein Theater?", fragte Arabella. „Läuft zwischen euch tatsächlich was?"

Weder Juliana noch Valea antworteten, sondern stürzten sich wie koordiniert auf sie. Sie wuchteten Arabella zu Boden und schmiedeten sie fest.

„Ich hatte beinahe ein wenig getrauert, als ich gestern die Fotos gesehen habe", zischte Valea unheilvoll. „Und jetzt bist du hier."

Ihre Faust sauste auf Arabellas Gesicht nieder. Ein Fehler. Arabella bekam zwar ordentlich eins ab, doch sie konnte sich unter ihnen herauswinden und stieß Valea den Ellenbogen in die Seite. Juliana wollte sich an sie festklammern, sie in Schach halten, bis Valea wieder zur Stelle war, doch das missglückte. Arabella gelangte auf ihre Knie und hieb Valea so heftig von sich, dass diese bäuchlings zu Boden ging.

Nun war Juliana an der Reihe. Ihr Versuch, Arabella niederzuringen, schlug abermals fehl. Arabella konnte sich von ihr befreien und schuf erfolgreich Abstand, um sich neu zu sammeln. Juliana war klar, im Zweikampf wäre sie ihr unterlegen. Doch es könnte schon ausreichen, sie nur ein paar Sekunden aufzuhalten. Denn hinter Arabella mühte sich Valea bereits wieder hoch. Arabella erkannte die Gefahr und wich eilends zur umgeworfenen Couch aus. Valea setzte ihr nach, während ihr Juliana den Weg Richtung Tür versperrte.

Endlose Sekunden lang belauerten sie einander. Für Arabella gab es keinen Ausweg. Ihr blieb nur ein geschickter Konter, sah Juliana voraus. Als Ziel wählte sie das vermeintlich schwächere Glied der Kette. Doch Juliana war vorbereitet. Sie nutzte den Schwung der Attacke, drehte sich in Arabellas Bewegung und bekam sie erneut zu fassen. Sie auf den Boden zu schmettern, gelang jedoch erst mit Valeas Zutun.

„Wie konntest du Valentin das antun?", fauchte Valea zornentflammt wie eine Furie. „Woher kommst du plötzlich? Und was habt ihr vor?"

Arabella leistete weiterhin Widerstand, doch die Fragenabfolge schien sie zu bändigen. Sie wand sich nicht länger in Julianas Griff. Locker ließ Juliana deshalb nicht. Sie erinnerte sich an ihre seltsame Wahrnehmung gestern Abend in der Eingangshalle. Mochte das Arabella gewesen sein? Und womöglich auch der

Schatten Freitagnacht draußen an der Auffahrt, den Juliana für ein verirrtes Tier gehalten hatte?

„Ihr seid mir schon ein lustiges Paar“, ächzte die Frau, die doch eigentlich erdrosselt sein müsste. „Valea, stehst du neuerdings auf Frauen? Ist da nicht was mit diesem Bauern im Dorf oben?“

Valea ging nicht darauf ein. „Wann bist du eingedrungen? Während wir Ausreiten waren?“

Arabella schüttelte den Kopf. „Schon vorgestern. Spät abends. Ich verfüge noch über einen Satz Hausschlüssel, wie du dir denken kannst. Hab mich im Souterrain versteckt und in einem der leeren Gesindezimmer übernachtet. Die letzte Nacht habe ich hier drin verbracht. Erschien mir sicherer als ein Zimmer im Souterrain, falls Valentin durchs Haus schleicht.“

Valea schien sie mit ihrem Blick zu sezieren.

Arabella hingegen verfiel in Schmunzeln. „Ja, wirklich“, sagte sie. „Nachdem Valentin eingesperrt war, hätte ich wohl auch in unserem Schlafzimmer übernachten können. Aber das hätte ich dann doch ein wenig pietätlos empfunden.“ Sie senkte den Blick, fast als wäre sie beschämt. „Ich lag hinter der Couch versteckt, als ihr gestern kurz reingeschaut habt. Heute Morgen wollte ich weg sein, bevor jemand aufsteht.“ Sie fand zu einem Schmunzeln zurück. „Aber dann wäre mir das hier entgangen. Was hattet ihr zwei denn nackt in unserem Schlafzimmer zu suchen?“

„Du hast hier kein Schlafzimmer mehr“, raunte Valea. „Und du wirst nie wieder eins haben.“

„Nein, wohl nicht“, sah Arabella ein. Ihr Blick wandte sich Juliana zu, die sie unerbittlich in ihrem Klammergriff hielt. „Und du bist also Sorin Petrescus Enkelin.

Du musst sehr stolz auf deinen Opa sein. Er hat eine Menge angerichtet."

Falls sie Juliana mit diesem Wissen verunsichern wollte, war ihr das geglückt, doch Juliana ließ deshalb keinen Fingerbreit von ihr ab.

Valea packte Arabella an den Haaren. „Was habt ihr vor? Rede endlich!"

Arabella stöhnte unter den Schmerzen, aber noch immer lächelte sie vage. „Du missverstehst etwas, Valea."

Juliana hielt sie weiterhin in Gewahrsam. Als Valea aber nun erneut auf sie einschlagen wollte, zog Juliana sie beiseite. Es war mehr ein Reflex als eine bewusste Handlung. Auch wenn es das Miststück verdient hatte, Juliana wollte sich nicht zum Erfüllungsgehilfen machen lassen, eine Wehrlose zu verprügeln. Valea schien davon irritiert. Arabella nutzte die Gunst des Augenblicks und landete nach einem Ellenbogenhieb gegen Julianas Schläfe einen gezielten Kick in Valeas Magengegend. Juliana schwindelte, aber sie realisierte die Misere, in die sie ihr Anflug von Mitgefühl gebracht hatte. Ihr akribischer Versuch, den Haltegriff zu erneuern, scheiterte. Arabella entwand sich ihr, kam auf ihre Knie und verdrehte Juliana den Arm auf dem Rücken, um sie dann mit einem Tritt gegen ihren Oberschenkel bäuchlings auf den Teppich zu schicken. Das verschaffte Arabella genug Zeit, in den Flur hinaus zu entkommen.

Valea setzte ihr nach. Juliana folgte dichtauf. Im Vestibül sahen sie Arabella gerade noch durch die Flügeltür hinüber ins Mittelhaus fliehen. Valea hätte sie wahrscheinlich bis ans Ende der Welt weiterverfolgt, hätte Juliana sie nicht festgehalten. „Warte. Warte! Bleib stehen.“

Valea war außer sich und versuchte sie abzuwehren. „Sie ist hier“, tobte sie. „Sie lebt! Wir brauchen sie! Kapierst du das nicht? Jetzt lass mich los!“

Juliana musste sämtliche Kräfte aufbieten, sie einigermaßen im Zaum zu halten. „Doch, ich kapiere“, versicherte sie ihr. „Und deshalb halte ich dich zurück. Valea, bitte!“

Valeas Widerstand ebbte allmählich ab, und Juliana riskierte es, ihre Umklammerung ein wenig zu lockern. Von ihr ab ließ sie nicht. „Sie wird uns nicht entkommen, weil sie dieses Haus nicht verlassen wird.“

„Woher willst du das wissen?“, fauchte Valea.

„Sie hätte schon gestern Abend abhauen können, wenn sie das gewollt hätte“, redete Juliana auf sie ein. „Die Fotos sind platziert worden, und Valentin wird für ihren Mörder gehalten. Wenn es ihr also nur darum ginge, wäre sie längst fort. Ist sie aber nicht. Also geht das Spiel weiter.“

Valea starrte sie finster an, schien sich aber zu beruhigen. Julianas Hand glitt behutsam hoch zu ihrem Hals. Mit dem anderen Arm hielt sie Valea weiterhin umklammert. „Siehst du nicht, dass das nur gut für uns sein kann?“

Das Furienhafte kehrte in Valeas Blick zurück. „Was soll gut sein?“

„Es gibt keine Leiche, weil niemand ermordet worden ist“, beschwor Juliana sie. „Die Fotos sind Fälschungen. Niemand ist zu Schaden gekommen.“

„Valentin ist zu Schaden gekommen“, widersprach Valea.

Juliana nickte einsichtig. „Aber jetzt wissen wir zumindest, dass man ihm keine Leiche unterschieben kann. Weil es nämlich keine gibt. Die vermeintlich Tote ist hier. Am Leben. Ich verstehe noch nicht, was das soll, aber sie ist hier. Und sie wird wieder in Erscheinung treten. Was für einen Sinn hätte das alles sonst? Sie hat noch irgendetwas vor.“

„Sie und Eugen“, raunte Valea.

Sie war aufgewühlt und wütend, aber da war auch Nervosität, wie Juliana nicht entging. Nichtsdestotrotz glaubte sie, Valea nun loslassen zu können.

Juliana versuchte, ihre Gedanken zu ordnen. Arabella kannte ihren Großvater. Im ersten Moment sprach das in der Tat dafür, dass sie mit Eugen zusammenarbeitete. Julianas Wissens nach war er neben Valea und Rosa der einzige in diesem Haus, der über ihre verwandtschaftlichen Verhältnisse im Bilde war. Doch wenn Eugen Valentin als Mörder hinstellen wollte, wieso riskierte er dann, dass Arabella entdeckt wurde? Das ergab keinen Sinn.

Valea stellte ihre eigenen Überlegungen an. „Eugen hat sie angestiftet. Sie sollte Valentin verführen. Sie war seine Spionin hier im Haus. Und dann hat er sie abgezogen. Um vorzutäuschen, Valentin hätte sie ermordet.“

„Aber warum sollte er sie dann jetzt wieder hergebracht haben?“, warf Juliana ein. „Damit würde er Gefahr laufen, dass seine Intrige auffliegt. So wie unser Lesbentheater.“

„Ich weiß es nicht“, zischte Valea und tat ein paar hektische Schritte hin und her. „Ich weiß es nicht! Und ich kann gerade nicht denken, verdammt.“

Juliana wartete, bis sie etwas langsamer wurde, dann trat sie ihr in den Weg und nahm sie an beiden Schultern. „Wir kriegen sie“, versicherte sie ihr eindringlich. „Sie und alle ihre Komplizen.“

„Wie denn?“, erwiderte Valea schroff.

Juliana wollte sich nicht die Blöße geben, ratlos mit den Schultern zu zucken, doch einen konkreten Plan hatte sie nicht. Also knüpfte sie an ihre gestrige Idee an. „Ich bin noch immer der Meinung, du solltest so tun, als würdest du den Weg für jemand anderen freimachen. Biete deinem Onkel die Fortführung eurer Dynastie an. Dann werden wir sehen, wie Eugen reagiert.“

Valea wirkte skeptisch wie eh und je. „Arabella weiß nun – oder ahnt zumindest –, dass du und ich uns nahestehen. Also wird es auch Eugen erfahren.“

„Nur wenn die beiden tatsächlich zusammenarbeiten“, setzte Juliana dem entgegen. „Wovon ich nicht überzeugt bin. Warum sollte Eugen sie erst von hier abziehen und sie dann an diesem entscheidenden Wochenende wieder anschleppen?“

Valea blieb ausdruckslos, doch ihre Antwort hatte es in sich. „Vielleicht hat er noch vor, sie zu erledigen.“

Ein paar ungewisse Momente lang war Juliana verunsichert, doch dann holte sie die Vernunft ein. Eugen hatte sicherlich nicht vor, hier nun nachzuholen, was er Valentin in die Schuhe zu schieben trachtete. Valea wollte Eugen einfach hassen.

„Das glaube ich nicht“, sagte Juliana. „Wir dürfen jetzt weder unüberlegt handeln noch voreilige Schlüsse ziehen. Komm, wir duschen jetzt in aller Ruhe und überlegen uns eine Strategie.“

Valea wirkte alles andere als begeistert. „Mein Haus ist voll von Erbschleichern und lebendigen Leichen und ich soll in aller Ruhe duschen?"

Juliana schwang einen Arm um ihre Taille und drückte ihr einen Kuss auf die Lippen. „Genau das, Liebste."

Der Schlüssel für das abgesperrte Bad fand sich tatsächlich in Valentins Nachttisch. Abgesehen von der Tatsache, dass es eine halbe Baustelle und ziemlich staubig war, enthielt es keine düsteren Abnormitäten. Weder vermodernde Leichen noch abgetrennte Pferdeköpfe und auch kein ausgehungertes Wolfsrudel. Die noch übrigen bernsteinfarbenen Fliesen gefielen Juliana ausgesprochen gut. Eine Schande, dass sie abgetragen wurden.

Dusche, WC und Waschbecken waren noch ans Wasserleitungssystem angeschlossen, somit stand einer Benutzung nichts im Weg. Juliana tat was sie konnte, aber die gemeinsame Dusche mit Valea war weder entspannend noch anregend. Valea verhielt sich wie eine Gefangene, die fortwährend an Ausbruch dachte. Das verletzliche, sinnliche Wesen aus dem Schlafzimmer war verschwunden. Nun wirkte sie gehetzt und frostig und bereitete sich gedanklich wohl schon auf die nächste Auseinandersetzung vor. Als sie ihr den Rücken einseifte, hatte Juliana den Eindruck, ein grobschlächtiger Wikinger machte sich über sie her. Da halfen auch alle Zärtlichkeiten ihrerseits nicht. Valea sammelte sich zur Schlacht und war im Moment nicht zu besänftigen.

Juliana nahm es hin. Es gab ohnehin genug nachzudenken. Die tot geglaubte Arabella war ihnen gerade im

Wohnzimmer erschienen – und sie wusste, wer sie, Juliana, war. Folglich musste sie sich mit ihr beschäftigt haben. Oder mit jemandem zusammenarbeiten, der das getan hatte. Mindestens ein Komplize musste im Spiel sein. Der, der auch die falschen Leichenfotos angefertigt hatte.

Juliana fiel ein, dass Arabella sie nicht mit ihrem Namen angesprochen hatte, sondern als Sorin Petrescus Enkelin. Das legte nahe, dass sie mehr mit ihm verband als mit ihr, und machte die Angelegenheit noch rätselhafter.

Das war der Moment, in dem Valea plötzlich wieder ein Stück Einsicht in ihre Gedankenwelt gewährte. „Sie hat behauptet, sie sei seit Freitagabend hier", raunte sie. „Wenn das stimmt, was hat sie seitdem gemacht?"

Juliana hatte darauf keine Antwort. Die Vorstellung war gruselig, dass schon das ganze Wochenende lang noch eine weitere Person heimlich im Haus gewesen war und alles mitverfolgt hatte. Rosa war Juliana schon Gespenst genug, aber offensichtlich hatte es noch eins gegeben. Und in Gestalt von Valentin schlich inzwischen noch ein weiteres umher.

Ein Gedanke überfiel sie, und sie kleidete ihn sogleich in Worte. „Victoria, Valentin und Valea", fasste sie zusammen. „Auch Valeriu beginnt mit einem V. Wie ist Sorana zu ihrem Namen gekommen?" Ihre innere Unruhe meldete sich zurück. Zwischen den Namen Sorana und Sorin war es nicht weit. Mochte das gar eine tiefere Bedeutung haben?

Valea musterte sie, während sie ihre Haare einschäumte. „Ich habe keine Ahnung, warum unsere

Cousins heißen wie sie heißen. Warum interessiert dich das?“

Julianas Unruhe nahm noch zu, als sie sich erinnerte, was ihr Valentin während der Hausbesichtigung erzählt hatte. „Dein Onkel war doch eine Weile in einem Securitate-Gefängnis, nicht wahr?“

Valea nickte. „Bis Tante Orfa ihn rausholen konnte.“

„Weißt du zufällig, wie ihr das gelungen ist?“

„Ihre Familie hat in Bukarest einen gewissen Einfluss. Warum fragst du?“

„Nur so, schon gut“, entgegnete Juliana. „Ich jage wohl nur dem nächsten Hirngespinst hinterher.“ Dem nächsten Hirngespinst nach der Leiche in der Goldmine und der Leiche in diesem Bad, ließ sie ungesagt. Arabella war noch am Leben, also gab es gar keine Leiche.

Der körperlichen Reinigung und Erfrischung war bald genüge getan. Juliana wollte die Duschkabine schon verlassen, als Valea sie unverhofft festhielt. Sie wirkte verkniffen, wie schon die ganze Zeit über seit ihrer Begegnung mit Arabella, doch immerhin galt Juliana nun ihre volle Aufmerksamkeit.

„Ich bin voll und ganz dagegen gewesen“, sagte sie. „Aber es war eine gute Idee von Valentin, eine Schauspielerin zu engagieren.“

Auch wenn ihr danach zumute war, Juliana grinste nicht. Das war Valeas unbeholfene Art, ihr ihre Zuneigung auszusprechen. Kein Kuss, aber eine innige Umarmung besiegelte ihre Worte. Juliana umschloss Valea gleichermaßen. Da war sie endlich wieder. Ihre Vertrautheit. Und die Nähe. Beides war aus Furcht erwachsen. Doch nun bedeutete es Kraft.

Zurück in Valeas Schlafzimmer zogen sie sich an. Für Juliana fühlte es sich an, als würden sie sich mit Lederwams und Rüstung für eine Schlacht fertig machen. Möglicherweise würde es sich in der Tat so verhalten, doch es war schon mal beruhigend, dass wider Erwarten nun doch keine Leichen im Spiel waren. Bislang jedenfalls.

„Ich gehe erst mal allein", stellte Valea klar. „Du kommst in frühestens zwanzig Minuten nach."

Juliana seufzte. „Weil niemand merken soll, dass wir ein Team sind, schon klar."

Sie erkannte den Sinn dieser Maßnahme vollauf an, doch gefiel es ihr nicht, Valea allein zu lassen. Und vielleicht noch weniger, von ihr allein gelassen zu werden.

Im Vestibül wollte sich Juliana noch angemessen verabschieden, doch für Sentimentalitäten hatte Valea nun keine Zeit mehr. Sie rauschte durch die Flügeltür davon und ließ Juliana fürs Erste im Ungewissen zurück.

Wer war Arabella? Das war nach Julianas Überzeugung die entscheidende Frage, und die Antwort darauf die Lösung aller Rätsel. Die arme Unschuld aus einem Südkarpatendorf, die Valentin rein zufällig beim Wandern kennengelernt hatte, war sie definitiv nicht. Das legten auch Valerius und Narcisas Nachforschungen nahe. Nein, Arabella hatte Valentin gezielt ausfindig gemacht und verführt. Die Frage war, ob sie das aus eigenen Stücken getan hatte oder von jemandem beauftragt worden war.

Juliana fand sich im Wohnzimmer wieder und trat an die hohe Glasfront unter dem Giebel. Voraus stiegen die bewaldeten Hänge an, durch die sich die einzige Zufahrtsstraße herabschlängelte. Dort oben irgendwo befand sich das Dorf mit Alexanders Wirtshaus. Nur wenige Wolken zogen am blauen Himmel vorbei. Die Sonne schickte erste Strahlen ins Tal hinab, die vom feuchten Gras und den Baumkronen reflektiert wurden. Ein glitzernder Märchenwald rundherum. Unten, an der Auffahrt, parkten wie gestern die Autos der Gäste. Die weitläufige Pferdekoppel war leer.

Wie war Arabella hierhergekommen? Ebenfalls mit einem Auto? Und falls sie beauftragt worden war – was durchaus nahe lag –, wo trieb man eine Frau auf, die bereit war, Jahre ihres Lebens zu opfern, um jemanden hereinzulegen? Juliana gelangte immer wieder zur selben Schlussfolgerung: Arabella musste irgendeinen persönlichen Bezug zu den Falkensteins und ihrer Geschichte haben. Und höchstwahrscheinlich auch zu Sorin Petrescu.

Schon vor Ablauf der gewünschten zwanzig Minuten verließ Juliana die Wohnung. Das ungewisse Abwarten einsam im Wohnzimmer war ihr mit jeder Minute unerträglicher geworden. Sie musste herausfinden, was im Haus vor sich ging. Arabella geisterte hier irgendwo herum. Valentin vermutlich auch. Die Vorstellung war beinahe komisch, dass jene zwei, die hier mal als Hausherrenpaar gelebt hatten, nun beide im Verborgenen herumschlichen.

Der obere Flur im Mittelhaus lag gewohnt düster und einsam vor ihr, doch schon auf der Treppe nach unten wurde Juliana klar, dass schon etliche Leute aus ihren Betten sein mussten. Womöglich sogar alle. Harsche

Stimmen wehten durch den Ostkorridor in die Eingangshalle. Ausgangspunkt musste wohl der Speisesaal oder der Salon sein. Juliana wollte es herausfinden.

Tatsächlich waren bereits alle auf den Beinen, wie sie feststellte. Versammelt im Salon, der abermals als Gerichtssaal fungierte. Dieses Mal mit Valea als Angeklagte. Grund war nicht unvermutet das Verschwinden Valentins aus seinem Gefängnisklo. Juliana gab sich ratlos und unbeteiligt und gesellte sich demonstrativ gähnend zu Sorana. „Gibt's ein Problem? Was hab ich verpasst?"

„Sie hat ihren Bruder befreit", raunte ihr Sorana zu.

Juliana zog die Augenbrauen hoch. „Oh. Und wo ist er jetzt?"

„Das fragen wir uns hier gerade alle", warf Traiko mit strengem Blick ein. Er lehnte an einem Wandstück und nippte aus einer Tasse.

Hauptankläger schien wie gestern Onkel Fredrik zu sein.

„Valentin hat niemanden umgebracht", fauchte Valea, die auf demselben Sessel wie gestern Valentin saß. „Du kannst das nicht wirklich glauben."

Onkel Fredrik ging durch die gesamte Länge des Raums gemessen auf und ab. „Bis gestern hätte ich das auch nicht. Aber wer weiß schon, was in den vergangenen Jahren hier alles vorgefallen ist. Und was aus euch geworden ist." Er fuhr zu ihr herum. „Ich liebe dich und deinen Bruder, Valea, aber kenne euch nicht mehr."

„Womöglich hat sie ihm sogar geholfen", bemerkte Narcisa von der Couch aus. „Vielleicht hatten sie gemeinsam ihren Spaß daran, das arme Ding im Keller unten zu Tode zu quälen."

„Halt den Mund“, fuhr Fredrik sie beim Vorbeigehen an. „Und du auch“, fügte er an seinen Sohn gewandt hinzu, als der etwas einwenden wollte.

„Und jetzt?“, fragte Valea. „Wollt ihr mich einsperren?“

„Nein“, raunte Onkel Fredrik. „Aber von nun an wird immer jemand bei dir sein.“

„Was bedeutet das für uns?“, flüsterte Juliana Sorana zu. „Ich meine, dass Valentin frei ist. Wird er auf uns losgehen? Müssen wir uns Sorgen machen?“

Sorana schaute sie grimmig an. „Na, was denkst du wohl? Wenn er schon mal eine Frau umgebracht hat, sollte dir das zu denken geben.“

Juliana zog eine Schnute. „Ich glaube, ich gehe mir erst mal einen Kaffee holen.“

An Onkel Fredrik vorbei schlich sie wieder hinaus und hoffte, der Versammlung ausreichend Desinteresse vorgetäuscht zu haben. Eugen hatte sie während ihres kurzen Aufenthalts keines Blickes gewürdigt. Er hatte sich dezent im Hintergrund an der Terrassenfront aufgehalten. Jetzt spürte sie seine Blicke auf ihrem Nacken und wunderte sich nicht, als sie im Korridor bald Schritte hinter sich hörte.

„Auf ein kurzes Wort, Juliana“, bat er.

Dieses kurze Wort führten sie draußen am Treppenaufgang. Über dem ostwärts ansteigenden Bergkamm stand die Sonne und badete die Auffahrt bis hin zu den Schatten werfenden Bäumen in ihrem Licht.

Eugen schaute sich um und verschränkte die Arme. Er wirkte weit weniger adrett als sonst. War etwas blass und machte einen übermüdeten Eindruck. „Bist du schockiert?“

Juliana musterte ihn und überlegte, worauf er da konkret anspielte. „Dass Valentin frei ist? Das war abzusehen. Es ist sein Haus. Wundert mich nicht, dass er da irgendwie ausbrechen konnte.“

Eugen taxierte sie streng. „Ich meinte, weil er offensichtlich einen Mord begangen hat“, sagte er. „Mindestens einen. Ich verstehe, dass du mir bis gestern nicht geglaubt hast. Du hast ihn und Valea schließlich als nette Leute kennengelernt. Wahrscheinlich magst du sie sogar. Und da komme ich an und erzähle dir von ihren Untaten. Vom Mord an ihrer Schwester. Vom Mord an ihrem Vater. Vom Mord an Valentins Verlobter. Und womöglich dem Mord an deiner Großtante.“

Juliana nickte verhalten. „Es fällt mir tatsächlich schwer, das alles zu glauben.“

„Nun, mindestens einen Mord dokumentieren die Fotos, die du gefunden hast.“

„Die dürften als Beweise kaum ausreichen“, widersprach Juliana. „Sie könnten ja auch gestellt sein.“

Eugen schien tief in sie hineinzusehen. Heute fieberten auch seine Augen. „Wer sollte das tun?“

„Jemand, der Valentin reinlegen will“, sagte Juliana. „Mit der Aussicht, dann das Haus und allen Besitz übertragen zu bekommen.“

Eugens Blick verdüsterte sich. „Du bist also noch immer auf ihrer Seite?“

Juliana gab sich alle Mühe, locker zu bleiben. „Ich bin auf der Seite der Wahrheit. Als Journalistin gebietet sich mir das, oder?“

Eugen sagte nichts, doch Juliana sah ihm an, dass es in ihm brodelte. Er hielt Valentin für ein Monster. Das Monster, das ihm seine Frau genommen hatte. Ein Monster, das jetzt wieder frei herumlief und ihn schon gestern gewaltsam attackiert hatte. Wahrscheinlich hatte er Angst. Und das wohl nicht zu Unrecht.

„Bist du allein hier?", fragte Juliana unvermittelt.

Eugen schien die Frage zu verwundern. „Was meinst du?"

Juliana nahm sich zusammen. „Nun ja, du hältst Valentin und Valea für sehr gefährlich und willst ihnen mehrere Morde nachweisen." Um ein Haar hätte sie anhängen gesagt. „Bin ich dabei deine einzige Verstärkung?"

Eugen schnaubte verbiestert, womit er sich den Anschein einer gekränkten Diva verpasste. „Bislang habe ich leider nicht den Eindruck, dass du in dieser Sache eine Verstärkung bist", raunzte er. „Schon um deiner vermissten Verwandten wegen hätte ich mehr Ehrgeiz von dir erwartet."

„Ich tue, was ich kann, um sie zu finden", hielt Juliana dem entgegen.

„Und der Rest ist dir egal?"

„Nein, keineswegs."

Eugen schenkte ihr noch einen düsteren Blick, dann zog er sich ins Haus zurück. Juliana seufzte leise. Sie konnte nachvollziehen, wie er sich fühlen musste. Allein gelassen. Er tat ihr leid.

Eugen war vermutlich in den Salon zurückgekehrt. Juliana stieg ins Souterrain hinab. Ein frisch aufgebrühter Kaffee war tatsächlich eine verlockende Aussicht, doch in erster Linie ging es ihr um Rosa und den Dingen, die zwischen ihnen noch gesagt werden mussten.

Sie folgte den unaufdringlichen Arbeitsgeräuschen und fand sie in der Küche vor. Dieses Mal hatte Rosa sie gleich bemerkt, ließ sich von ihrer Erscheinung aber nicht aus dem Takt bringen.

„Ich wäre Ihnen sehr dankbar", trug ihr Juliana noch vom Eintritt aus an, „wenn Sie mir alles sagen würden, was Sie über Gabriela Petrescu wissen." Da Rosa keine Einwände erhob und bislang auch keine Messer nach ihr warf, wagte sie sich zwei Schritte einwärts. „Bei Valea habe ich mich bereits entschuldigt. Bei Valentin werde ich es bei nächster Gelegenheit tun. Ja, ich bin wegen Gabriela Petrescu hergekommen. Bitte helfen Sie mir herauszufinden, was aus ihr geworden ist."

Rosa hatte nur kurz aufgesehen und putzte weiterhin Lauch auf einem Schneidbrett. Juliana wollte sie nicht drängen und wurde schließlich für ihre Geduld belohnt.

„Ihren Namen habe ich nie gekannt", sprach Rosa mit einer Stimme kalt wie Eis. „Er hat mich auch nicht interessiert. Sie war die Tochter des Hufschmieds. Und der Fluch, der von Beginn an über der Ehe meiner Herrin geschwebt ist."

Juliana durfte nun einer überaus seltsamen Geschichte lauschen. Von einer Hufschmiedstochter, die oft auf dem Gestüt gewesen war und Herrn Constantin schöne Augen gemacht hatte. Und Herrn Constantin, der seinem Ehegelübde zum Trotz auch ihr immer hinterhergesehen hatte. Durch ein Fenster, wenn sie mit

ihrem Vater, dem Schmied, den Weg durch das Tor gekommen war. Oder durch eine offene Tür, wenn sie im
Stall gearbeitet hatte. Juliana glaubte schon, völlig auf
dem Holzweg und einem Missverständnis aufgesessen
zu sein, als ihr dämmerte, dass Gabriela natürlich ein
neues Leben gebraucht hatte, wenn sie vor der Securitate dauerhaft untertauchen wollte. Die Falkensteins
hatten ihr das anscheinend verschafft.

„Nach der Geburt ihrer ersten Tochter schien es besser zu werden", fuhr Rosa fort. „Herr Constantin hatte
sich besonnen. Er war glücklich mit meiner Herrin. So
glaubte ich jedenfalls. Dann aber begann er zu trinken.
Ich verstand lange Zeit nicht, wieso. Erst später habe
ich erfahren, dass in dieser Zeit die Hufschmiedstochter geheiratet hatte. Das wohl war der Grund. Damit hat
sie die Ehe meiner Herrin zum zweiten Mal ins Unglück gestürzt. Meine Herrin hat gespürt, dass Herr
Constantin noch immer eine andere liebte. Wahrscheinlich erlitt sie deshalb in den kommenden Jahren
zwei Fehlgeburten."

Juliana schluckte betroffen und suchte an der nächsten Küchenzeile ein wenig Halt. Das alles ergab
schrecklich viel Sinn.

Rosas Stimme war frostig wie zuvor, doch nun lief
eine einsame Träne ihre Wange hinab. „Herr Constantin hat meine Herrin nie geliebt. Auch nicht, nachdem
sie ihm zwei weitere gesunde Kinder geschenkt hatte.
Am Ende hat sie es nicht mehr ertragen."

Und beging Selbstmord, ergänzte Juliana für sich im
Stillen. Einiges davon hatte sie sich bereits selbst zusammengereimt, doch nun endlich war die Geschichte
rund. Gabriela war ihrem fanatischen Bruder in der Tat

entkommen. Constantin war mit ihr aus Vama Veche hierher geflohen und hatte sie im Dorf versteckt. Eine gemeinsame Zukunft war ihnen jedoch nicht beschieden gewesen.

Rosa wirkte schon wieder kalt und abgeklärt wie gewohnt. Juliana gewährte ihr trotzdem ein paar ruhige Augenblicke, bevor sie fragte: „Wen hat die Hufschmiedstochter damals geheiratet? Jemanden im Dorf? Oder ist sie weggezogen?"

„Ich weiß es nicht", schnarrte Rosa mit starrem Blick auf ihre Arbeit. „Und es interessiert mich nicht."

„Aus dem Stegreif weiß ich es auch nicht", sprach eine Stimme an der Tür. „Das war vor meiner Zeit. Aber wir finden es bestimmt heraus."

Erschrocken fuhr Juliana herum und sah Valentin im Türrahmen stehen, seine Miene verdüstert, seine Haare ungekämmt. Eine unbehagliche Erscheinung. Arabella lebt, schärfte sie sich ein. Valentin ist kein Mörder. Du hast nichts zu befürchten. Trotzdem stieg Furcht in ihr auf. „Valentin", kam ihr über die Lippen, und sie versuchte, sie zu einem Lächeln zu zwingen. „Hier bist du."

Er wirkte erschöpft, als er gemessen nickte. „Bei meiner letzten Verbündeten, seit ich bei allen anderen in Ungnade gefallen bin."

Erst im zweiten Moment begriff Juliana, dass damit nicht sie, sondern Rosa gemeint war. Sie räusperte sich verlegen. „Hast du alles mitangehört?"

Valentin nickte abermals. „Rosa hat mir schon erklärt, was es mit dir auf sich hat. Dass du jemanden suchst. Ich nehme an, das ist es, wofür du dich entschuldigen möchtest."

„Nun, ja, schon richtig", schickte Juliana umständlich voraus, wechselte einen schnellen Blick mit Rosa und suchte nach einem brauchbaren Einstieg. „Da ist aber noch ein bisschen mehr. Valea weiß schon alles. Wirklich alles. Aber ich glaube, das ist jetzt nicht die richtige Zeit, um das zu besprechen."

Valentin warf einen gelassenen Blick in den langen Flur, dann taxierte er wieder Juliana. „Wir sind ungestört. Die anderen sind damit beschäftigt, Valea zu grillen. Der Zeitpunkt ist also nicht so ungünstig."

Ein zweiter Blick in den Flur schien ihn zu alarmieren, denn nun schritt er eilig in die Küche ein. „Ich muss mich korrigieren. Der Zeitpunkt ist doch ungünstig", sagte er, als er Juliana passierte. „Rosa, halte die Augen offen. Und nein, vorerst kein Schlafmittel ins Mittagessen. Ich melde mich, wenn ich deine Hilfe brauche."

Juliana sah sie unmerklich nicken und rätselte, was dieses Gehabe zu bedeuten hatte. Anscheinend kam jemand den Flur entlang, und Valentin musste sich verstecken. Seine Worte aber hörten sich nach einer Verabschiedung an. Aus der Küche führte jedoch nur eine Tür fort.

An der hintersten Küchenzeile ging Valentin in die Hocke und tauchte nicht wieder auf. Es hatte sich außerhalb von Julianas Sichtfeld abgespielt, doch wenn es dort keine Falltür im Boden gab, konnte er eigentlich nur in einen der Schränke gekrochen sein.

„Wenn Sie ihn verraten", raunte Rosa mit einem mörderischen Blick, „werden Sie es bitter bereuen."

Juliana versuchte denselben Blick auf sie zurück zu schießen. „Ich habe es Ihnen doch schon gesagt. Ich will ihm helfen."

Sie hörte Schritte im Flur. Im nächsten Moment bogen Sorana und Traiko in die Küche ein.

„Ah, hier bist du", sagte Sorana. „Würdest du mit nach oben kommen?"

Juliana bemühte sich um eine gleichgültige Miene. „Wozu?"

„Wozu? Hm, wie wäre es, wenn du mal genau nachdenkst?" Sorana stemmte die Hände in die Hüften. „Wir wollen aufarbeiten, was hier los ist, was sonst? Valea ist leider nicht sehr kooperativ. Wir brauchen dich."

„Ich wüsste nicht, was ich dazu beitragen könnte", erklärte Juliana salbungsvoll. „Habt ihr es noch nicht begriffen? Ich bin nur wenige Stunden vor euch eingetroffen. Macht das bitte unter euch aus. Mich geht das alles nichts an. Ich bin hier bald weg."

Etwas Verächtliches mischte sich in Soranas Blick. „Deine zwei Auftraggeber sind möglicherweise Mörder. Lässt dich das völlig kalt?"

Juliana zuckte mit den Schultern. „Mein Honorar ist im Voraus bezahlt worden."

Nun trat Traiko hervor, an Juliana vorbei und tiefer in die Küche ein. Er bewegte sich entspannt wie bei einem Spaziergang, doch es hätte kaum offensichtlicher sein können, dass er sich akribisch umsah und jeden größeren Winkel im Raum überprüfte. Zuletzt ging er auf Rosa zu. „Ich nehme nicht an, dass Sie etwas zur Lösung unseres Dilemmas beitragen möchten, Rosa?"

Rosa sah nur kurz auf und arbeitete weiter, als wäre sie nie angesprochen worden.

„Vergebliche Liebesmüh, wie Vater schon gesagt hat“, bemerkte Sorana. „Sie hat sich voll und ganz Valentin und Valea verschrieben. So wie vorher ihrer Mutter. Sie wird uns um keinen Preis helfen.“

Traiko nahm das bemerkenswert verständnisvoll hin und wandte sich an Juliana. „Bist du nicht hier runtergekommen, um einen Kaffee zu trinken?“

„Werde ich noch“, entgegnete Juliana.

Traiko nickte mit demselben Selbstverständnis wie soeben bei Rosa. „Ein nettes Plauderstündchen mit unserer gesprächigen Hauskraft ging dir vor, ich verstehe“, sagte er mit einem Lächeln, das Juliana nicht gefiel. Die beiden ahnten etwas.

„Ich habe Rosa gebeten, mir etwas Essen einzupacken“, schützte Juliana vor. „Ich will nicht länger als unbedingt nötig in diesem Irrenhaus bleiben. Mein Agent holt mich bald ab.“

Traiko schien auch das bereitwillig zu akzeptieren und trat in den Flur hinaus. „Kommst du, Schatz?“

Sorana tat einen Schritt und wandte sich noch einmal an Juliana. „Schade. Als Valeas Geliebte bist du mir richtig sympathisch gewesen.“

Juliana schaute ihnen nach, bis sie am Treppenaufgang anlangten, dann fuhr sie zu Rosa herum. „Wohin ist Valentin verschwunden? Ich muss zu ihm. Er muss etwas erfahren.“

„Sie wollen sich ihm anbiedern“, raunte Rosa feindselig.

„Ich will ihm helfen“, stellte Juliana noch einmal klar und hielt auf sie zu. „Wie haben Sie zu Arabella gestanden, Rosa?“

Rosa ließ bei diesem Namen keine Regung durchblicken und schaute nicht mal auf, als sie antwortete. „Ich habe sie wie jeden Gast in diesem Haus behandelt.“

„Nur als Gast? War sie Ihnen nicht gut genug für Valentin?“

Nun sah Rosa auf, streng und geradezu vernichtend. Juliana war versucht, zurückzuweichen, doch sie blieb standhaft. Auch als es für einen Moment so schien, als wolle Rosa mit ihrem Schneidemesser auf sie losgehen. Doch sie passierte Juliana und wechselte in die hinterste Küchenzeile. Dorthin, wo Valentin vorhin verschwunden war. Juliana folgte zaghaft und sah, dass Rosa neben der großen Spüle einen Unterschrank auftat. Dann drehte sie sich ihr zu, ihr Blick weiterhin kalt und malträtierend.

„Sie wollen Herrn Valentin helfen? Bitte, dann tun Sie es.“

Juliana ging näher und war etwas ratlos. „Steckt er etwa da drin?“

Rosa schwieg. Auch als Juliana bei ihr war. Juliana riskierte einen Blick und erkannte erstaunt, dass der Unterschrank an der Rückseite offen war. Schlauch- und Rohrleitungen verschwanden in ein dunkles Nichts, doch da schien genug Platz, dass ein schlanker Mensch hindurch kriechen konnte. So musste Valentin entkommen sein. Oder aber Rosa lockte sie in eine gemeine Falle. „Wo geht es da hin?“

„Zum Brunnen.“

Das machte zumindest Sinn, überlegte Juliana mit Blick auf die Leitungen. „Gibt's kein Licht?“

„Sie werden es schon finden“, sagte Rosa.

Wenn Valentin auf der anderen Seite wartete, wäre es halb so schlimm, doch was wenn er längst woanders war? „Wie weit muss ich da kriechen?"

„Etwa vier Meter."

Es war eine eindrucksvolle Erfahrung für Juliana, wie schrecklich lang vier Meter in vollkommener Dunkelheit sein konnten. Sie kroch auf blankem Granit, scharfkantig und kalt. Die Leitungen verliefen neben ihrem eingezogenen Kopf, Ellenbogen und Knie schabten immer wieder an den Seitenwänden. Ihre Bluse dürfte dieses Abenteuer wohl kaum unbeschadet überstehen.

Auch als der Raum beidseitig endlich weiter wurde, ertastete Juliana nichts als groben Stein unter sich. Sie langte nach oben und fand weder Leitungen noch eine Decke. Nur Luft.

„Hallo?"

Der dumpfe Widerhall ihrer Stimme ließ auf eine Höhle schließen. Natürlich. Der Stein, auf dem die Wohnhausterrasse lag, nahm schon unter dem Mittelhaus seinen Anfang.

Juliana richtete sich vorsichtig auf, tunlichst bedacht, sich nicht irgendwo den Kopf zu stoßen. Sie wollte gerade ein weiteres Hallo zum Besten geben, als eine schwache Taschenlampe aufleuchtete und sie blendete. Reflexartig hielt sie sich die Hand zum Schutz vor.

„Valentin?"

Er musste es sein. Wer sonst? Nun ja, auch Arabella sollte sich in diesem Haus gut auskennen und mit solchen Orten und Schächten vertraut sein.

„Hast du Rosa überwältigt? Sie würde nicht jeden hier reinlassen.“

Ja, das war Valentin. Zum Glück. „Ich habe nicht auf sie losgehen müssen“, erklärte Juliana. „Sie hat mir den Schacht von sich aus gezeigt.“

Valentin senkte die Lampe, damit sie Juliana nicht mehr blendete. „Was haben Sorana und Traiko gewollt?“

„Ich sollte oben bei ihrem Schaugericht aussagen“, antwortete Juliana. „Valea steckt ziemlich in der Klemme, fürchte ich.“

„Warum tust du es nicht? Bist du dir so sicher, dass wir keine Mörder sind? Du hast die Fotos gesehen. Du hast sie sogar gefunden.“

„Sie sind dir untergeschoben worden.“

Im schwachen Schein der Lampe war Valentins Gesicht leider nicht einzusehen. „Wie kannst du dir so sicher sein?“, erwiderte er. „Hast du sie in dieses Haus gebracht?“

„Nein, habe ich nicht“, verwehrte Juliana sich vehement.

Sie haderte mit sich, wie sie nun fortfahren sollte. Es gab so vieles, das Valentin wissen sollte. Wissen musste. Empfindliche Dinge, die möglichst behutsam vorgebracht werden sollten. Doch um Valentins Verfassung einschätzen zu können, müsste sie ihn sehen. „Wo sind wir hier? Gibt's nicht mehr Licht?“

Valentin lenkte den Schein seiner Lampe zu einem gemauerten Steinkranz unweit neben ihnen. „Das ist der Hausbrunnen.“ Er tat ein paar Schritte in die Dunkelheit. Hoffentlich, um das Licht einzuschalten. „Ich habe dir erzählt, dass der heutige Westflügel die erste Behausung war. Der Brunnen stand damals noch im Freien. Mit den weiteren Anbauten ist er ins Haus integriert worden."

Endlich wurde der Raum in Licht getaucht, das eine ungeschützt baumelnde Glühbirne von der Decke aus spendete. Der Boden bestand überall aus Stein, die Wände hingegen nur bis Hüfthöhe und nur in dem Teil, in dem der Leitungsschacht zur Küche durchgehauen worden war. Der darüber liegende Teil war wie vieles im Souterrain aus Backstein gemauert. An der niedrigen Decke verliefen mächtige Holzbalken. Der gemauerte Brunnenkranz stand einsam in der Raummitte. Einen Kübelzug gab es nicht. Brauchte es auch nicht. Auf stählernen Füßen an eine Wand gedrängt, identifizierte Juliana einen Wasserboiler und daneben die Zentralheizung. Rohr- und Schlauchleitungen krochen die Wände entlang und durch die Decke in darüber liegende Gefilde. Valentin verharrte an der einzigen Tür, wo sich auch der Lichtschalter befand.

„Es hat sich seit gestern Abend eine Menge getan", setzte Juliana an.

„Was du nicht sagst", meinte Valentin und kam gemessen näher. „Du hältst mich also nicht für einen Mörder?"

Juliana schüttelte nervös den Kopf, fühlte sich jedoch genötigt, noch etwas hinzuzufügen. Dies war nicht der Moment, einen Teil der Wahrheit zurückzuhalten. Nicht, wenn sie Vertrauen aufbauen wollte. „Aber ich habe zugegebenermaßen gezweifelt. Für eine Weile. Die Fotos haben mich ganz schön durcheinander gewirbelt."

Valentin blieb vor ihr stehen. „Tja, mich auch. Ich habe immer befürchtet, dass Arabella nicht mehr am Leben ist. Aber diese Fotos zu sehen ...“

Juliana atmete tief durch, und ihr graute vor den Worten, die sie früher oder später sagen musste. Es gab keinen schonenden Weg, ihm beizubringen, dass die Frau, die er geliebt und um die er getrauert hatte, gar nicht tot war und mitgeholfen hatte, ihn böse hereinzulegen. Wahrscheinlich würde er ihr nicht glauben. Angesichts der jüngsten Ereignisse würde er eine neue Finte gegen sich vermuten.

„Ich wünschte, Valea wäre hier. Sie könnte alles bestätigen, was ich dir zu sagen habe.“

„Das muss sie gar nicht“, entgegnete Valentin. „Ich werde dir auch so glauben. Es war ein Gefühl, das ich schon bei unserer ersten Begegnung hatte.“ Sanft hob er seine Hände an ihre Wangen. „Es ist schwer zu beschreiben. Eine seltsame Gewissheit, dass ich dir vertrauen kann.“

Der Kuss kam erwartet und doch so überwältigend wie eine Flutwelle. Julianas Hände waren staubig von ihrer Kriecherei, doch das hielt sie nicht davon ab, Valentins Brust hinaufzugleiten.

Eine Ewigkeit schien zu verstreichen, doch es waren wohl nur Sekunden. Valentin war es, der ihren Kuss unterbrach. „Was möchtest du mir sagen?“

„Ich bin Journalistin“, antwortete Juliana nach kurzem Zögern. Das war der angenehmere Teil dessen, was sie ihm erzählen musste. „Ich bin Journalistin, und es ist kein Zufall, dass du ausgerechnet mich engagiert hast. Da hat ... nun ja, jemand nachgeholfen.“

In einer kurzen, ungeschönten Erklärung benannte sie Eugen als denjenigen, der ihre Anwesenheit eingefädelt hatte. Der Valentins Rechner gehackt und sein Gesuch bei einer Künstleragentur abgefangen hatte, um es für seine eigenen Zwecke zu verwenden. Mit Juliana als seiner Marionette. Sie konnte es Valentin nicht verdenken, dass er augenblicklich auf Distanz zu ihr ging.

„Eugen hat mich ins Spiel gebracht, aber ich arbeite nicht mit ihm zusammen", versicherte Juliana nachdrücklich. „Bitte glaub mir. Dein Gefühl hat dich nicht betrogen. Auch wenn es dir jetzt so erscheinen mag. Es tut mir leid, dass ich nicht aufrichtig war. Ich kannte euch nicht und sah keinen anderen Weg, mehr über den Verbleib meiner Großtante herauszufinden. Ihr Name ist Gabriela Petrescu. Ich habe denselben Nachnamen."

Valentin stierte sie ähnlich finster an wie zuweilen Valea, doch der Name schien ihn nicht weiter zu brüskieren. Vielleicht hatte er ihn auch schon von Rosa gehört. Schließlich nickte er einsichtig. „Ich kann es nachvollziehen", räumte er ein. „Ich verstehe deine Beweggründe. Und weshalb bist du jetzt hier? Hier drin?"

Weil ich etwas für dich empfinde, lag Juliana auf der Zunge, aber sie schluckte es hinunter. „Weil ich dir helfen will. Jemand versucht, dich hereinzulegen. Ich weiß mit absoluter Sicherheit, dass du Arabella nichts angetan hast."

Valentin blieb misstrauisch. „Wie das?"

Es musste gesagt werden. „Weil Valea und ich sie heute Morgen gesehen haben. Quicklebendig. Oben, im Wohnzimmer."

Äußerlich bemerkte Juliana keine Veränderung, doch die heiser gewordene Stimme verriet ihn. „Wenn das ein Scherz sein soll -“

„Kein Scherz“, unterbrach ihn Juliana rüde. Behutsamkeit wäre nun fehl am Platze. Er musste begreifen, was hier geschah. „Wir haben sie gesehen. Valea und ich. Und wir haben mit ihr gekämpft. Leider ist sie entkommen. Aber sie ist hier, Valentin.“ Sie tat einen Schritt auf ihn zu, den Valentin sofort von ihr zurückwich, so als brächte sie eine ansteckende Krankheit mit. Juliana hielt inne. „Sieh in meine Augen“, bat sie. „Ich lüge nicht. Mir ist klar, wie verunsichert du sein musst, aber bitte vertraue deinem Gefühl.“

Sie wagte sich näher. Dieses Mal blieb Valentin stehen.

„Arabella ist nicht tot“, trug sie ihm an. „Und sie ist hier. Seit Freitagabend schon, wie sie behauptet hat.“

Vorsichtig hob Juliana ihm eine Hand entgegen. Doch Valentin kehrte sich ab und taumelte zum Brunnenschacht, wo er den Halt fand, den er von Juliana wohl noch nicht ertrug. Er konnte sich dennoch nicht auf den Beinen halten. Am gemauerten Steinkranz ließ er sich auf den harten, kalten Boden nieder.

Juliana ließ ihm zwei, vielleicht drei stille Minuten, dann setzte sie sich zu ihm. Sie wahrte ein Stück Abstand. Eine Berührung musste, wenn gewünscht, von ihm ausgehen.

„Valea und ich haben uns lange den Kopf zerbrochen“, waren ihre ersten Worte nach der Stille. „Wo sie hergekommen sein könnte. Und wer mit ihr zusammenarbeitet. Es ergibt keinen Sinn, sie herzubringen, wenn sie doch für tot gehalten werden soll. Ihre Anwesenheit bringt das gesamte Komplott gegen dich ins Wanken. Deshalb verstehe ich es nicht."

„Ich vielleicht schon", sagte Valentin nach kurzem Zögern.

Juliana wandte sich ihm zu, wartete auf eine Erklärung.

Sie kam, als auch Valentin Blickkontakt suchte. „Ich war nicht so liebesblind wie Valea vielleicht glaubt", sagte er. „Ich habe durchaus bemerkt, dass sie Vorbehalte gegen Arabella hatte." Er seufzte. „Zu Recht, wie es nun scheint. Auch mich haben ein paar Dinge an ihr stutzig gemacht. Irritiert. Und doch …"

Er schien nach Worten zu suchen. Als sie auf sich warten ließen, sprang Juliana ein. „Und doch hast du ihr vertraut." Sie geliebt, hatte nicht über ihre Lippen kommen wollen.

Valentin schüttelte sacht den Kopf. „Das ist es nicht, worauf ich hinaus will. Ich habe sie gekannt. Darauf will ich hinaus. Ich habe Arabella gekannt. Sie mag mich in vielen Dingen belogen haben, aber ich habe den Menschen hinter den Lügen dennoch kennengelernt. Verstehst du? Und deshalb kann ich mir vorstellen, dass sie um meinetwillen zurückgekehrt ist."

O mein Gott, dachte Juliana bestürzt. Der Trottel liebt sie immer noch.

Valentin schien ihre Miene richtig zu deuten, denn er lächelte plötzlich und hob abermals eine Hand an ihre Wange. „Nicht weswegen du jetzt denkst", sagte er. „Ich bin durchaus noch zurechnungsfähig und begreife, wie mir mitgespielt worden ist." Nun verflüchtigte sich sein Lächeln. „Danke für deine Aufrichtigkeit. Und auch danke für den Schmerz. Das macht mir so manches leichter."

Er erhob sich und hielt Juliana die Hand hin. Sie nahm sie an und ließ sich ebenfalls zurück auf die Beine helfen.

„Es war vor allem die Ungewissheit, die mich monatelang fertiggemacht hat", erläuterte er. „Die Fotos gestern, so furchtbar sie waren, aber sie haben mir endlich eine klare Antwort gegeben. Nicht die Wahrheit, wie ich nun von dir erfahren habe. Aber eine Antwort."

„Empfindest du meine Antwort nicht noch furchtbarer?"

„Schmerzhafter", sagte Valentin. „Aber nicht furchtbarer."

Juliana hielt noch immer seine Hand. „Du glaubst mir also."

„Sagen wir, ich spüre, dass du nicht lügst", entgegnete Valentin.

Juliana versuchte, ihre Verlegenheit zu überspielen, und rätselte, was er damit sagen wollte. „Okay. Toll. Freut mich. Also, was jetzt?"

Valentin wirkte gelöster als noch vor ein paar Minuten und bei besserem Licht in der Küche. Ungekämmt und schmutzig, ja, müde und in sich selbst verloren, gewiss, aber das unbestimmte Fiebern in seinen Augen war erloschen. Dieser Valentin hatte sich gerade bitterer Selbsterkenntnis stellen müssen. Und er schien bestanden zu haben. Leider war noch nicht absehbar, ob ihn das nun gefasster oder gefährlicher machte.

„Nun kenne ich das Gesamtbild", sagte er und schaute erst zu Boden, dann zur Tür. „Ich brauche jetzt etwas

Zeit für mich. Dich würde ich bitten, nach oben zu gehen. Vielleicht kannst du Valea beistehen."

„Und was hast du vor?"

„Ich hole mir mein Haus zurück."

Die Tür entließ Juliana in einen Nebenflur des Mittelhauses. Valentin folgte. Er ließ sie darüber im Dunkeln, wo er seine Zeit für sich finden wollte. Auch was er vorhatte, blieb sein Geheimnis. Während Juliana wie besprochen den Aufgang wählte, ging er den Korridor weiter in Richtung der düsteren und unwohnlichen Gefilde unter dem Westflügel. Vielleicht, um irgendwo in Ruhe nachzudenken und einen Schlachtplan zu entwerfen. Vielleicht auch, um Arabella zu suchen.

Arabella ging Juliana seit ihrer Begegnung nicht mehr aus dem Kopf. Sie war etwa in Valentins Alter. Demzufolge musste sie noch ein Kleinkind gewesen sein, als das Regime stürzte und Ceaușescu und zahlreiche seiner brutalen Vollstrecker hingerichtet worden waren. Welchen Bezug also konnte sie zu Sorin Petrescu haben? Sowohl seine Verurteilung als auch Gabrielas Flucht aus Vama Veche lagen vor ihrer Zeit. Doch sie hatte seinen Namen genannt, und sie, Juliana, als seine Enkelin identifiziert. Dahinter musste eine Bedeutung stecken. Und die wäre vielleicht auch das noch fehlende Puzzleteil dieser schäbigen Intrige gegen die Falkensteins.

Juliana zog sich hastig um. Im Salon fand sie das erwartete Bild vor. Auf dem schmucken Beistelltisch lagen die Fotos von der vermeintlichen Leiche ausgebreitet. Valea saß wie eine Geächtete in ihrem Sessel, die anderen waren entweder Ankläger oder erwartungsvolle Prozessbeobachter. Onkel Fredrik schritt nicht länger auf und ab, sondern stand ihr hoch aufragend ein paar Schritte gegenüber. Narcisa lümmelte neben ihrem Valeriu entspannt auf der Couch und schien die Darbietung sogar zu genießen.

Die anderen hielten sich vornehmlich im Hintergrund. Vor allem Eugen, wie auch zuvor schon, was Juliana stutzig machte. Wäre das nicht ein prima Zeitpunkt, den Todesstoß anzusetzen? Oder war der für Valentin reserviert? Wer immer hier gegen die Falkensteins zu Felde zog, sein Plan war in Schieflage geraten. Denn Valentin war freigekommen, und Onkel Fredrik schien noch weit davon entfernt, die Polizei auf seinen Neffen loszulassen.

„Ah, hast du es dir anders überlegt?", raunzte er an Julianas Adresse, als sie eintrat.

Juliana verneinte und fügte hinzu: „Aber wenn in diesem Haus ein Irrer frei herum läuft, bin ich lieber in Gesellschaft."

„Schau an, die Kleine hat ja doch Köpfchen", servierte Narcisa zusammen mit einem gehässigen Lächeln.

Im ersten Moment wollte sich Juliana jede Erwiderung verkneifen, doch dann fiel ihr ein, dass sie sich an keine Regeln und keine Etikette mehr gebunden fühlen brauchte. Im Gegenteil, sie hatte nun sogar die Freiheit, richtig vulgär zu werden. Das würde sie in ihrer neuen Rolle als Schauspielerin wahrscheinlich sogar festigen. Es war schon ein starkes Stück, von Narcisa, die ihr kaum bis an die Schultern reichte, verächtlich als die

Kleine hingestellt zu werden. Sei's drum. Ein wenig Ablenkung konnte nicht schaden. Und Valea wäre eine kleine Auszeit vermutlich sogar willkommen.

„Dir ist das aufgefallen? Ich bin erstaunt", entgegnete Juliana freundlich. „So viel Auffassungsgabe hätte ich bei deiner Parteipräferenz nicht erwartet, Narcisa. Ich war immer der Meinung, dass es in Kreisen von Ceaușescu-Romantikern mit Intelligenz und Aufnahmefähigkeit nicht weit her sein kann." Das war die Retourkutsche. Nun durfte es schon um der allgemeinen Aufheiterung wegen noch etwas vulgär werden. „Nun ja, ich schätze, wenn ein zu erbendes Vermögen in Aussicht steht, wachsen selbst die talentlosesten Kommunisten-Fotzen über sich hinaus, was?"

Die plötzliche Stille verdeutlichte Juliana, dass sie erreicht hatte, was sie wollte. Alle Augen waren ihr zugewandt. Amüsiert schien niemand, doch Narcisa steuerte unverkennbar auf eine Explosion zu. Sie sprang aus ihrer Couch hoch. „Was hast du da gesagt?", krähte sie.

Juliana stemmte wie jüngst Sorana in der Küche die Hände in die Hüften. Je mehr Show sie hier veranstaltete, desto mehr Zeit verschaffte sie Valentin – für was auch immer. „Du hast mich nicht verstanden? Dann wiederhole ich es gern", entgegnete sie. „Ich habe sagen wollen, dass bei der Aussicht auf Vermögen oder ein hübsches Haus, das man zum Beispiel in ein Hotel umwandeln könnte, selbst die talentlosesten -"

Narcisa schrie zornentbrannt auf und ließ eine schmutzige Beleidigungstirade auf Juliana los, die ihresgleichen suchte. Wahrscheinlich wäre sie auch handgreiflich geworden, hätte Valeriu sie nicht festgehalten. Seine Blicke waren kaum weniger empört als die seiner tobenden Gattin.

Juliana ließ ihr Gezeter unbeeindruckt über sich ergehen und schaute in die Runde der anderen. Onkel Fredrik wirkte weitaus weniger brüskiert als sein Sohn, allenfalls überrascht – und mindestens genauso sehr von seiner Schwiegertochter. Sorana wiederum schien sogar ein Schmunzeln zu unterdrücken.

Als Narcisa geendet hatte und damit schloss, Juliana gleich die Augen auszustechen, setzte Juliana noch eins drauf. Immerhin ging es darum, Zeit zu schinden. „Mir die Augen ausstechen? Herzlichen Dank für diese Gnade. Ich dachte schon, Lenins Erben würden bei Brotneid immer gleich mit Internierungen und Schießbefehlen reagieren."

„Brotneid?", fauchte Narcisa. „Auf eine wertlose Schauspieler-Schlampe wie dich? Du erbärmliche -"

„Ruhe jetzt!", donnerte Onkel Fredrik, und Juliana stellte mit einer gewissen Genugtuung fest, dass Narcisa vor ihm kuschte. Zumindest ließ sie sich das Wort verbieten.

„Ich muss doch sehr bitten", fuhr Fredrik fort und tat wieder ein paar Schritte durch den Raum. „In diesem Haus pflegen wir andere Umgangsformen."

Er klang so streng wie souverän, umso kurioser wirkte das kaum verhohlene Schmunzeln, das er Juliana offerierte, bevor er wieder kehrtmachte und auf Valea zuhielt.

„Du behauptest steif und fest, Valentin sei unschuldig", fasste er geduldig zusammen. „Warum stellt er sich uns dann nicht? Warum diskutiert er die Sache nicht mit uns aus?“

„Mal überlegen“, raunte Valea so grimmig wie selten zuvor. „Vielleicht weil ihr ihn eingesperrt habt?“

„Nachdem er mich angegriffen hat“, bemerkte Eugen von der Terrassentür aus, wo er im Licht der Vormittagssonne badete. „Ich weiß nicht, wie es euch geht, aber was hätte sein gewalttätiges Naturell besser demonstrieren können als das?“

„Ihr hattet doch alle schon vorher euer Urteil gefällt“, sagte Valea. „Noch bevor die Fotos überhaupt aufgetaucht sind.“

„Weil offensichtlich war, dass mit der Arabella-Geschichte etwas nicht stimmt“, warf Valeriu ein. „Es gibt diese Frau nicht. Es hat sie nie gegeben. Sie war erfunden. Wahrscheinlich war sie ebenso eine Schauspielerin wie die da.“

Sein verächtlicher Blick streifte Juliana, und Narcisa legte noch nach. „Wahrscheinlich hat sie Ansprüche gestellt“, trug sie maliziös vor. „Da haben sie sie aus dem Weg geräumt, ist doch klar.“

„Wirklich bemerkenswert“, sprach Sorana in Narcisas Richtung, „wie ausgerechnet ihr Sozialisten immer den Durchblick findet, wenn es um Ansprüche und ihre niederen Begleiterscheinungen geht.“

Eugen verließ seinen Sonnenplatz und begab sich in die Mitte der Versammlung. „Wer sie war, muss vorerst dahingestellt bleiben, wie es leider scheint. Unsere Pflicht ist es jetzt, die Behörden einzuschalten.“ Er wandte sich an Onkel Fredrik. „Fredrik, du kannst das deiner Familie nicht ersparen. In diesem Haus ist etwas

Schreckliches geschehen. Welchen Anteil Valentin und Valea daran hatten, werden die Ermittlungen zeigen."

„Unfug", erwiderte Onkel Fredrik finster. „Die Ermittlungen werden das zeigen, was opportun ist. Niemanden interessiert eine tote Unbekannte in einem abgelegenen Karpatental. Deshalb wird es erst gar keine Ermittlungen geben. Sondern nur einen Schuldigen. Oder sogar zwei."

Und die wären Valentin und Valea, begriff Juliana. Und sie begriff plötzlich noch mehr. Sie hatte Onkel Fredrik falsch eingeschätzt. Fredrik, wenngleich der Chefankläger in diesem Raum, kämpfte hier für die beiden. Würde er sie loswerden wollen, wäre der einfachste Weg der, auf den Eugen drängte. Fredriks Haltung mochte sicher auch auf seinen notorischen Staatsskeptizismus zurückzuführen sein, doch hierbei trat er damit für seinen Neffen und seine Nichte ein, und Juliana rätselte, weshalb sie das erst jetzt durchschaute.

„Ach, sieh an, und wer bist du, das nicht zuzulassen?", erwiderte Eugen.

Damit hatte er offensichtlich eine empfindliche Grenze überschritten. Fredrik fuhr zu ihm herum, jede Bewegung, jede Nuance in seiner Mimik eine Drohung. „Wer ich bin?", sagte er. „Wer ich bin? Ich bin der, der solange er lebt, nicht zulassen wird, dass diese Familie zerrieben wird."

„Ehrenwert", räumte Eugen ein. „Willst du auch damit leben, dass dein Stammbaum von einem Mörder fortgeführt wird?"

„Ich vermute, du wärst gern bereit, diesen Job an seiner statt zu übernehmen", rieb ihm Sorana hin und trat ihrem Vater zur Seite.

Eugen wischte sich eine aus seinem Pferdeschwanz gelöste Haarsträhne aus dem Gesicht. Der eloquente Freigeist, den Juliana lange in ihm gesehen hatte, war verschwunden. Dort stand ein zur Schlacht gerüsteter Mann in Harnisch und Rüstung, dem es nicht länger gelang, seine Verbissenheit zu überspielen. „Mein Sohn hat ein Recht darauf."

„Dein Sohn ist kein Falkenstein", erwiderte Fredrik. „Was immer hier vorgeht, du wirst nichts davon haben, Eugen. Das prophezeie ich dir."

Eugens Miene verfinsterte sich. „Du überlässt das Haus lieber einem Mörder?"

„Das bleibt abzuwarten", erwiderte Fredrik. „Definitiv überlasse ich es niemandem, der es am nächsten Spieltisch verjubelt oder seine Wettschulden damit bezahlt."

Eugen ballte die Fäuste. Wahrscheinlich hätte nicht viel gefehlt und er hätte zugeschlagen. Juliana konnte es sogar verstehen. Sämtlichen Anwesenden hier war er ein eiternder Stachel im Fleisch. Sie alle wollten ihn loswerden. Und jetzt schlich auch noch Valentin frei im Haus herum, möglicherweise erneut mit der Absicht, gewaltsam über ihn herzufallen. Nicht verwunderlich, dass sein Nervenkostüm angegriffen war. Gleichwohl wuchsen längst auch Julianas Vorbehalte gegen ihn. Der Spieler schien das Spiel nach seinen Vorstellungen verändern zu wollen.

„Ich kann dir kaum vorhalten, dass du deine Kinder bevorzugen möchtest", räumte Eugen großzügig ein. „Aber wenn nicht Valentin für die Erbfolge sorgt, dann steht das Victoria zu. Und Victoria hat einen Sohn. Meinen."

Da Fredrik nicht augenblicklich widersprach, musste das wohl den Tatsachen entsprechen, schloss Juliana und verfolgte gespannt, wie hier gerade die Masken fielen. Eugen reichte es, Valentin abzusägen, um zum Zug zu kommen. Narcisa hingegen hatte es auch auf Valea abgesehen. Gezwungenermaßen. Der Reihenfolge der Anspruchsberechtigten nach stünde ihr und Valeriu aber auch Eugen noch im Weg. Vermutlich setzte sie darauf, dass der von ihrem Schwiegervater verhindert wurde.

„Victoria hat die Erbfolge nie für sich oder ihren Sohn reklamiert", merkte Sorana nüchtern an. „Und dir steht das erst gar nicht zu."

Eugen formte ein missglücktes Lächeln. „Das werden wir noch sehen, meine Liebe."

Sorana hatte den geringsten Anspruch auf die Erbfolge, wusste Juliana. Doch war nicht undenkbar, dass Fredrik ihr zu gegebener Zeit den Vorzug vor seinem Sohn geben könnte. Von seiner Schwiegertochter war er unübersehbar nicht allzu angetan. Und Kinder hatten sie und Valeriu auch noch keine. Im Gegensatz zu Sorana und Traiko.

Juliana verspürte eine diebische Lust, noch ein wenig mehr im Pudding zu rühren. Damit rückte sie zudem Valea weiter aus dem Fokus.

„Ist es nicht etwas vorschnell, Valentin abzuschreiben?", ließ sie wie beiläufig fallen und wartete ab, bis sich ihr alle zugewandt hatten. Dann zuckte sie salopp die Schultern. „Ich meine, was beweisen schon ein paar Fotos? Ich habe Valentin kennengelernt und fand ihn recht nett. Keine Spur, dass er ein Psychopath sein könnte."

Es verstrichen ein paar Sekunden, bis jemand reagierte. „Unauffälligkeit zeichnet einen Psychopathen aus."

Bezeichnenderweise war es Eugen, der ihr diese Weisheit unterbreitete. Nicht ohne einen finsteren Blick mitzuschicken. Spätestens jetzt musste er durchschaut haben, dass Juliana nicht auf seiner Seite war. Schon wieder empfand sie beinahe Mitgefühl. Alle hier waren gegen ihn, und jetzt hatte er auch noch seine vermeintlich hilfreiche Marionette verloren.

„Wir alle hier kennen Valentin weit länger und besser als du", sagte Onkel Fredrik. „Es fällt keinem von uns leicht, zu glauben, dass er das getan haben könnte. Nun, fast keinem", fügte er hinzu und ließ den Blick über Eugen zu Narcisa schweifen.

Eugen legte nach. „Siehst du denn nicht, wer in diesem Haus wohnt?", fuhr er Fredrik an. „Du verschließt die Augen, weil es die Kinder deines Bruders sind."

„Och bitte, verschone uns", fauchte Sorana, bevor ihr Vater loslegen konnte. „Jetzt nicht wieder die Geschichte."

Eugens Miene war die eines Wüterichs kurz vor einem Ausbruch, und Juliana rätselte, wie sie diesen Mann je als gut aussehend empfinden konnte. In der Tat, alle Anwesenden kannten Valentin besser als sie. Dasselbe traf auch auf Eugen zu, und sie alle schienen von seiner Niedertracht überzeugt. Wahrscheinlich hätte sie schon früher auf diese Signale hören sollen. Dann hätte sie vielleicht auch die schrecklichen Fotos nicht präsentiert und damit Valentin und Valea in diese missliche Lage gebracht.

„Was willst du mir sagen, Eugen?", raunte Onkel Fredrik. „Raus damit. Ich höre."

Eugen hatte sichtlich Mühe, seine Contenance zu bewahren. Doch er antwortete gefasst. „Es ist nicht ihr erster Mord. Sie haben schon ihre Schwester auf dem Gewissen. Vielleicht auch deinen Bruder."

Valea sprang aus ihrem Sessel auf. „Jetzt habe ich endgültig genug von dir." Sie funkelte vor Zorn, und hätte Sorana sie nicht aufgehalten, wäre sie wahrscheinlich auf Eugen losgegangen.

Fredrik trat vor ihn hin. „Weißt du, ich frage mich wirklich", sprach er bemerkenswert ruhig, „bist du wirklich so verblendet oder nur unglaublich tief gesunken?"

Eugen hielt ihm stand und bedachte Juliana mit einem kurzen Seitenblick. Sie ahnte, welche Bombe er als Nächstes platzen lassen wollte. Das durfte sie nicht ihm nicht auch noch überlassen, also tat sie es selbst.

„Gabriela Petrescu ist nicht ermordet worden", rief sie in die Runde, womit sie erneut alle Augen für sich gewann.

„Wer?", fragte Sorana.

Valeriu und Narcisa musterten sie neugierig, schienen aber um Worte verlegen.

„Meine Großtante", legte Juliana offen. „Ich bin gar keine Schauspielerin. Nun ja, ein klein bisschen vielleicht. Aber eigentlich bin ich Journalistin. Meine Absicht war und ist, Gabriela Petrescu zu finden. Lange Geschichte. Und ziemlich kompliziert. Später mehr, wenn ihr wollt. Aber Eugen sollte eines jetzt gleich wissen: Gabriela Petrescu ist vor vielen Jahren hier gewesen. Aber sie ist nicht ermordet worden. So viel weiß ich inzwischen."

„Diesen Namen kenne ich", entgegnete Onkel Fredrik irritiert. „Moment mal ... natürlich."

Eugen kehrte sich von ihm ab und hielt gemessen auf Juliana zu. „O Juliana. Du glaubst, etwas zu wissen, und schließt daraus auf ein Verhaltensmuster."

Juliana durchschaute nicht recht, worauf er hinaus wollte. Doch sie begriff, warum er in seiner Aufzählung vermeintlicher Morde in diesem Haus Gabriela Petrescu ausgespart hatte: weil Onkel Fredrik das wahrscheinlich mühelos hätte widerlegen können. Und weil wahrscheinlich auch Eugen höchstselbst wusste, dass Gabriela keinem Verbrechen zum Opfer gefallen war. Doch er hatte sich ihr Mysterium nutzbar gemacht, um sie, Juliana, hierherzulocken. Damit sie ihm half, Valentin ans Messer zu liefern. Ein Stück weit hatte sie das auch getan. Indem sie die Fotos ins Spiel brachte, die er zuvor in Valentins Schlafzimmer versteckt hatte. Ja, so musste es sein. Ihn hatten sie und Valea gestern Abend im Vestibül vorbeischleichen gehört. Nun kam er gemessen auf sie zu, und Juliana spürte, wie sich ihre Miene verhärtete.

„Ich wollte das nur klarstellen", sagte sie. „Vielleicht sollten die anderen jetzt auch erfahren, dass ich nur dank dir hierherkommen konnte."

Noch bevor er bei Juliana anlangte, stand Valea zwischen ihnen. Eugen stoppte und formte ein gelittenes Lächeln. „Was sehe ich denn da? So nahe steht man sich?"

„Was wird hier gespielt?", blaffte Onkel Fredrik hinter ihm. „Steckt ihr unter einer Decke?"

„Nein", antworteten Juliana und Valea gleichzeitig.

Für Eugen sicher ein weiterer Beweis, dass sich alle gegen ihn verschworen hatten, und vielleicht der Auslöser, warum er nun jegliche Beherrschung verlor.

Sein Gesicht war zu einer Fratze geworden. „Mörder seid ihr", fauchte er und versuchte, Valea zu packen.

Die aber blockte seine zugreifenden Hände mühelos ab. „Lass deine Hände von mir."

Nun war auch Fredrik da und unterband weitere Übergriffe Eugens, indem er ihn am Unterarm festhielt.

Eugen riss sich augenblicklich wieder los und ging ein paar Schritte auf Distanz. Keine Spur mehr von seiner charmanten Blasiertheit in seinem Ausdruck oder seinem Gebaren. Er war ein in die Enge getriebenes Raubtier. Juliana fühlte sich hin- und hergerissen. Ein Teil von ihr bedauerte ihn weiterhin, der andere misstraute ihm mehr denn je. Doch wenn Eugen es war, der Arabella so ruchlos instruiert hatte, wieso hatte er sie dann zum Showdown mitgebracht? Ihre Gegenwart gefährdete alles. Wenn nur einer der Anwesenden sie zu Gesicht bekam, stürzte der Plan, Valentin einen Mord anzuhängen, in sich zusammen.

„Ich lasse euch damit nicht davonkommen", giftete er an Valeas Adresse. „Ihr werdet endlich bezahlen."

„Ach ja? Wofür?", schoss Valea zurück. „Dich als Schwager in unsere Familie aufgenommen zu haben? Sei versichert, dafür bezahlen wir schon lange. Wenn du einen Schuldigen für Victorias Unfall suchst, dann schau in den Spiegel. Weißt du, warum sie an dem Tag

ausgeritten ist? Und weshalb sie anscheinend ungestü-
mer geritten ist als üblich? Weil sie den Kopf freibekommen musste. Nach einen Streit mit dir."

„Wie kannst du es wagen", raunte Eugen so unverblümt hasserfüllt, dass Juliana es glatt mit der Angst zu
tun bekam.

„Sie hat sich Sorgen gemacht", blaffte Valea, nun mit
feuchten Augen. „Du hast ihr Sorgen gemacht. Du und
deine Glücksspielerei. Die dir wichtiger war als euer
Sohn."

Eugens mörderischer Blick stellte sogar den von Rosa
in den Schatten. Juliana erschauderte. Endlich sah sie
den wahren Eugen. Den, vor dem sie Valentin und Valea seit ihrer Ankunft gewarnt hatten. Ein trauernder
Witwer mochte er sein. Doch jetzt überwog ein von
Rachgier zerfressener Eiferer. Den Tod seiner Frau
konnte er Valentin und Valea nicht anhängen, deshalb
versuchte er es mit Arabella.

Onkel Fredrik trat zwischen ihn und Valea. Eugen
hatte keine Verbündete in diesem Raum, doch Juliana
hätte gewettet, dass er ohne diese unmissverständliche
Drohgebärde auf Valea losgegangen wäre. Er sprühte
vor Zorn, wenngleich er das meiste davon in sich einge-
schlossen hielt.

Dann aber veränderte sich sein Ausdruck. Zum Zorn
mischte sich etwas Manisches. Etwas Fiebriges. Nur
um dann zusammenzufallen. Eugen war bleich geworden, und seine zuvor noch Furcht einflößende Miene
wirkte plötzlich leer und orientierungslos.

„Sorgen", murmelte er zum Boden vor seinen Füßen.

Juliana meinte, zu verstehen. Wahrscheinlich hatte er schon vor Valeas Vortrag irgendwo tief im Inneren gewusst, dass ihm eine Mitschuld am Tod seiner Frau traf. Das musste schwer zu ertragen sein. So schwer, dass es allzu verlockend schien, alle Schuld auf jemand anders zu projizieren. Wie auf Valentin und Valea. Umso reizvoller, wenn dadurch auch noch das Falkensteiner Familienerbe winkte.

Eugen fasste sich schnell wieder. Entschlossenheit kehrte zurück. „Ich werde das nicht hinnehmen.“ Ein grimmiges Glimmen vereinnahmte seinen Blick. „Wenn du es nicht tust, Fredrik, werde ich die Polizei informieren.“

„Das wirst du nicht“, erwiderte Onkel Fredrik streng.

Valeriu mischte sich ein. „Wieso denn nicht?“ Schwungvoll erhob er sich aus der Couch. „Du siehst doch, Vater, dass wir hier nicht weiterkommen. Valentin und Valea haben uns getäuscht und belogen. Das werden sie auch weiterhin. Ich sehe nicht, wie wir ohne Polizei herausfinden können, was hier geschehen ist.“

„Auch mit Polizei werden wir das nicht“, raunte Fredrik verdrießlich. „Wann begreifst du das endlich?“

„Ich begreife vor allem, dass wir hier seit unserer Ankunft vorgeführt werden“, legte Valeriu sachlich dar, womit er erstmals ein wenig rhetorische Bewandtnis durchschimmern ließ. „Hier sind sogar Schauspielerinnen engagiert worden, um uns zu täuschen. Was sagt euch das? Mir sagt es, dass Valentin und Valea etwas zu verbergen haben. Etwas Gewaltiges. Wie einen Mord.“

„Falsch“, erwiderte Valea. „Wir haben das inszeniert, um den aus der Deckung zu locken, der tatsächlich dahinter steckt.“

„Was für ein Stuss", ließ sich Narcisa belustigt auf ihrer Couch vernehmen. „Wer soll dir das denn bitte abnehmen?"

„Hier spricht in der Tat sehr viel gegen euch, Valea", räumte Onkel Fredrik ein. „Also rück jetzt endlich mit der vollen Wahrheit raus. Andernfalls führt kein Weg an der Polizei vorbei."

„Ach, kommt schon", schnarrte Narcisa. „Egal, was sie uns als Nächstes auftischt, wer könnte ihr nach all den Lügen denn noch glauben?"

Es war erstaunlich, wie würdevoll Valea bei all dem blieb. Juliana an ihrer Stelle hätte längst die Beherrschung verloren, war sie sich sicher. Der Druck ging auch an Valea nicht spurlos vorüber, aber sie ließ sich nicht hinreißen.

„Ich habe nicht gelogen", stellte sie klar. „Wir haben das inszeniert, um den von euch bloßzustellen, der uns verladen will. Den von euch, der gern das Haus und den Rest hätte."

Wohlweislich hielt sie zurück, dass Arabella von außen engagiert, gar nicht tot und sich außerdem vorhin oben im Wohnzimmer mit ihnen geprügelt hatte. Klar, denn damit hätte sie ihre Glaubwürdigkeit vor den anderen endgültig unterminiert.

„Und weshalb holt ihr euch eine Verwandte von Gabriela Petrescu ins Haus?"

„Bis vor Kurzem habe ich diesen Namen noch gar nicht gekannt."

Onkel Fredrik musterte sie eingehend, dann nickte er und drehte er sich ohne Hast zu Juliana herum. „Ich schon", sagte er. „Aber ich hatte ihn so gut wie vergessen."

Juliana sammelte sich für eine Antwort. Ihre Erklärung durfte ruhig ausführlich und umfassend ausfallen. Jede Minute Zeit, die sie Valentin verschaffte, verstrich zu ihrem und seinem Vorteil. Hoffentlich würde er sie nutzen. Wofür auch immer.

„Es ist so, dass ich mich hier eingeschlichen habe", tat sie der Versammlung kund. „Valentin und Valea haben nicht gewusst, dass ich Journalistin bin. Sie haben mich als Schauspielerin engagiert." Welche Rolle Eugen in diesem Arrangement gespielt hatte, wollte sie vorerst aussparen. „Ich sollte Valeas Geliebte spielen, wie ihr inzwischen wisst. Dem bin ich gerecht geworden, denke ich. Der Grund meiner Anwesenheit ist aber Gabriela Petrescu. Sie ist eine Verwandte von mir."

Ein paar Sekunden lang schwiegen alle, dann meinte Traiko: „Könnte mir gütigerweise jemand erklären, wer Gabriela Petrescu ist?"

Sorana zuckte die Schultern, und auch Valeriu und Narcisa wirkten ratlos.

Nicht aber Onkel Fredrik. „Ich habe sie als Junge gekannt. Flüchtig. Sie war der Grund für das zeitweilige Unglück meines Bruders. Weil er sie geliebt hat."

Er zögerte, dann wandte sich wieder Valea zu und nahm sie beidseitig an den Schultern. „Versteh mich nicht falsch. Dein Vater hat deine Mutter geliebt. Sehr sogar. Doch da hat es noch eine andere gegeben. Vor eurer Mutter. Er hat sie nie wirklich aufgeben können. Hat sie nie loslassen können. Sie ins Dorf zu bringen, hat es noch schwerer für ihn gemacht."

Sorana meldete sich zu Wort. „Onkel Constantin hat eine Geliebte ins Dorf gebracht?"

„Sie hat sich vor der Securitate verstecken müssen“, antwortete Fredrik. „Deshalb hat Constantin einen Handel mit unserem Vater geschlossen. Er würde wie verabredet eine Frau aus Bukarest heiraten, deren Familie uns vor den Klauen des Regimes beschützen würde. Als Gegenleistung musste unser Vater Constantins Geliebte aus Vama Veche verstecken, die von der Securitate ansonsten umgebracht worden wäre.“

„Sie kam beim Hufschmied unter, nicht wahr?“, sagte Juliana.

Fredrik nickte. „Sie hat den Platz seiner verstorbenen Tochter eingenommen.“

Julianas Herz schlug einen Takt schneller. „Lebt sie noch?“

Fredrik sah wieder zu seiner Nichte. „Das sollte Valea wissen. Sie hat irgendwann den Wirt geheiratet, soweit ich mich erinnere.“

Valeas Augen weiteten sich ein wenig. „Dann ist es … die alte Wirtin? Die alte Wirtin ist es?“

Juliana überkam ein Frösteln. Sie hatte mit dieser Frau schon telefoniert. Zweimal. „Sie lebt also noch“, wisperte sie zu sich selbst.

„Oh, das ist ja wirklich herzergreifend“, flötete Narcisa aus dem Hintergrund. „Constantin, den eine tragische Liebe geplagt hat. Nun gut. Aber was nützt uns das hier und heute, wo sein Sohn ein Mörder ist?“

„Was für einen Mord wirfst du mir vor, Narcisa?“, sprach eine Stimme von der Tür. „Wen soll ich umgebracht haben?“

Juliana fuhr herum. Valentin war gekommen.

Im ersten Moment sorgte das unverhoffte Erscheinen für Verunsicherung. Narcisa erschrak sich regelrecht, was Juliana mit Genugtuung zur Kenntnis nahm. Auch Valeriu wirkte alarmiert, und Sorana suchte, vermutlich unbewusst, die Nähe ihres Mannes. Nur Onkel Fredrik blieb gelassen. Eine Gelassenheit, die auch die anderen zumindest ein Stück weit anzustecken schien.

„Valentin, endlich“, sagte er so aufgeräumt, als wäre ein noch ausstehender Partygast endlich eingetroffen, kein Mordverdächtiger. „Hilf uns, dieses Rätsel zu lösen. Was geht hier vor?“

„Das herauszufinden, Onkel“, entgegnete Valentin, „ist der Grund, warum ich euch eingeladen habe.“

Äußerlich sah er wie vorhin am Brunnen aus, zerknittert, staubig und ungekämmt. Eine tiefe Traurigkeit wohnte in seinem Blick, doch nun wirkte er diszipliniert und in sich gefasst, so als wäre er in der Zwischenzeit wieder ganz geworden. Das stimmte Juliana hoffnungsvoll. Valentin stellte sich seinen Anverwandten. Sicher nicht ohne einen Plan.

Er wandte sich erneut an Narcisa, die so wachsam wie grimmig in ihrer Couch lauerte. Vor ihr lagen die Fotos mit der vermeintlichen Leiche auf dem Tisch. „Wen soll ich ermordet haben, Narcisa? Die Frau auf diesen Fotos?“

„Wen denn sonst?“, schnarrte sie zurück.

Valentins Lippen formten ein gelittenes Lächeln. Er drehte sich herum und komplimentierte mit einer weichen Geste jemanden hinter sich herein. Juliana hielt den Atem an, als Arabella den Salon betrat. Sie tat es langsam und in vorsichtigen Schritten, so als ginge sie barfuß auf Glas. Im Wohnzimmer war sie eine gewiefte

Kämpferin gewesen. Nun wirkte sie wie ein scheues Reh.

„Ich darf euch die Frau vorstellen, die ich als Arabella gekannt habe", erklärte Valentin. „Die ich heiraten wollte. Und die vor ein paar Monaten spurlos von hier verschwunden ist."

„Ihr engagiert Schauspieler, fälscht Fotos und gaukelt uns einen Mord vor", knurrte Onkel Fredrik bedrohlich. „Was soll dieses verfluchte Theater, Valentin?"

„Nicht Valea und ich haben die Fotos angefertigt", erwiderte Valentin. „Das war jemand anders. Wie die meisten von euch habe ich die Fotos gestern Abend zum ersten Mal gesehen."

„Wie die meisten von uns?", horchte Sorana nach.

Valentin sah zu Arabella. Ein Dozent, der den vereinbarten Vortrag eines Gastredners einforderte.

Arabella hob den Kopf, reckte das Kinn und tat einen Schritt in die Mitte der Versammlung. Das scheue Reh hatte Mut gefasst. Oder war dazu genötigt worden. Juliana erlaubte sich, wieder zu atmen und wartete gespannt ab. Bevor Arabella ihren verabredeten Beitrag leistete, begegneten sich ihre Blicke. Länger und intensiver aber musterte Arabella Valea. Sie war doch kein scheues Reh, konstatierte Juliana, aber auch nicht die Kämpferin, der sie im Wohnzimmer begegnet waren. Oder möglicherweise doch? Unter Umständen war Juliana in der aufgeladenen Atmosphäre ihrer Schlacht einfach nur nicht aufgefallen, dass auch Demut in diesem Blick lag.

„Ihr fühlt euch getäuscht und betrogen", sprach sie mit einem sachlichen Nicken in die Runde der Anwesenden. „Es ist wahr, das wurdet ihr. Noch mehr aber sind Valentin und Valea getäuscht worden. Von mir." Sie warf einen Seitenblick auf Valentin, der ihn aber nicht erwiderte. „Ich habe eine Chance ergriffen", fuhr sie fort. „Eine Chance, den Falkensteins etwas wegzunehmen. Das hatten sie meines Erachtens nach verdient. Zumindest habe ich das damals so gesehen. Ich fand, dass sie mir etwas schulden. Deshalb habe ich eingewilligt."

Onkel Fredrik verschränkte erwartungsvoll die Arme. Ein Löwe, der geduldig abwog, wie viel Hunger er noch hatte. „In was eingewilligt?"

Arabella schloss kurz die Augen. „Valentin zu verführen und es dann so aussehen zu lassen, als habe er mich umgebracht. Das war der Plan."

„Du hast zwei Jahre lang hier gelebt", fauchte Valea außer sich. „Du warst ein Teil der Familie. Was haben wir dir angetan, dass du uns derart verachtest?"

„Ich verachte euch nicht, Valea", antwortete Arabella etwas leiser. „Und das ist auch der Grund, warum ich jetzt hier stehe. Ich will versuchen, etwas wiedergutzumachen."

Narcisa erhob sich aus ihrer Couch und fuchtelte sich mit ihren kurzen Armen ins Geschehen. „Was können wir hier überhaupt noch glauben, ha? Wer garantiert uns, dass das jetzt nicht das nächste Theaterstück ist, das man uns vorführt?"

„Sei jetzt bitte still", gemahnte Onkel Fredrik gewählt gravitätisch und ohne Arabella aus den Augen zu lassen. „Ich will das hören."

„Warum glaubst du, dass dir die Falkensteins etwas schulden?", warf Juliana ein.

Arabella schien tief in sie hineinzusehen. „Das geht auf deine Großtante zurück", sagte sie kühl. „Genauer gesagt auf deinen Großvater. Und auf Constantin Falkenstein."

Neue Nervosität keimte in Juliana. Dies war der Augenblick der Wahrheit. Die letzten Puzzleteile wurden umgedreht. „Wer bist du?", fragte sie und konnte das Flattern in ihrer Stimme nicht ganz abstellen.

Der Salon war noch immer ein Gerichtssaal. Doch nun war Arabella die vorgeladene Angeklagte. „Mein voller Name ist Arabella Ratmann", antwortete sie. „Meine Eltern waren Felix und Raluca Ratmann."

Der Name Ratmann sagte Juliana nichts, wohl aber die beiden Vornamen. Die tauchten mehrere Male in den Briefen auf, die Gabriela von Vama Veche hierher geschickt hatte und über Eugen in ihre Hände gelangt waren. „Felix und Raluca …"

„Wer soll das sein?", knurrte Onkel Fredrik.

Arabella drehte zu ihm herum. „Das sind die, denen es Constantin Falkenstein und Gabriela Petrescu zu verdanken haben, dass sie aus Vama Veche fliehen konnten. Und dass sie die Securitate in all den Jahren hernach nie hier oben aufgespürt hat."

„Wie das?", fragte Juliana.

Arabella schenkte ihr ein verächtliches Lächeln. „Dein Großvater war nicht sehr glücklich darüber, dass man ihn in Vama Veche aufgehalten hat. Sorin Petrescu hat meinen Vater deshalb ins Gefängnis werfen lassen, wo er mehr als zehn Jahre verbracht hat."

Juliana schluckte. „Davon habe ich nichts gewusst."

Arabella verzog ihre Lippen. „Natürlich nicht. Woher solltest du? Constantin und Gabriela haben es wahrscheinlich auch nicht gewusst. Nach ihrer Flucht haben sie sich nie wieder bei meiner Mutter gemeldet."

Vor ihr stand die Frau, die Valentin und Valea schlimm hereinlegen wollte. Doch nun empfand Juliana unverhofft Anteilnahme. Vermutlich weil hier gerade ein weiteres dunkles Kapitel ihres Großvaters aufgeschlagen wurde. „Was ist aus deinen Eltern geworden?"

„Mein Vater kam erst in den späten Siebzigern aus dem Gefängnis frei", antwortete Arabella reserviert. „Meine Mutter hat all die Jahre auf ihn gewartet. Die Ironie ist, dass sie den vollen Namen von Gabrielas Geliebten gekannt hätte. Den Namen, den dein Großvater so inbrünstig erfahren wollte. Ja, sie hätte ihm den Namen Falkenstein nennen können. Dann wäre Sorin Petrescu allzu bald hier aufgetaucht. Wahrscheinlich nicht allein. Sondern mit Truppen, die hier alles auf den Kopf gestellt hätten. Tja, aber meine Mutter ist nie befragt worden. Sondern nur mein Vater." Arabella bemühte sich um ein Lächeln, aber es missglückte gründlich. „Das Gefängnis hat ihn gebrochen. Es hat ihn zerstört. Nach seiner Entlassung hat er nur noch zehn Jahre gelebt. Er starb mit zweiundvierzig Jahren, als ich drei war. Meine Mutter ist ihm gefolgt, als ich zwölf war. Sie hat es schwer gehabt. Immer. Vor ihm und nach ihm. Musste in all der Zeit viel über sich ergehen lassen, um mir ein einigermaßen anständiges Leben zu bieten. Eines Abends, ein paar Wochen bevor sie starb, hat sie mir von Vama Veche erzählt. Von ihrer glücklichen Zeit dort. Von ihren vielen Freunden. Darunter

Constantin und Gabriela. Für die mein Vater sein Leben riskiert hat und für eine schrecklich lange Zeit ins Gefängnis gegangen war."

Juliana senkte den Blick. Erstaunlich, wie sich die Kreise nun plötzlich alle schlossen. Am Ende waren sie hier alle Opfer des Regimes. Die Falkensteins, denen es rücksichtslos alles wegnehmen wollte, Arabella, deren Eltern es zerstört hatte, und sie, Juliana, die den Schatten ihres Großvaters nicht loswurde. Nicht zuletzt reihte sich auch Gabriela in diese Liste der Tragödien.

„Und da hast du dir gedacht", raunte Valea, „es stünde dir zu, dir hier bei uns etwas zu holen."

Arabella nickte ohne Umschweife. „Ich habe viele Jahre lang nicht an diesen Namen gedacht. Falkenstein. Vielleicht hätte ich ihn vergessen. Aber dann hat jemand Kontakt zu mir gesucht. Jemand, der ebenfalls eine Rechnung mit euch begleichen wollte."

Ihr Blick stahl sich an Onkel Fredrik vorbei. Dort, am leeren Kamin, stand Eugen und starrte versonnen auf ein nicht vorhandenes Feuer. Wegen Narcisa und Arabella hatte Juliana ihn eine Weile völlig aus den Augen verloren. Er wirkte abwesend, doch schien er nichts vom Geschehen verpasst zu haben und wusste wohl auch, dass er soeben von allen Augenpaaren im Raum ins Visier genommen wurde. Er drehte sich der Versammlung zu. Nach außen trug er weder Wut noch Empörung. Vielmehr eine gespenstische Leere, kalt und unnahbar, die Juliana einen Schauer über den Rücken jagte.

„Er steckt hinter allem", murmelte Valea. „Wir haben es immer gewusst."

Sie wollte sich in Bewegung setzen, doch Valentin hielt sie zurück.

„Sag was dazu, Eugen", forderte Onkel Fredrik. „Hast du diese Frau schon vor Valentin gekannt? Hast du sie instruiert?"

„Es gehört zu den Gepflogenheiten dieser Familie", sprach Eugen merkwürdig monoton an Arabellas Adresse, „sich nicht für die Scherben anderer zu interessieren. Du und deine Eltern, ihr habt viel geopfert und musstet auf viel verzichten. Ich habe dir eine Chance geboten, einen Teil dessen, was dir die Falkensteins schulden, zurückzufordern. Wie enttäuschend, dass du jetzt alles wegwirfst."

„Es ist der falsche Weg, Eugen", entgegnete Arabella einfühlsam. „Wir haben schon so viele Schmerzen verursacht, so viel zerbrochen. Wir sollten versuchen, wenigstens ein paar Scherben wieder zusammenzufügen, anstatt für immer noch mehr zu sorgen."

„Da ist nichts mehr, das man zusammenfügen könnte", sagte Eugen und taxierte Valentin. „Nicht in mir. Dafür hat er gesorgt."

Arabella schüttelte vorsichtig den Kopf. „Du hast dich da in etwas hineingesteigert und verrannt, Eugen. Aber du irrst dich."

Eugen verzog die Mundpartie zu einem hässlichen Grinsen. „Ich hätte es wissen müssen. Du bist zu lange hier gewesen und hast dich einlullen lassen."

Arabella stritt es ab. „Das habe ich dir schon zu erklären versucht. Du verkennst die Lage. Ich habe mit Valentin und Valea gelebt. Gut gelebt. Ich kenne sie. Du siehst in ihnen etwas, das sie nicht sind."

Eugen blieb unbewegt. Juliana schaute in seine gemeißelte Miene und war traurig. Hatte er jüngst noch menschliche Regungen wie Verzweiflung und Trauer durchblicken lassen – oder zumindest vorgeschützt –, war dort nun überhaupt nichts mehr. Nur Leere und Kälte. Krankhaft manisch war der verbitterte Witwer rücksichtslos und berechnend darauf aus gewesen, Valentins Leben zu zerstören. Auch sie, Juliana, hatte er als Werkzeug instrumentalisiert. Hatte auf ihren Ehrgeiz als investigative Journalistin gesetzt, einen vermeintlichen Mörder zu überführen. Beinahe mit Erfolg. Lange war sie ihrem zugedachten Part nachgekommen. Hatte sein Spiel mitgespielt. Zum Glück nicht bis zum Ende.

„Ein guter Spieler weiß, wann er verloren hat", tat Eugen der Versammlung kund und klang dabei so furchtbar sachlich, dass Juliana erneut schauderte.

Ohne jegliche Hast und Berührungsängste wollte er sich seinen Weg zur Tür bahnen, doch Onkel Fredrik wich nicht beiseite.

„Was denn", knurrte er, „du meinst, du kannst jetzt nach allem, was du hier abgezogen hast, einfach verschwinden?"

Valentin trat hinzu. „Ich halte das für das Beste, Onkel", sagte er und wandte sich wachsam an Eugen. „Pack deine Sachen und verlasse dieses Haus. Ich muss, denke ich, nicht erwähnen, dass du hier nicht mehr willkommen bist. Nie wieder. Hast du verstanden? Nie. Wieder."

Eugen bedachte ihn mit einem Blick voller Verachtung. Dann marschierte er an ihm vorbei aus dem Salon.

Kapitel 20

Petrescu, Ratmann, Falkenstein

Zurück blieb Arabella, merklich beklommen aber keineswegs unterwürfig. Sie war weiterhin die Angeklagte, doch sie bewahrte Fassung und Würde. Onkel Fredrik musterte sie finster und erweckte den Anschein, als würde er sich sammeln, um sie dann ebenso streng zu verhören wie vormals Valea. Doch schließlich schüttelte er nur den Kopf und nahm selbst im Anklagesessel Platz. „Was für ein Irrsinn", kommentierte er.

Sorana wollte den Job als Ankläger übernehmen, doch Valentin gebot ihr Einhalt. „Arabella und ich hatten Gelegenheit für ein langes Gespräch, bevor wir hierhergekommen sind." Damit fiel sein Blick auf Juliana. „Das habe ich dir zu verdanken", sagte er und konnte sogar lächeln. „Nachdem du mir gesagt hattest, wer sich noch in diesem Haus aufhält, hatte ich eine gute Ahnung, wo ich diesen Gast aufspüren würde."

Auch Sorana fuhr zu Juliana herum. „Du hast gewusst, dass sie hier ist?"

„Erst seit heute Morgen", entgegnete Juliana. „Valea und ich haben sie im Wohnzimmer angetroffen. Wir hatten eine kleine Auseinandersetzung. Vielleicht habt ihr das Poltern gehört."

„Dort habe ich übernachtet", ergänzte Arabella.

„Warum habt ihr das nicht früher gesagt?“, fuhr Sorana Valea an.

„Hättet ihr uns etwa geglaubt?“, erwiderte Valea zornig.

„Was soll das alles jetzt also?“, meldete sich Narcisa zurück. „Es ist also niemand ermordet worden?“

„Tut mir leid, dich enttäuschen zu müssen“, sagte Valentin und wirkte wie von einer schweren Last befreit. „Eugen wollte die Erbfolge für seinen Sohn. Und mich hinter Gittern. Valea nötigenfalls auch. Dafür war ihm jedes Mittel recht. Es war seine Intrige.“

„Und ihre“, raunte Valea in Arabellas Richtung.

Ihren anklagenden Augen konnte nun auch Arabella nicht standhalten. Sie senkte den Blick. „Ich versuche erst gar nicht, mich zu entschuldigen“, murmelte sie. „Weil es dafür keine Entschuldigung gibt.“

„So sehe ich das auch“, erwiderte Valea, und Juliana wäre nicht erstaunt gewesen, wenn Arabella gleich Prügel von ihr bezogen hätte. Das aber schien sie ihrem Bruder überlassen zu wollen.

Doch Valentin machte keine Anstalten, seine betrügerische Verlobte anzugehen. Weder verbal noch physisch. „Keine Entschuldigung“, sagte er. „Aber wir hatten Gelegenheit, uns auszusprechen.“

Erwartungsvolle Sekunden verrannen, doch Valentin wollte dem anscheinend nichts hinzufügen.

Valea aber ließ nicht locker. „Und das heißt?“

„Das heißt“, setzte Valentin geduldig an, „dass ich die Tatsachen akzeptiere und mit ihnen leben kann.“

Juliana erinnerte sich an die Andeutung, die Valentin bei ihrem Gespräch am Hausbrunnen hatte fallen lassen.

„Du bist an diesem Wochenende nicht auf Eugens Geheiß hier", sagte sie zu Arabella. „Du bist aus eigenen Stücken zurückgekommen. Wegen Valentin."

Arabella nickte vage. „Ich musste mich vergewissern, was passiert. Was Eugen vorhatte."

„Ach, das hast du wohl gar nicht gewusst, wie?", raunte Valea schneidend.

„Ich habe es gewusst", lenkte Arabella ein. „Ich wusste nur nicht, wie weit er gehen würde. Und was genau er mit den Fotos beabsichtigte. Aber natürlich habe ich es geahnt."

„Damit ich das recht verstehe", brachte sich Sorana ein. „Eugen hat dich angeworben. Und du hast mitgespielt, weil er dir was vom großen Kuchen der Falkensteins versprochen hat?"

Arabella bestätigte nach kurzem Zögern. „Wie gesagt, ich fand, dass die Falkensteins meinen Eltern etwas schulden. Und damit mir. Inzwischen schäme ich mich, dass ich mich darauf eingelassen habe. Leider kann ich es nicht rückgängig machen. Nichts davon."

Sorana musterte sie angewidert. „Wie kaputt muss jemand sein, sich auf so etwas einzulassen? Na gut. Und jetzt? Was soll mit ihr geschehen? Polizei?"

„Ich bin für die Wölfe", raunte Valea.

„Mein Wagen steht nicht weit vom Dorf", entgegnete Arabella. „Ihr werdet mich nicht wiedersehen."

Valentin nickte nur flüchtig und schaute sie dabei nicht einmal an. Wahrscheinlich hatten die beiden schon darüber geredet. Angesichts dessen, was sie ihm angetan hatte, war er erstaunlich gefasst. Nun gut, zuletzt hatte sie ihm uneigennützig geholfen. Hatte es nicht über sich bringen können, ihn und Valea den

Mühlrädern der Behörden vorzuwerfen. Das sprach trotz allem für ihren Charakter. Valea blieb trotzdem unversöhnlich.

Juliana stand an einem der Fenster in der Eingangshalle, als Eugens Wagen davonfuhr. Er hatte in aller Eile gepackt und zu keinem mehr ein Wort gesagt. Vermutlich besser so. Möglicherweise wäre sonst doch noch jemandem eine Sicherung durchgeschmort.

Neben ihr öffnete Arabella die Haustür und trat hinaus. Valentin hatte ihr eine Tasche überlassen, damit sie ein paar ihrer Habseligkeiten mitnehmen konnte. Zu ihrer Verabschiedung war er nicht gekommen. Niemand war das. Wie Eugen wäre Arabella wahrscheinlich ohne jedes weitere Wort abgereist. Juliana aber wollte das nicht. Sie hatte noch ein Anliegen und sie deshalb an der Tür erwartet.

„Du könntest mir eine Kontaktmöglichkeit dalassen“, bat sie. „Oder eine Adresse.“

Arabella reagierte so verwundert wie skeptisch. „Wozu? Möchtest du die Falkensteins rächen?“

Juliana schüttelte den Kopf. „Seit heute weiß ich, was aus Gabriela Petrescu geworden ist. Wahrscheinlich werde ich sie schon bald treffen. Aus ihren Briefen weiß ich, dass sie deine Eltern sehr gern hatte. Vielleicht möchte sie dich kennenlernen.“

Ein Anflug von Trost schimmerte durch Arabellas verhärmten Ausdruck, wie Juliana zu bemerken glaubte. Vielleicht war es auch nur ein kleiner Funken ehrlicher Dankbarkeit, dass ihr hier nicht ausschließlich Abneigung entgegenschlug. Tatsächlich wusste Juliana nicht recht, was sie ihr gegenüber empfand. Was diese Frau Valentin angetan hatte, war schwer zu verzeihen. Doch es war unübersehbar, dass auch Arabella ein Opfer war. Ein Opfer vieler unglücklicher Umstände. Wer konnte schon wissen, welcher Weg sie an diesen Punkt geführt hatte? Im Alter von drei Jahren den Vater verloren, mit zwölf die Mutter, eine glückliche Kindheit sah anders aus. Sie hatte wahrscheinlich ein Leben voller Entbehrungen hinter sich. Und dann war Eugen gekommen, und sie hatte sich hinreißen lassen. Juliana konnte sie nicht verurteilen.

„Du hättest all das hier tatsächlich haben können", stellte sie nüchtern fest. „Wenn du Valentin geheiratet hättest."

„Ja, bis zu dem Tag, an dem Eugen mich auffliegen lässt", entgegnete Arabella sarkastisch. „Wir hatten einen Pakt. Hätte ich mich nicht daran gehalten, hätte er reagiert. Ich hatte hier keine Zukunft. Selbst wenn ich gewollt hätte. Es hätte schön sein können. Valentin ist jemand, den man lieben kann. Und auch Valea hatte ich gern. Trotz ihres fortwährenden Misstrauens mir gegenüber. Pass gut auf die beiden auf, ja?"

Juliana horchte erstaunt auf, zog es dann aber vor, nicht weiter darauf einzugehen. „Es tut mir sehr leid, was mein Großvater deinem Vater angetan hat."

Es war ihr schwer gefallen, das zu sagen, doch nun fühlte es sich gut an.

Arabella gelang daraufhin sogar ein vages Lächeln. „Das muss es nicht", wisperte sie brüchig. „Aber danke."

Das gemeinsame Mittagessen entwickelte sich zu einer ungewöhnlich harmonischen Angelegenheit. Narcisa wurde nicht müde, zu betonen, dass sie nie wirklich glauben konnte, dass Valentin ein Mörder sein könnte. Valeriu blieb zurückhaltender, pflichtete seiner Frau aber weitgehend bei. Onkel Fredrik lag dazu merklich etwas auf der Zunge, doch er hielt sich wohl um des Friedens willen zurück. Valentin machte es seinen Anverwandten leicht, sich nach allem, was hinter ihnen lag, wieder anzunähern. Durchaus zum Missfallen von Valea, die Narcisa zumindest in Andeutungen hinrieb, was der Rest wohlweislich aussparte.

Juliana empfand indessen eine wachsende Sympathie für Sorana und Traiko, die vielleicht als Einzige an diesem Tisch das gesamte Wochenende über authentisch gewesen waren. Die Familieneiche Fredrik hatte sie von Anfang an respektiert. Seit sie durchschaut hatte, wie viel Integrität er sich seinem Neffen und seiner Nichte gegenüber trotz der Umstände bewahrt hatte, achtete sie ihn noch mehr. Valeriu und Narcisa hingegen waren schwerlich zu beneiden. Und noch schwerer zu mögen. Aus Julianas Warte war noch am ehesten Mitleid angebracht.

Als Rosa den Nachtisch servierte, wirkte sie so kalt und unnahbar wie immer. Tischgäste zu bewirten, die Valentin vor Kurzem noch fertigmachen wollten, musste ihr schwerfallen. Der Blick, mit dem sie Juliana bedachte, war für ihre Verhältnisse jedoch ausgesprochen mild.

Das nachfolgende Abschiednehmen voneinander gestaltete sich durchaus anrührend. So wie sich der Himmel inzwischen aufgeklart hatte und prallen Sonnenschein auf die Szenerie herabschickte, hatten sich offensichtlich auch in den Köpfen der Falkensteins die meisten Wolken verzogen. Die Familie würde sich bald wieder verstreuen, und wann es ein Wiedersehen geben würde, stand vorerst offen. Während Traiko das Gepäck in ihren Wagen verstaute, lag Sorana ihrem Vater bestimmt eine geschlagene Minute lang in den Armen und pochte darauf, dass er sie bald auf ihrem Weingut besuchen kommen musste. Onkel Fredrik sicherte es ihr zu. Dass sich Vater und Tochter wieder angenähert hatten, war vielleicht das Beste an diesem Wochenende. Nun ja, nein, entschied Juliana bei näherer Überlegung. Das Beste war, Valentin und Valea kennengelernt zu haben.

„Das gilt auch für euch", rief Sorana den Geschwistern zu. „Ihr werdet uns besuchen. Ich will keine Ausreden hören."

Bezeichnend, dass Valeriu und Narcisa keine solche Einladung ausgesprochen bekamen. Von ihrem Bruder verabschiedete sich Sorana dennoch in aller Herzlichkeit.

Auch Onkel Fredrik geizte nicht mit Herzlichkeit. Seinen Neffen und seine Nichte umarmte er, Juliana schüttelte er kraftvoll die Hand. „Irgendwie habe ich das Gefühl, dass wir uns wiedersehen werden. Ich freue mich darauf, Juliana Petrescu." Er sagte das mit einem erfrischenden Lächeln, und Juliana spürte, dass er es so meinte.

Valea und Sorana drückten einander innig, Valentin und Traiko verabschiedeten sich wie gute Freunde.

Vielleicht würden sie es noch werden. Selbst Onkel Fredrik schien sich mit Traiko als Schwiegersohn abgefunden zu haben.

Narcisa setzte ein Lächeln auf und gab sich auch entsprechend herzlich. Es wirkte echt, doch Juliana würde solchen Menschen sicher nie über den Weg trauen. Valentin vermutlich auch nicht, wenngleich er gute Miene zum bösen Spiel machte.

Valea hingegen sah davon ab. Sie schenkte Narcisa nur einen giftigen Blick. Für ihren Cousin Valeriu hatte sie immerhin ein paar Worte übrig.

Sorana zog Juliana ein Stück beiseite. „Ich weiß ja nicht, welche Rolle du fortan hier spielen willst", sprach sie vertraulich, „aber auch du wirst uns willkommen sein, falls es dich in unsere Gegend verschlägt."

Juliana war gerührt. „Tatsächlich?", erwiderte sie spitz. „Also habe ich seit der Küche wieder Sympathiepunkte gutgemacht?"

„Den einen oder anderen", entgegnete Sorana mit einem Schmunzeln.

„Ich werde in Bukarest nach Artikeln von dir Ausschau halten", sagte Valeriu souverän und aufgeräumt, als er Juliana die Hand schüttelte. „Man sieht sich, vermute ich."

Von Narcisa wiederum erntete sie nicht einmal einen Blick zum Abschied.

Valentins und Valeas Anverwandte fuhren davon, und Juliana wurde bewusst, dass auch ihre Zeit ablief. Ihre Zeit an diesem eigentümlichen und doch wundervollen Ort.

Valentin trat an ihre Seite. „Ich glaube, wir drei haben eine ganze Menge zu bereden", sagte er. „Aber das kann warten. Wenn du möchtest, Juliana, können wir gleich ins Dorf hinauf fahren und eine gewisse Wirtin besuchen."

Juliana sah ihn an und nickte.

Es fühlte sich seltsam an, das Anwesen der Falkensteins hinter sich zu lassen. Juliana war klar, dass sie wieder herkommen würde, denn noch befanden sich all ihre mitgebrachten Sachen in Valeas Schlafzimmer. Und in der Garage hinten stand der Mietwagen, mit dem sie und Alexander angereist waren. Nichtsdestotrotz war dieses Gefühl wohl ein Vorbote auf das, was unumgänglich vor ihr lag: ihr Abschied von hier. Vielleicht noch heute. Und vielleicht für immer.

Sie musste nach Bukarest zurück. Arbeit wartete dort auf sie. Arbeit, die sie eigentlich sehr mochte. Im Moment aber konnte sie sich nicht dafür begeistern. Denn mit ihrer Rückreise würde sie etwas sehr Wertvolles aufgeben. Etwas, das sie erst seit Kurzem kannte und das sie noch gar nicht so recht beschreiben konnte. Auf jeden Fall fühlte es sich gut und richtig an. Und es war untrennbar mit diesem Ort verbunden. Sie wollte bleiben. Zumindest noch für eine Weile. Sie würde es auf der Stelle tun, würde Valentin sie darum bitten. Oder Valea.

In Valentins Geländewagen erklommen sie die von den Bäumen am Straßenrand dicht beschattete Schlangenstraße zum Dorf hinauf. Juliana saß auf dem Beifahrersitz, Valea hinter ihr, während Valentin den Wagen lenkte. Dort oben würde wahrscheinlich auch Alexander auf sie warten. Und mit ihm Gabriela Petrescu. Was für eine Ironie.

„Wie hast du Arabella aufgespürt?", fragte Valea ihren Bruder.

Valentins Antwort ließ Juliana aufhorchen. „Das war Julianas Verdienst", sagte er. „Sie hat mir verraten, dass sie im Haus war. Daraufhin habe ich mir überlegt, wo ich mich in ihrer Lage verstecken würde. Und sie gefunden."

„Ihr habt nur geredet?"

„Nun ja, niedergekämpft hattet ja ihr sie schon", gab Valentin mit gekräuselten Lippen zurück. „Ihr zwei scheint euch inzwischen gut zu verstehen."

Diese wundervolle Feststellung tat Valea mit einem simplen: „Wir kommen klar", ab.

Oben nahm ihren Wagen nach dem verschlungenen Waldhang die Sonne in Empfang. Zu Füßen der von Tannen gekrönten Felswand lag das schmucke Dorf. Das Dorf mit dem Wirtshaus. Das Dorf mit dem Hufschmied. Und dem Bauern, der Valea zuweilen glücklich machte. Juliana schmunzelte und verscheuchte den Gedanken schnell wieder.

Das Wirtshaus mit seinem eindrucksvollen Mansarddach war das größte Gebäude im Ort. Auf einer Sitzbank im Schatten einer Laube unweit der Eingangspforte entdeckte Juliana zwei Gestalten. Die eine war unverkennbar Alexander. Bei ihm saß eine Frau mit langen schwarzen Haaren. Vermutlich dieselbe, die sie vorgestern bei ihrer Ankunft gesehen hatte – und die vermutlich Gabrielas Tochter war.

„Das ist Raluca, ihre Tochter“, bestätigte Valea. „Den fetten Typen da kenne ich nicht.“

„Tja, ich schon“, gestand Juliana grinsend.

Raluca. Gabriela hatte ihre Tochter also nach ihrer besten Freundin in Vama Veche benannt. Davon sollte Arabella irgendwann erfahren.

Valentin hielt neben der Laube an. Alexander erhob sich, als er Juliana im Wagen ausmachte.

„Das trifft sich ja“, brummte er. „Ich warte schon die ganze Zeit auf einen Anruf von dir.“

„Warum anrufen, wenn es auch persönlich geht?“ Juliana gab der seltsamen Freude nach, die sie gerade erfüllte, und umarmte ihn.

„Na, na“, entgegnete er etwas irritiert und fügte etwas leiser hinzu: „Ist das jetzt Show für deine beiden Begleiter?“

Juliana verneinte. „Alexander, ich darf dir Valentin und Valea Falkenstein vorstellen. Valentin, Valea, das ist mein Redaktionskollege Alexander. Er ist sozusagen mein Geleitschutz auf dieser Reise.“

Hände wurden geschüttelt, Grußworte gewechselt. Alexander wirkte angesichts der beiden Falkensteins etwas argwöhnisch, aber das war nun mal sein Naturell.

„Du glaubst nicht, was sich seit unserem letzten Gespräch alles ergeben hat“, kündigte Juliana verheißungsvoll an.

Er sprang erwartungsgemäß darauf an, doch vorher wollte er ihr Raluca vorstellen. Die beiden hatten etwas laufen, wie Juliana anhand ihres Telefonats schon richtig geschlossen hatte. Sie musterte die attraktive Frau intensiv. Eine Ähnlichkeit zwischen sich und ihr konnte sie nicht ausmachen, aber das musste nichts bedeuten. Raluca war groß, ihre braunen Augen tief, ihr langes Haar schwarz wie die finsterste Nacht. Der Ausdruck ein wenig verhärmt, aber keineswegs negativ. Vielmehr sprach eine Menge Tatendurst und Zuversicht aus ihr. Juliana schätzte sie auf um die vierzig.

„Seltsam. Mir ist, als würde ich dich kennen", bemerkte Raluca mit forschenden Augen.

„Damit sind wir auch schon beim Grund unseres Kommens", entgegnete Juliana. „Könnten wir deine Mutter sprechen?"

„Was ist los?", raunte eine gelittene Stimme von der Pforte. „Gleich beide Falkensteins auf einmal. Was verschafft mir die Ehre?"

Sie klang so knatschig wie überheblich, aber da stand sie. Eine zierliche Frau, sicher jenseits der siebzig, in abgetragener Bauerntracht und schlichten Arbeitsschuhen. Ihre grauen Haare waren zu einem kurzen Schopf geflochten, ihre Arme matronenhaft vor der Brust verschränkt.

Juliana trat näher und beäugte sie fasziniert. Rosa hatte recht. Und auch Ralucas Reaktion machte Sinn. Gabriela war nicht unbedingt ein älteres Spiegelbild ihrer selbst, aber eine Ähnlichkeit war nicht zu leugnen.

„Hallo", sprach Juliana mit flatternder Stimme. Doch sie lächelte. Breit und befreit. „Wie schön, dass ich dich gefunden habe. Mein Name ist Juliana. Juliana Petrescu. Ich bin deine Großnichte."

Die scharfen Augen der alten Frau weiteten sich zunächst, dann kniffen sie sich eng zusammen und musterten Juliana von oben bis unten. Schließlich kehrte sich Gabriela ab und gestikulierte den Anwesenden, ihr zu folgen. „Kommt schon rein. Ich kann jetzt einen Schnaps vertragen."

EPILOG

VAMA VECHE

Die ausrollenden Wellen brachen sich an ihren Füßen und spielten dabei eine betörende Symphonie. Vom Strand her wehte richtige Musik. Ruhiges, unaufgeregtes Gitarrengeklampfe. Gabriela wahrscheinlich. Sie hatte sich im Ort eine Gitarre gekauft. Jene, die sie vor so langer Zeit in einem Waldstück weiter nördlich vergraben hatte, war leider nicht mehr auffindbar gewesen. Theoretisch könnte auch jemand anders für die Musik verantwortlich sein. Dieser Strandabschnitt war von Zelten, Pavillons und Sonnenschirmen übersät, und Gabriela war nicht die Einzige mit einem Musikinstrument.

„Ich fühle mich so seltsam", meinte Valentin. „Sag mir, ist das etwa glücklich sein? Und bist womöglich du der Grund dafür?"

Juliana, die neben ihm im weichen Sand saß, nahm seine Hand und drückte sie. Eine neue Welle rollte heran, umspülte ihre Füße und leckte mit ihren Ausläufern bis an ihre Hintern hinauf.

„Bestimmt nicht", entgegnete sie. „Das muss wohl an der Mondphase liegen."

Valentin zog die Brauen hoch und nickte gemessen. „Mondphase, wie? Na, dann hoffe ich, die hält noch lange an."

„Die Chancen stehen nicht schlecht, würde ich sagen."

Juliana wollte ihn auf die Wange küssen, aber da lenkte sie ein Frisbee ab, der nur ein paar Zentimeter neben ihr im Sand landete. Ein junger Typ kam angelaufen, um ihn aufzuklauben – nackt wie sie und Valentin und die meisten an diesem Strandabschnitt. Er entschuldigte sich, aber Juliana beachtete ihn gar nicht weiter. Valentin war interessanter. Keine flackernden Unruheherde mehr hinter seinen hübschen Augen. Er wirkte wie jemand, der nach langer Reise endlich angekommen war. So fühlte auch sie sich.

„Himmel noch mal", knurrte eine allzu vertraute Stimme über die idyllische Geräuschkulisse hinweg. „Zum Schmusen und Turteln gibt es doch Hotelzimmer. Wir haben übrigens Wetten abgeschlossen, in welchem ihr als Erstes landen werdet."

„Haben wir nicht", widersprach Raluca.

Die beiden entstiegen dem unaufgeregten Wellenspiel des Schwarzmeers und hielten auf sie zu. Weiter draußen dümpelten ein paar Boote.

„Was denn, ausgerechnet ihr beide wollt uns Turteln vorwerfen?", erwiderte Juliana belustigt.

„Ein reiner Verteidigungsreflex", behauptete Alexander resolut.

„Alexander traut sich nicht, bis zur Boje rauszuschwimmen", verkündete Raluca vergnügt. „Wie sieht es mit euch aus?"

„Von wegen! Das stimmt so gar nicht! Ich sagte, ich will nicht mit dir allein da rausschwimmen", wurde sie von Alexander grummelig zurechtgewiesen. „Wenn ich absaufe, ziehe ich dich mit runter. Deshalb müssen die beiden mit. Zu dritt könnt ihr mich dann vielleicht retten."

Juliana und Valentin erklärten sich zu dem gewagten Unternehmen bereit. Alexander musste nicht gerettet werden.

Ein wenig später kehrten sie zu ihrem Sonnendach zurück, in dessen Schatten Gabriela im Schneidersitz auf ihrer neuen Gitarre zupfte.

„Das ist eines der Lieder, die ich damals geschrieben habe“, sagte sie. „Oder zumindest so ungefähr. Es hat auch einen Text dazu gegeben, aber den habe ich vergessen. Weitenteils hat ihn Constantin geschrieben.“

„Dann dichten wir doch einen neuen“, schlug Alexander vor und setzte sich dazu. „Mir schwebt da die Geschichte eines mutigen Reporters vor, der es tapfer mit einer stürmischen See aufnimmt. Was meint ihr?“

Auf einer Strohmatte lag Valea ausgestreckt auf dem Bauch und schien zu schlafen. Juliana, noch tropfnass, stürzte sich kurzerhand auf sie. Valea erschrak heftig und ging sofort zum Gegenangriff über. Die beiden rangen verbissen. Juliana gab alles und leistete erbitterten Widerstand, doch schließlich tunkte Valea sie mit dem Gesicht voran in den Sand.

„Ich glaube, sie hat jetzt genug“, meinte Valentin.

„Das sehe ich anders“, raunte Valea.

Sie wälzte Juliana aus ihrem beschatteten Refugium in den heißen, sonnenbeschienenen Sand hinaus, bis sie über und über davon überzogen war. Zuletzt aber, als Juliana besiegt und ergeben unter ihr lag, schenkte Valea ihr ein Lächeln und wischte zumindest ihr Gesicht wieder frei.

„Moment mal, war's das jetzt schon?", ließ sich Alexander vernehmen. „Allmählich wäre es interessant geworden. Diese Eleganz, diese Grazie – und vor allem diese unbändige, urgewaltige Kampfeslust. Macht weiter!"

„Ich wittere einen neuen Feind", murmelte Juliana.

Alexander gab augenblicklich seine Kapitulation bekannt, als Valea und sie ihn mit ihren Blicken aufs Korn nahmen.

Der aufziehende Abend tunkte das Meer in Gold und malte rotbraune Schlieren an den Himmel. Hin und wieder löste sich eine Träne aus Gabrielas Augen, wenn sie von ihrem Vama Veche erzählte. Von der großen Gemeinschaft, die sie hier hatten, von den vielen kreativen Menschen, von dem mangelhaften Verschlag, in dem sie mit Constantin, Felix und Raluca übernachtet hatte – und von ihren Hoffnungen und Träumen. Heute war es ein völlig anderer Ort, doch seine Magie, so meinte Gabriela, hatte er sich bewahrt. Ein Hauch von Freiheit umwehte diesen Strand. Auch Juliana spürte ihn. Hier gab es keine Fesseln wie in Bukarest. Keine Etikette und keine Vorschriften. In den dunklen Jahren des Regimes hatte er Licht und Hoffnung symbolisiert. Davon ließ sich auch heute noch zehren.

Gabriela hatte ihre Gitarre inzwischen beiseitegelegt, doch nicht weit von ihnen musizierte eine Gruppe junger Leute unter einem Pavillon. Es klang improvisiert und nicht jede Note saß, doch genau das machte auch den Charme aus. Juliana schmiegte sich an Valentin und sog die Atmosphäre mit der würzigen Meeresluft in sich auf. Vor so manchem Zelt waren inzwischen

Campingkocher zum Einsatz gekommen. Sie hingegen würden später im Ort essen gehen.

Raluca erhob sich, um sich noch ein letztes Mal für heute ins Wasser zu stürzen. Juliana schloss sich kurzerhand an.

„Konntest du mal mit deiner Mutter reden?", fragte sie. „Du weißt schon, wegen Arabella."

Raluca nickte. „Sie wird sie anrufen. Wenn sie soweit ist."

Es freute Juliana, das zu hören. Sie schuldete Arabella nichts, doch sie zählte auch sie zu den Opfern dieser Geschichte. Auch sie hatte Leid erfahren. Sie mit Gabriela zusammenzubringen, könnte auf beiden Seiten eine Linderung mit sich bringen.

„Eigenartig, wie die Familie plötzlich wächst", meinte Raluca, als sie schon nah am Wasser eine Gruppe Boccia-Spieler passierten. „Ich habe keine Geschwister. Hatte nie Großeltern. Keine Cousins, keine Onkel und keine Tanten. Da waren immer nur Papa, Mama und ich. Zuletzt nur noch Mama und ich. Jetzt plötzlich bist du da. Die Enkelin ihres so gefährlichen Bruders. Sie hat mir nie viel über ihn erzählt. Nur dass sie sich bis zu seinem Tod vor ihm verstecken musste."

Die ausrollenden Wellen leckten an ihren Füßen.

„Ich habe ihn nicht gekannt", sagte Juliana. „War wohl kein großer Verlust für die Welt."

Raluca schwang einen Arm um ihre Hüften. „Du bist jedenfalls eine Bereicherung. Was sind wir beiden damit eigentlich? Großcousinen?"

Juliana grinste und erwiderte die Geste. „Ich glaube schon."

„Geschwister hast du auch, sagst du", fuhr Raluca fort. „Vielleicht lerne ich die auch noch kennen. Mir gefällt die Vorstellung, plötzlich eine Familie zu haben. Mehr als Mama, meine ich. Und dann noch diese Arabella. Nun, wir werden sehen. Ihre Eltern scheinen Mama viel bedeutet zu haben. Ich vermute, sie wird Kontakt aufnehmen."

Sie stiegen bis Hüfthöhe ins Wasser, dann übergaben sie sich mit dem Kopf voran den Wellen.

„Was wird nun aus dir?", fragte Raluca ein Stück weiter draußen. „Alexander meinte, ihr beide werdet nun wahrscheinlich öfter mal Fahrgemeinschaften zu uns bilden. Denn genau wie er wirst du dein Leben in Bukarest nicht aufgeben, oder?"

Eine Antwort auf diese so weit reichende Frage hatte Juliana noch nicht. In Bukarest hatte sie ihre Eltern und Geschwister, ihre Freunde, ihren Beruf. Einen Beruf, der ihr zu allem Überfluss unglaublich viel bedeutete. Noch konnte und wollte sie all das nicht zurücklassen. Doch für die Zukunft schloss sie es nicht aus. Mit Valentin entwickelte sich etwas, das war nicht abzustreiten. Und dann war da auch noch Valea. Wohin diese Reise noch gehen mochte, Juliana wollte die Falkensteins als Teil ihres weiteren Leben wissen.

„Wir werden sehen", antwortete sie. „Fahrgemeinschaft klingt jedenfalls reizvoll. Eine Fahrgemeinschaft ins Liebesglück. Aber du kommst uns doch sicher auch in Bukarest besuchen."

„Werde ich", entgegnete Raluca. „Auch wenn Mama nicht viel davon hält. Für sie ist Bukarest immer noch die Brutstätte allen Übels."

Juliana grinste. „Kann ich ihr nicht verdenken. Kommt mir manchmal selbst so vor.“

„Kommen dich denn Valentin und Valea in Bukarest besuchen?“

„Valentin hat es versprochen“, entgegnete Juliana. „Valea wird nicht kommen. Sie sagt, sie will das Gestüt nicht zu lange allein lassen. Es war schon schwer genug, sie überhaupt hierzu zu überreden. Ich schätze, sie hat außerdem ähnliche Vorbehalte wie deine Mutter.“

Nun war es Raluca, die grinste. „Als ich noch ein Kind war, hat Mama immer schlecht über die Falkensteins geredet. Dass die gar nicht so schlimm sind, habe ich durch Valea verstanden. Die kleine Falkenstein kam damals immer mit ihrem Pony vom Tal herauf und hat die anderen Dorfkinder damit reiten lassen. Ich fand das toll. Leider war ich da schon fast zwanzig und zu alt für die Bagage.“

Sie erreichten die Boje, wo sie innehielten.

„Hast du auch Victoria gekannt?“, fragte Juliana.

„Nur flüchtig“, antwortete Raluca. „Sie hat sich nicht oft im Dorf sehen lassen. Aber ihr Mann ist ein paarmal bei uns gewesen. Dachte, er könnte den Hinterwäldlern beim Kartenspiel das Geld aus der Tasche ziehen. Das ist eines Abends gründlich schief gegangen. Er hat betrogen, da haben ihn die anderen aus der Wirtsstube geworfen. Hab nie verstanden, warum Victoria diesen schmierigen Kerl geheiratet hat.“

Juliana kommentierte das nicht, denn es ärgerte sie immer noch, dass sie Eugen so lange nicht durchschaut hatte.

Der schon tief stehenden Sonne entgegen schwammen sie zum Ufer zurück. Vama Veche wartete auf sie.

Es kam gar nicht darauf an, inwieweit es noch das Vama Veche war, das Gabriela gekannt hatte, wie Juliana unlängst verstanden hatte. Vama Veche war vor allem ein Gefühl. Eins, das man in seinem Herzen finden musste. Um es dann mit ausgesuchten Menschen zu teilen. Das hatte sie. Und das tat sie.

NACHWORT

Auch der schönste Urlaub findet mal ein Ende. Nicht aber die gemeinsame Zeit von Juliana und den Falkensteinern. Bei ihrer Rückkehr vom Schwarzen Meer zu ihrem Gestüt in den Karpaten wartet eine Überraschung auf sie – und ein weiteres Rätsel, dessen Wurzeln in die dunklen Jahre des Kommunismus zurückreichen.

Die bewegenden und mitunter tragischen Schicksale von Aussiedlerfamilien spielen in unserer öffentlichen Wahrnehmung heute kaum eine Rolle. Der tagetägliche Fokus liegt – zu Recht oder zu Unrecht – auf anderen Ereignissen. So war es mir ein Bedürfnis, zumindest auf dem Weg einer fiktiven Geschichte, einen rudimentären Einblick in die finsteren Nachkriegsjahrzehnte im sozialistisch geprägten Teil Europas zu geben, nicht zuletzt, weil es auch einen Zweig meiner Familie betrifft. Ich danke für die erfreuliche wie ersprießliche Zusammenarbeit mit dem Verlag dp DIGITAL PUBLISHERS GmbH und meiner unermüdlichen Literaturagentin Alisha Bionda von der Agentur Ashera.